한국기독교문학연구소 학술총서 ①

한국 기독교문학 연구총서

1

한승옥 · 차봉준 편

박문사

한국 기독교문학 연구총서

머리말

이 총서는 1960년대 이후부터 축적되어 온 기독교 문학 연구 성과를 일목요연하게 정리하여 체계를 세우려는 의도에서 기획되었다. 유구한 역사를 지닌 한국문학사적 시각에서 보면 기독교 문학은 아직 미미한 수준에 머물고 있는 것이 사실이다. 한국에 기독교가 전파된 지 이제 겨우 200년을 넘는다. 하지만 우리의 생활과 문화가 서구화되면서 기독교는 우리에게 지대한 영향을 미치고 있다. 이와 더불어 기독교 문학도 꾸준한 성장세를 보여 왔고, 기독교 문학 연구도 다양하게 진행되고 있다.

초기의 연구들은 기독교문학 작품이 그러하듯 문학적 성과나 질적인 면에서의 평가라기보다는 자구적인 해석이나 의의나 소개의 차원에 머문 것이 대부분이다. 문학은 생활과 유리될 수 없다. 문화도 역시 마찬가지다. 기독교 문학도 생활과 유리되어서는 생존할 수 없다. 시간이 지나면서 기독교 문학이 성장하고 그 연구 성과가 괄목할 만한 진전을 보인 것은 이러한 문화 변천사와도 맥을 같이 한다. 이 시점에서 그동안 진행되어 온 기독교 문학에 대한 연구를 한자리에 모아 중요한 자료의 일실을 방지하고 체계를 세우고 앞으로 나아갈 방향을 제시하는 것은 의의 있는 작업이라 생각된다.

이 총서가 발간되면 향후 이 분야 연구에 매진하고자 하는 연구자들에게 적지 않은 편의를 제공하리라 생각된다. 지금껏 기독교 문학에 대한 연구 업적들은 여기 저기 흩어져 있어 자료를 구하는데 어려움이 많았다.

또한 그것을 체계화하는데도 많은 시간이 걸렸다. 이러한 현상은 우리나라에서 기독교 문학 연구가 아직 본격화되지 않았음을 의미한다. 본 총서에서는 이러한 실정을 감안하여 단순한 자료의 수집에 그치지 않고 자료를 평가하고 감식하여 버릴 것은 버리고 취할 것은 취하여 기독교 문학 연구의 방향을 제시하는 데도 관심을 기울였다. 이러한 의도에서 출발한 편자들의 수고가 많은 연구자들에게 다소나마 도움이 되었으면 하는 바람이다.

이 총서에 수록된 연구 성과물은 기독교 담론 형성 초창기부터 현재에 이르기까지의 모든 학술연구와 비평문이다. 기독교 문학론의 형성과 특질에 대한 일반적 연구에서부터 시와 소설 전 분야에 걸친 작가 작품론까지 모든 연구를 총 망라 하였다. 다만 학위논문은 분량상의 문제로 수록 대상에서 제외시켰다. 또한 개인적인 이유로 수록에 응하지 않은 몇몇의 연구들도 포함시키지 않았다. 이러한 연구들은 총서의 말미에 서지로 밝혀 연구자들이 해당 자료를 쉽게 구할 수 있도록 하였다.

상업적으로 대중성을 담보하기 어려운 분야가 기독교 문학 연구이다. 그럼에도 불구하고 흔쾌히 출판을 맡아 적극적으로 총서 발간을 이끌어 주신 박문사 윤석원 사장님께 감사의 마음을 전한다. 아울러 산뜻하고 꼼꼼한 편집과 교정으로 아름다운 책을 만들어 주신 편집 관계자 여러분께도 감사드린다.

2010년 7월
한승옥 · 차봉준

한국 기독교문학 연구총서 ①

목차

♣ 머리말 … 03

 제1장 기독교 문학 서설 ┃ 김희보 ——————— 11

1. '기독교 문학'은 가능한가?   11
2. '기독교 문학'의 작가   15
3. '기독교 문학'의 성격   18
4. '기독교 문학'의 본질   22
5. '기독교 문학'의 시점   26
6. '기독교 문학'의 문제점   29

제2장 한국 기독교문학론 서설 ┃ 김봉군 ——————— 35

1. 무엇이 문제인가   35
2. 무속의 엑스타시와 기독교적 상상력   41
3. 자연주의 또는 유한한 우주의 침묵   45
4. 진보주의와 성장 이데올로기의 우상   50
5. 프로이트 심리학과 문화이식론   55
6. 모순된 사회구조와 변증법적 상상력   59
7. 정리 및 결론   69

제3장 기독교 문학의 본질과 방향 ┃ 김봉군 ──── 75

1. 실마리 75
2. 기독교문학의 정의 77
3. 기독교문학의 준거체계 82
4. 기독교 문학과 현대사상 92
5. 맺음말 96

제4장 기독교 문학의 새로운 인식과 과제 ┃ 홍문표

──── 99

1. 문제의 제기 99
2. 기독교 문학의 장르적 개념 102
3. 기독교 문학의 형성 과정 105
4. 기독교 문학의 새로운 인식 110
5. 기독교 문학의 구성 요소 118
6. 기독교 문학의 과제 133

제5장 한국 근대소설의 종교사상 ┃ 구인환 ──── 141

1. 문학과 종교의 연구양상 141
2. 문학과 종교, 그리고 서사성 144
3. 한국근대소설의 종교사상 152
4. 종교사상과 소설의 위대성 162

제6장 한국 근대적 문학배경과 기독교 김영덕 − 165

1. 서언   165
2. 문학적 배경에서 본 정치적 계기와 기독교   167
3. 성서번역   191
4. 기독교계에서의 국문보급   205
5. 결어   229

제7장 기독교의 전래와 한국문학 소재영 ──── 233

1. 서론   233
2. 기독교의 수용과 저항   235
3. 기독교에 대한 비판적 이론   243
4. 기독교의 전래작품들   249
5. 성서번역과 어문학의 발달   263
6. 「홍길동전」・「춘향전」의 기독교적 시각   267
7. 개화기 문학과 기독교   273
8. 결론   279

제8장 한국 현대소설에 나타난 기독교사상 구창환
──── 283

1. 서론   283
2. 한국소설과 기독교   290
3. 결론 - 기독교 문학의 전망   305

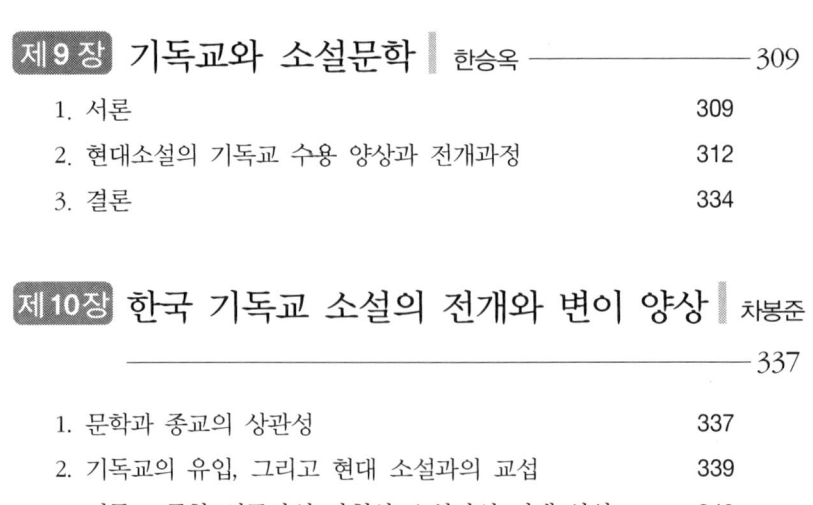

제9장 기독교와 소설문학 | 한승옥 ──────── 309

　1. 서론　　　　　　　　　　　　　　　　　　309

　2. 현대소설의 기독교 수용 양상과 전개과정　　312

　3. 결론　　　　　　　　　　　　　　　　　　334

제10장 한국 기독교 소설의 전개와 변이 양상 | 차봉준

　　　　　　　　　　　　　　　　　　──────337

　1. 문학과 종교의 상관성　　　　　　　　　　337

　2. 기독교의 유입, 그리고 현대 소설과의 교섭　339

　3. 기독교 문학 연구사의 자취와 소설사의 전개 양상　348

　4. 현대 기독교 소설과 영지주의적 사유의 만남　373

한국 기독교문학 연구총서

1

한국 기독교문학 연구총서 **1**

제1장
기독교 문학 서설
- 기독교 문학의 풍토 조성을 위하여 -

김희보

▌1▐ '기독교 문학'은 가능한가?

대부분의 현대인들은 문학과 종교는 서로 대립되어 영원히 합치될 수 없는 것으로 생각하고 있다. 또 그렇게까지는 생각하지 않는다고 할지라도 문학과 종교는 전연 관계가 없는 것으로 인정하고 있다. 기독교인이라고 말하는 작가들도 흔히 '크리스천 문학'은 가능해도 '기독교 문학'은 불가능한 것이라고 말하고 있다. 그 말도 문학과 종교는 합치될 수 없다는 뜻이 된다. '크리스천 문학'이란 기독교인이 쓴 문학으로서 그 내용은 기독교와 아무 관계가 없어도 된다는 뜻일 것이다. 아니 어쩌면 反기독교적인 작품도 허용될 수 있다는 뜻을 내포하고 있는 말이라고 해석할 수도 있다. 그들은 '기독교 문학'이라고 하면 얼핏 '護敎文學'을 연상한다. '호교문학'은 한 장의 전도지는 될 수 있을지언정 그것이 어떻게 문학일 수 있겠느냐는 것이다. 그 말에는 나도 동감이다. 그러나, 기독교 문학이란 과연 불가능한 것일까?

실상 문학사를 살펴보면 얼핏 보기에 기독교와 문학은 자리를 같이 할 수 없는 것처럼 보이기도 한다.

르네상스 이전의 문학은 헬레니즘과 헤브라이즘뿐이었다. 호머의 '일리어드'나 '오디세이'를 비롯하여 소포클레의 여러 비극들, 그리고 로마 시대의 시세로나 비르길리우스의 작품 등은 찬란한 헬레니즘의 문학이었다. 이 현실 긍정의 헬레니즘에 비해, 내세를 추구하는 헤브라이즘의 문학은 일견 그리 찬란한 것 같지를 않다. 헤브라이즘 문학의 결정체인 성서에 관한 이야기는 여기서 덮어 두자. 그 헤브라이즘의 명맥을 이어받은 중세 암흑시대에 문학 작품다운 작품이 없대서 '기독교 문학'의 불가능성을 말하게 되었다고 본다. 중세 스콜라 시대에도 문학 작품이 없었던 것은 아니다. 아우구스티누스의 '고백록'이나 토마스 아켐피스의 '그리스도를 본받아'는 훌륭한 작품이다. 그러나 그것들은 현대적인 안목에서 볼 때 너무 호교적인 것이라고 말할 수밖에 없을 것이다. 또 그렇게 될 수밖에 없었다. 왜냐하면, 그들에게 있어서 最高美는 하나님이었다. 이 최고미를 하나님에게서 빼앗을 생각도 안 했거니와, 빼앗고 싶었다고 했을지라도 인간적인 제약이 너무 많아 빼앗을 수도 없었다.

그런데, 르네상스 이후부터 인간은 신에게 도전하기 시작하였다. 중세의 문학이 '만듦'이라면 르네상스 이후의 문학은 '창조'였다. '만듦'이라는 것은 이미 있는 것을 아름답게 완성해 내는 것을 뜻한다. 그러나 '창조'는 없는 것에서의 새로운 만듦을 의미한다. 이 '창조'란 면에서 작가(예술가)는 하나님과 동등한 자리에 서게 되었다. 즉 작품 세계에서 하나님을 내쫓고 자기 자신이 그 자리에 들어앉았다. 창조자란 점에서 작가는 하나님과 동등한 자리에 앉게 된 것이다. 이것을 가리켜 프랑스의 어느 평론가는 '프로메데우스의 세계'라고 이름지었다. 문화의 창조를 위하여 영웅적인 투쟁을 하는 강렬한 의욕을 소유한 문학을 '프로메데우스의 문학'이라고 한다. 이 '프로메데우스의 문학' 속에 기독교적인 요소가 발붙일 자리는 없었다.

작가가 신과 동등하다는 견해는 오늘날에도 변함이 없다. 만프레드·하우스만은 '마르틴' 속에서 다음과 같이 말하고 있다. "예술가란 것은 神다운 힘을 지니고 있는 사람이다. 그들은 흡을 사용하든, 色을 사용하든, 언어를 사용하든 간에 지금까지 아직 없었던 그 무엇인가를 아름답고 진실되게, 그리고 질서와 생명과 영혼을 지니고 있는 무엇을 언제나 창조한다."

그런데 더 비극적인 일이 일어났다. 니이체가 기독교를 가리켜 反生命的이라고 공격하며 외친 폭탄선언 "신은 죽었다"(Gott ist tot)란 말은 깜박이는 등불 같은 기독교 문학마저 짓밟아 버린 느낌이 든다. 이 니이체의 영향을 받아 많은 작가들이 '신의 죽음'을 말했다. 우리에게 널리 알려진 사르뜨르도 그의 작품 속에서 주인공 괴쓰를 통하여 "신은 사망했다"고 말하게 하고 있다. 신이 정말 죽었다면 문제는 끝난다. 신이 없는 기독교 문학은 성립될 수가 없기 때문이다. "하나님 없이 하나님 앞에" 나아가는 신학은 가능할지 몰라도 하나님 없는 기독교 문학은 절대로 불가능한 것이다. 그것은 원시인들의 呪文이나 무당들의 굿풀이 이상의 값어치를 지니지 못한다.

'기독교 문학'의 불가능성을 밑받침해주는 또 하나의 원인은 탐미주의의 영향이다. 포우의 영향 밑에서 자라나, 보들레르에 의하여 고조되고, 오스카 와일드에 의해 찬란하게 꽃 피운 탐미주의는 "예술을 위한 예술"(L'art pour l'art)을 주장한다. 그들은 '美'에 아무 다른 것도 섞이는 것을 부정하였다. 스페인의 호세 오르테가는 '예술로부터 인간을 추방하자'(La deshumanzacion delarte)는 논문을 발표하였다. 전적으로 그렇다고는 할 수 없어도 기독교 문학의 성격은 다분히 탐미주의와는 반대적인 "인생을 위한 예술"(L'art pour la vie)에 가깝다. 왜냐하면, 기독교의 중심 문제는 신인 동시에 또한 인간이기 때문이다. 인생의 문제를 떠나서 기독교 문학은 존재할 수 없으려니와, 존재한다고 할지라도 하나의 악세서리 구실밖에 못하게 마련인 것이다.

이상에 말한 사실들은 모두 외부적인 조건이었다. 그런데 기독교 문학의 불가능성을 말하게 된 또 하나의 원인은 신학에도 있다. 칼빈은 음악을 제외한 모든 예술을 부정하였다. 얼마 전에 서거한 20세기 신학의 거장 카알 바르트도 인간적인 것과 문화적인 것을 모두 부정하였다. 모짜르트를 무척 좋아했던 점으로 보아 바르트도 음악에 대해서만은 긍정적이었다고 말할 수 있겠다. 음악은 초대 교회, 아니 더 나아가 구약 시대부터 예배 의식과 밀접한 관계가 있었기 때문에 긍정하였다고 보는 것이 타당하겠다.

이렇게 신학자에게까지 부정된 문학인지라 기독교 문학의 불가능성이란 말이 나올 만도 하다. 문학은 기독교 안에서도 발붙일 곳이 없어졌다. 그리하여 문학은 인간을 중심으로 하는 휴머니즘의 세계인 반면에, 종교는 인간적인 것의 부정 위에 세워진 신의 세계인 듯이 인식되기에 이르렀다.

그렇다면 사실상 '기독교 문학'은 불가능한 장르인가? 이 문제에 대한 해답을 얻는 것이 이 글의 목적이다. 결론부터 말해서 '기독교 문학'은 지금까지 있었고 지금도 있고, 앞으로도 있을 문학 장르이다.

기독교 문학은 가능하다. 왜냐하면 우리는 라파엘이나 루오가 그린 성화를 가리켜 '기독교 미술'이라 하고, 바흐나 헨델이 작곡한 성곡을 가리켜 '기독교 음악'이라고 한다. 그런데 같은 예술의 한 장르인 '문학'만이 거기에 해당되지 않는다는 이론은 성립되지 않는다. 도스토에프스키나 그레엄 그린의 작품은 훌륭한 '기독교 문학'인 것이다.

구태여 '기독교'란 말을 붙이지 않고, 그대로 '문학'이란 말만으로 불러도 충분하지 않겠느냐고 반문할지 모른다. 그러나 날이 갈수록 기독교와 문학은 밀접한 관계에 놓여지고 있다. 모든 것이 세분화되는 현실에서 '기독교 문학'이란 한 장르가 생겨나야 할 때가 왔다고 본다.

┃ 2 ┃ '기독교 문학'의 작가

'기독교 문학'의 작가는 우선 크리스천이어야 한다. 헤르만 헷세는 '싯달타'를 썼다. 그러나 우리는 그것을 가리켜 불교 문학이라고는 말하지 않는다. 크리스천이 아니고는 참다운 '기독교 문학'을 창조해 낼 수가 없게 마련이다.

기독교 문학의 작가는 십자가를 진 사람들이다. 왜냐하면, 신앙과 문학이라는 모순 가운데서 찢기는 존재이기 때문이다. 때문에 크로오텔은 "기독교의 힘은 무엇보다 그것이 모순율이라는 점에 있다. 십자가 위의 사람은 거기서 끌림을 받아 사방으로의 극단적인 찢기움을 느낀다"고 말한 바 있다. 하우스만도 "하나님 앞에 서는 자는 이미 시를 지을 수 없다. 악마에게 몸을 맡기기 전에는 예술은 악마의 발명품이다"고 말하였다.

너무 기독교적인 작품을 창작하려고 의식하면 그것은 호교문학이 되어 버린다. 그렇다고 너무 기독교를 반박하는 작품을 쓸 수도 없다. 로고스냐, 파토스냐? 영혼이냐, 육신이냐? 선이냐, 악이냐? 이 두 개의 틈바구니에서 '기독교 문학'의 작가는 고민하게 마련이다.

이 양면성의 틈바구니에서의 고민은 비단 '기독교 문학' 작가만의 것은 아니다. 괴에테의 말대로 인간은 '두 개의 영혼'(Zwei Seelen) 사이에서 고민하는 존재이다. '파우스트'에 묘사된 대로,

하늘로부터는 제일 아름다운 별을 갖고파 하고
땅 위에서는 최상의 쾌락을 모조리 맛보겠다 덤벼들고 있읍죠.

(304-5)

나의 가슴에는, 아아, 두 개의 영혼이 살고 있어,
그것이 서로 떨어지고 싶어한단 말이야. (1112-3)

이 파우스트의 고민을 '기독교 문학'의 작자는 지니고 있다. 때문에 그들은 고민하게 마련이다.

하나님을 선택하든지 버리든지 그것은 인간의 자유이다. 모리악의 말대로 "인간의 드라마는 악과 은총과의 투쟁이다." '기독교 문학'은 바로 그 악과 은총과의 투쟁―즉 그 드라마를 쓰는 데 목적이 있다. 그러나 주의해야 할 점은 '기독교 문학'은 어디까지나 '문학'이지 신학이 아니다. 보편적으로 알려진 대로 문학은 인간을 묘사하는 예술이다. 인간을 떠나서 문학은 존재할 수가 없다. '기독교 문학'도 문학인지라 인간을 묘사하는 것이 그 목적이다. 하나님의 뜻에 어긋난다고 해서 인간을 왜곡되게 묘사해서는 안 된다. 인간은 죄덩어리라고 해서 그 죄를 덮어도 안 된다. 만약 '기독교 문학'이 하나님이나 예수나 천사를 묘사하는 것이라면 그것은 이미 문학이 아니요, 신학이 된다.

쉬운 보기로 르낭이나 모리악의 경우처럼 '사람의 아들'로서의 예수의 고민을 그렸다면 그것은 기독교 문학이라고 할 수 있다. 그러나 '하나님

의 아들'로서의 예수를 묘사했다면 그것은 문학이 아니다. 즉, '기독교 문학'도 다른 문학의 경우처럼 인간의 탐구에서 비롯하여 인간의 탐구에서 끝나면 그뿐이다.

'기독교 문학'의 작가도 사도 바울의 경우처럼 "나는 내가 하는 일을 이해하지 못합니다. 내가 원하는 것은 하지 않고 도리어 미워하는 것을 하고 있기 때문입니다."(롬7:15)의 고민을 겪게 마련이다. 이것 자체가 바로 인간 관찰의 기록이요, 이 관찰을 크리스천의 입장에서 묘사할 때 '기독교 문학'은 이루어지는 것이다.

그런데 문제는 여기에 있다. '기독교 문학'의 작가는 작가인 동시에 크리스천, 즉 믿는 사람이다. 작가인 이상 그는 인간을 그 밑바닥까지 추구할 수밖에 없다. 그러면서도 그는 크리스천의 길에서 벗어나지 않아야 한다. 샤를르・드・보스가 말한 대로 "일반 작가는 오직 그 작품의 예술적 순수 만에 힘을 기울이면 된다. 그때 그는 자신의 生의 순수에는 마음을 두지 않아도 된다. 그러나 크리스천 작가인 경우에는 그의 작품의 순수성이 그 生에 의존한다는 것을 알고 있다."는 점이다. 이 문제에 대해서는 자크・마리땅도 "예술은 그 고유의 영역에서는 賢德에도 叡智에도 또 다른 아무 덕에도 속하지 않는다. 그러나 주체(작가) 안에서는 예술은 주체(작가) 자신의 완성에 종속한다"고 했다. 즉, '기독교 문학'의 작가는 작품의 순수성과 동시에 자신의 生의 순수성에도 힘을 기울이지 않으면 안 되는 것이다.

다시 말한다면 '기독교 문학'의 작가는 크리스천이어야 한다. 크리스천이기 때문에 그는 다른 작가들이 받지 않는 제약을 받게 된다. 너무 신앙 문제에 치우치면 문학이라고 할 수 없는 '護敎文學'이 되어 버리고 만다. 그것은 마치 작가가 작품 안의 인물을 마음대로 조종할 수 있다면 그것은 통속소설이 되는 것과 마찬가지다. 참다운 예술은 오히려 그와는 반대로 작중의 인물이 작자를 이끌고 다녀야 한다. 그러나 '기독교 문학'의 경우 자칫 잘못하다가는 反기독교 문학이 되어 버리기 쉽다. 그러나 그는 어디까지나 크리스천임을 잊어서는 안 된다. 여기에 작가 자신의 완성이 요구되는 것이다.

예술의 완성과 작가의 완성―얼핏 듣기에는 모순성을 지니고 있는 듯한 이 속에 '기독교 문학'은 존재한다. 아니, 어떤 의미에서는 '문학' 그 자체가 二律背反性을 지니고 있다.

▌3▐ '기독교 문학'의 성격

원래 문학은 대립된 두 가지 형태로 이루어지기 마련이다. 실러가 말한 '素朴型과 情感型', 니이체가 주장한 '아폴로型과 디오니소스型'이 있는가 하면, 쉬트리히가 말한 '古典型과 낭만型'도 유명하며, '예술을 위한 예술과 인생을 위한 예술'도 자주 입에 오르내린다. 그 밖에도 '돈키호오테型과 햄리트型' 및 '지킬型과 하이드型'도 들 수 있겠다. 그러나 가장 유명한 것은 매듀·아놀드가 주장한 대로 '헤브라이즘과 헬레니즘'의 대립이라고 말할 수 있을 것이다.

그러면 '기독교 문학'의 성격은 어떤 것인가? 두 말할 것 없이 헤브라이즘적인 문학이다. 현실을 긍정하고 향락을 추구한 것이 헬레니즘인 반면에 현실을 부정하고 신을 찾은 것이 헤브라이즘이었다.

그러나 여기서 말하는 '기독교 문학'으로서의 헤브라이즘은 약간 다른 면을 지니고 있다. 왜냐하면, 지금까지 소개되고 인식된 헤브라이즘은 인간을 떠난 느낌이 든다. 문학은 인간을 떠나서는 존재할 수가 없는 것이다. 헤브라이즘도 문학의 본질을 말할 때에 문학적인 헤브라이즘이 될 수밖에 없는 것이다.

이미 말한 대로 '기독교 문학'은 다른 문학과 마찬가지로 인간을 관찰하고 인간을 묘사한 것이라고 했다. 그렇다면 인간 관찰의 종국적인 귀결은 무엇일까? 우리가 인간의 生을 철저히 관찰할 때 그 밑에 도사리고 있는 것은 죽음이다. 이 죽음을 응시하는 문학이 바로 '기독교 문학'이다.

빠스깔이 빵세 제210장에서 말한 대로 "최후의 막은 피로 더럽혀진다. 극의 다른 장면이 아무리 아름다웠어도 마찬가지다. 드디어에는 사람들이 머리 위에 흙을 던지고, 그것으로 영원히 끝나 버린다"고 한 말은 결국 인간이 죽음을 응시하는 존재임을 강조한 말에 지나지 않는다.

그러나 여기서 주의해야 할 것은 죽음을 예찬하는 허무주의자가 되어서는 안 된다. 어디까지나 生을 긍정하면서 냉철하게 죽음을 응시해야 한다. 이 죽음은 야스퍼스의 말을 빌린다면 '극한상황'(Grenzsituation) 중 가장 근본적인 것이다.

이 죽음을 응시하는 헤브라이즘의 문학이기 때문에 '기독교 문학'의 작가는 고독할 수밖에 없다. 위대한 '기독교 문학'이라 일컬을 수 있는 '수레바퀴 밑'이나 '페터 카멘친트'를 쓴 헤르만 헷세도 때때로 고독을 노래하였다. 무엇보다 그 자신 자기를 가리켜 '홀로 가는 나그네'(Einzelgängre)라고 부르고 있다. 그의 '안개 속'(Im Nebel)이란 시는 특히 유명하다.

이상하다, 안개 속을 걷는 것은!
떨기도 돌도 모두 고독하다.
아무 나무나 다른 나무가 보이지 않는다.
모두가 홀로다.
·················

산다는 것은 고독한 것이다.
아무도 남을 알지 못한다.
모두가 홀로다.

또, 가장 위대한 기독교 시인이라고 일컬을 수 있는 릴케도 고독의
시인이었다. "자기 속에 몰입하는 것, 크낙한 내적인 고독, 어릴 때 고독
했던 것 같은 고독에 돌아가는 것이 필요하다"고 했다.

그렇다고 해서 허무주의에 빠져서는 안 된다고 이미 말하였다. 그 허무
주의를 극복하고 죽음을 응시하는 것이 '기독교 문학'의 성격이라고 말하
였다. 그런 면에서 볼 때 '기독교 문학'은 실존의 문학이다.

사르뜨르는 "존재는 본질에 先行한다."고 하였다. 즉, 인간은 먼저 존
재하고, 그 다음에 만나고, 그 다음에 세계에 나타나고, 그 뒤에 비로소
스스로를 정의한다는 뜻이다. 작품도 마찬가지다. 극한상황 밑에 있는
존재를 실존이라고 부른다. 때문에 가브리엘・마르셀은 인간을 자각하여
'길 가는 사람'(Homo Viator)이라고 규정하였다.

쉽게 말해서 '기독교 문학'은 '나그네로서의 실존 문학'이다. 이 '나그네'
는 관광자로서의 향락의 나그네가 아니다. 그것은 '巡禮'의 나그네며 '求
道'의 나그네이다. 이 '나그네'의 모습을 선명하게 부각시킨 사람이 바로
그리스도 자신이다. "여우도 굴이 있고 공중에 나는 새도 깃 들일 곳이
있으되 인자는 머리 둘 곳이 없다"던 그리스도, "아버지께서 나를 세상에
보내신 것 같이 나도 그들을 세상에 보냈사옵니다"하신 그리스도―그는
왜 자신이 이 세상에 보내졌는지를 분명히 자각한 실존자였다. 예수께서
승천하기 바로 직전에 남긴 말씀도 "다만 성령이 너희에게 임하시면 너
희는 권능을 받고 예루살렘과 온 유대와 사마리아와 땅 끝까지 이르러
내 증인이 될 것이다."(행1:8)고 하셨다. '내 증인'이란 무엇을 뜻하는가?

'기독교 문학'의 성격을 규정지은 것으로 해석할 수 있다. 즉, 죽음을 응시
하면서도 평화의 메시지를 전하는 것이 바로 '기독교 문학'의 사명이며,
이것이 바로 헤브라이즘의 극치가 되는 것이다.

이 이미지를 가장 잘 전달한 것이 사도 바울이었다.

> "하나님은 그리스도를 통하여 우리를 자기와 화해하게 하시고 또 우리
> 에게 화해의 직분을 맡겨 주셨습니다. 말하자면 하나님께서 그리스도 안
> 에 계셔서 세상을 자기와 화해하게 하시며 인간들의 죄과를 인간들에게
> 돌리시지 않고 오히려 화해의 말씀을 우리에게 맡겨 주셨습니다. 우리는
> 그리스도의 사절이며 하나님께서는 우리를 통하여 여러분에게 권면하십
> 니다. 그러므로 우리는 그리스도를 대신하여 요청합니다. 하나님과 화해
> 하시오."(고전5:18-20)

지금까지 '기독교 문학'의 성격에 대하여 헤브라이즘적인 것, 죽음을
응시하는 것, 나그네로서의 실존적인 것, 평화의 메시지를 전하는 것 등
을 나열하였다. 그리고 그것들은 모두가 어떤 목적의식 밑에서 이루어져
야 하는 것들이다.

무엇을 위해 쓰는가? 이 물음이 작품을 제작하기 전에 제시되어야 할
'기독교 문학'의 전제 조건이다. '기독교 문학'은 그 소재에서 아무 것이나
선택할 권리가 있다. 그러나 외부적인 선택의 자유에 대해 크리스천이라
고 하는 내부의 구속이 뒤따라야 한다. 그것은 메시지를 전달하기 위해
반드시 뒤따르는 구속이다. 그런데 여기 문제가 생긴다. 목적의식이 작용
한 작품이 순수할 수 있겠는가 하는 문제이다.

이 문제에 대하여는 오히려 무신론적 실존작가인 싸르뜨르가 그의 저
서 '실존주의는 휴머니즘이다'에서 "우리는 어떤 예술 작품의 무동기성을

가지고 결코 이러쿵저러쿵하지 않는다"고 하여 작품의 목적의식을 긍정하고 있다.

크리스천 작가의 경우 평론가 대니엘 롭스는 "작품에 등장하는 인물의 영혼 밑에는 각기 하나님의 흔적이 있다. 이 보일 듯 말 듯한 흔적을 기독교 작가는 발견하지 않으면 안된다. 일반 작가에게 있어서 인물은 오직 심리 탐구의 대상뿐이지만, 기독교 작가에게 있어서는 그 인물의 영원성이 문제가 된다"고 하였다.

모리악도 "작가는 죄에 더럽혀진 인간성을 분명히 나타내야 하지만 그 밑바탕에 있는 악의 저편에 기독교가 확신하는 바가 있어야 한다. 그것은 지금 다른 하나의 빛이 작가의 불안한 눈앞에서 그 죄를 정화하고 성화시키는 일이다. 작가는 이 빛의 증인이 되어야 한다"고 메시지로서의 '기독교 문학'을 강조하고 있다.

'기독교 문학'의 작가는 기독교적 양심과 작가적 양심의 틈바구니에서 끊임없이 二律背反에 찢겨야 한다. 이 속에서 그리스도의 평화의 메시지를 전하는 증인이어야 한다.

여기에 '기독교 문학'의 本質은 무엇인가 하는 '기독교 문학 본질론'이 나오게 된다.

▌ 4 ▎ '기독교 문학'의 본질

'기독교 문학'의 본질은 무엇인가? 특수한 것을 나열할 필요는 없다. 이미 여러 차례에 걸쳐 반복한 대로 '기독교 문학'도 문학인 이상 '기독교 문학'의 본질도 '문학'의 본질과 다를 것은 없다. 즉, 첫째가 소재요, 둘째가 구성이요, 셋째가 표현이다.

소재는 자연이든 인간이든 아무 것이고 좋다. 소재는 사회의 현실에서 취재되는 것이 상식이다. 그러나 그것은 작가의 내적 체험을 거치지 않은 것이어서는 안 된다. 플라톤은 '놀람'(thauma-zai)이야말로 철학의 시작이라고 말했지만 문학도 놀람에서 비롯된다. "놀람이란 인간이 지닌 최고의 몫이다"(파우스트, 6772행)고 한 것도 괴에테이고, "놀라기 위하여 나는 존재한다."(신과 세계)고 한 것도 괴에테이다. 이 '놀람'은 바로 인생의 체험이다. 체험에는 직접 체험과 교양 체험의 두 가지가 있다. 사랑, 고민, 사랑하던 사람의 죽음 등 직접 체험에서만 문학이 생겨지는 것은 아니다. 음악 감상, 미술 감상, 독서 등 교양 체험에서도 문학은 생겨날 수 있다. '기독교 문학'의 경우 '신앙'이란 직접 체험에 '죽음'이란 교양 체험이 합치되어야 완전한 작품이 창작될 수 있다고 생각한다. 그러나 소재—곧 체험이 그대로 작품이 되는 것은 아니다. 괴에테는 '親和力'에 대하여 엑커만에게 "거기에는 체험되지 않은 것은 한 줄도 씌어있지 않다. 그렇지만 체험된 대로 씌어진 것도 한 줄도 없다"(괴에테와의 대화), 고 말하고 있다. 이 말은 기독교 문학에도 통용되는 말이다. 작가의 체험이 신앙의 채에 걸려진 다음에야 작품으로 結晶짓게 된다.

이 체험을 구성하는 작용이 창작에 있어서의 둘째 요소이다. 즉 구성이란 예술적 파악 및 형성의 단계이다. 이 구성에서 '기독교 문학'이냐 아니냐 하는 문제가 결정된다. 작가의 사상이나 인생관 및 세계관이 이 구성에서 강하게 나타나기 때문이다. 같은 소재를 가지고도 작가의 사상과 감정에 따라 리얼리스틱이 되기도 하며 로맨틱이 되기도 하는가 하면 '기독교 문학'이 되기도 하며 일반문학이 되기도 한다. 때문에 평론에서는 예술보다도 예술 이전이 중대하다고 일컬어지기도 한다. 그것은 작품 상의 기교보다도 근본 사상을 중요시하는 데서 나온 말이다. '기독교 문학'의 경우도 이 구성의 중요성을 강조하지 않을 수 없다고 본다. 그런 의미에서 '기독교 문학'은 자연주의적 경향보다도 이상주의적인 경향의 것에 가깝다는 결론이 나온다.

둘째 단계인 구성까지는 아직 상상의 테두리를 벗어나지 못한 형태이다. 그것이 구체적인 작품으로 객관화하고 외면화될 때 작품은 완성된다. 이 표현에는 기술상의 문제가 따르게 된다. 다른 문학의 경우도 그렇지만 특히 '기독교 문학'의 경우 표현에 너무 기교를 부려서는 안 된다. 일반 문학의 경우는 기교 위주의 작품이 있을 수 있어도 '기독교 문학'의 경우 기교 위주가 되면 "소리 나는 구리와 울리는 꽹과리"에 지나지 않게 된다. 왜냐하면 기독교 문학은 '內的 예술'(inneres kunstwerk)이기 때문이다. 예가 좀 다른 곳으로 나가는 느낌이 있지만 '젊은 베르테르의 슬픔'의 경우를 살펴보자. 이 서간문체 소설은 법과 실습생 괴에테의 연애 체험을 쓴 것이다. 작자는 이 작품을 1년 반 동안이나 마음속에서 소화시켰다. 그리고 두 달 동안에 완성했다. '기독교 문학'의 경우도 이런 내적인 충동을 거친 뒤 비로소 작품이 제작되어야 한다고 생각한다. 표현에 와서 기독교적 냄새를 풍기는 작품은 造花일 뿐 그 속에 생명이 없다.

이상에서는 일반문학에서 말하는 것들을 '기독교 문학'에 적용시켰을 따름이다. 왜냐하면, 여러 차례에 걸쳐 이미 말한 대로 '기독교 문학'도 문학이기 때문이다. 그러나 '기독교 문학'적인 독특한 본질이 없다면 구태여 기독교 문학을 내세울 필요가 없다고 본다. 우리는 여기서 '기독교 문학'의 독특한 본질을 찾아내야 하게 되었다.

'기독교 문학'의 본질은 다음 세 가지라고 규정짓고 싶다. 첫째가 '소금의 문학'이요 둘째가 '만남의 문학'이요, 셋째가 '참여의 문학'이다.

첫째로 소금의 문학이라고 한 것은 기독교 문학의 과제를 뜻하는 말이다. "너희는 세상의 소금이다. 소금이 맛을 잃으면 무엇으로 다시 짜게 하겠느냐? 아무 데도 쓸데 없어 밖에 버려져 사람들에게 밟힐 것이다"

(마5:13)는 말은 그리스도가 크리스천에게 요구하신 말이다. 그리고 기독교 문학의 작가는 크리스천이어야 한다고 이미 자격에서 말하였다. 그러면 왜 '소금의 문학'이어야 하는가? 현대는 극한상황에서 살고 있다. 베르자에프가 지적한 대로 인간은 실격되었다. 절망과 불안과 죽음만이 입을 벌리고 있는 현대에 '기독교 문학'은 소금의 기능을 발휘하여야 한다. 소금의 기능이란 썩지 않는 것이요, 맛을 내는 것이요, 계약하는 것(레2:13)이다. 즉, 절망의 20세기는 '기독교 문학'으로 말미암아 구원되는 경지에까지 도달해야 한다는 말이다. 라인홀드 니이버는 현대 문명을 가리켜 바벨탑이라고 불렀다. 슈펭글러도 서구 문명의 몰락을 예언하였다. 그 점에서는 쉬바이쩌도 토인비도 같은 견해를 가졌다. 몰락을 눈앞에 둔 문명을 재건하는 것이 '기독교 문학' 즉, '소금의 문학'의 사명이다. 그리하여 바울의 말대로 "누구든지 그리스도 안에 있으면 그는 새로운 피조물입니다. 보시오, 옛것은 지나가고 새것이 되었습니다"(고후5:17)하는 '새것'을 창조하는 것이 '기독교 문학'의 본질 가운데 하나이다.

근대문학의 본질은 獨白性이었다. 그러나 현대문학의 본질은 대화여야 한다고 생각한다. 대화를 통하여 인류는 구원받을 수 있기 때문이다. '만남의 문학'이란 곧 대화의 문학을 뜻한다. 이 만남은 또한 사랑을 뜻한다. 사랑이 없는 만남은 무의미한 것이다. 기독교의 본질은 사랑이다. '기독교 문학'의 본질도 사랑— 즉 '만남'일 수밖에 없다. 마르틴 부버가 그 사상의 근본이념으로 삼은 Zwischen-menschelichen이나, 가브리엘 마르셀이 말하는 inter-subjectivite나 따지고 보면 '만남'이다. 이 'Ich und Du'의 사상이야말로 기독교 문학의 본질이 되어야 한다. 왜냐하면 20세기는 고독한 시대이기 때문이다. 그 고독은 죽음으로의 동경을 느끼게 하는 허무주의적인 것이 되기 쉽기 때문이다. 이 죽음의 예찬은 20세기의 산물은 아니다. 이미 B.C. 5세기 경에 그리스의 비극작가 소포클레스는

"태어나지 않는 것이 물론 가장 좋은 것이다. 태어났다면 될수록 빨리 자기가 떠나온 곳으로 돌아가는 것이 그 다음으로 좋은 것이다"고 그의 작품 '코로노스의 오이디푸스'에서 말하고 있다. 이 페시미즘은 쇼우펜하워에 의해 완성되었다. 때문에 부버의 말대로 "대화에 사는 現存은 가장 극단적인 고독 속에서도, 괴로워도 강한 상호성의 예감을 느낀다"고 말하고 있다. '만남'의 문학 속에서 인류는 구제될 수 있는 것이기 때문에 이것은 '기독교 문학'의 본질이 될 수밖에 없는 것이다.

'참여'—즉, 앙가쥐망에 대해서는 행동주의 문학과 실존주의 문학에서 이미 주장하고 있다. '기독교 문학'은 '관념의 문학'일 수 없다. 그렇다고 해서 정신의 자유를 외친 표현주의일 수도 없다. "내가 너희를 사랑한 것같이 너희도 서로 사랑하라"고 그리스도는 말씀하셨다. 이 말 자체가 행동이요, 또한 현실 참여다. '기독교 문학'은 '소금의 문학'이요 '만남의 문학'이라고 했다. 이 두 가지 본질을 완성하기 위해서는 현실 참여가 밑바탕이 되어야 한다. 이 현실 참여란 바로 전장에서 말한 바울의 말 "하나님은 그리스도를 통하여 우리를 자기와 화해하게 하시고 또 우리에게 화해의 직분을 맡겨 주셨습니다"라는 메시지 전달의 뜻도 포함되는 것이다. 20세기는 활동의 시대이다. 기독교만이 가만 앉아 있을 수는 없다. '기독교 문학'의 경우 더욱 그렇다. 앙가쥐망의 문학— 이것은 기독교 문학의 또 하나의 본질이다.

▌5 ▌ '기독교 문학'의 시점

'기독교 문학'의 본질에 뒤이어 문제되는 것이 '기독교 문학'의 視點이다.

　이미 말한 대로 같은 소재라고 할지라도 그것을 표현하는 작가의 사상과 세계관 및 인생관에 따라 다른 문학이 된다고 하였다. 시점의 경우도 마찬가지이다. 같은 크리스천의 '기독교 문학'작품이라고 할지라도 작자의 보는 시점에 따라 이렇게도 되고 저렇게도 된다.

　'기독교 문학'의 시점에서 먼저 문제되는 것이 이데올로기의 문제이다. 즉, '기독교에 있어서의 문학'이냐? 그렇지 않으면 '문학에 있어서의 기독교이냐?' 이것이 문제가 된다. 단어의 위치를 바꾸어 놓은 것 같은 이 두 가지 문제는 사실상 큰 차이가 있는 것이다.

　'기독교에 있어서의 문학'은 말 그대로 호교문학이다. 호교문학이란 기독교를 옹호하고 선전하고 선교하기 위해 제작된 작품으로서 기독교의 도그마를 문학의 형식을 빌어 표현한 데 지나지 않는다. 부르제의 '제자'는 전형적인 호교문학이다. 이 소설의 주인공 시키스트 교수는 당시의 실증주의자 테에느를 모델로 한 것으로서, 테에느의 사상상의 책임을 물은 것이다. 즉, 기독교적인 모랄이 도덕적 모랄에 앞서는 작품을 가리킨다.

　이와 반대로 '문학에 있어서의 기독교 작품'은 기독교적 모랄을 위해 쓴 작품이 아니다. 그렇다고 문학적 모랄을 위하여 크리스천의 입장을 떠난 작품도 아니다. 기독교와 문학의 모랄을 함께 살린 작품이다.

　'기독교에 있어서의 문학'—즉 호교문학은 기독교 문학에서 배제되어야 한다. 왜냐하면, 이데올로기의 목적 아래 쓰여진 작품은 순수한 작품이라고 볼 수 없기 때문이다. 그것은 마치 계급투쟁을 강조하는 공산주의 문학이나 다를 바가 없다.

　'문학에 있어서의 기독교'—이것만이 '기독교 문학'이다. 이것은 기독교의 모랄과 문학의 모랄을 함께 살려야 한다는 뜻이다.

　기독교와 문학이라는 이 서로 대립되고 모순되고 상극되는 상황 밑에서 제작된 작품이 곧 '기독교 문학'이다.

여기 살인을 취급한 작품이 있다고 하자. 일반 작가라면 냉철한 눈으로 사건을 분석하고, 심리를 묘사하면 그뿐이다. 그러나 '기독교 문학'의 시점은 그렇지가 않다. 단순한 리얼리즘으로 끝날 것이 아니라 그 살인을 통하여 어떤 진리가 증명되지 않으면 안 된다.

여기 좀 더 구체적으로 모리악의 작품 '테레즈 데케에르'를 놓고 '기독교 문학'의 시점에 대해 생각해 보기로 하자.

란드 지방에 두 채의 집이 있었다. 테레즈는 옆집 데케르네 맏아들 베르나르와 결혼한다. 베르나르의 재산 2천헥타르의 토지가 탐났던 것이다. 결혼 뒤 테레즈는 허무감에 사로잡힌다. 남편은 법률을 배운 사나이답게 모든 것이 규칙적이었다. 어느 날 테레즈는 남편이 복용하는 극약인 비소를 배량이나 늘려 먹게 한다. 베르나르는 중태에 빠진다. 그러나 의사의 치료로 일단 회복된다. 그런데 몇 달 뒤 또 베르나르는 중태에 빠지는 것이었다. 수상히 생각한 의사가 조사해 본즉 자기 필적과 다른 필적으로 처방전이 쓰여져 있음이 발견된다. 이리하여 테레즈는 피고석에 서게 된다. 그러나 체면이라는 것을 중요시하는 남편 베르나르의 변호로 테레즈는 무죄석방이 된다. 그러나 아내의 살의를 확인한 베르나르는 가명을 훼손시키지 않고 헤어질 결심을 한다. 테레즈는 혼자 술을 마시고 담배를 피우며 끊임없이 걸어간다.

이상이 '테레즈 데케에르'의 간단한 줄거리이다. 위의 작품에는 구원이란 말이 한 마디도 없다. 구원은커녕 남편을 독살하려고 한 독부를 그린 작품이다. 그런데도 이 작품을 가리켜 '기독교 문학'이라고 할 수 있다고 말하면 의아하게 생각 할 것이다. 그러면 '테레즈 데케에르'가 '기독교 문학'인 이유는 어디 있는가? 작자 모리악의 시점이 기독교적인 시점에 있었기 때문이다. 그러면서도 호교문학이 되지 않은 원인은 또 어디 있을

까? 작중 인물에 작자가 끌려간 필연성에 예술성이 있다. '문학에 있어서
의 기독교'가 된 원인은 어디 있을까? 문학과 기독교의 두 틈바구니 사이
에서 작자 모리악은 고민하고 몸부림쳤기 때문이다.

모리악의 말에 의하면 그는 테레즈를 묘사하면서 여러 차례 이 고독한
여인을 구하려고 했으나 그럴 수가 없었다고 한다. 작가는 테레즈로 하여
금 신부에게 고해를 시킬 생각도 있었지만 작품의 필연성이 그렇게 되지
를 않았다고 한다. 왜냐하면 모리악은 크리스천인 동시에 작가였다. 작가
인 이상 그는 인간을 있는 그대로 추구하고 묘사할 수밖에 없었다. 진실
된 인간을 추구하다 보니 자연 인간의 추악한 세계에까지 눈이 미치게
되었다. 그것을 그대로 묘사하다 보니 크리스천으로서의 불안이 휩쓸어
온다. 모리악은 고백하고 있다. "나는 너무나 테레즈의 죄와 일치한다.
작가만으로서의 나 자신이라면 아무 문제가 없다. 그러나 크리스천으로
서의 나 자신의 영혼이 더럽혀지지 않을까?" 그렇다고 테레즈를 구원하
면 문학에 대해 너무 무성의해 진다. 때문에 테레즈는 끝끝내 구원되지
못한다. 그러면서도 이 '테레즈 데케에르'가 '기독교 문학'인 까닭은 작자
의 시점이 바로 크리스천의 시점이기 때문이라고 이미 말한 바 있다.

오늘날 찬송가나 한절 부르게 하고, 성경이나 한 구절 읽게 하면, 아니
더 나아가서 기독교를 꼬집는 것이 바로 기독교 문학인 것처럼 생각하고
있는 우리나라 크리스천 작가들에게 이 모리악의 창작 체험은 본받을
만한 일이다.

▎6 ▎'기독교 문학'의 문제점

이상에서 '기독교 문학'의 가능성에 대하여 몇 가지 점을 열거하였다.

그러나 처음에 밝힌 '기독교 문학'의 불가능성의 이유들,

    1. 신은 죽었다는 문제
    2. 예술을 위한 예술의 문제
    3. 바르트 신학에서의 문학의 배제 문제

   이상 세 가지에 대해서는 언급하지 못했다. 이 세 가지 문제를 검토해 보는 것으로서 이 글을 끝맺으려 한다.

   첫째로 신은 과연 죽었는가? 이 문제에 대하여는 이미 여러 사람이 말해왔다. 또 짧은 지면에서 이 문제를 충분히 다룰 수도 없다. 여기서는 야스퍼스의 견해와 토인비의 말을 인용하는 것으로써 끝맺으려 한다. 야스퍼스의 견해에 의하면 니이체가 '신은 죽었다'고 외친 것은 실은 하나님을 사랑하는 나머지에서였다고 한다. 사실상 다른 저서에서 니이체 자신도 "나는 그리스도를 무한히 사랑한다"고 고백한 바 있다. 그러나 我田引水格인 이 말로 우리는 위로를 받을 필요가 없다. "신은 어디까지나 생존해 계시기 때문이다." "신은 생존한다"는 전제 조건 밑에서 몰락해가던 서구 문명은 새로운 활기를 되찾게 되었다. 아이놀드 토인비의 증명에 의하면 서구의 역사는 기독교적 초인인 聖者를 향해가고 있으며, 신은 역사를 움직이는 힘인 것이다.

   둘째, 예술을 위한 예술의 문제는 과히 큰 문제가 되지 못하리라고 본다. 왜냐하면 그것은 하나의 문예 사조일 뿐 절대적인 진리는 아니기 때문이다. 예술가가 어떤 예술을 창조하든 그것은 그 예술가의 자유에 속하는 문제이다. 20세기에 들어서서 백화만발한 느낌을 주는 모든 문예 사조들―쉬르 리얼리즘이건 다다이즘이건 행동주의건 실존주의건 전후에 생긴 앵글리 영맨이건 비이트 제네레이션이건 심지어 앙티 로망이건,

예술가는 자유롭게 창작 활동을 할 수 있는 것이다. 이와 마찬가지로 '기독교 문학'도 엄연한 하나의 예술로서 존재하게 되는 것이다. 다다이즘에 뚜렷한 주장이 없는 반면 '기독교 문학'에는 완전한 근거와 이론이 있다. '예술을 위한 예술'이 100년의 역사도 못 가진 반면에 '기독교 문학'은 3천년의 역사를 가지고 있다. '기독교 문학'의 알파는 성서이기 때문이다. '기독교 문학'은 결코 새로운 침입자가 아니요, 오랜 역사와 전통을 지닌 문학 장르이다. 성서가 지닌 영원의 힘은 대체로 어디로부터 오는 것일까? 물론 그 진리성(윤리성)에도 원인이 있겠지만 영원히 마르지 않는 시(예술)의 위대성에서 오는 것이라고 보아도 그릇된 판단은 아닐 것이다. 성서 앞에서는 서구의 모든 문학도 그 빛을 잃어버리고 만다. 여기에는 서사시가 있고 비극이 있고 사랑의 노래가 있으며 간장을 끊는 슬픈 엘레지가 있다.

셋째, 바르트 신학에서 문학을 배제한 문제는 심각한 문제이다. 왜냐하면 신학 자체에서조차 배격을 받았기 때문이다. 여기서는 바르트 신학에 대한 언급은 회피하려 한다. 오직 위기신학, 또는 변증법신학이라고 불리는 바르트 신학은 프로테스탄트의 입장에 서서 루터와 기엘케고르의 정신을 이어받아 신앙을 정화시키려는 나머지 이성을 배격하고 중간적인 문화를 부정하는 데 기울어질 것은 당연한 귀결이다. 때문에 문학에 대해서 호의적일 수가 없을 것이다. 그러나 이성과 신앙을 궁극적으로 구분하면 결국 인간성을 부정할 위험성도 지니게 마련이다. 그러나 근대 이후의 너무나도 혼란스러운 사태와 퇴폐의 경향은 인간성에 대해서 절망감을 느꼈기 때문에 결국 이런 운동도 일어날 수밖에 없었을 것이라고 본다.

이렇게 신앙의 르네상스가 있다면 '기독교 문학'의 르네상스도 마땅히 있게 마련이다. 르네상스 이후의 인간은 신에게서 해방된 인간이었다. 그러나 그들이 불러들인 것은 과학 문명을 통한 에덴이 아니요, 혼란과 퇴폐였다. 이 근대 이후의 혼란과 퇴폐를 극복하기 위하여 다시 한 번 신앙에 돌아가자는 운동이 생겨났다. 19세기 말의 위대한 작가들－도스토옙스키나 스트린드비르히나 람보나 톨스토이나 멜레쥐코프스키 등에게서 이 색채를 발견 할 수가 있다. 20세기에 있어서도 이 경향은 강하게 작용하고 있다. 이 너무나 비극적인 사회의 혼란을 생각할 때 수긍이 가는 현상이다. 프랑스의 크로델, 쟘, 모리악, 베르나노스와 도이치의 카롯사, 윗겔, 르 포오트 등과 영국의 T.S. 엘리어트 그레엄 그린 등이 여기 속하는 작가들이다.

근대의 인간 존중의 시대가 시작된 이래 오히려 인간의 생명은 안이하게 취급되고 있는 시대가 왔다. 인간을 사랑하고 인간성을 존중하여 인간을 인간성에서 이해하고 그 인간성의 이해 위에 인간적인 문화를 수립하려던 것이 근대였다. 그러나 근대 인간이 이해한 인간성이란 중세의 인간들이 이해하던 인간성과는 아주 다른 것이었다. 중세 사람들이 열심히 갈구하고 추구한 정신이나 영혼의 구원보다는 이 세상의 향락과 행복－곧 물질면에 치우친 인간성이었다. 이 비인간적인 경향이 결정적이 되고 지배적이 된 것은 기계 문명의 결과였다.

유사 이래 인간이 이렇게도 절망된 사태에 직면한 것은 처음이었다. 발레리의 말을 인용한다면 만약 인간의 문화가 이 상태로 나가다가는 장래의 인간사회는 개미의 사회처럼 되어 버리지 않을까 우려하고 있다. 얼마 전에 우리나라에도 번역되어 대호평을 받고 있는 영국 작가 오웰의 '1983년'은 장차의 비참한 인간의 미래기를 눈앞에 닥친 것으로 묘사하고 있다. 그렇게 된 사회에 어떻게 문화가 존재할 수 있으며, 또 문학이 있을 수 있을 것인가? 설혹, 있다고 하더라고 그 문화와 문학은 인간에게 적당한 성질의 것은 아닐 것이다. 그런 사회 속에 사는 인간은 인간의 형상을 한 생물일 뿐이며 인간이라 부를 수는 없는 존재이다.

　　이제 인간은 이 절망 속에서 구원을 향해 몸부림치고 있다. 그 절망
속에서 인류를 구원하는 문학―이것이 바로 '기독교 문학'의 사명이다.

　　　　　　　(출처: 『기독교 사상』, 대한기독교서회, 1969.2-3.)

제2장
한국 기독교문학론 서설

김봉군

▌1▐ 무엇이 문제인가

20세기 문학의 地坪은 바야흐로 日沒을 맞으려 한다. 砲聲의 굉음과 탄약냄새로 문을 연 혁명과 전쟁의 20세기는 인류역사상 최대의 난문제를 噴出시키며 이제 自然의 시간 앞에 瞑目의 자세로 설 수밖에 없이 되었기 때문이다.

소유의 불평등과 소외, 이데올로기의 첨예한 대결장이 된 제3세계, 인구의 폭발과 물자의 偏在, 산업공해와 핵전쟁의 공포, 가치론적 일률성(Einheit)의 붕괴와 사회의 반윤리성—이같이 山積한 난문제들을 분비한 20세기의 인류가 志向해야 할 救援의 별(계22:16)은 어디 있는가?

구원의 신은 침묵하고 사랑이 없는 우리는 '황무지'의 갈증에 목탄다. 그러면서도 우리에게, 물은 실험실에서 이온반응을 일으키는 단지 H_2O

일 뿐이다. 황무지 저 너머 아득한 마을에서 바벨탑은 치솟고, 돈과 매머스에 도취한 군중들의 환호성으로 하여, 요한의 준엄한 들소리도, 갈보리 산상에서 人子가 '홀로' 외치는 "엘리 엘리 라마 사박다니."(막15:34)의 처절한 절규도 우리는 듣지 못한다.

F. 니체가 신의 죽음을 선언하기 훨씬 이전 르네상스적 人本主義 사람들의 가슴과 머리, 마침내 마음자리에서 유일신 하나님은 떠나기 시작했고, 18세기 계몽주의 사람들에게 이르러 唯一神의 초월성이 부정된다. C. 다윈의 진화론, A. 콩트의 실증주의, K. 마르크스의 유물변증법, S. 프로이트의 정신분석학은 인간존재의 속성에서 영혼으로 거세함으로써 현대사상의 無神論化에 결정적으로 이바지한다. 그리하여 A. 카뮈와 J.P. 사르트르, F. 카프카의 唯一神을 죽이기에 이른다. 일찍이 프랑스 혁명의 대혼란 속에서 군중들은 "하느님도 없고, 상전도 없다."고 외쳤으며, 러시아의 10월 혁명은 사회의 불평등에도 '침묵하시는 唯一神'에 향한 분노의 폭발이다. 그들은 역사를 싸움으로 보았을 뿐 '화해'는 이미 그들의 '복음'일 수 없었다. 그들은 '폭력'으로 '쟁취'했다. 그 대신 프랑스인과 러시아인은 자유를 잃었다.

과학적 실증주의 사람들의 눈에는 평화시에도 唯一神은 없었다. 더욱이 힘이 지혜와 사랑을 철저히 유린하는 대전란의 포탄 속에서 신은 더욱 모습을 나타내지 않았다. 참으로 그러했다. '인간의 역사 중 사람의 생명이 가장 값싸게 거래되었고, 자유·평등·박애가 군국주의의 넝마주이 집게에 집혀서 오물처리장으로 실려 가던 시대, 철인에게는 복종의 철학이, 음악인에게는 군가의 작곡이, 시인에게는 원고지와 펜으로 탄환을 만들 것이 강요되던 시대[1], 저 두 차례 세계대전의 싸움터에서도 신은

---

1) 任軒永 : "純粹한 고뇌의 절규", 文學思想 (서울 : 文學思想社, 1976. 4.) 참조.

모습을 보이지 않고 침묵했다. 사람들은 그렇게 생각했다. 그래서 J.P. 사르트르와 A. 말로와 E. 헤밍웨이는 '행동'해야만 하였다. 사르트르는 사회주의 정당을 만들었고, 헤밍웨이는 스페인 내란에 뛰어들었으며, 말로는 동방의 혁명 대열에 동참했다.

神은 절망한 니체와 사르트르의 후진들, 다윈·콩트·마르크스·프로이트의 지식 체계를 신봉하는 이들은 갖가지 이름의 우상을 唯一神의 자리에 앉혔다. 진보주의, 혁명, 민족주의, 물질적 번영, 안보 등 수다한 이데올로기의 우상이 궐석이 된 신의 자리를 차지했다.

한국의 형편은 어떠한가?

천주교 200주년, 개신교 100주년을 기록하고 남은 한국의 기독교는 1만 명이 넘는 순교자를 기록하며 이 땅의 근대화를 주도해 왔고, 지금 우리 인구 4명 중 1명이 그리스도교 신자라는 세계 제일의 양적 팽창세를 과시하고 있다. 이것은 분명 은총이요 축복인데, 여기에 무슨 문제가 있다는 것인가?

첫째, 기독교 정신은 어떤 모습으로 한국문화의 基屬性 및 上屬性과 만날 수 있겠는가?

둘째, 세계에서 가장 첨예하게 대결의 양상을 보이고 있는 자유민주주의와 공산주의 유물론이라는 이데올로기의 실체 및 남북 분단의 현실 앞에서 기독교가 할 수 있는 일은 어떤 것인가?

셋째, 민족주의·진보주의 史觀·물질적 번영의 이데올로기와 혁명 이데올로기의 도전에 대한 기독교의 대응 자세는 어떠해야 옳은가?

이것은 일차적으로 물론 기독교의 문제다. 동시에 기독교문학의 문제다.

기독교 문학이란 피상적으로 볼 때 '기독교'와 '문학'이라는 모순되는 두 존재를 결합시킨 용어로 보일 수 있다. 기독교의 문제는 종교와 신학의 문제이고, 문학의 문제는 언어 예술의 문제인 까닭이다. 그러나 우리는 여기서 종교나 형이상학을 문학의 주변 영역(relations)으로 몰아내는 극단적 형식주의를 받아들이지 않는다. 문학을 自足的 독립체계로 보아 '예술을 위한 예술'을 추구하는 唯美主義는 더욱 배격할 수밖에 없다. 문학의 문학성 여부는 문학의 기준에 따라 평가된다 해도 그 위대성 여부는 궁극적으로 윤리적, 신학적 기준에 의거해야 한다고 한 T.S. 엘리어트의 持論2)에 우리는 상당한 수준의 경의를 표하면서 기독교문학을 논의할 만큼 우리의 정신세계는 성숙해 있어야 하기 때문이다. 인간의 모든 思考와 行爲에 있어 '절대적 순수'란 있을 수 없다. 인간은 본질상 '價値 指向的인 存在'여서 때때로 굳이 표방하는 價値中立(Wertfreiheit)이란 어떤 폭력적 또는 敎條的 이데올로기나 경직된 가치에 대한 혐오감에서 생겨난 理想狀態를 뜻하는 것일 뿐이다.

기독교문학은 기독교의 정신적 가치를 최고의 가치로 보고 이를 추구하는 문학이다. 이 때문에 기독교문학은 문학을 위한 문학이 아닌 '삶을 위한 문학'이다. 기독교문학은 그러므로 인간의 본성과 삶의 가치문제에 깊이 간여한다. 그러나 기독교문학은 기독교를 맹목적으로 찬양하고 교리를 주입하는 護敎文學은 아니다. 그것은 神學의 차원에서 있을 것이지 문학의 차원에 있을 것이 아니다. 기독교문학은 신학에 끊임없는 도움을 구하지만 신학 자체는 아니다. 기독교문학은 護敎文學이 아니므로 '플라톤의 통제된 공화국'도 '칼빈의 엄숙주의'도 받아들일 수 없다. 기독교문학은 궁극적으로 십자가 신앙을 지향하되, 십자가의 表象과 마찬가지로 그것은 진리를 향해 열려 있다. 기독교문학은 인간의 본성과 삶의 진실을 정직하게 그려 줄 뿐이다. 기독교문학은 신앙을 주입하거나 계명을 설교하지 않는다. 읽는 사람 개개인의 인격과 영혼의 핵심에 靈性의 물결을

---

2) T.S. Eliot : "Religion and Literature", Selected Prose, ed. by Frank Kermode, London, Faber, and New York, Harcourt Brace, 1975. 참조.

일구는 은밀한 충격을 체험케 함으로써 만족한다. 까닭에 기독교 문학의 심층에는 소금(마5:13)과 빛(마5:14), 믿음·소망·사랑(고전13:13)의 가치가 스며 있는 것이다.

그렇다면 이제 한국 기독교문학의 문제를 참으로 이야기할 차례다. 앞에서 제시한 한국 기독교가 당면한 문제야말로 한국 기독교문학의 문제가 아닐 수 없다.

한국 기독교 200년 역사를 통하여 초기 천주교사는 순교의 역사다. 도밍고회와 프란치스코회의 선교 지침이 조상의 제사를 금지시킨 것도 화근이었다.[3] 천주교가 피로써 일군 성령의 터전에 개신교는 수평적 선교 지침으로 접근하여 성서의 國譯을 통한 복음과 한글의 보급, 교육과 의료사업을 통한 봉사활동 등으로 비교적 순조로운 복음전파 활동을 했고, 한국의 근대화에도 공헌했으며, 천도교와 함께 3.1운동을 주도함으로써 민족주의 운동과 손잡을 수 있었다. 이후 한국 기독교는 일제의 탄압과 6.25전란으로 인한 파란과 충격을 체험하면서도 놀랍도록 교세의 팽창을 보여왔다. 그러나 1,000만 信者를 확보한 한국 기독교인이 참으로 靈的인 重生體驗을 하였으며, 참다운 기독교 문화를 이룩했는가에 대하여는 논란이 많다.

한국 기독교문학 또한 다를 바 없다. 초기의 찬송가가 唱歌에 영향을 주었고, 한국어의 문체를 현대화하는 데 기여했다. 적지 않은 교회음악, 교회문학을 낳았고, 한국 문단에도 만만찮은 영향을 끼친 것이 사실이다.

기독교문학과 관련되는 시인에는 1910년대의 최남선과 이광수를 비롯하여 朱耀翰, 南宮璧, 黃錫禹, 金素月, 尹東柱, 朴木月, 朴斗鎭, 具常, 黃錦燦, 林仁洙, 朴和穆, 金南祚, 李相魯, 石庸源, 金京洙, 趙南基, 鄭箕煥,

---

3) 구중서, "전통문화 속의 신", 기독교사상 293(서울 : 기독교사상사, 1982. 11), p.104 참조.

朴根瑛, 李姓敎, 全在東, 咸惠蓮, 朴利道, 高眞淑, 金榮茂, 金元植, 金楨宇, 金泰奎, 吳丙洙, 柳岸津, 李海仁, 尹惠昇, 鄭浩承, 金正煥 등이 있다. 또 소설가로는 安國善, 李光洙, 金東仁, 全榮澤, 任英彬, 沈熏, 金末峰, 朴啓周, 朴榮濬, 金東里, 黃順元, 林玉仁, 李鍾桓, 李範宣, 金光植, 金秉老, 鄭乙炳, 尹男慶, 吳昇在, 金龍雲, 白道基, 金聲翰, 李祭夏, 李廷珪, 李文烈, 韓戊淑 등이 있다.4) 그리고 극문학가에 朱泰益, 李保羅, 李盤 등이, 아동문학가로 朴京鍾, 李賢周, 朴勝一, 權正生, 李允子, 玉米造, 평론가로는 金佑圭, 田大雄, 金松峴, 明桂雄, 金鎭萬, 趙神權, 鄭容燮, 金禧寶, 金榮秀, 李雲龍, 安洙環 등이 있고, 최근 金柱演이 기독교문학에 뜨거운 열정을 보인다.5)

　그러나 위에 열거한 문학인들의 작품이 반드시 기독교문학의 범주에 속하느냐 하는 물음에 대하여는 보다 신중한 해석, 분석과 평가를 필요로 한다. 더욱이 이들의 작품이 기독교의 본질이라 할 원죄의식과 실존적인 고뇌와 참회를 통한 구원의 문제 그 핵심에 놓이느냐는 물음 앞에서 심한 곤혹감을 떨치지 못하는 것 또한 사실이다.

　이제 한국문학의 정신사적 특성과 한국 현대문학사의 흐름을 기독교문학의 관점에서 재조명하고, 기독교문학 重生의 길을 모색해야 할 소명감이 다음 몇 가지 문제 앞에 우리를 나서게 만든다.6)

---

4) 金禧寶 編 : 韓國文學과 基督敎(서울 : 現代思想社, 1979) 참조.
5) 金柱演, "사랑의 문화를 위하여", 현대 문학과 기독교(서울 : 文學과 知性社, 1984), pp.11~17 참조.
6) 柳東植 : 韓國宗敎와 基督敎(서울 : 大韓基督敎書會, 1965), pp.15~19 참조.

▌2 ▌무속의 엑스타시와 기독교적 상상력

한국문학의 사상적 기반은 巫俗信仰과 動物崇拜思想 내지 汎神論이다.

한국의 원시 문학은 노래나 춤과 함께 巫俗을 바탕으로 한 宗敎的 祭儀 형식으로 출발했다. '龜旨歌', '海歌', '獻花歌', '彗星歌', '兜率歌', '怨歌' 등에 巫俗的 呪術力이 작용하고 있는 것이 그 현저한 예다.

또 단군신화를 비롯한 각국의 건국 신화들에 나오는 범, 곰, 개구리, 말, 닭 등을 중심으로 한 동물숭배 사상은 우리의 神話·傳說·民譯 등 口碑文學과 小說의 思想的 背景이 되어 있다.

무속신앙과 동물숭배 사상을 바탕으로 한 한국인의 문학사상은 汎神論과 결부된다. 푸나무며 바위, 돌멩이에까지 영혼이 깃들여 있다고 보는 自然崇拜 또는 精靈崇拜思想(animism)을 기초로 하여 萬有가 神이라고 보는 이 汎神論은 한국인의 集團無意識으로 줄기차게 작용하고 있다.

巫俗信仰은 敎理가 없으므로 다른 사상과 쉽게 習合한다. 이 같은 무속신앙과 동물숭배사상 및 범신론은 중국을 통하여 전래된 佛敎의 因果應報, 輪廻轉生, 彌勒, 淨土思想 들과 합하여 한국 전통문학 정신의 支柱가 되었다. 무속신앙은 道·仙 思想과도 습합되었고, 忠·孝·烈을 根幹으로 하는 儒敎思想과도 깊은 관련을 맺게 되었다.

애니미즘을 기초로 한 범신론인 이 巫俗信仰의 靈媒者로서 巫覡 곧 샤만(shaman)은 司祭職(priest), 醫巫職(medicine-man), 豫言職(prophet)을 수행한다. 만주어의 語源에 따르면 샤만은 '흥분하는 자, 도발하는 자, 요동치는 자'의 뜻을 내포하며, 중국에서는 이를 '跳神'으로 표기한다. 巫俗信仰의 주요 관심은 인간의 윤리가 아니라 靈界가 조작하는 災厄에서 벗어나고, 엑스타시(ecstasy)의 상태에서 聖物인 방울과 북을 쳐서 惡靈을 쫓고 거울을 써서 光明과 照映의 신비에 접하게 된다.

요컨대 巫俗은 辟邪進慶의 祈福信仰이다.

巫俗信仰이 基督教信仰과 褶合하기 쉬운 속성은 풍부하다. 巫俗信仰에는 영계를 지배하는 최고신을 섬기는 관념이 있다. 이 최고신은 하늘의 靈으로서 '하나님'(하나의 님)이라 불리며 天主[7) 또는 唯一至大의 神[8)을 뜻한다. 유교와 불교에서도 이 '하나님'과 混淆되어 불린다. 巫俗에서는 우주를 上界・中界・下界의 3층 구조로 본다. 上界는 主神과 善靈들의 거처로서 天上界이고, 中界는 사람과 동물과 푸나무가 사는 이 세상이며, 下界는 惡靈이 사는 지옥이다. 불교에서 말하는 저승이니 염라대왕이니 하는 것은 본디 巫俗에서 전승된 것이다.[9)

한국에 기독교 신앙이 受容되는 데는 巫俗의 '하나님' 사상과 3층 구조의 우주관이 크게 도움이 되었다. 기독교의 '하나님'과 '천국・세상・지옥'의 신앙에 쉬이 褶合될 수 있었던 것이다.

巫俗信仰은 그 呪術性과 無教理性 탓에 다른 종교와 쉬이 褶合하여 他宗教의 윤리적 창의성과 역사 형성력을 저해한다. 巫俗信仰의 呪術性, 祈福性과 과도한 非合理性은 역사의 변증법적 전개 의지를 無力化하게 마련이다. 그것이 설령 합리성과 변증법적 역사 형성력의 에너지로 凝集된다 하여도 止揚(Aufheben), 통합을 불가능케 하여 狂氣의 極端으로 치닫는 불상사를 노출시키기 십상이다.

한 철학가가 한국인의 集團無意識을 '신바람 사상'으로 보고 그 現象學的 實體를 '풀려는 意識'과 '미치려는 意識'으로 파악한 것[10)은 卓見이

---

7) Hulbert, H.B. : The Passing of Korea(New York : Doublday, Page Co., 1906) 참조.

8) Gole, J.S., Korea in Transition, Board of Foreign Missions(New York : Board of Foreign Missions, Presbyterian Chunch, 1909), p.78 참조.

9) Clark, A.D., Religion of Old Korea(Seoul:The Christian Literature Society of Korea, 1961), p.128 참조.

10) 金炳孝 : 韓國思想散考(서울 : 一志社, 1976) 참조.

라 하겠다. '풀려는 의식'은 '怨'과 '恨'의 문제이고, '풀려는 의식'은 심리
학적으로 '發散(discharge)'의 문제요 '미치려는 의식'은 '歡喜의 絶頂'에
자리한 民族 大同和合의 時空을 志向하는 우리 역사의 悲願이다. 이것은
巫俗信仰的 意識志向의 에너지로서 한국인의 정신사의 基層에 깊이 잠
복하여 있다.

이 巫俗信仰이 엑스타시의 상태에서 긍정적으로 작용할 때 한국인은
놀라운 結集力과 창조적 역량을 드러내나, 그것이 부정적으로 작용할 때
이데올로기의 硬直化, 黑白論理, 全部 아니면 全無의 極限論理, 타협 없
는 極限對決 등의 암흑상을 드러낸다. 이른바 白샤만과 黑샤만의 기세[11]
가 극단화한다.

한국의 기독교문학도 한국인의 基層에 잠복한 이 같은 집단무의식과
의 치열한 갈등과 無關할 수가 없다.

金東里의 '巫女圖'(또는 '乙火')와 黃順元의 '움직이는 城'은 바로 이
문제를 다룬 대표적인 작품이다. "巫女圖"의 巫女 毛火와 기독교인이
된 아들 욱이의 갈등, 대립에서 毛火가 패배하고 죽는 이야기를 표면구조
로 한 작품이다. 이 작품의 액션을 毛火의 행위와 관련 사건에 두고 毛火
의 죽음을 '구원'으로 보는 巫俗的 批評觀이 있다면, 문제는 더욱 심각해
진다. 이때 기독교의 승리도 구원관도 소멸하고 말기 때문이다. 黃順元의
'움직이는 城' 역시 巫俗과 기독교와의 갈등을 다룬 작품이다. 이 작품에
는 자학적인 성격의 농학자 준태, 성실하고 관념적 思考型의 사람인 목사
성호, 巫俗 연구가요 대학 강사인 민구의 세 남성이 등장한다. 민구는
한장로의 딸 은희와 약혼을 하고서도 변무당에 집착하는 모순된 인물이
다. 이 때문에 작가는 제목을 '움직이는 城'이라 했을 것이다. '城'은 한국

---

11) Mircea Eliade 저, 역 : 샤마니즘(Shamanism), 世界思想全集(서울 : 三星
　　出版社, 1977) 참조.

민족의식의 基層性으로서의 무속신앙에 터잡은 '고향'이겠고, '움직이는' 것은 서양에서 전래된 기독교일 것이다. 이 작품에서 민구는 死後 樂地 인도를 비는 '오귀굿 巫歌'를 듣고 엑스타시의 황홀경에 빠지며, 영양실 조로 失明한 소녀 명숙 역시 '내림굿' 장면에서 이 같은 신비 체험을 한다. 명숙은 교회에 출석하는 소녀이다. 또 제사 지내느니보다 돈이 덜 들므로 교회에 나오는 최장로, 샤만이 되어 절대 군주처럼 군림함으로써 '섬기는 직분'(마20:28)과는 동떨어진 교회 지도자, 교회 재산으로 이자놀이를 하며 가이사의 것(눅20:25)에 집착하는 한장로 등, 이 작품에는 한국 기독교의 온갖 치부가 노출된다.

한국 기독교인의 巫俗的 祈福信仰, 實利追求, 통성기도와 무속적 엑스타시, 十字架의 水平的 兄弟愛를 저버린 자기 구원, 사회윤리의 沒覺, 역사 형성력의 결여 등 허다한 문제는 결국 한국인의 무속적 집단무의식과 깊이 관련되어 있다.

기독교 신앙의 요소에는 물론 기복적인 것이 있다. 그러나 이 기복적 情感의 신앙은 知性과 意志의 신앙과 조화를 이루어야 할 것이다.

천주교는 이미 조상의 기제사를 허용했고, 개신교는 이에 대해 추모예배 정도로 자세를 누그러뜨리고 있다. 한국의 기독교는 무속신앙을 중심으로 한 전통사상, 전통문화와의 대화와 극복을 통하여 거듭나야 할 것이다.

신앙은 궁극적으로 논증이 아닌 체험이라는 관점에서, 한국의 기독교 문학이 '서낭당 너머의 하나님'[12]을 어떤 초월적 체험의 수준에서 만날 수 있게 하느냐가 크나큰 과제로 남아 있다.

더욱이 한국 현대 문학정신의 基層性을 '샤머니즘적 체질'[13]이라 할

---

12) 李範宣의 '피해자' 참조.
13) 金允植 : "우리 문학의 샤머니즘적 체질 비판", 우리 소설과의 만남(서울 : 民音社, 1986), pp.198~219 참조.

때, 이데올로기로 분장하고 나서는 시간성, 역사성의 도전 앞에서 한국문학은 좌절의 늪으로 빠져들 수밖에 없을 것이다. 가령 무속신앙을 정신적 기반으로 한 金東里의 '驛馬'(「白民」12호, 1948. 1), '巫女圖'(「中央」, 1936. 5)와 黃順元의 '筆墨장수'(「文藝」, 1955. 6), '기러기'(「文藝」, 1950. 1, 1942년 집필)를 필두로 하여 1970년대 이후의 작품인 崔仁勳의 '하늘의 다리'(1970), 尹興吉의 '장마'(1973), 玄基榮의 '순이 삼촌'(1978), 임철우의 '직선과 독가스'(1984), '아버지의 땅'(1984), 이창동의 '燒紙'(「실천문학」 창간호, 1985, 봄) 등은 일정한 계열성을 이루며 한국 현대 작가의 창조적 상상력에 깊이 작용하고 있다. 이들 작품은 '전통'이라는 이름으로 時間의 고삐를 逆方向性의 迷妄 속으로 견인하고 있으며, 따라서 申東曄의 '錦江'(1969), 崔仁勳의 '廣場'(1960), 金洙暎의 '풀'(1968), 李文烈의 '英雄時代'(1985), 양선국의 '亂世日記'(「현대문학」1985. 5.), 김지하의 최근작 '大說 南'(1983)의 역사 의식에 맞서 정신적 對極點을 치닫고 있는 것이다. 이것은 退嬰과 進步, 本能과 文化의 對極現象으로 파악되는 한국인의 정신사 또는 한국 문학 정신사의 反論理性, 逆方向性, 反歷史性을 뜻한다.

요컨대 한국문학이 짐져야 할 십자가는 기독교적 상상력이 무속적 엑스타시의 否定的 偏向性과 뒤에 논의하게 될 사회주의적 사실주의의 진보주의적 투쟁성과의 대립을 어떻게 止揚, 統合하느냐 하는 문제임이 밝혀진 셈이다.

▐ 3 ▐ 자연주의 또는 유한한 우주의 침묵

자연주의의 기반은 無神論이다. 르네상스적 인본주의의 격변기를 거쳐 1600년대에 들어서자 서구 사회는 자연주의적 無神論에 기울기 시작한다.

서구의 정신사를 보면 기독교 有神論(christian theism)을 자연주의로 바꾸어 놓은 중간 단계에 理神論(deism)이 놓여 있다. 이신론의 기본 명제는 다음과 같다.[14]

첫째, 제 1원인(A First Cause)인 초월적인 하나님이 우주를 창조하였으나, 운행은 그 자체에 맡기셨다. 그런고로 하나님은 內在하지 않으시고, 완전한 인격도 인간사의 주재자도 아니시며 섭리라는 것도 작용하지 않는다.

둘째, 하나님이 창조하신 우주는 폐쇄 체계 안에서 因果律의 일치체로 창조되었으므로 결정론적이다. 따라서 기적이란 일어날 수가 없다.

셋째, 인간은 비록 인격체지만 우리라는 기계의 한 부품에 지나지 않는다.

넷째, 우주 또는 이 세상은 타락하지도 비정상적인 상태에 있는 것도 아니라 정상적이다. 인간은 우주를 알 수 있고, 우주를 연구함으로써 하나님이 어떠한 분인지를 분명히 알 수 있다.

다섯째, 윤리는 일반계시에 국한된다. 우주는 정상적이므로 무엇이 옳고 그른가는 그 자체가 보여 준다.

이러한 가정 아래서 이신론자 알렉산더 포우프는 "모든 자연은 그대가 모르는 예술이며, 모든 우연은 그대가 볼 수 없는 방향성이며, 모든 불일치는 그대의 이해를 넘어선 조화이며, 모든 部分的 惡은 普遍的 善이다. 자만심이나 잘못되기 쉬운 판단에도 불구하고 명백한 진리 하나가 있다. ─존재하는 모든 것은 옳다."고 외친다. 존재하는 것 모두를 옳다고 보는 사회에서 윤리나 가치의 척도는 쓸모없는 것이 된다. 이 沒論理的 이신론

---

14) James Sire : 앞의 책, pp.52~67 참조.

특히 17세기 말부터 18세기 전반까지 프랑스와 영국의 사상계에 잠깐 영향을 끼치고 자연주의의 세계관으로 탈바꿈했다.

自然主義의 기본 개념은 다음과 같이 정리된다.[15]

첫째, 물질은 영원하며 존재하는 것의 전부이다. 神은 없다.

둘째, 우주는 폐쇄체계 속에서 因果律의 一致體로서 존재한다.

셋째, 인간은 일종의 복잡한 기계이다. 인격이란 우리가 아직 잘 모르는 화학적, 물리적 성질의 상호관계이다.

넷째, 죽음은 인격과 개체성의 소멸일 뿐이다.

다섯째, 역사란 인과율에 따라 연결된 사건의 직선적 연속이며 전체적인 목적성이란 없다.

여섯째, 윤리란 단지 인간에게만 관련된 것이다.

자연주의적 관점에 따르면 우주의 본질은 신과 신의 섭리가 아니라 물질과 그 원리가 된다. 계절이 바뀌는 아름다운 질서는 하나님의 계획의 결과가 아니라 중력의 법칙 때문이다. 자연주의자는 쓸개가 담즙을 분비하듯이 뇌는 생각을 분비한다고 말한다. 도덕적 가치의 근원은 인간의 경험에 있으므로 윤리는 자율적이고 상대적이며 상황의 소산이다.

진화론자와 자연주의자는 아득한 옛날이나 지금 무슨 일이 일어났으며 또 일어나고 있느냐에 대하여 말할 뿐, 왜 일어났는가에 대하여는 침묵한다. T. 드라이저는 이 침묵에 견디지 못한다.

　　한 사람이 우주에게 물었다.
　　"여보셔요. 제가 여기 있습니다."
　　우주는 대답했다.
　　"그렇지만 그것이 내겐 아무런 책임감도 느끼게 못 해요"[16]

───────────────

15) 위의 책, pp.71~80 참조.

J. 업다이크는 작품 '비둘기'에서 아래와 같이 썼다.

　경고도 없이 데이빗은 생생한 죽음의 幻影을 보았다. ― 너는 좁고 긴 구덩이 속에 내리어졌다. 창백한 얼굴들이 멀어져 간다. 너는 그들을 붙잡으려 했지만, 너의 손은 묶이어 있다. 삽들의 움직임 속에 진흙이 얼굴을 덮는다. 바로 이 자리에서 너는 똑바로 누운 채 눈과 입이 닫히고, 네 이름을 부르는 자도 없을 것이다. 지층의 변화가 생길 때 네 손가락은 함께 늘어날 것이고 이빨은 비스듬히 눌릴 것이니, 아무도 지하의 백악층에서 심히 변형된 너의 모습을 분간해 낼 수 없으리라. 땅이 요동하고 태양이 소멸하리니, 한때 별들이 빛났던 곳에 영원한 어둠이 통치하도다.17)

　자연주의의 이러한 절규는 필경 허무주의에 가 닿을 수밖에 없다.
　문학상의 자연주의는 좌절의 소산이다. 자연주의적 인간관과 우주관 속에서 우리는 18세기 계몽주의 사상의 낙관론이 산산조각이 나 있음을 본다. 즉 권위와 인간의 완전성에 대한 신뢰, 민주제도에의 확신, 인간의 성장과 진보에 대한 기대 등이 자연주의의 세계에서는 여지없이 무너져 내리고 있다. 자연주의자에게 신은 죽었고, 형이상학이란 한갓 시간 낭비다. 대표적인 자연주의 문학가 E. 졸라의 말대로라면 인간은 단지 현상이거나 현상의 조건일 뿐이다.
　문학상의 자연주의는 사실주의가 자연과학적 실증주의에 몰려 극단으로 경직화한 決定論(determinism)이다. 자연주의는 인간을 遺傳과 環境의 종속물로 본다. 한국 작가 金東仁의 '발가락이 닮았다'는 소박한

---

16) R.W. : Horton and H.W. Edward : Backgrounds of Americon Literary Thought(New Jersey : Prentice-Hall, Inc., 1952.), p.254 참조.
17) James Sire : 앞의 책, p.68 참조.

유전법칙과 관련되어 있고, '감자'는 환경결정론적인 작품이다. '김연실전'의 沒倫理性도 자연주의적인 특성을 드러낸 것이다.

한국 현대소설사의 큰 줄기는 ① 巫俗信仰을 기반으로 한 傳統志向性(tradition orientation), ② 서구 부르주아 문학에서 유래한 자연주의적 사실주의(naturalistic realism), ③ 동구에서 온 사회주의적 사실주의(socialistic realism)의 셋이며, ②와 ③은 소위 현대지향성(modernity orientation)의 자세를 보인다. 여기서 문제가 되는 자연주의적 사실주의는 인간의 동물성, 잔인성 등 추악한 면을 탐색, 폭로하는 데 기울어 있다. 이상주의, 낭만주의가 추구하던 인간관과 역방향성을 보인다. 그러나 여기에 문제가 있다. 인간은 천사인가 악마인가 하는 물음에 대하여 자연주의는 단연 악마라는 관점을 취하여 C.G. 융이 말하는 '어둠의 자아(shadow)'를 탐색, 폭로한다. 그리스도인은 파스칼다운 인간관을 신봉한다. 그리스도인의 입장에서 볼 때 사실주의나 자연주의 인간상은 인간의 총체적인 인식 작업에 실패하고 있다. 파스칼이나 M. 하이데거, G. 마르셀의 총체적인 인간 인식을 그리스도인은 택한다. 그 때문에 기독교 작가는 괴테, 톨스토이, 도스토예프스키를 받들고, N. 호손의 '주홍글자', J.S. 크로닌의 '천국의 열쇠'를 탐독하여, 특히 G. 그린의 '권능과 영광'에 찬사를 보낸다.

한국의 기독교 작가들도 이점에 눈을 떠야 할 것이다. 李無影의 '罪와 罰', 徐基源의 '朝鮮白磁마리아像', 白道基의 '가룟유다를 위한 證言', 韓戊淑의 '만남' 등이 한국 기독교 문학의 가능성을 보여 준다. 이런 작품들이 인간의 본성 안에서의 오뇌와 치열성을 보이기 위해서는 역시 한국인의 '原罪意識'이 전제되어야 할 것이다.

▌4▌ 진보주의와 성장 이데올로기의 우상

르네상스적 人本主義 사상은 개성의 자유와 인간적인 것의 가치를 확보하는 데 이바지했다. 이와 함께 그리스도교 신앙 또한 경직된 律法과 생명력을 잃은 儀式에 의한 질곡의 상태로부터 인간을 해방시킨 공적을 기록한다. 이로써 인간의 창조적 상상력이 활력을 얻어 그야말로 인류 문명은 코페르니쿠스적 대전환을 이룩했다. 경이적인 발견과 발명을 통해 근대인은 창조주의 비밀을 엿보게 되었다. 근대인은 도마의 의심(요 20:24~25)에 빠져, 보이지 않는 것은 믿지 않는 자들이 되었다.

과학 혁명과 함께, 창조주의 존재에 대한 의심을 증대시킨 결정적인 사건은 C. 다윈의 진화론이다. 진화론은 聖書의 창세기를 히브리족의 민족신화의 차원으로 격하시키고, 역사에 있어 進步主義 史觀을 낳는다. 진보주의 사관은 제국주의 식민 정책과 민족주의적 파시즘을 정당화하고, 오늘날 물질적 번영 이데올로기의 바벨탑을 구축하는 '狂的인 세계(a world possessed)'에 인류를 몰아넣기에 이르렀다.[18]

진화론을 지구의 시간으로 계산해 보자. 지구의 연령을 28억 5천년이라 보고, 12시에 밤이 시작되고 다시 12시에 다음 밤이 되는 24시간을 하루로 할 때 하부 실루리아기(Untersilur)에 첫 척추동물이 나타난 것이 20시 25분이며, 상부삼첩기(Oberster Trias)에 첫 포유동물이 출현한 것은 23시 28분이다. 모든 국가의 창업, 민족전쟁, 신앙투쟁, 종교의 창시를 포함한 소위 '세계사'는 밤 12시 조금 전 10분의 3초 동안에 이루어졌다. 이에 따르면 포유동물의 진화로 볼 때 이 최후의 순간만이 역사이고, 지나간 다른 모든 것은 창조주와 관계도 없는 우연으로서의 자연과

---

18) Bog Goutzbard 저, 김재영 역 : 현대 우상 이데올로기(Idols of Our Time) (서울 : 한국기독학생회 출판부, 1987), p.10 참조.

정에 불과하게 된다.[19)

현대인의 신앙이 된 진화론은 과학적 사실이며 진리인가? 이에 대한 연구자의 견해는 부정적이다.

1960년대 이후 많은 생물학자들이 진화론을 부정한다. H. 모리스는 "전혀 과학적 증거가 없는 진화론이 과학이라는 이름으로 그처럼 우주적 위력과 특권을 누렸다는 사실은 인간의 본성이 어떠한가를 놀랍게도 설명해 주는 것이다."[20)고 하며 진화론을 반박했다. 이 밖에도 본디 진화론자였던 주커만을 비롯한 옥스나드, 리키 등 많은 학자들은 진화론이 과학적 사실이 아님을 입증해 보였다.[21)

창조론을 정면 부정하기 쉬운 이 같은 진화론은 경이적인 위력으로 현대 지성과 학문에 지배적인 영향을 끼친다. 그 지배적인 영향은 後面과 같이 도식화 할 수 있다.

이 도표에 따르면 실용주의 교육학과 프로이트 심리학은 물론 군국주

---

19) Karl Heim 저, 太正學 역 : 基督教信仰과 自然科學(Der Christliche Gothsglaube und die Naturwissen-schaft) (서울 : 대한기독교출판사, 1977), pp.15~16 참조.

20) Science(1977), Vol. 102, p.324 참조.

21) 다음은 진화론이 부정되어야 할 증거들이다.
　① 1924년 로디지아에서 발견된 오스트랄로피테쿠스는 인간의 조상이 아닌 유인원이었다. (1966년 영국의 해부학자요 진화론자인 Zuckerman의 강의, 시카고대학 해부학 교수 Oxnard, Leaky의 1973년 강의)
　② 1891년에 발견된 자바인, 1920년에 발견된 북경인, 곧 피테칸트로프스는 긴팔원숭이였다.
　③ 독일의 네안델탈인은 반쯤 서서 활동한 인류의 조상이 아니라 비타민D 결핍으로 인한 구루병 환자였다.
　④ 날아다니는 포유류의 첫 화석은 6천만 년 전 신생대 제 3기 시신세의 박쥐 화석인데, 그 박쥐는 오늘날의 그것과 거의 같다.
　⑤ 진화론에 따르면 도저히 같은 시대에 공존할 수 없는 동식물의 화석이 같은 지층에서 무수히 발견된다. (Natural Geographic, Vol. 143, 1973, p.819 : Nature, Vol. 258, p.389~395 참조)

의, 파시스트, 마르크스의 변증법적 유물론 등이 모두 진화론에 의하여 촉발되었음이 드러났다.

지금 세계 각국의 꿈은 보다 진보된 나라를 이룩하는 것이다. 진보된 나라란 물질적으로 번영한 국가를 뜻함은 물론이다. 특히 저개발국이나 개발도상국의 공통된 이념은 물질적 번영 곧 '성장 이데올로기'다. 세계 인구의 3분의 2가 굶주리며 하루에도 수만 명이 양식의 결핍으로 목숨을 잃는 이 시대[22]에 못 가진 이의 최우선 과제는 경제성장일 수밖에 없다. 그러나 이 같은 성장 이데올로기가 우상화하여 통치자의 권력 유지의 수단이나 우리들 삶의 궁극적인 목적이 되어서는 안 된다.

불행히도 우리는 아시아와 남미의 여러 나라, 유럽과 북미의 이른바 '선진국'에서 우상화한 성장 이데올로기의 실체를 목도한다. 만인의 물질적 혜택을 고루 받는 복지국가 - 이것은 온 세계 대다수의 국민들에게 분명 神이다. 그러나, 우리는 이 신을 궁극적인 삶의 목적으로 생각해서는 안 된다. 이 신은 결정적인 위기의 순간, 신에 대한 우리의 기대가 절정에 달하게 될 때, 우리를 버리고 말 것임을 알아야 한다. 복지국가를 최고의 가치 이념으로 삼는 현대의 온갖 '예배 의식'은 정치가라는 제사장들이 집행하는 우상숭배의 제의(祭儀)이다.[23] 물론 여기서 우리는 생산 체제에 대한 모든 비판도 '좌익'으로 몰고, 복지 국가에 대한 비판을 '극우'로 매도하는 편의주의를 따르자는 것은 아니다. 우리는 무절제한 성장 이데올로기가 저개발국의 혁명 이데올로기를 부추기고, 강대국의 제국주의적 민족주의 이데올로기 역시 강대국의 그릇된 安保를 이데올로기의 우상을 파생시키는 두려운 사태에 대한 경각심을 일깨우려 할 뿐이다. 다음 도표를 보자.

---

22) 1972년의 로마 클럽 보고서가 당시 세계 인구의 69.7%가 굶주리며 매일 5만 명이 餓死하고 있음을 알렸음에 비추어 오늘의 현실은 보다 더 비참할 것이다.
23) Bob Goudzward : 앞의 책, p.61 참조.

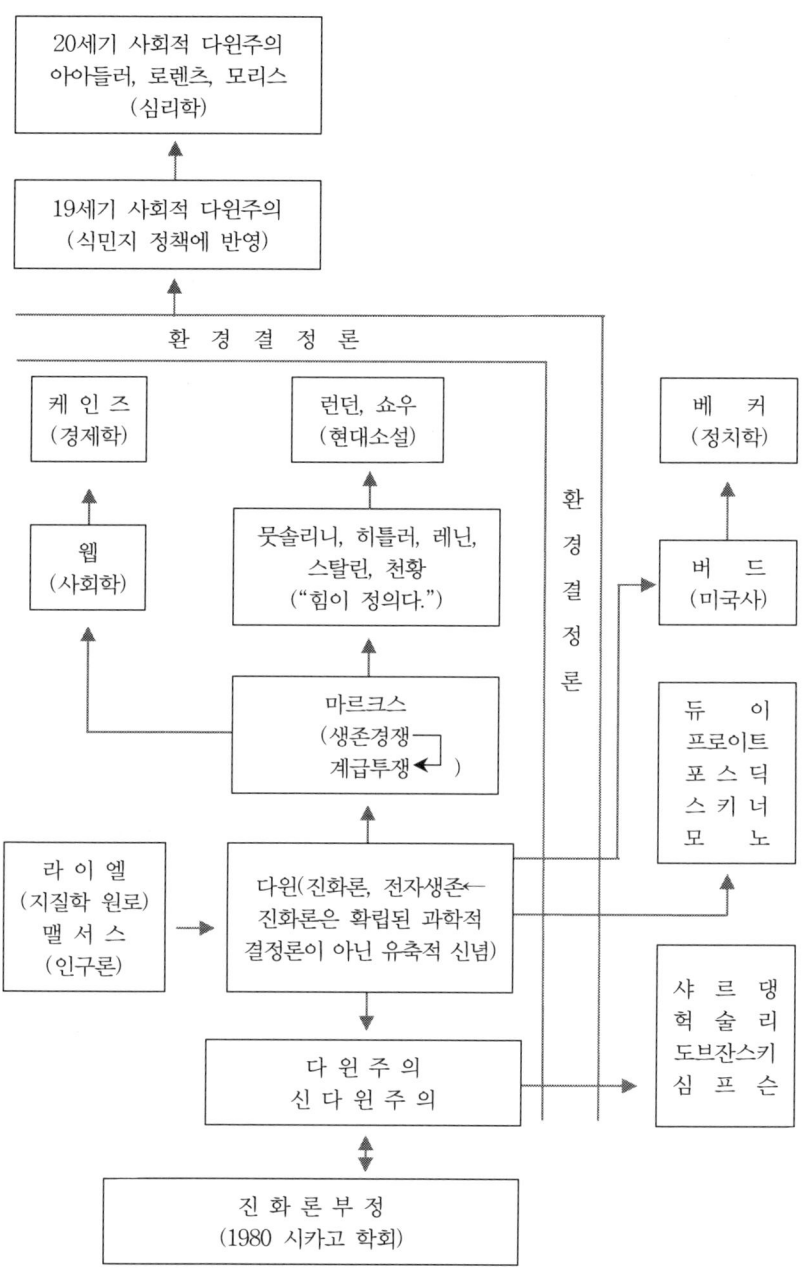

20세기 사회적 다원주의
아아들러, 로렌츠, 모리스
(심리학)

19세기 사회적 다원주의
(식민지 정책에 반영)

환 경 결 정 론

케 인 즈
(경제학)

런던, 쇼우
(현대소설)

베 커
(정치학)

웹
(사회학)

뭇솔리니, 히틀러, 레닌,
스탈린, 천황
("힘이 정의다.")

환
경
결
정
론

버 드
(미국사)

마르크스
(생존경쟁→
계급투쟁←)

듀 이
프로이트
포 스 딕
스 키 너
모 노

라 이 엘
(지질학 원로)
맬 서 스
(인구론)

다윈(진화론, 전자생존←
진화론은 확립된 과학적
결정론이 아닌 유축적 신념)

샤 르 댕
헉 술 리
도브잔스키
심 프 슨

다 원 주 의
신 다 원 주 의

진 화 론 부 정
(1980 시카고 학회)

무절제한 성장 이데올로기가 보여 주는 것은 저 남아연방공화국의 인종차별, 다이나마이트로 폭약을 만들게 한 노벨의 이름으로 평화상을 수여하는 世紀的인 笑劇, 평화를 위하여는 무력을 강화해야 한다는 강변으로 정권을 우상화하는 초강대국과 폭력 · 테러국가 들의 아이러니, 환경오염으로 기형아를 증가시키는 산업공해, 낙태아가 낳은 아이의 4배에 달하는 러시아의 산모들, 이혼율 50%를 기록하는 미국의 새 '러브 스토리', 무장 해제한 북유럽 복지국가의 性윤리, 권태에 짓눌려 자살하는 청년 남녀들, 마약 중독자들 ─ 성장 이데올로기의 우상화가 빚은 이 可恐할 20세기의 深夜를 우리는 심각한 눈으로 注視해야 할 것이다.

1인당 국민소득 4,040달러의 한국, 분배의 불평등이 '사랑하는 형제들'을 사분오열 조각내는 이 땅에서 연구자의 이러한 우려는 때이른 감이 없지 않다. 그러나 '소박한 복지국가', '사랑과 평등의 평화공동체'를 향한 우리의 설레는 꿈이 아물거리는 바로 저 언덕에 무절제한 성장 이데올로기의 악령이 도사리고 있다는 것을 잊지 말아야 한다.

다시 문학 문제로 말머리를 돌리자.

1970년대 한국문학을 살펴보면, 정치의 非理와 산업사회의 구조적 모순을 고발하는 소위 비판적 사실주의 또는 사회주의적 사실주의 계열의 작품들이 도도한 세력으로 등장한다. '五賊'의 시인 金芝河의 '蜚語', 黃晳暎의 '客地', '三浦 가는 길', '난장이가 쏘아 올린 작은 공' 등이 그 大宗이라 하겠다. 이들 작품은 '못 가진 이'의 비참한 생존현장을 대담하게 파헤친 그 '사실성'과 문제의식으로 하여 베스트셀러의 영예를 안았다.

그렇다. 이 작가들은 성장 이데올로기의 그늘에서 신음하는 '이웃'에 다가갔을 때, 그들의 '어둠' 때문에 성장 이데올로기 자체의 무모성은 知覺할 수가 없었을 것이다. 그리고 한국의 기독교 문학가들은 이들의 어둠에 '침묵'해서 안 되었다. 뿐만 아니라 저 작가들에게 '성장 이데올로기'의 실체와 '소박한 평화공동체'를 향한 비전을 보여 주어야 했다.

다행히도 우리는 70년대, 이 목마른 갈증의 시대에 요한의 '들소리'와 성장 이데올로기의 虛像을 볼 줄 아는 한 시인을 만난다. 具常이 바로 그런 시인이다. 그의 시집 「까마귀」야말로 이 시대의 모순과 허위를 질타한 예언서다. 여기서 우리는 일찌기 「거미와 星座」에서 보인 朴斗鎭의 예언자적 지성의 목소리가 어찌하여 이 시대에는 '잠잠했는지' 아까워할 수밖에 없다.

앞으로 한국 기독교문학은 진화론적 인간관과 성장 이데올로기의 우상에 맞서 무엇을 해야 할 것인가를 스스로에게 물어야 할 것이다.

▌5▐ 프로이트 심리학과 문화이식론

S. 프로이트 심리학이 현대 지성에 끼친 영향은 至大하다. 현대 지성이라면 이드·슈퍼 이고·이디푸스 콤플렉스 같은 말을 모르는 이가 거의 없으리만큼 그것은 위력적이다.

인간의 행동을 지배하는 원인을, 의식보다 무의식에 더 비중을 두고 찾아내려 한 프로이트 정신분석학의 공적은 아무도 부인할 수 없을 것이다. 그러나 프로이트 심리학을 만능의 인간학으로 보는, 편향된 현대 지성에는 문제가 있다.

프로이트 심리학은 인간의 운명이나 삶의 궁극적인 의미에 대하여 관심이 없다. 신앙이나 종교를 동물적 욕망(libido)의 승화(sublimation)로 보므로 하나님 같은 존재는 인정하지 않는다. 우리는 삶과 역사를 主宰하는 것은 性慾이며, 인간은 성욕에 이끌리는 동물로서 생물학적 우연의 소산이다. 인간은 본성적으로 자기중심적인 존재이고, 인간 의지의 본질은 부자유이며, 惡은 性慾의 過多한 억제에서 온다. 인간의 의무는 심리적 평형을 유지하는 데 있고, 사회적 책임은 超自我의 원리를 받아들이는 것이다. 따라서 삶의 궁극적인 목적은 地上의 행복을 누리는 일이다.24) 프로이트 심리학의 정체는 이렇다.

문제는 허다한 프로이트 학도가 프로이트 심리학이 내포한 가치론적 의미에 대하여는 깊은 통찰의 시선을 보내지 않는 데 있다.

프로이트 심리학 이론은 상당한 부분 진실일 수 있어도 그것이 곧 궁극적인 관심(an ultimate concern)이나 최고지선의 진리는 더욱이 아니다. 프로이트의 정신분석학을 사회 구조와 인간관계에 비추어 설명하려 한 신마르크스주의자 E. 프롬마저 "진리가 너희를 자유케 하리라"(요 8:22)는 복음으로 접근했음에도, 프로이트 이론의 약점을 지적하기에 주저하지 않았다.25) 프로이트의 정신분석학은 가부장제의 산물이며, 서구적인 자본주의 사회를 유토피아로 본 프로이트의 경이적인 정신 현상인 것이다. 가령 이디푸스 콤플렉스만 하더라도 서구 사회가 만들어낸 이상심리 현상을 인간의 보편적인 심리현상과 혼동한 것이다.

한국문학에 끼친 프로이트 심리학의 영향은 어떠한가? 창작에 끼친 영향은 말할 것도 없고 비평이나 연구를 위한 접근 방법 중 가장 두드러진 방법론으로 군림해 왔다. 이를테면, 다수의 李光洙論이 그렇고, 金東仁論에도 프로이트의 정신분석학 내지 심리학 일반의 이론이 적용되어 있다. 고전문학 연구에도 프로이트 심리학은 의미 있는 방법론으로 쓰인다. '恨中錄'을 이디푸스 콤플렉스와 엘렉트라 콤플렉스 관점에서 분석한 논문26)이 그 대표격이 될 것이다. 또 현대문학의 경우 李箱論은 대체로

---

24) R.W. Horton and H.W. Edward : 앞의 책, pp.339~372 참조.

25) Erich Fromm 저, 李景植 역 : 프로이트심리학의 재조명(서울 : 展望社, 1981) 참조.

26) 金用淑 : "思悼世子의 悲劇과 그의 精神分析學的 考察", 국어국문학 19(서

프로이트 심리학의 영향권에 들어 있다.[27])

　프로이트 정신분석학의 이론을 한국문학 작품 분석에 원용하는 것은 가능하고, 또 바람직한 성과를 거둘 수도 있다. 그렇다고 하여 그것을 한국의 모든 문학 작품에 다 적용할 수 있다고 보는 만능주의는 경계해야 한다. 가령 사도세자나 이상의 경우는 그 성장 과정에 문제가 있었으므로 엘렉트라 콤플렉스와 이디푸스 콤플렉스 이론이 적용됨 직하다. 또 아들러의 우월감 복합심리(superiority complex)나 열등감 복합심리(inferiority complex)를 김동인의 경우에 적용시키는 것도 가능하다고 보겠다.

　그러나 우리는 프로이트 심리학을 비롯한 외국의 이론을 受容하는 데는 다음 두 가지 문화의 일반 원리에 유의해야 할 것이다.

　첫째, 서로 다른 문화권의 문화는 차이가 있을 뿐 전적으로 우열의 관계에 있는 것이 아니다.

　둘째, 한 문화가 다른 문화에 受容될 때는 移植되지 않고 굴절, 변용한다.

　이 원리에 따르면, 가령 이디푸스 콤플렉스를 한국인에게 적용할 때는 보다 신중해야 할 것이다. 지금까지 우리나라에서 유아와 양친과의 관계는 매우 원만한 편이었다. 잠자리도 부모와 같이 하고 부자관계도 모자관계에 방해가 되지 않는다.

　요컨대 프로이트 심리학은 '동물로서의 인간'의 속성을 해명하는 데는 기여할 수 있으나 靈性이 있는 인간의 實存을 해명하는 데는 속수무책이다. 다시 말하여 서구의 심리학이 가정하는 인간관은 기독교의 인간관과 차원을 달리한다. 프로이트를 필두로 한 정신분석학자들은 인간을 동물로 보아 본성적으로 악하다고 보며, 인간학적 심리학자들은 인간은 근본

　울 : 국어국문학회, 1958), pp.3~52 참조.
27) 拙著 : 날개야 돋아라(李箱論) (서울 : 民知社, 1983), 연구자료 목록 참조.

이 선하다고 결론짓는다. 또 행동주의 심리학자는 인간이란 선하지도 악하지도 않다고 주장한다. 기독교는 파스칼적 인간관을 따른다. 인간은 천사와 악마 사이를 왕복하는 비극적인 존재다. 인간은 선하기도 하고 악하기도 하다. 인간은 하나님의 형상대로 창조되었으므로 선하다. 인간성은 죄 가운데 빠져 타락했으므로 악하다.

기독교의 인간관은 인간을 선과 악의 총체적인 존재로 파악한다. 그러기에 행동주의 심리학이 인간을 '쥐화(ratomorphizing)', 동물 형태화(zoomorphizing)하는 것과는 달리, 기독교는 인간과 하나님 사이의 유사성을 탐구함으로써 신적 형상화(theomorphing)에 헌신하여야 할 것이다. 인간에게는 성욕, 의사소통력, 통치력, 역동성(dynability), 사회성, 共助性, 이해성, 共有性이 있다. 아울러 용서하고, 계약을 맺고, 동정적이며, 창조적이고, 경배할 줄 알며, 자의식이 있고, 가치 평가를 하며, 이성적이고, 미워하고, 사랑하고, 알고, 믿고, 책임질 수 있는 존재가 사람이다.[28]

하나님의 모상(창1:25~26)인 인간은 죄에 빠져 타락할 수(창3:1~7)도 있으나 하나님의 신성에로 회귀할 수도 있다. 사람은 願初我(Id) 또는 性慾의 노예임에 머무르지 않고 회개하여 영적으로 거듭날(요8:12)수 있는 존재다.

그러므로 기독교 작가는 단지 성욕 내지 동물적 본성의 노예인 인간의 모습에 몰두하는 프로이트학도가 되어서는 안 된다. 이점에서 기독교 작가는 선한 것의 내면에 잠복한 악을, 죄와 어둠의 핵심에 숨겨진 선의 빛을 발견한 F. 모리악과 G. 그린에게 다가갈 수 있어야 한다. 이런 뜻에서 단테, 괴테, 밀턴, 톨스토이, 도스토예프스키야말로 기독교문학의 큰별

---

28) Ronald L. Kotesky 저, 한기태 역 : 심리학의 기독교적 이해(Psychology From a Christian Perspective) (서울 : 소망사, 1982), pp.240~242 참조.

이라 하겠다.

여기서 우리는 주인공을 성적 쾌감의 노예로 전락시킨 '약한자의 슬픔'
의 金東仁이 작품의 종결부분에 '사랑'으로 장식한 것은 蛇足이며, 그의
작품은 본질상 기독교와 거리가 멀다.[29] 이것은 한국문학사가 단 한 권의
본격적인 참회록조차 남기지 못한 것과 깊이 관련된 문제이기도 하다.
더우기 예수 그리스도를 막달라 마리아의 연인이요 성불구자인 것으로
그린 宋相玉의 '回歸線' 같은 작품이야말로, 한국문학이 기독교 정신과
본질상 얼마나 먼 거리에 있느냐를 입증하는 최대의 치욕이 아닐 수 없다.

┃ 6 ┃ 모순된 사회구조와 변증법적 상상력

인류 역사의 진행과정에서 긍정할 점이 있다면, 그것은 인간의 자유가
확대되어 간다는 점이라 하겠다. 그런고로 앞으로 우리 인류가 전개해
나아가야 할 역사의 과제는 한 개인이 다른 개인이나 어떤 집단에게 예속
당하는 主從의 관계를 청산하는 일이다. 다시 말하여 평등의 원리가 실현
되는 인류사회를 세우는 것이다.

이 평등한 인류사회 건설을 위한 방책으로서 자유민주주의와 공산주
의 이데올로기가 첨예한 대결의 자세를 고누면서 1세기 이상 실험과 검
증을 거쳐 왔다. 자유민주주의는 개인의 자유와 잠재력과 창조적 욕구와
책임감에 대한 신뢰를 바탕으로 하여 자유롭고 살기 좋은 사회를 건설하
는 것이 목표였다. 자유를 최고의 가치로 인정하되, '평등'의 가치 실현을
위해 '책임'과 '효율적인 분배의 정의'를 강조해 온 것이 자유민주주의다.

---

29) 이것은 김동인이 기독교 강박관념에 사로잡혀 있었다는 것과는 다른 측면의
   이야기다.

이 같은 이상실현에 장애가 되는 사람이나 제도는 자유민주의 법질서 곧 법치주의의 원리에 따라 조정해 왔다. 이에 반하여 공산주의는 불평등의 원인을 계급에서 찾고, 피착취계급인 못 가진 이(the unhaver)들의 프롤레타리아 집단이 착취계급인 가진 이(the haver)들의 부르주아 집단을 타도하는 폭력혁명을 감행해야 한다고 주장한다. 혁명이 완성될 때까지 개인의 자유는 유보되고 모든 권력은 프롤레타리아 독재 정권이 장악, 행사해야 한다는 것이 공산주의가 표방하는 기본 노선이다.

인간은 문제를 낳는 존재다. 문제 있는 인간이 만든 失樂園의 이 사회는 문제 있는 사회일 수밖에 없다. 인류사회가 문제가 없다면 그것이 바로 神國이요 樂園이다. 그래서 문제가 없고 고통이 소멸한 낙원을 동서양 인류는 오래토록 希求해 마지않았다. 아시아인은 현실을 뛰어넘는 초월의 세계를 열망하여 힌두교, 불교, 기독교에 귀의했고, 道仙의 세계에 침잠했다. 동아시아 한자문화권에서는 陶淵明의 桃花源的 樂園을 꿈꾸었고, 아시아의 다른 지역에서는 아트만(Atman) 또는 브라만(Brahman), 니르바나(Nirvana, 涅槃)와 神仙의 경지를 염원했다. 그리고 서구에서는 아시아에서 수용한 천국(Heaven)에의 염원과 함께 사회주의적 이상국가인 유토피아(Utopia)를 그렸다. 그러나 동양의 桃花源은 세상에 없고 저쪽의 '유토피아'에도 전쟁과 노예제도는 그대로 남아 있지 않은가?

제도의 개혁만으로 地上樂園은 건설되지 않는다. 그렇다고 우리는 허무주의자가 될 수 없다. 보다 나은 사회를 이루기 위하여 '자유'와 '평등'의 이 모순을 극복해야 한다. 이것이 바람직한 現實辨證法일 것이다. 평등을 위해 자유를 억압하는 공산주의 사회나 자유를 위해 평등이 훼손되는 자유민주주의 사회의 모순은 변증법적인 止揚의 과정을 통해 '자유롭고 평등한 사회'를 건설함으로써 극복되어야 한다.

세계사는 지금 미미하게나마 그러한 노력을 보이며 서서히 행진하고 있다. 그런데 우리 사회가 지금 문제다.

1925년 8월 '조선 프롤레타리아 예술가 동맹(KAPF)'이 결성된 이래 이 땅에는 사회주의 또는 공산주의 문학 운동이 본격화하였음은 한국문학사의 여러 기록이 상세히 보여 준다. 이 문학 운동은 공산주의 사회단체와 손잡고 투쟁 운동을 벌이며, 한편으로는 민족주의 문학운동 세력과도 싸운다. 日帝强占, 對日抵抗期의 이 문학운동은 부르주아지 곧 日帝와 親日勢力이라는 기본인식을 '民衆'과 같이 할 수 있었으므로 상당한 지지세력을 확보할 수 있었다. 그러나 이에 위협을 느낀 일제가 1931년과 1934년 두 차례에 걸쳐 대검거 선풍을 일으키게 되자 1935년 7월 이 운동의 거두 金南天이 경찰국에 해산계를 냄으로써 KAPF는 무너지고 말았다.[30] 이 후 사회주의 내지 공산주의 예술운동은 민족 자주적 역량에 의한 자체 조정력을 기르지 못한 채 지하로 잠복하였다가 을유해방과 함께 격렬한 기세로 재등장하였으나, 6.25 전란으로 인한 국토 분단의 고착화와 함께 휴전선 북쪽의 이데올로기에 종속하는 비운을 맞이하게 되었다.

여기서 우리는 사회주의의 이념이나 사회주의 미학의 본질을 장황하게 이야기할 겨를이 없다. 다만 사회주의 예술론의 정체만은 분명히 이해할 필요가 있다.

사회주의 예술론의 선구자인 마르크스와 엥겔스의 견해에 눈을 돌려보자. 그들은 발자크의 '인간희극'을 '인간이 세계를 인식하고 개조하는 도구'로서의 역할을 다한 '위대한 예술'이라고 극찬했다. 그들은 이 작품에 등장하는 수천 명의 작중 인물들이 그들의 복잡한 관계를 통해 자본주의의 탐욕과 잔인함, 황금만능주의, 타락한 유산계급의 허위 등을 뛰어나

---

30) 金允植, 韓國近代文藝批評史研究 (서울:한얼문고, 1973), p.43 참조.

게 반영하고 있기 때문이라고 말하였다.[31]

마르크스와 엥겔스의 이러한 주장에 사회정의의 수립을 외치는 많은 지식인, 예술가 들은 매혹당하기 쉽다. 그러나 우리는 소련 공산당 제21차 당대표회의에서 후르시초프 소련 공산당 서기장이 제출한 보고서 내용에 공포와 전율을 금치 못한다.

> 우리는 예술이 당면한 임무는 인민 — 공산주의 건설자인 영웅, 공신을 그려내는 것이며, 이보다 더 숭고한 임무는 없다. 문학・희극・영화・음악 조각 및 회화 종사자들의 임무는 창작의 사상, 예술적 수준을 높이는 것이며, 그들은 앞으로 노동자에 대한 공산주의 교육을 실시하는 데 있어서나 공산주의 도덕 원칙의 선전, 다민족사회 문화의 발전, 건전한 예술적 취미의 배양에 있어서 계속 당과 국가의 적극적인 조수의 역할을 다할 것이다.[32]

후르시초프는 이러한 견해에 따라 '빵만으로 살 수 없다'의 작가 두진체프를 외국 반동 세력에 이용되어 문학예술의 임무를 왜곡했다고 비판했다.

후르시초프는 예술의 사회적 효용이란 전인류 개개인의 양심에 따른 실존적 자기 성찰과 선택에 호소하는 것이지 계급을 위한 전투적 공헌에 있지 않음을 몰랐다.

우리는 이 장면에서 이 땅 사회주의 문학 비평의 효장이었던 懷月 朴英熙가 카프를 탈퇴할 때 토로한 체험적 고백을 상기할 필요가 있다. — "얻은 것은 이데올로기요, 잃은 것은 예술이다."

---

31) 陳繼法 저, 叢成義 역 : 사회주의 예술론 (서울 : 일월서각, 1979), p.78 참조.
32) 위의 책, p.79에서 재인용.

마르크스주의자들은 물론 역사 속에서 차지하는 경제적 요인의 중요
성을 처음으로 일깨웠다. 또한 가난한 사람들의 인간적 존엄성과 당시
기존 체제의 빈곤층에 대한 모멸, 무관심, 냉담성을 비판했다. 그러나 그
들의 사상은 인간실존과 역사 철학의 관점에서 보면 엄청난 약점을 내포
한다.

첫째, 그들은 정신적으로 고난에 빠진 구체적인 개인에게 초자연적인
아무런 도움도 주지 못 한다. 죄악으로부터의 구원도, 초월적인 삶의 목
적도, 내세에의 소망도 모두 거부하기 때문이다. 둘째, 역사를 경제적으
로 해석하는 것만으로는 인류의 사상과 동기와 행동을 다 설명할 수 없다.
셋째, 마르크스가 말하는 바, 사랑이 아닌 계급투쟁, 유혈폭동, 독재로는
인류가 추구하는 낙원은 이룩될 수 없다. 인류가 마지막 希願하는 것은
한 조각 떡과 아울러 참된 사랑이요 진리다. 넷째, 자유민주주의, 산업자
본주의 국가에 마르크스와 엥겔스, 그리고 발자크가 말하는 허위와 모순
이 있는 것은 사실이나, 사회 체제가 적대적인 두 계급으로 나뉘는 사태
는 발생하지 않았다. 다섯째, 프롤레타리아트의 '일시적인 독재정권'이
그 권력을 포기할 가능성은 거의 보이지 않는다. 여섯째, 오늘날 비밀경
찰과 거대한 관료주의가 횡행하고 있는 것은 공산주의 사회에서 그 극단
을 보여 왔다.

우리는 하나님의 침묵에 견디지 못해 한다. 그래서 마르크스는 '공산당
선언'을 했고, 카뮈, 사르트르, 앙드레 말로는 행동을 본보였으며, 이웃나
라의 엔도 슈샤쿠는 '침묵'의 주인공을 背敎케 하였고, 金恩國은 '순교자'
에서 신목사로 하여금 신을 부정하도록 만들었다.

이 땅 이 사회는 때늦은 이데올로기의 첨예한 대결 양상을 보이며 역사
의 난기류에 휩쓸려 있다. 금세기 이데올로기의 마지막 대결장으로서 '역
사의 의미'를 최종적으로 깨우치려 하고 있다.

초기 산업사회의 병증을 드러내기 시작한 1970년대 이 땅의 작가와 비평가들은 사회의 구조적 모순을 고발, 폭로하는 비판적 사실주의의 글들을 발표했다. 金芝河와 黃晳暎, 趙世熙 등이 쓴 일련의 작품들은 '못 가진 이'의 아픔에 '침묵'하는 대다수의 이 땅 사람들에게 충격파를 던졌다. 소외된 자의 비참한 생존 현장을 대담하게 파헤친 그 '사실성'과 문제 의식으로 하여 베스트셀러의 영예를 안기도 하였다. 그러나 아직까지 이 땅에는 다행히 계급투쟁과 폭력혁명을 노골화한 사회주의적 사실주의 계열의 작품은 나오지 않았다.

문제는 한국의 그리스도인 작가들 대부분이 70년대의 '어둠의 자식들'이 절규하는 어둠과 아픔을 향해 '침묵'했다는 데 있다. 저들 비판적 사실주의 작가들이 성장 이데올로기의 그늘에서 신음하는 '형제'에게 다가갔을 때, 그리고 그들과 함께 분노와 自嘲를 토로하고 '가진 이'를 저주하며 난쟁이의 손에 총을 건넸을 때, 그리스도인 작가들은 무어라고 말이라도 했어야 옳았다. 그들의 어둠에 빛이 되고 상한 심령에 소금이 되어야 했다. 그들의 입에서 미소와 노래가 흘러나오고, 권총을 든 손이 '말씀'을 대신 받들 수 있도록 그리스도인 작가들은 무엇인가를 할 수 있어야 했다.

불행히도 한국의 기독교문학은 아직 그런 자리에 올라 있질 못하다. 설령 사회 정의나 지상낙원욕을 이상으로 한 작품까지도 그리스도교의 십자가 신앙을 곡해하고 있다. 金東里의 '사반의 十字架'만 해도 그리스도를 하나님의 아들로서의 예수가 아닌 사람의 아들로서의 예수로서만 보려 한다. 십자가의 수직적 초월의 표상을 외면하고 수평적 정의 실현만을 요구한다. 그리하여 마침내는 십자가를 수직과 수평의, 각각 분리된 두 막대기로 만들어 십자가의 생명력을 소멸시킨다.

그럼에도 다행히 우리는 신문팔이 소년과 비 맞기를 함께 하는 鄭浩承 시인을 발견한다. 그의 시는 수사론의 차원으로 장식품화, 無重力化, 化

石化한 사랑에 수혈을 한다. 수혈은 아픔을 동반하면서 사랑의 부활을 體感케 한다.

그리고 누구보다도 이 세상 소금의 직분을 진실하게 감당하는 具常 시인은 今世紀 한국 기독교 문단의 巨人이요 이 시대 예언자적 지성의 師表다. 그의 시집 「까마귀」와 「저런 죽일 놈」은 이 땅 사회의 제도적 부조리[33])에 대한 준열한 질타와 회개를 촉구하는 예언서요 史草다. 제도적 부조리에 대해 준열한 질타를 서슴지 않는다는 점에서 사회적 사실주의(social realism) 내지 사회주의적 사실주의와 맥락이 닿아 보인다. 그러나 그리스도인의 죄의식과 자기 참회를 전제로 한 사회의 질타라는 점에서 이들과는 행로와 차원을 달리한다. 개인의 실존적 참회가 없이 제도의 개혁만으로는 공동체의 絕對善에 도달할 수 없는 것이다.

이 땅은 지금 정치·사회의 온갖 부조리로 인한 重病에 신음하고 있다. 有史 이래 최대의 부조리와 모순된 갈등의 위기와 이데올로기의 혼란에 빠져 있다. 실로 혁명을 요청하는 상황이다. 지금 절박한 이 상황에서 우리의 심령을 흔드는 아래의 충고를 이 땅 사람 모두는 경청해야겠다.

> 부자들은 죄인이다. 가난한 이들 또한 죄인이다. 우파는 죄인이다. 좌파 역시 죄인이다. 민족의 적은 죄인이다. 민족주의자 역시 죄인이다. 억압하는 이는 죄인이다. 억압받는 이도 죄인이다. 권력잡기 좋아하는 군인은 죄인이다. 그러나 혁명가도 죄인이다.[34])

---

33) 연구자의 용어. 부조리를 原初的 不條理와 制度的 不條理로 나누어 본 것. 솔잎과 송충이의 관계는 前者에, 정치 체제나 제도가 빚는 모순은 後者에 속한다.
34) Brian Griffiths 저, 한하룡 역 : 혁명만이 변화인가(Is Revolution Change?) (서울 : 한국기독학생회 출판부, 1989. 2.), p.39.

F. 캐서우드(Frederick Catherwood)의 이 충고는 진실을 담고 있다. 역사상 많은 혁명가들은 그들의 폭력으로 밀어낸 고관과 재벌의 자리에 앉았을 때 자기가 쫓아낸 그들과 꼭같은 유혹에 빠져 그들의 열정과 이상을 저버렸다.

그리스도 없는 혁명은 相對的 善이나 相對的 惡을 실현할 수밖에 없고, 매우 빈번히 상대적 악의 유혹에 빠지는 자기모순을 드러낸다. 어떤 국민이든 그 국민의 수준에 상응하는 정부를 가질 수밖에 없다. 통제할 수 없을 만큼 방종한 사회는 필연코 억압적인 정부를 낳는다. 부패한 사회는 부패한 정부를 낳게 마련이다. 더 나은 정부를 낳기 위해서는 폭력적 음모를 고안하기보다 개인의 자기 改新을 기초로 하여 사회를 변화시키려는 그리스도인의 노력이 필요한 것이다.

우리는 지금 참으로 때늦게 마르크스와 레닌의 예술론을 이야기하고 있다. 이것은 세계사의 일대 비극이다. 지금 전 세계 어느 사회주의 국가에서도 마르크스와 레닌은 더 이상 우상이 되지 않기 때문이다.

사회주의적 현실 변증법 이론과 기독교 사상은 어떤 방법으로든 대화를 해야 한다. 마르크스가 기독교 사회민주주의 방식(the christian-social-democratic type)마저 점진적 이상주의라고 경멸해 마지않았음[35]을 상기할 때 경직된 사회주의 미학과의 대화는 至難한 일이 아닐 수 없다. 사회주의가 강조하는 평등이 配分的 正義[36]로서의 평등일 수 있다면, 기독교와 사회주의의 대화는 가능하다. 사회주의 미학이 인간의 존재 이유가 계급적 존재나 어떤 이데올로기가 추구하는 목적 달성의 수단으로서가 아니라 존엄하고 자유로운 인격이요 목적 그 자체임을 시인한다면, 기독교문학과 사회주의 문학의 대화는 가능하다. 요컨대 사회주의 미학

---

35) Rod W. Horton and Herbert W. Edwards : 앞의 책, p.244 참조.
36) Aristoteles의 平均的 正義와 配分的 正義 이론 참조.

은 '평등'을 명목으로 하여 유보하였던 '자유'를 회복하고, 인간·실존의
초월성을 시인함으로써 창조적 상상력의 소생을 맛볼 수 있을 것이다.
또한 기독교문학 쪽에서도 자유와 평등의 상충, 모순을 극복하기 위해
십자가의 수평적 사랑의 실현에 보다 적극적으로 참여해야 할 것이다.
그리고 한국의 그리스도교 신학이 빚은 保守와 革新의 분열37)은 十字架
信仰의 회복을 통하여 止揚, 合一을 이루어야 한다. 정치와 사회의 부조
리를 질타하고 正義를 위하여 자기희생을 감행하는 것은 그리스도인다
운 행동이다. 그러나 어느 계급이나 정파에 편들어 敵을 설정하고 그를
분쇄하는 행위에 가담하는 것은 십자가의 수직관계를 포기하므로 그것은
정치인의 것, 가이사의 것이지 그리스도인의 것이 아니다.

　오늘날 사회주의 국가들이 보여 주는 '기독교 － 마르크스주의 대화'
현상은 괄목할 만하다. 프라하에서 열린 기독교 평화회의에서 행한 헬무
트 골비처의 이름을 연구자는 기억해 두고 싶다. "地上의 모든 善은 자신
의 죄를 自認하는 사람들의 悔改에서 오는 것이다."38)고 한 그의 말에
우리는 소망을 품는다.

　이 땅 이 사회는 所有慾이 存在의 본질을 훼손하며 위협하는 첨예한
대결과 투쟁의 소용돌이에 말려 있다. 지금 所有가 넉넉한 이들은 聖書에

---

37) 改新敎의 경우 칼빈주의 保守神學은 朴亨龍 목사를 중심으로 한 평양신학
　　교, 고려신학교, 장로회신학교로 이어지며, 自由主義神學은 金在俊, 蔡弼近,
　　金英珠, 咸台永, 李鼎魯 등의 조선신학교, 한국신학대학을 중심으로 한 기독
　　교 장로회, 감리교 계통의 교파가 신봉한다. 자유주의 신학은 聖經의 有誤를
　　역설하며, 그리스도의 童貞女 탄생, 神性, 十字架代贖, 再臨, 來世賞罰을
　　부정하며, 美國의 경우 死神神學까지 유행한다. 이들은 쉬 唯物論者와 결합
　　하여 폭력의 사용에 가담도 한다.(金義煥 : 挑戰받는 保守神學, 서울, 생명의
　　말씀사, 1970. 참조.)
38) James Bentely 저, 김쾌상 역 : 기독교와 마르크시즘(Between Marx and
　　Christ)(서울 : 일월서각, 1987), p.195 참조.

기록된 세 가지 代案에 순명해야 한다. 예수님의 가난, 소유를 버리고 따른 제자들, 나눔으로 형제되었던 초대 교회[39]를 본받는 것이다. '안 가지는 이'의 초월을 體得해야 하겠다.

끝으로, 행여 아직도 마르크스, 레닌의 예술관에 매력을 느낄 독자가 있을까 하여, 초기의 어느 프롤레타리아 소설가에게 보낸 엥겔스의 편지 글의 한 대목을 소개한다.

변증법적 유물론자의 눈과 경제적 결정론자의 코와 잉여가치의 입을 가진 자네의 여주인공을 보게. 자네나 그녀를 한껏 사랑해 보게. 나는 싫네.[40]

인간의 삶에서 사랑과 정감과 초월성을 부정한 冷血漢이 피와 증오의 大地에 세운 평등의 바벨탑, 그것은 낙원이 아닌 새로운 파멸의 시작일 뿐이다.

끝으로 이 땅 對日抵抗期('植民地時代'의 改稱)의 혁혁한 독립투쟁 정신과 실천적 知性 때문에 추앙받는 丹齋 申采浩의 소설 '龍과 龍의 大激戰'의 한 대목을 보기로 하자.

벽두에 특호 대자(大字)로 '상제의 외아들님 야소기독(耶蘇基督)의 참사'라 쓰고, 그 곁에 2호 대자로 '드래곤의 선동'이라 쓰고, 기사를 아래와 같이 썼다.

---

39) John R.W. Stott 저, 박영호 역 : 현대 사회문제와 기독교적 답변 (Issues Facing Christians Todtay) (서울 : 기독교문서선교회, 1985), pp.284~295 참조.

40) Vernon Hall, Jr. 저, 李在浩, 李明燮 공역 : 西洋文學批評史(A Short History of Literary Criticism) (서울 : 探究堂, 1972), p.229 참조.

　"상제의 외아들님 야소기독이 ○○○○지방의 농촌 야소교당에서 상
제의 도를 강연하더니, 불의에 그 지방 농민들이 '이놈, 제 아비 이름을
팔아 일천 구백 년 동안이나 협잡하여 먹었으며 무던할 것이지 오늘까지
무슨 개소리를 치고 다니느냐'고, '일천 구백 년 동안 빨아간 우리 인민의
피를 다 어디다 두었느냐'고, '서양에서 협잡한 것도 적지 않을 터인데
왜 또 동양까지 건너와 사기하느냐'고, '당일 예루살렘의 십자가 못 맛을
또 좀 보겠느냐'고 발길로 차며 주먹으로 때리며, 마지막에 호미날로 퍽
퍽 찍어 야소기독의 전신이 곤죽이 되어 인제는 아주 부활할 수 없이
참사하고 말았다……. 야소기독의 참사의 하수자들은 민중이지만 그 하
수의 수범(首犯)은 드래곤이라 한다. 드래곤은 아직 출처가 불명한 괴물
인데, 수일 전부터 그 지방에 와서 상제를 '잡아 먹어도 시원치 못할 악물'
이라고 욕설하며, 야소기독을 '제 아비보다 더 간흉한 놈'이라고 지적하
고, 상제 및 기독의 죄악을 열거한 90조의 격문을 돌리고 그날 마침 기독
의 내림(來臨)을 기회하여 민중의 선봉이 되어 이같이 기독을 참살하는
흉행을 범한 것이다.

　'인민들'로 하여금 예수를 '부활할 수 없도록' '참살'케 하고, 공자와 석가
마저도 절치부심 치를 떨면서 증오, 저주하는 丹齋 申采浩의 섬뜩한 無神
論 앞에서 모든 그리스도인과 기독교 작가들은 무엇을 해야 하겠는가?
깊은 思慮와 결단이 요청되는 때가 바로 지금이다.

┃ 7 ┃ 정리 및 결론

　지금껏 우리는 한국 기독교 문학이 직면한 몇 가지 도전 양상들을 살펴보
았다. 한국인의 文化 基層性, 集團無意識으로서의 巫俗信仰, 屈折・受容되

어야 할 文化上層性으로서의 西洋思想 — 自然主義, 進化論과 成長 이데
올로기, 프로이트 심리학, 마르크스주의적 現實辨證法 등이 그것이다.

한국문학의 傳統志向性의 基層을 이루는 巫俗的 체질은 無教理性, 非
合理性, 沒論理性, 習合性때문에 극복되어야 할 속성이다. 自然主義, 進
化論, 마르크스주의 또한 無神論的 本質 때문에 극복되어야 한다. 이를
위한 최선의 대응 방식은 기독교 윤리와 그 상상력이다.

거듭 말하거니와 現代知性은 C. 다윈, K. 마르크스, S. 프로이트의
영향권 안에 있고, 이들 세 거인은 모두 無神論者다. 참고로 S. 아우구스
티누스, 청교도주의, 계몽사상 이후 차차 無神論化해온 서양의 정신사는
다음과 같이 도식화될 수 있다.41)

	토마스 아퀴나스	청교도주의	계몽사상	실용주의
신 앙	○	○	○	×
主宰者	神	神	神. 본디 자비로 왔으나, 이제는 상실.	自然의 힘. 神이란 人間 理想의 투영.
우 주	神의 創造. 不可知, 善.	神의 創造. (운명지어진)	神의 創造. 그러나 인간의 책임. 궁극에는 可知 的이고 善함.	관찰된 사실로 서 존재함. 메카니즘.
인 간	神의 被造物 (동물이 아님)	神의 被造物 (동물이 아님)	神의 被造物 (동물이 아님)	진화의 所産 (동물임)
자 연	인간을 위한 神 의 創造요 혜택.	神의 創造. 가끔 敵意, 惡, 誘惑의 원천.	神의 創造. 神 의 存在의 증거. 자비로우나 기 계론적임.	진화의 산물. 관찰된 사실로 서 존재함.

---

41) R.W. Horton and H.W. Edwards : 앞의 책, pp.600~603 참조.

인간의 본 성	原罪에 의해 타락. 나약하여 잘못에 잘 빠짐.	原罪에 의해 타락.	완전해질 수 있음.	과학적 試行錯誤를 통해 완전해질 수 있음.
악 의 원 천	마귀 (타락한 천사)	인간의 속성 (아담의 타락 때문.)	無知와 情熱	無知. 환경 적응의 실패
삶 의 태 도	낙관적	결정(운명)론적	낙관적 理性에 의한 進步.	낙관적 집단의 합리적 노력으로 향상.
인간의 의 지	자유	부자유	자유	자유
인간의 운 명	천국 또는 자유	택함 또는 遺棄	지상의 행복과 사후의 징벌	지상의 행복
인간의 의 무	信仰	信仰, 신의 영광. 내세를 위한 준비.	이성의 계발로 善을 행함.	좋은 사회의 건설.
대 사 회 관	복종(존엄한 것에)	복종	환경 개선, 윤리적, 인도주의적 노력.	실험주의. 사회의 과학적 실험.

	자연주의	프로이트 심리학	마르크스 주의	실존주의
신 앙	×	×	×	×
주재자	자연의 힘	性慾	경제력	자연의 힘
우 주	관찰된 사실, 기계론적, 혼돈		관찰된 사실, 기계론적이나 力動的임.	
인 간	진화의 所産 (동물)	생물학적 우연 (동물)	진화의 소산(동물)	생물학적 우연, 인식의 주체.
인간의 본 성	이기적, 잔인, 자기 중심적	성욕에 이끌리는 자기 중심.	경제적 환경에 따라 완전해질 수 있음.	존재가 본질에 앞섬. 보편적 본성 없음.

악 의 원 천	인간의 본성, 사회적 관습.	성욕의 과다한 억제.	소득의 계기와 사회경제적 불평등.	나쁜 신념(자기의) 왜곡된 자화상.
인생관	비관론		낙관론, 경제적 혁명을 통한 진보.	특정한 낙관론. 개인이 자기 생을 건설함.
인간의 의 지	부자유	부자유	진보의 과정 안에서 자유	자유
인간의 의 무	인간 행동과는 무관	심리적 평형 유지	프롤레타리아 혁명을 통한 좋은 사회 건설	온전한 삶의 성취
대 사회 관	환멸, 조소	사회적 책임 (초자아)의 원리 수락.	계급 없는 사회 (유토피아) 건설	사회적 책임감에 구속됨.
인간의 운 명	욕구 좌절과 불행, 죽음과 망각으로 끝남	지상의 행복	地上의 행복	본질의 창조

이들 사상의 무신론화 경향은 현대 지성에 놀라운 상처를 남겨 주었다. 理性이 모든 것을 해명해 주므로 이성으로 파악되지 않는 것은 존재하지 않는 것으로 보는 理性主義(rationalism), 자신의 주관과 그 가치만을 강조하는 주관주의(subjectivism), 애당초 확실한 것이나 절대적인 것은 없다고 보는 懷疑主義(skeptivism), 모든 현상의 본질은 철저한 분석과 탐구에 의하여 파악되며, 따라서 모든 현상은 물질로 치환된다고 보는 物質主義(materialism), 모든 것은 변하며, 진리는 가치상대적이라고 보는 相對主義(relativism), 모든 존재와 현상의 초월성을 부정하고 의미의 內在性을 주장하는 內在主義(immanentism), 삶의 참된 의미를 잃어버린 냉소주의(cynicism), 허무주의(nihilism), 향락주의(hedonism) 등은 저들 세 사상가의 영향을 받은 것이며, 더 거슬러 올라가면 르네상스적 인본주의와 R. 데카르트의 2원적 사고에도 그 책임이 있다.

이들의 도전에 대응하여 이를 극복할 새로운 기독교 신학의 정립이 요청된다. 사람의 아들로서의 예수와 하나님의 아들로서의 예수는 결코 모순일 수 없으며, 십자가의 수직선과 수평선이 분리된 현대신학의 싸움은 새로운 차원에서 되만나 거듭나야 한다. 기독교문학은 신학과 준별되어야 하지만, 그것은 신학적 가설의 문학적 검증이며, 神學的 思考의 開眼의 계기를 이루는 것이기 때문이다.

기독교 신학은 이제 人格論(personalism)의 이상을 향하여 거듭나야 한다. 인격론은 개인주의와 집단주의(전체주의)의 대립, 모순을 극복한다. 개인주의는 개인을 절대시하여 전체를 희생시킨다. 한 세포가 유기체를 희생시키면서 자기의 존재만을 강조하는 것과 같다. 반면에 집단주의, 전체주의는 개인(개체)을 희생시키고 전체(유기체)의 가치와 중요성만을 주장한다. 그러나 인격론은 개별적인 면과 사회적인 면의 조화를 통해서만 행복해질 수 있는 것이 인간이라고 믿는다. 인격론의 인간은 사랑의 공동체 안에서 개인이 집단을 필요로 하면서도 각개 인격이 서로 예속되지 않고 相互主體的인 관계를 유지하면서 경쟁자가 아닌 섬기는 이로서 참된 '만남'의 관계를 이루고 소외(alienation)와 분리(detachment)의 비극을 해소시킨다. 여기서 비로소 각 개인은 수단이 아닌 목적으로서 존엄성을 누리게 된다.[42]

한국 기독교문학은 세계의 모순에 아파하며 자기 참회에 준열하여 순교자의 자세로 역사와 형제 앞에 서야 한다. 우리의 삶과 역사의 한복판에 하나님이 간여하신다는 믿음을 회복하여야 한다. 이것은 '관념적 장식이 된 사랑이 아니라 肉化되어 아픔이 되고 피와 살이 되어 상처 아문 자국이 되며, 거기 새살로 돋아나는 그런 예수의 사랑'을 體現해야 한다.

---

42) 鄭義采 : 形而上學 (서울 : 성바오로출판사, 1981), pp.429~445 참조.

대제사장인 사두개파, 분리주의자인 바리새파, 열혈당원인 젤롯파, 은둔주의자인 에세네파 ─ 이들에게 그리스도는 무엇을 보여 주었던가? 한국의 기독교문학은 바로 이 물음 앞에 놓여 있는 것이다.

(출처: 『성심여대논문집』 21집, 성심여자대학교, 1989)

제3장
기독교 문학의 본질과 방향

김봉군

▌ 1 ▌ 실마리

현대문학을 애호하는 이들에게 '기독교'와 '문학'은 대개 모순개념으로 인식된다. 근대소설의 싹이라고 서구인들이 내세우는 '데카메론'만 해도 중세 기독교의 치부를 폭로하는 이야기 모음이다. 수도원의 위선을 폭로하는 이 이야기의 어조는 다분히 야유에 가깝다. 더욱이 르네상스적 인본주의 사상이 지배하게 된 근대 이후, 무신론화의 길을 걸어 온 서구 지성에게 기독교는 문학의 적대자로까지 몰려있는 것으로 보인다.

기독교와 현대문학은 과연 모순개념이며 적대 관계에 있는가? 이 물음에 대한 세속적 문학과 기독교 문학은 대답을 달리한다. 세속적 문학은 그 속성상 경험의 세계를 강조하고, 기독교 문학은 정신세계, 영혼의 파동을 포착하여 보여준다. 세속적 문학은 사물의 실체를 경험적인 것에 국한하여 인식하므로 존재의 실체에서 신비의 차원을 거세한다. 진리의 본체인 신비의 차원을 거세한 세속적 문학에서 우리가 볼 수 있는 것은 인류문명의 황혼과 T.S.엘리어트의 '황무지'뿐이다. 황무지 최후의 황제가 낚시질을 하는 20세기라는 시간의 강물[1]-거기에 담긴 세속적 소망이란 무엇인가? 이에 대하여 기독교 문학은 소리없이, 은밀한 도전의 모습으로 거듭나야 한다.

세속적 문학이 섬기고 추구해 마지않는 과학적 결론, 그것은 기독교 문학의 눈으로 볼 때 결코 필연적인 진리의 본체에 대한 통찰의 소산이 아니다. W. 불레이크의 시에서처럼 기독교 문학은 한 알 모래 속에서 세계를, 한 송이 들꽃에서 천국을 본다.[2] 다시 말하여 기독교 문학은 현상 속에서 존재의 감추인 뜻(비밀)을 읽으며, 순간 속에서 영원을 본다. 세속적 문학의 현상과 기독교 문학의 존재론적 실체, 세속적 문학의 시간과 기독교 문학의 영원은 새문명의 장[3]을 여는 '선한 싸움'의 양상을 띨 수밖에 없을 것이다. '문학'과 '기독교'가 모순개념으로 인식되는 것은 이 점에서 당연한 것일 수 있다.

A.토인비나 O.슈펭글러의 분석적 결론대로 이제 서구문명은 지성이나 기술면에서 눈부신 성과를 거둔 반면, 정신의 세계에서는 참담한 실패의 궤적을 그리고 있다. 이제 황혼기, 쇠퇴기에 든 것이다. 이때야말로 요한계시록적 종말을 예고하는 것이 아닌가? 만약 20세기 말 이 시대가 종말

---

1) T.S.Eliot의 "The Waste Land"의 마지막 장면. 강물은 시간과 영원의 원형 이미지를, 낚시질하는 왕의 모습은 부활에의 소망을 암시한다는 해석에 따른 진술.
2) William Blake의 시 '순수의 전조(Auguries of Innocence)' 참조.
3) A.Toynbee의 문명사론의 내용을 원용한 말임. ① T.Toynbee 지음, 李泰永 역 「역사의 연구」(서울 : 대양서적, 1973) 참조. ② Gordon H.Clark, *A Christian View of Men and Things*(Michigan:Baker Book House Co., 1981) 참조.

론적 징후를 보인다면, 지금처럼 성서적 구원에의 요청이 갈급한 시기가
있겠는가?

종말론적 암흑의 색조가 극도로 짙어지는 이 시대, 그 암흑적 인생
드라마, 어둠의 주인공인 현대인의 참회와 구원은 "밤이 깊고 낮이 가까
웠으니"(롬13:12)라고 한 사도 바울의 권고처럼 지금이야말로 시각을 다
투는 때가 아닌가?

기독교적 구속사관에서 볼 때 에덴 이후 인류사는 실락원의 역사이고,
그러므로 기독교 문학의 핵심은 죄와 고난, 참회와 구원의 문제에 있는
것이다. 따라서 기독교 문학은 교회의 예배와 찬송에 사용되는 단순한
예배문학이 아니다. 세속에서의 기독교 문학은 연단에 이기고 거듭나는
실존적 통고(痛苦)의 체험과 깊은 관련 속에서 창작되고 읽힐 것이다.

이 글은 이 같은 핵심 문제에 초점을 두고 몇 개의 장절로 나뉘어 진술
될 것이다.

▌ 2 ▌ 기독교문학의 정의

신구약 성서 66권은 기독교 문학의 사상과 기법의 모태가 된다. 기독교
문학이란 기본적으로 기독교적 상상력으로 창작된 문학이다. 혹 기독교
적 상상력으로 쓰이지 않더라도 기독교적 소재를 다룬 작품은 기독교
문학에 포함될 수 있지 않겠느냐 하는 견해가 있겠으나 그것은 기독교
문학과 유사(類似) 기독교 문학을 혼동하는 데서 비롯된다. 무의식적으
로, 우연히 기독교 문학과 속성을 같이 하는 작품은 신학적 일반계시의
문제를 던지며 또 그것의 뜻이나 교훈이 기독교적 정신을 제시할 수 있겠
으나, 그것을 기독교 문학이라 단정하기는 어렵다. 기독교 신앙이 있는

비평가나 독자의 수용 쪽에서 어떤 문학 작품이든 독서의 대상이 될 수 있다는 것과는 별개의 문제다. 비평가나 독자가 기독교적 상상력 내지 성서신학적 관점에서, 가령 김동리의 토속적인 작품 '역마'를 비판적으로 읽는 것은 자유 영역에 속한다. 그러나 당사주의 운명론을 추종하는 한, '역마'적 상상력은 어떤 변신을 통해서도 기독교 문학이 될 수 없는 것이다. 기독교는 운명이나 허무의 종교가 아니라 운명과 허무를 넘어서는 구원의 종교이기 때문이다.

기독교 문학이 기독교적 상상력으로 씌어야 한다는 말은 기독교 작가의 윤리적, 신학적 의도가 작품의 표면에 교술성을 띠고 노출되어야 한다는 것을 뜻하지 않음은 물론이다. 그래서 좋은 기독교 문학은 종종 하나님 얘기를 내세우지 않으면서 하나님, 예수님 모습을 그린다. 좋은 기독교 문학은 '사랑'이란 말없이 사랑하기를 체험케 하고, '빛'이나 '소금', '신. 망. 애'란 말도 아니 하면서 빛과 소금이 되는 인간상, 믿음·소망·사랑의 삶을 제시한다. 이러한 데서 우리는 기독교문학의 가장 이상적인 형태를 찾을 수 있다. 윤동주의 '서시(序詩)' 같은 작품에서 '주어진 길'이 무엇인가는 독자에 따라 여러 가지로 해석하겠으나, 우리는 그것이 '십자가의 길'임을 안다. 한 마디로 좋은 시다. 또 가장 이상적인 기독교 문학작품은 아니지만 전영택 목사의 단편 '화수분'에는 성경 구절이나 하나님 얘기가 드러나 있지 않다. 죄와 수난과 참회, 징벌이나 축복의 어떤 진술도 없다. 그럼에도 그 절정과 결말 부분에는 사랑, 죽음, 부활의 의미가 상징적으로 형상화되어 있어 기독교적이다. 이 때문에 전영택의 소설은 김동인의 '감자' 같은 자연주의적 무신론의 소설과 그 위상을 달리하는 것이다. 김동인이 쓴 '이 잔을' 같은 작품에는 성서적 진실이 지나치게 노출되어 있어, 오히려 기독교 문학적 감동력을 격감시킨다. 자연주의적 사실주의자인 작가의 부자연스런 기독교가 이러한 파란을 불러일으킨 것이다. 외국문학에서 일례를 들자면 죄와 참회, 그리고 구원의 과정을 그런 단어 한 마디 남용하지 않고 증거해 보이던 톨스토이의 '부활'이 결말 부분에서 기독교적 창작 의도를 지나치게 노출시킴으로써 감동력에 큰 훼손을 끼친 것은 안타까운 일이다. 이 점에서 기독교 문학은 하나님의 '침묵'을 진지하게 수용할 필요가 있다.

그런데 문제는 기독교적 상상력이란 무엇인가 하는 것이다. 기독교적 상상력은 성서에 기초하고 그것을 정신적 지주로 갖는 인간의 창조적 정신과 그 역동적 에너지를 뜻한다. 여기서 사용한 '정신적 지주'라는 말은 T.S.엘리어트가 쓴 것으로 문학의 위대성을 결정하는 요소 그것이다. 기독교적 상상력을 지주로 하여 '황무지', '프루프록의 연가' 등을 쓴 T.S.엘리어트는 세계의 위대한 문학은 반드시 그 속에 위대한 정신적 지주가 있다고 했다. 어느 한 작품이 문학인가의 여부는 문학적 기준만으로 판별되지만, 문학의 위대성 여부는 필경 윤리적, 신학적 기준에 의해서 평가될 수밖에 없다[4]고 그는 말한 바 있고 그것은 극히 타당한 발언이라 생각된다.

그렇다면 이 시대 기독교 문학의 정신적 지주로서의 윤리적, 신학적 전망은 어떠해야겠는가? 그 해답은 현대인과, 이 사회의 삶의 실상과 결부되어 찾아질 수 있다. 앞에서도 말하였듯이 지금 이 사회와 역사 현실은 인본주의적이고 반성서적이다. 그러므로 이 시대 기독교 문학의 상상력은 역천(逆天)의 반생명적 세속사를 섬기는 모든 삶의 형태에 맞서서 생명적인 정신 질서를 구축하는 쪽으로 그 방향축을 설정해야 할 것이다. 그런 까닭에 기독교 문학은 선한 싸움을 피할 수 없게 된다.

기독교 문학이 싸울 대상은 원색적으로 표현하여 모든 반기독교적인

---

4) T.S.Eliot가 "Religion and Literature"에서 한 말.

것들이다. 그러면 도대체 반기독교적인 것이란 무엇인가? 그것은 감각적 실증적인 경험의 세계만을 진리라고 믿는 역천의 세속사와 그런 삶의 형태이다.

물론 기독교 문학에 대한 이러한 개념 규정은 신학적인 여러 관점에 따라 따가운 비판을 받을 수도 있을 것이다. 필자를 가리켜 편협한 보수주의자라거나 복음주의에 유폐되어 있다는 극단적인 비난까지 있을 것으로도 짐작된다. 그러나 이것이 바로 오늘날 우리들 삶의 아픈 부분이다. 공언하건대 필자는 대제사장쪽의 사두개파, 분리주의자인 바리새파, 열혈당원인 셀롯파, 은둔주의자인 에세네파 - 어느 쪽에도 동의하지 않는다. 십자가의 가로막대와 세로막대를 따로 들고 다니며 구원과 천국을 외치는 우리들의 신앙과 그런 상상력으로 쓴 문학 작품만은 거부한다. 하나님 섬김과 이웃 섬김, 하나님 사랑과 이웃 사랑이 동떨어진 곳에 무슨 기독교가 존재하겠는가?

생각해보자.

지금 기독교의 위기는 서구 문명의 위기와 연속적이다. 명작 '25시'에서 작가 게오르규 사제는 서구 기독교 문명의 몰락을 선포했다. 그의 이 선언이 뜻하는 바는 무엇인가? 까닭은 이렇다. 즉, 지역주의적 개별 국가 형태의 유럽 사회가 기독교 질서에 따른 세계 국가적, 영적 통일체로 통합되었으나, 중세 교회 지도자들의 회개 없는 타락이 르네상스적 인본주의의 역풍을 몰아왔고, 기독교적 세계 국가 시대였던 중세를 암흑시대라 부르게 했다. 이것은 역사의 아이러니다. 마르틴 루터의 종교개혁으로 기독교는 거듭났으나, 인본주의의 거센 바람은 인간이 자아 중심적 힘의 원리에 의지하여 20세기를 혁명과 전쟁으로 황폐화 하도록 만들었다.

거듭 말하거니와, 인본주의의 열풍은 개인의 본능적 자유의 신장과 물질적 소유의 증대 등을 가져와 인간으로 하여금 '보이는 세계'에만 몰입

하게 했다. 그 결과 인간의 통일적 정신 질서, 영혼의 파동에 엄청난 교란
과 훼손이 빚어졌고, 인간은 마침내 인류적 공동선의 표준이 될 객관적
진리의 일률성을 잃고 물질과 힘을 지향하면서, 반진리의 카오스를 방황
하게 되었다. 이것이 근대, 현대 사회의 세속사적 양상이다.

세속사적 혼돈 속에서 인간은 모든 존재에 대한 외경심이 없어졌고,
따라서 거룩하고 신성한 어떤 것도 인간의 삶과 의식 속에서 잔존해 있지
않게 되었다. 자연이나 인간, 기타 어떤 존재든 외경의 대상이 아니라
한갓 재료요, 이용의 대상으로 전락했다. 순결과 지조, 섬김의 삶에서 보
람과 기쁨과 감사함을 향유하는 삶은 가뭇없다.

기독교 문학은 이 비참한 역천(逆天)의 인본주의 문화에 응전하여 새
문명의 장(章)을 열 선한 싸움을 채비해야 한다. 이처럼 이 시대 기독교
문학의 정의는 정적인 본질론에서 역동적인 기능론으로 변화할 수밖에
없는 것이다. 어떤 이는 아직도 '예술을 위한 예술' 이야기를 할 것이고
다른 이는 문학의 교술성을 배격하고 가치 중립성(wertfreiheit)을 내세
울 것이다. 그러나 기독교 문학은 삶을 위한 문학이어야 한다. 문학 자체
를 위한 문학, 삶과 결별한 자율성(Autonomie) 문제는 범시대적인 원리
로는 살아남지 못한다. 인간이 생각하는 갈대요 만물의 영장이란 말을
바꾸면 가치지향적인 존재라는 뜻으로 풀린다. 심미적, 윤리적, 종교적
실존인 인간은 본질적으로 가치 지향적인 존재다. 인간의 삶의 질과 현상
은 그가 섬기는 것의 질과 현상에 의해 결정된다.

기독교 문학은 기독교가 섬기는 가치관을 예술적으로 형상화한 언어
예술의 한 갈래다. 예술적 형상화의 과정에서 기독교 문학은 지나친 기교
나 수사적 장식을 피한다. 영혼의 파동에 감격을 주지 못하는 '말의 성찬'
이나 기묘한 재주는 한갓 울리는 꽹과리가 될 뿐이다.5)

요컨대 기독교 문학은 복음을 정신적 지주로 하여 기독교적 상상력으

로 형상화한 언어 예술이다. 그리고 그 잠재적 기능은 르네상스적 인본주
의 편향의 역천적 세속 문명의 도전에 응전하는 선한 *싸움*에 집중될 수밖
에 없다.

▌3▌ 기독교문학의 준거체계

　기독교 문학은 기독교 시인, 작가의 창조적 직관의 소산이다. 기독교
시인, 작가의 창조적 직관은 의식, 무의식 중에 성서를 기반으로 한 기독
교적 상상력의 준거 체계와 관련된다. 이 준거 체계를 편의상 몇 개의
줄기로 분해하여 생각해 보기로 한다.

■1■ 창조설화와 타락 이야기

문학으로서의 성서는 대개 다음과 같은 장르로 분류된다.[6]

　(1) 설화 : ① 창조 ② 타락 ③ 카인과 아벨 ④ 노아 ⑤ 바벨탑 ⑥
아브라함 ⑦ 야곱 ⑧ 요셉 ⑨ 모세 ⑩ 여호수아 ⑪ 사사들 ⑫ 룻 ⑬
사무엘 ⑭ 다윗 ⑮ 엘리야와 엘리사 ⑯ 다니엘 ⑰ 예수 ⑱ 세례요한
⑲ 베드로 ⑳ 바울의 이야기 들이 대표적이다.
　(2) 비극 : ① 사울 ② 솔로몬 ③ 삼손의 생애가 이에 속한다.
　(3) 풍자 : ① 요나서 ② 아모스서 ③ 예수의 풍자적 비유 등이 이에

---

5) 김희보 : 한국문학과 기독교(서울 : 현대사상사, 1979) 참조
　　김주연 편 : 현대문학과 기독교, 문학과 지성사, 1984. p.234 참조
6) cf. Buckner B. Trawick, *The Bible as Literature*(New York:Barnes
　& Noble Books, A Division of Harper & Row, Publishers, 1970).

해당한다.

(4) 지혜문학 : ① 욥기 ② 잠언 ③ 전도서 ④ 비유 등이 이에 포함된다.

(5) 예언문학 : ① 아모스 ② 호세아 ③ 이사야 ④ 미가 ⑤ 나훔과 하박국 ⑥ 스바냐와 예레미야 ⑦ 에스겔 등이 이에 속한다.

(6) 서한문학 : 에베소서를 전형으로 한 사도들의 편지글 21편이 이에 속한다. 대부분이 바울의 서신이다.

(7) 묵시문학 : 주전 200년과 주후 100년 사이 유대교와 기독교 신자들 사이에 성행한 문학 양식으로 구약의 다니엘서와 신약의 요한계시록이 대표적인 것이다.

현대 기독교 문학이 성서 문학의 장르 체계에 구속될 필요는 없다. 그러나 기독교 문학은 개인사, 민족사, 인류사의 우여곡절과 파란이 아로새겨진 인간 정신의 영원한 지주요 베스트셀러인 성서의 말씀과 여러 사실들을 정신적 준거로 삼아야 한다.

이 글의 의도가 성서 문학의 해설에 있는 것은 아니므로, 우주와 인류사의 처음을 연 창조설화와 타락이야기에 관해서만 살펴보기로 한다. 창조설화는 작가의 인간관, 자연관, 세계관, 우주관의 절대적 준거 체계이며, 타락 이야기는 인간의 본성과 삶의 조건에 대한 원초적 의미를 담고 있기 때문이다.

창조설화는 구약성서 1장 1절부터 3장 24절까지의 이야기다. 구약 창세기는 때의 시작이요 신약 요한계시록은 구약의 예언서와 함께 때의 끝이며, 다른 정황과 사건들은 중간에 해당한다. 회귀나 반복이 부정되는 기독교적 시간진행의 직진성은 때의 시작인 창조설화에 잠재되어 있다.

창조설화에서 창조의 주인공(protagonist)은 유일신 하나님으로서, 그분은 최고의 주권자, 통치자로서 만유의 창조주이시다. 만물의 존재성과 생명을 있게 하시는 보존자이시며 온갖 모습을 부여하신 조물주이시다.

기독교 문학가가 명심해야 할 인식의 기초는 바로 하나님의 본체 그 자체다. 만유는 우연의 산물이 아니라 하나님의 창조 의지의 산물이다. 더욱이 만유를 지배하여 땅 끝까지 번성케 하신 인간이야말로 놀라운 특권을 부여받은, 존엄하고 축복된 존재다. 무신론적 실존주의자들의 인간관, 존재관과 정면으로 맞서는 것이 기독교적 인간관이다. 실존인 인간 개체가 본질에 앞선다는 J.P.사르트르의 『존재와 무』는 기독교적 실존관의 도전적 에너지를 재충전시키는 역설적 촉매 작용을 할 따름이다. 기독교 작가와 비평가, 독자는 오히려 S.키에르케골의 실존관을 경청해야 할 것이다. 그의 말대로 인간은 심미적, 윤리적, 종교적 실존인 것이다.[7] 인간은 하나님의 형상이다. 진화론적 유인원이 아니고, 자연주의자나 S.프로이트가 말하는 한갓 동물이 아니다. 이 점은 뒤에 더 자세히 고찰할 과제이다.

창조설화가 보여주는 창조의 과정은 기독교 문학의 기법과 의식면에 시사하는 바가 크다.

우선 창조의 과정을 보자. ① 어둠과 구별되는 빛의 창조 ② 궁창의 창조와 물의 상하 양분 ③ 땅과 채소, 풀, 과일나무의 창조 ④ 낮과 밤을 가르는 큰빛(해)과 작은빛(달)의 창조 ⑤ 물고기와 새의 창조 ⑥ 육축과 짐승, 하나님 모습대로의 인간 창조 ⑦ 안식의 행위로 전개된 창조 과정은 첫날과 둘쨋날, 셋쨋날과 넷쨋날 등이 평행 구조를 이룬다. 이 평행 구조는 "있으라. …… 되었다."의 반복(recurrence)의 패턴으로 이루어져 창조의 여운을 남겨 준다. 또 창조의 구상은 "하나님이 말씀하시기를"

---

7) S.키엘케고르 : 불안의 개념(서울 : 대양서적, 1970), pp.209~233 참조.

의 선포(announcement), "있으라"의 명령(command), "그렇게 되었다."
의 보고(report), "하나님이 보시니 좋았다"의 평가(evaluation), "저녁이
되고 아침이 되니, ⋯⋯날이다."의 배치(placement in a temporal time)와
같은 창조의 리듬과 질서의 패턴을 보여 주는 것이 창조설화이다.[8]

　따라서 기독교 문학의 모든 진술은 "주께서 나(우리·너·너희·
그·그들)를 ○○케 하시다."와 같은 구문 형식의 심층구조를 일탈할
수 없다. '나'를 주체로 하는 인본주의의 세속적 문학과 이 점에서 선연히
구별된다.

　다음, 아담과 이브의 타락 이야기는 무엇을 보여 주는가? 타락 이야기
는 인간의 간교한 이성이 나약한 육체의 감성과 영합하여 낳은, 인간의
교만과 불순종의 모습을 보여준다. 이 대목이야말로 비극적인 인류 역사
의 시작이 된다. 이것은 성 어거스틴의 '참회록'을 필두로 한 서구의 참회
록, 수상록, 괴테의 '파우스트', 톨스토이의 '부활', 호손의 '주홍글자' 등
명작의 원형이 된다. 우리 한국의 기독교 문학이 갖는 취약성은 기교의
문제에 있지 않고 바로 이 원죄 의식과 참회록의 부재에 있다. 윤동주의
시 '참회록', 이무영의 단편 '죄와 벌' 정도에 국한될 정도로 한국 기독교
문학은 인간의 원죄에 대한 깊은 천착과 실존적 통고, 참회의 체험 양식
과 거리가 멀다. 이유는 우리 신화가 건국신화에 편중되어 있고, 성경의
창조설화는 거의 나타나 있지 않다는 사실과 무관치 않을 것이다.

---

8) 조신권 : 성서와 문학(서울 : 신원문화사, 1986), p.14 참조.

② 시적 서정성과 비유 및 역설

성서는 시적 서정성으로 충만해 있다. 또 영혼에 충격적 감동을 주는 비유로 가득 차 있다.[9]

구약에서 시적 서정성이 충만한 대목으로 대종이 되는 것은 시편 23편이다.

> 여호와는 나의 목자시니,
> 내가 부족함이 없으리로다.
>
> 그가 나를 푸른 초장에 누이시며,
> 쉴만한 물가로 인도하시는도다. (시23:1-2)

이 밖에도 시적 서정성이 넘치는 시편의 몇 대목을 뽑아 본다.

> 내가 새벽 날개를 치며 바다 끝에 가서 거할지라도,
> 곧 거기서도 주의 손이 나를 인도하시며,
> 주의 오른손이 나를 붙드시리로다. (시139:9-10)
>
> 주를 향하여 손을 펴고 내 영혼이 마른 땅같이 주를 사모하나이다.
> 여호와여, 속히 내게 응답하소서.
> 내 영혼이 피곤하니이다. (시143:6-7)

현대의 기독교 문학이 꼭 이 같은 문체에 구속될 필요는 없다. 그러나 영혼에 사무치는 이 맑은 시정신은 계승되어야 할 기독교 문학의 정수라

---

9) Buckner B. Trawick : 앞의 책, pp.237~240 참조.

하겠다. 특히 시편 139편의 "내가 새벽 날개를 치며 바다 끝에 가서 거할 지라도"같은 부분은 이미지 형상화의 수준으로는 탁월하다.

예수께선 비유로 말씀하셨다. 그 중에서도 비유와 시적 서정이 넘치는 대목은 마태복음 산상보훈일 것이다.

> 심령이 가난한 자는 복이 있나니.
> 천국이 저희 것임이요.
>
> 애통하는 자는 복이 있나니,
> 저희가 위로를 받을 것임이요. (마5:3-4)

이렇게 시작하는 산상보훈은 온유한 자, 의에 주리고 목 마른 자, 긍휼히 여기는 자, 마음이 청결한 자, 화평케 하는 자, 의를 위하여 핍박을 받는 자 등에게 위로와 용기를 준다. 널리 알려진 산상보훈의 장절 일부를 이 글에서 구태여 인용하는 데는 까닭이 있다. 이 대목에는 하늘나라에 갈 사람, 여호와 하나님 보시기에 좋을 구체적인 인간상이 시적인 분위기와 어조, 문체로 제시되어 있기 때문이다.

인간 실존의 의미나 삶의 구체적 정황에서 '말씀'의 뜻을 현대시는 어떻게 수용, 형상화할 것인가? 서사문학, 극문학 또한 어떻게 부각시킬 것인가? 이에 대한 문학적 구원(redemption)10)의 준거가 여기에 제시되어 있다.

특히 범신론적 자연 서정에 편중된 우리 시가의 전통을 창조적으로 거듭나게 하는 데 성서의 소재, 비유의 본의(tenor)와 유의(vehicle)의 준거 체계는 한 표준이 될 수 있다. 이를테면 성서에 동원된 비유의 매개

---

10) Marjorie Boulton, *The Anatomy of Literary Studies*(London, Boston and Henley:Routledge & Kegon Paul, 1980), pp.12~13.

(유의)로서의 자연은 모두 절대자의 뜻을 투영하는 실체들이다.

예수의 비유는 하나님의 나라, 회개, 사랑과 용서, 성장, 심판의 날로 나누어 생각할 수 있다. 하나님의 나라는 예수와 함께 온 축복의 세계이고, 잃어버린 한 마리 양, 세리와 창녀의 회개에 오히려 더 큰 진실이 기대된다. 제사장이나 바리새인 보다 이방의 착한 사마리아인의 봉사와 사랑, 죄지은 막달라 마리아의 회개와 용서를 통하여, 모리악이 말하는 바, 거룩한 것 속의 추악성, 추악한 것 속의 성스러움을 보여 준다. 겨자씨같이 작은 것이 큰 것으로 자라나는 것과, 외부의 힘이 아닌 내면으로부터 발효하는 누룩의 힘을 하늘나라의 속성에 비유했다. 세상의 끝날을 추수에, 회개 않는 죄인을 가라지나 쭉정이에, 구원받는 사람을 알곡에 비유했다. 악한 종과 충성된 종, 신랑인 예수, 영접하는 마음으로 서의 등불과 기름 등 예수의 비유(perable)는 대개 알레고리(allegory)의 형태다.

시편의 지은이는 "내가 입을 열고 비유를 베풀어서 오랜 숨은 뜻을 말하리라."(78:2) 하였듯이 예수께서도 비유와 역설, 특히 알레고리로 말씀하셨다. 애통하는 자가 복이 있다. 죽으면 살리라는 건 역설이다. 그러나 그 역설이 주는 교훈은 의미 깊고 또 감동의 힘은 크다. 착한 사마리아 사람 이야기는 대표적인 알레고리다. 성서의 비유와 역설은 문학정신과 표현기법의 조화, 그 극한적 영예에 갈음된다.

기독교 문학을 하려는 사람은 우선 성서의 표현 기법과 시적 서정성과 서사적 모티프, 존재론과 초월적 문학 사상을 체득해야 할 것이다.

■3 서사문학의 인물과 모티프

신구약 성서에는 수많은 인물과 그들을 중심으로 한 이야기가 있다.

그 중 현대인의 삶과 각별히 밀착된 대표적인 인물들을 살펴보기로 한다.

  (1) 카인 : 인류 역사상 최초의 살인자. 동족 살해(patricide)의 원형으로, 하나님에 대한 그의 불순종과 폭력적 살인 행위는 많은 작품의 모티프가 되어왔다.

  (2) 노아와 아브라함 : 타락한 세속에서도 절대 진리(하나님의 말씀)에 순종한 신앙의 조상. 이성이 모든 것을 해결해 주므로 이성으로 파악되지 않는 것은 존재하지 않는 것으로 보는 이성주의(rationalism), 자기의 주관과 그 가치만을 강조하는 주관주의(subjectivism), 애당초 확실한 것이나 절대적인 것은 없다고 보는 회의주의(skeptixism), 모든 현상의 본질은 철저한 분석과 탐구에 의하여 파악되며, 따라서 모든 현상은 물질로 환원된다고 보는 물질주의(materialism), 모든 것은 변하며 진리는 가치상대적이라고 보는 상대주의(relativism), 존재와 현상의 초월성을 부정하고 의미의 내재성을 주장하는 내재주의(immanentism), 삶의 참된 의미를 잃어버린 냉소주의(cynicism), 허무주의(nihilism), 향락주의(Freudianism) 등에 기울어진 현대인에게 경종이 된다.[11]

  (3) 니므롯 : 하나님의 권능에 도전하려 했던 인본주의적 인간 집단의 교만과 그 파산의 모습을 증거한 바벨탑의 주인공. 세속사적 힘의 한계와 구속사의 의미를 깨우친다.

  (4) 야곱 : 눈먼 아버지를 속이고, 팥죽 한 그릇에 형에서게 상속권을 산 인물. 먼 이방으로 탈출하여 갖은 고난을 겪다가 다시 본가로 회귀하는 통과제의의 입사식 이야기(initiation story)다. '텔레마코스(Telemacos)', '아에네아스(Aeneas)' 등의 고전과 N.호손의 '영 굿맨 브라운(Young Good Man Brown)', R.L.스티븐슨의 '허클베리 핀

---

11) 오창희 : 현대지성의 흐름과 기독인의 대응(대구 : 기독교대학설립 동역회 출판부) 참조

(Huckleberry Finn)'의 원형 모티프가 된다.

(5) 요셉 : 형들의 시기와 박해를 받아 이집트로 팔려갔으나, 그곳 왕의 신임을 받아 재상까지 된 인물. U자형 서사문학, 극문학의 모티프가 되는 이야기의 주인공이다.

(6) 모세 : 이스라엘 해방의 민족적 영웅형. 죽음과 재생, 영웅의 입문 (initiation), 탐색(quest), 속죄양(scapegoat)의 원형 모티프의 주인공. 모세가 광야로 내쫓겨 겪는 정신적 황폐와 죽음의 상징. 이스라엘 민족의 끊임없는 원망과 반역은 세계문학의 보편적 모티프로서도 값지다. 그러나 민족적 영웅 모세 대신 하나님을 찬미하는 화자의 어조가 모세를 반영웅이게 한다.

(7) 다윗 : 하나님 신앙과 예술적 영감으로 충만했던 민족의 지도자 다윗왕이 정욕을 채우기 위해 바세바와 동침하고 이 비밀을 은폐하려고 바세바의 남편이요 충직한 장군인 우리아를 죽게한 영광과 죄악의 복합적 인물. 그는 회개하여 구원을 받았으나, 그 죄의 값으로 그의 아들들의 피비린내나는 살육전이 전개된다. 하나님의 계명을 범한자의 고난과 참회와 구원의 모티프로서, 기독교 문학의 원형이 되기에 매우 적절하다.

(8) 욥 : 비극적 결함(tragic flaw)없이 처참한 고난을 경험하고 연단을 받으나 끝까지 주님을 섬겨 이긴 신앙의 승리자.

(9) 세례요한 : 죄악과 무질서로 타락한 백성들을, "회개하라. 천국이 가까웠느니라."(마태 3:2)고 질타하다가 불륜의 해롯왕과 살로메의 에로스적 충동의 재물로 목숨을 잃은 인물. 부당한 권력과 불륜을 전적으로 거부, 항거한 예언자적 지성의 전형이다.

(10) 막달라 마리아 : 군중 앞에 붙들려나와 돌을 맞아 죽게 되었다가 예수님의 구원으로 용서받은 윤락녀. 다시는 범죄치 아니하고 예수님을 섬김. '파우스트'의 그레첸, '죄와 벌'의 소냐, '주홍글자'의 헤스터 등 많은 작품의 여주인공의 원형이 되었다. 한국문학에서 이처럼 회개

하여 거듭난 구원의 여인상이 희귀한 것은 최대의 약점이다. 윤락의 죄를 원죄(Sin)의 차원이 아닌 단순한 도덕적 체면이나 법률상의 죄 (crime)의 문제로 다루기에 그치기 때문이다.

(11) 베드로 : 주님을 따라 죽음까지도 불사하겠노라 맹세하고선 정작 예수님이 붙잡히시자 닭 울기 전에 세 번이나 주를 부인한 인물. 즉흥적이고 마음 약한 그가 부활하신 예수님의 용서와 사랑을 입은 후 수제자가 되어 주 그리스도를 증거하다가 십자가에 거꾸로 매달린 사실은 거듭난 자의 용기를 대변한다.

(12) 바울 : 신약성서의 3분의 2를 쓴 그리스도의 사도. 당대의 지성을 대표하며 기독교인 박해에 앞장섰던 그가 성령 세례를 입고 그리스도인으로 거듭난 사실은 모든 지식인, 박해자에게 산 교훈이 된다. 자기의 세속적인 논문이나 저서를 절대시하는 학자, 구체적인 인물이나 독자에 대한 사랑없이 마구 필봉을 휘두르는 교만한 언론인, 지식과 기교로 과도히 꾸며 토론을 일삼고 열변을 토하는 웅변가, 정치가, 변호인, 검찰관, 법관 - 모든 선택된 지도급 인사들에게 바울의 생애는 경종이 된다. 사랑이 없이 영위하는 인간의 모든 말과 행적은 소리나는 구리와 울리는 꽹과리에 지나지 않는다고 한 고린도전서 13장은 현대 기독교 문학의 가장 중요한 정신적 지침이 되어 마땅할 것이다.

이 밖에도 성서에 나오는 더 작은 인물들, 이를테면 재산의 절반을 내어 놓은 삭개오, 실로암 연못의 맹인, 작은 돈을 바쳐 칭찬받은 홀어미 등 수많은 인간상은 기독교 문학의 준거로서 더 큰 의미를 품고 있을는지 모른다.

4 기독교 문학과 현대사상

앞에서도 몇 차례 말한 바와 같이 르네상스적 인본주의 이후 현대사상은 무신론화의 길을 걸어왔고 특히 데카르트의 2원적 사고체계가 이를 가속화 했다. 무신론화에 기여한 현저한 사상은 C.다윈의 진화론과 자연주의, K.마르크스의 유물변증법, S.프로이트 심리학, A.아인시타인의 상대성이론 등이다.

기독교 문학의 문제가 여느 문학과 마찬가지로 인식과 형상의 문제라면, 현대사상의 무신론적 인식체계는 기독교 문학에의 중대한 도전 반응으로서의 의미로서 대두되는 것이다.

1 자연주의와 진화론

자연주의는 기독교 유신론(Christian theism)이 이신론(deism)을 거쳐 변혁된 무신론이다. 자연주의의 속성은 다음과 같이 정리된다.

자연주의 사상에서 ① 물질은 영원하고 존재하는 것의 전부이며 하나님은 없다. ② 우주는 폐쇄 체계 속에서 인과율의 일치체로서 존재한다. ③ 인간은 일종의 복잡한 기계이며, 인격이란 우리가 아직 알아내지 못한 화학적, 물리적 성질의 상호 관계이다. ④ 죽음이란 인간과 개체성의 소멸일 뿐이다. ⑤ 역사란 인과율에 따라 연결된 사건의 직선적 연속이며 전체적인 목적성이란 없다. ⑥ 윤리란 단지 인간 자체의 문제일 뿐, 어떤 초월적인 존재와는 상관이 없다.[12]

---

12) cf. ① James W. Sire, *The Universe Next Door* (Illionois:IVP, 1976), 61~75. ② Edward Stone(ed.), *What Was Naturalism* (O-hio:Appleton-century-Crafts, Inc., 1959).

자연주의는 18세기 계몽주의적 낙관론의 붕괴와 그에 따른 좌절감의 산물이다. 자연주의 사상에서 신앙은 없고, 우주와 역사와 생명의 주재자는 자연의 힘이며, 인간은 진화한 동물이다. 인간의 본성은 이기적이고 잔인하며 자기 중심적이고, 인간의 운명은 욕구 좌절과 불행, 죽음과 망각으로 끝난다.

자연주의 사상은 진화론과 깊이 관련되어 있다. 유추적 신념에 지나지 않는 진화론이 과학적 진리인 것으로 인식되어 현대 사상에 지배적인 영향력을 행사하게 된 것은 놀라운 사건이다. 창조과학회의 여러 학자들에 의하여 입증되었듯이, 진화론은 과학적 사실이 아니다.[13] 인간은 유인원에서 진화된 것이 아니라 하나님의 모상으로 창조된 유일무이한 영적 존재이다.

폭로의 문예사조인 객관적 리얼리즘이 과학적 실증주의에 의해 극단적으로 경직화된 19세기 후반의 자연주의 문학은 인간의 본성과 운명[14]을 유전법칙과 환경 결정론으로서 규정한다. E.졸라의 '나나', '루공마카르총서'의 자연주의, 김동인의 '감자', '발가락이 닮았다', '김연실전'의 자연주의적 인간관에 기독교 문학은 어떻게 응전할 것인가? 이에 대한 방향축은 가톨릭 작가 G.베르나노스의 '갈멜 수녀와의 대화', G.그린의 '권능과 영광' 같은 작품에서 감지된다.

전자는 프랑스 대혁명 때 단두대가 무서워 도망하였다가 되돌아와 처형당하는 한 수도원장 수녀의 이야기다. 또 후자의 주인공 위스키 신부는 주정꾼에 사생아까지 있는 죄와 신성의 모순에 찬 인물이나, 마침내는 주의 명령에 순종하여 순교의 길을 택한다. 사실주의의 영향을 받아 진실성(reality)의 표현에 성실하면서도, 인간을 철저히 동물로 추락시켜 파

---

13) 한국창조과학회(편) : 진화는 과학적 사실인가(서울 : 태양문화사, 1981) 참조.
14) Reinhold Niebuhr의 "The Nature and Destiny of man"에서 따온 말임.

멸하게 만드는 자연주의적 사실주의 작품과는 다르다.

기독교 문학의 인간관은 파스칼적이다. 인간은 궁극적으로 짐승이 아닌 생각하는 갈대이다. 천사와 악마 사이를 왕래하는 비극적인 존재이다. 현대 기독교 문학은 오히려 천사의 찬양에 몰입하기보다 빛과 어둠에 싸인 비극적인 인간상이나 욥기다운 U자형 플롯으로 짜인 희극적 결구를 추구하는 것이 바람직하다. "내가 의인을 부르러 온 것이 아니요 죄인을 부르러 왔노라."(막 2:17)고 한 그리스도의 말씀을 청종하는 것이 현대 기독교 문학의 주요 과제가 아닐까 한다.

② 마르크스주의적 결정론

하부 구조가 상부 구조를 결정한다고 본 K. 마르크스적 유물론은 종교적 초월성을 부인하며, 우주와 역사와 인간의 주재자는 경제력이라고 본다. 인간은 진화된 동물이며, 그 본성은 경제적 환경을 개선함으로써 완전해 질 수 있다. 악의 원천은 경제적 불평등 때문이며, 경제적 혁명을 통한 진보의 극한에서 지상 낙원은 건설된다고 주장한다. 마르크스에 따르면, 인간의 의무는 프롤레타리아 혁명을 통한 계급 없는 사회의 건설에 있으며, 그런 사회에서 비로소 인간은 최고의 행복을 누리며 살 수가 있다. 마르크스주의의 평등론은 인본주의, 진화론, 물리적 싸움의 논리가 낳은 소박한 낙관론이다. 마르크스의 낙원건설론은 부르조아지의 위선과 죄악은 매도하면서 프롤레타리아트 독재의 절대성을 신봉함으로써 인간의 본성 인식 자체의 모순을 스스로 드러낸다.

동유럽 공산주의의 이상이 무참히 붕괴된 이 마당에 마르크스, 엥겔스, 레닌을 더 논할 필요는 없고, 이른바 사회주의적 사실주의 문학론에 대한 비판도 불필요하겠다. 아무튼 "힘이 정의다(Power is justice)." 에까지 발전된 사회주의적 사실주의의 혁명과 전쟁론, 집단주의는 이제 설득력을 잃은 것이다. 폭력 혁명과 전쟁이란 '정의'가 아닌 '힘'으로써, 한 집단이 다른 집단을 제압하는 폭력의 원리이지 선이 악을 징벌하는 섭리의 실행과는 거리가 멀다.

기독교 문학은 폭력 혁명과 전쟁의 원리가 아닌 사랑과 기다림과 회개 및 구원의 원리, 강요가 아닌 자유와 허용과 선택의 원리, 배제가 아닌 포용의 원리가 구축하는 영적인 승리를 지향한다. 평등과 해방을 위한 수단으로서의 '폭력'을 선동하는 '무기로서의 문학'은 기독교 문학이 아니다.

3 프로이트 심리학

프로이트 심리학에서 신앙은 없다. 세계와 인간의 주재자는 성욕(libido)이며, 우주에 대한 관심은 없다. 인간은 생물학적 우연인 동물일 뿐이고, 인간의 본성은 성욕에 이끌리며 자기중심적이다. 악의 원천은 성욕의 과다한 억제에 있고, 인간의 의지는 부자유하며, 그 의무는 심리적 평형을 유지하는 데 있고, 사회적 책임은 초자아의 원리를 받아들임으로써 지상의 행복을 누릴 수 있다는 것이다.

기독교 문학은 이러한 프로이드적 인간관의 도전에 응전하는 문학이다. 인간은 육체적 존재로서의 동물임에 그치지 않고, 관계의 내면에서 빚어지는 영혼의 파동을 통해 실존하게 되며, 본체와의 만남을 향해 영원한 시공에로 영입되는 축복된 존재임을 기독교 문학은 보여 주어야 한다.

위에서 살펴본 진화론, 자연주의, 마르크스주의, 프로이드 심리학은 인간의 자아를 무시하거나 의식된 자아의 가면만을 보고 참된 만남을 통한 인간의 영적 파동을 전혀 감지하지 못한다. 기독교 문학은 보이지 않는 영적 파동과 만남의 관계를 포착하고 제시하는 문학이다.[15] 아인시타인의 상대성 원리가 보여 준 상대주의적 가치관은 하나님의 일률성마저 회의, 부정하게 한다. 그리하여 모두 의식, 무의식의 자아에 유폐, 소외된 영적 프롤레타리아트다. 정신적, 영적 만남의 통일체를 이룩해야 할 이 시대의 소망은 기독교 신앙에 있으며, 그런 까닭에 기독교 문학의 사명 또한 지대한 것이다.16)

▌5▌ 맺음말

현대는 기독교 신앙 위기의 시대다. 지구의 한쪽은 자유를 빙자한 개인 주의가 공동체의 이상을 훼손하고, 다른 한쪽은 평등을 빙자한 집단주의 가 개인의 존엄성을 유린, 말살하는 모순된 역사를 빚어온 것이 볼셰비키 혁명 이후의 세속사다.

기독교는 지금 제사장, 율법학자들이 간음한 히브리 여인을 단죄하려 는 질문의 딜레마에 빠져 있다. 기독교는 그 문제 제기의 오류를 초월하 신 그리스도의 변증을 깨쳐야 한다. 때가 급하다.

기독교 문학은 복음을 정신적 지주로 하고, 기독교적 상상력으로 형 상화한 목소리 낮은 문학이다. 기독교 문학은 인본주의적, 개인주의적, 집단주의적 이기주의, 폭력적 혁명과 전쟁, 낭비 경제적 역천의 세속사 와 유물론적 인간을 영적 파동과 사랑으로 혁신하려는 선한 싸움의 문 학이다.

기독교 문학은 이제 자유 사회의 낭비 경제, 그 성장 이데올로기 편향

---

15) 김희보 : 기독교문예사조사(서울 : 종로서적, 1984), pp.490~495 참조.
16) 김봉군 : "한국기독교문학론 서설" 운당 구인환 선생회갑 기념 논문집(서울
   : 도서출판 한샘, 1989), pp.90~113 참조.

의 소비성 문학과, 물리적 싸움의 사회주의적 사실주의 문학의 모순을
지양, 통합, 초월해야 할 소명의 빛 속에 놓여 있다.

(출처: 『통합연구』 4권 1호, 기독교대학설립동역회 출판부, 1991)

제4장
기독교 문학의
새로운 인식과 과제

홍문표

▌ 1 ▌ 문제의 제기

이제 3년 후면 21세기를 맞는다. 20세기를 마감하고 새로운 세기를 맞는 것이다. 어느 세기나 나름대로의 그 역사적 의미와 변별성을 지니는 것이지만 특히 20세기는 지나간 그 어떤 세기보다도 급변하는 역사 속에 다사다난한 세기였음이 분명하다. 물론 다가오는 21세기는 20세기보다도 더욱 복잡하고 다양한 변화의 세기가 될 것이라는 예견을 할 수도 있다. 그러나 그것은 21세기를 살아갈 사람들이 평가할 몫이기에 여기서는 20세기를 마감하는 세기말의 시점에서 특히 기독교 문학과 관련하여 한 세기를 점검하고 다가오는 세기를 맞는다는데 의미를 두어야 할 것이다.

20세기 기독교 문학이라고 할 때, 이는 세계사적인 측면에서 고려될 수도 있겠지만 우리의 당면 과제는 세계사적인 문제보다, 한국이라는 민족적, 지리적, 문화적으로 특수한 여건 속에서 기독교라는 신앙적 삶을 어떻게 문학적으로 형상화 하면서 기독교적인 문학을 성취했는가를 살피는 일이 중요한 것이며 기독교적인 문학이 오늘의 세기말적 제 현상 속에서 어떻게 그 존재성과 당위성을 확보할 수 있을 것인가를 먼저 검토하는 것이 중요한 순서가 될 것이다.

기독교는 어느 시대나 하나님의 나라를 건설하기 위한 소명을 가진 종교다. 여기서 하나님의 나라가 구체적으로 무엇이며 어떻게 성취되어야 하는가라는 문제는 매우 신학적인 문제일 수 있다. 그러나 하나님 나라에 대한 명백한 인식이나 믿음이 없고서는 기독교의 존재성이나 당위성은 무의미하거나 모호해질 수밖에 없다. 문학의 경우도 그렇다. 문학의 존재성은 무엇인가, 문학의 목적과 기능은 무엇인가, 이러한 문제들의 인식 속에서 기독교와 문학의 연계성이나 상보성을 찾는 것이 매우 중요하다.

마침 우리나라에 기독교, 특히 개신교가 들어온 지 1세기가 되었다. 뿐만 아니라 신문학 또는 현대문학이라고 할 수 있는 개화기 이후의 문학도 1세기를 지나게 되었다. 따라서 현대적 의미의 문학사와 한국 기독교의 역사는 거의가 같은 시기에 출발하여 같은 연대의 역사적 전환기를 경험하면서 오늘에 이르고 있는 것이다.

기독교의 원천이라고 할 수 있는 서양사는 이미 2천년의 역사가 있고, 이스라엘의 경우는 그보다 훨씬 앞선 수천 년의 역사와 전통과 기독교적인 문화가 있다. 이러한 역사와 비교한다면 우리의 현대문학사나 기독교의 역사는 매우 일천하다. 더구나 이 땅에는 수천 년간 인간들의 의식 속에 잠재적으로 지배해온 토속신앙인 샤만이즘이 있고, 불교의 역사도 1천 오백년을 헤아리며, 유교의 역사 또한 오백년을 넘고 있다. 이러한 기존의 종교와 정신문화의 토양에서 이제 1백년을 넘기고 있는 기독교가 이 땅에 확고한 전통문화로 얼마만큼 정착할 수 있으며 정착했는가를 논하는 것은 매우 성급한 일일 수가 있다. 그러나 선교 1세기를 맞는 지금, 현재 4천만 인구 중 1천만이 기독교 신자라고 한다면, 그 양적인 측면에서는 결코 과소평가 하거나 소극적인 논리로 기독교의 역할과 기능을 주저할 수가 없다. 또한 기독교와 상당히 밀접한 관계를 갖고 있는 문학과의 관계에 대한 분명한 의미와 역할을 검토하고 전망하는 일도 결코 소홀히 할 수 없는 과제가 아닐 수 없다.

특히 이 시대는 세기말적 제 징후로 인하여 정신적 혼돈을 경험하고 있다. 기독교가 하나님 나라를 건설하는 것을 최대의 과제로 하고, 문학은 정서적 자유를 통하여 보다 풍요로운 삶을 추구하는 것이라면 분명 기독교와 문학이 이 시대에 기여해야 할 예언적 사명이 있는 것으로 확신한다. 그러나 기독교와 문학은 우선 그 연계성이나 상보성에 대한 철저한 논리가 그동안 미흡했고, 기독교 문학에 대한 개념이나 그 정의가 미진했던 관계로 기독교 문학에 대한 일반의 인식이 아직도 미미한 실정이며 구체적으로 기독교 문학 작품의 명료성이나 기독교 문학에 대한 독자의 신뢰감도 크게 확보되지 않은 상태이기 때문에 한 세기를 마감하고 새로운 세기를 맞는 중대한 전환기임에도 불구하고 기독교 문학의 시대적 역할이나 예언적 사명을 실천하는 일에는 매우 회의적이라는 우려를 갖게하는 것이 작금의 현실이라고 할 수 있다. 따라서 이제는 기독교와 문학의 실체를 분명히 인식하고 이러한 인식의 바탕 위에서 기독교 문학의 구체적인 작업이 기독교인은 물론 비기독교인에게까지 기독교적인 문학 작품을 통하여 심미적이고 예술적인 삶을 확보하면서 복된 하늘나라를 건설하는 역동적인 전환의 계기를 마련해야 할 것이다.

사실 한국의 기독교가 개화기 이후 우리의 근대사에 지대한 공헌을 하였다. 뿐만 아니라 우리들 정신사에 상당한 동력으로 작용하고 있는 것이 사실이다. 그러나 기독교가 아직도 한국인이라는 총체적 민족의 저변에 깊게 뿌리내린 주체적 문화양식이라고 하기에는 상당한 거리가 있다. 말하자면 한국문화의 중심이 아니라 주변적인 위치에 있다는 말이다. 이 점은 기독교 문학의 경우도 그렇다. 통계적으로 보면 한국 문단인의 4분의 1이 크리스찬이어야 한다. 그런데 과연 우리 문학사에서 기독교 문학이 4분의 1의 역할만이라도 수행하고 있는가? 불교가 이미 침체되어 있고, 유교 또한 오늘의 문명사회에서 그 당위성을 상실해 가고 있다. 이러한 전통적 종교가 퇴색하는 공간에 기독교는 그 자체의 교리가 지닌 수월성과 서구적 합리성으로 인하여 한국의 새로운 문화적 전통으로, 그리고 소망스런 정신의 빛과 소금으로 대치될 수 있는 절호의 기회가 아닐 수 없다. 그럼에도 불구하고 아직도 한국적인 생존양식의 중심이 되는 문화로 확고한 뿌리를 내리지 못한 것은 무엇이며 더구나 기독교 문학의 존재가 문학사의 관심 밖에 있는 것은 무엇인가? 이러한 문제들을 솔직하게 반성하고 심도 있게 검토하는 것이, 기독교나 기독교 문학인들이 해결해야 하는 시급한 과제라고 생각한다.

▌2▌ 기독교 문학의 장르적 개념

최근 기독교 문학잡지의 좌담에서 기독교 문학(Christianity literature)이란 말이 필요한 것인가. 서구 문학에서는 기독교 문학이라는 말이 별도로 없다. 서구 문학은 대개 문학의 본질을 기독교적 사상에 두고 있기 때문에 기독교 문학이라는 용어가 별도로 필요 없다. 그런데 우리나라에서는 기독교 문학이라는 용어를 쓴다. 문학이면 문학이지 기독교 문학이 존재할 이유가 있겠는가. 그러나 기독교 정신을 추구하는 기독교 문학이 엄연히 하나의 계보를 이루어가고 기독교 문인들이 하나의 공동체를 형성하고 있다는 사실에서 기독교 문학의 실체를 인정해야 한다는 의견을 제시하고 있다.[1]

 이러한 논의나 견해는 아직도 기독교 문학이란 용어의 타당성이나 기독교 문학의 본질에 대한 인식이 확고하지 못한 일부의 현실을 반영하는 것으로 판단된다. 문학이면 문학이지 기독교 문학이니 불교문학이니 하는 관형사가 붙은 문학의 용어를 기피하려는 것은 문학의 장르적 특성과 비평적 인식을 거부하려는 무지에 지나지 않는다. 이는 미술이면 미술이지 풍경화니 정물화니 하는 말이 무슨 필요가 있는가라는 질문과 다를 바가 없다. 생물학에는 분류학이라는 것이 있다. 사람을 인류로 통칭하지만 이를 다시 백인종, 황인종, 흑인종으로 나눈다. 이 때 인류라는 용어는 유(類) 개념으로 사람이 아닌 동물들과 구별할 때 쓰는 말이고, 황인종이라는 용어는 인류라는 유개념 중에서 다시 하위 개념으로 분류한 종(種) 개념의 용어인 것이다. 우리는 사물을 인식할 때 보다 거시적인 공통점을 묶어서 볼 수도 있고, 사물을 세분하여 미시적인 공통점을 찾을 수도 있다. 이것은 전체와 부분, 상위와 하위 등으로 세계를 바라보는 논리적이고 비평적인 인식태도인 것이다. 소쉬르는 모든 언어의 개념은 바로 음성기호의 변별성에서 시작하고 의미를 형성하는 원리의 하나는 상부구조와 하부구조의 층위를 통하여 이루어진다고 하였다. 따라서 기독교 문학이란 일반적인 문학이라는 상위 개념에 대하여 여러 형태의 문학 중에 특히 기독교적인 요소를 문학적으로 형상화한 문학을 묶어서 말하는 문학의 하위 장르 개념인 것이다. 물론 문학의 기본 장르엔, 서정 양식, 서사

---

 1) 이탄, 『현대문학 속의 기독교 정신』, <믿음의 문학>, 1997 창간호

양식, 극 양식이 있다. 그러나 이는 표현 방식에 따른 분류이고, 문학의 주제나 소재를 기준으로 할 경우 종교문학이니, 농촌문학이니 하는 용어를 사용할 수 있는데 이는 문학의 성격을 구별하는 지극히 상식적인 비평적 명칭인 것이다. 문학은 감동만 하는 대상이 아니라 이해하고, 해석하고, 감상하고, 평가하는 과정이 요구되며 나아가 학문적으로 체계를 세울수도 있는 것이다. 따라서 기독교 문학이란 문학의 하위 개념으로 어디까지나 장르적 명칭이며 비평적 명칭이라는 사실을 인지한다면 기독교 문학이란 용어는 당연히 존재할 수 있으며 재론의 여지가 없는 것이다. 물론 이는 문학을 상위 개념으로 본 명칭이다. 그러나 종교를 상위 개념으로 볼 때는 기독교 문학은 기독교의 하위개념이 될 수도 있다. 이를테면, 기독교 안에서도 기독교 교육이나, 기독교 철학이 있듯이 기독교 문학이 있을 수 있다는 말이다.

그리고 일부에서는 기독교 문학이란 용어가 유독 한국에서만 쓰이는 용어로 알고 있는데 기독교 정신을 바탕으로 한 서구에서도 엄연히 쓰고 있는 것이다. 최근 기독교 문학에 관계되는 저술로 라이컨(L.Ryken)의 「상상의 승리(Triumphs of the Imagination)」[2]에서는 기독교 문학(Christian literature)의 개념과 특성에 대하여 상술하였고, 엘리어트(T.S.Eliot)는 「종교와 문학(Religion and Literature)」[3]에서 기독교적 독자(Christian Reader), 캐리(N.R.Cary)는 기독교적 비평(Christian criticism)에 대하여 언급하고 있다.[4] 이는 서구문학사에서도 기독교 문

---

2) L.Ryken, Trimphs of the Imagination, 최종수 역, 『상상의 승리』(성광사, 1982)

3) T.S.Eliot, "Religion and Literature" in the new orpheus, ed. nathan A.Scott. jr(new York:Sheed and ward, 1964)

4) N.R.Cary, Christian criticism in the Twentieth century(New York: Kennikat Press, 1975)

학의 개별성을 인정하고 그 특수성을 발견하려는 노력을 할 뿐만 아니라 기독교 문학의 실상에 대한 반성과 올바른 전망을 시도하는 내용들이기도 하다. 따라서 기독교 문학이란 용어는 한국에서만, 특히 일부 기독교인 작가들이 작위적으로 사용하는 것으로 생각한다면 이는 서구문학에 대한 오해일 뿐만 아니라 한국 문학에서 기독교 문학을 폄하하려는 일부 문학 결벽주의의 발상이라는 것을 지적해야 할 것이다.

▌3▌ 기독교 문학의 형성 과정

앞서 서두에서 인용하였듯이 서구문학은 기독교 문화의 전통 속에 있기 때문에 별도로 기독교 문학이란 용어를 붙이지 않아도 모두가 기독교 문학이라는 생각들을 한다. 이 말은 한국에는 기독교적 전통이 빈약하기 때문에 기독교 문학이 형성될 수 없으며 기독교가 문화의 중심이 아니기 때문에 기독교 문학이란 용어를 감히 사용할 수 없다는 의미를 내포하고 있는 것이다. 그러나 서양의 문학사는 당연히 기독교 문학이란 막연한 인식에 대해서도 냉정하게 검토할 필요가 있다. 왜냐하면 서양의 문학사는 결코 기독교가 전적으로 주도한 것도 아니며 기독교가 문학을 전폭적으로 지지한 것도 아니기 때문이다. 오히려 기독교가 문학의 발전을 저해했고 문학에 대하여 끈질기게 부정적이었던 점을 감안한다면 서양문학사에서 기독교 문학의 형성은 오히려 고난의 형극이었음을 확인하게 되는 것이다.

서양의 정신사나 문화사는 헬레니즘과 헤브라이즘이라는 거대한 두 개의 축에 의해서 형성되어 왔음을 우리는 잘 알고 있다. 전자가 물질적이고 현세적인 것에 비하여 후자는 정신적으로 초월적 세계관이라는 것

도 우리가 잘 아는 상식이다. 따라서 헤브라이즘에 기초한 기독교가 서양
사의 전부라거나 그러기에 서양의 문학은 당연히 기독교적이라는 생각은
손바닥만 보았지 손등을 보지 못하는 편견이라고 할 수 있다. 사실 기독
교가 로마에 입성하기 전까지 서양의 정신사는 희랍의 헬레니즘이 주도
하였다. 기독교가 주도하던 시대는 오히려 중세의 암흑기로 역사는 기록
하고 있다. 다만 르네상스를 맞아 헬레니즘은 인문주의로 재생하게 되었
고, 기독교도 종교 개혁을 통하여 성서적으로 거듭나게 되었다. 이때부터
헬레니즘과 헤브라이즘이 공존하게 되었으며 헬레니즘은 인본주의에 대
한 근대 합리주의를, 헤브라이즘은 기독교적 세계관을 통한 정신의 풍요
를 가져오게 하였다. 서양의 기독교 문학은 바로 르네상스 이후 중세 교
권주의를 벗어나 성서적 미학을 발견하면서 단테의 「신곡」을 필두로 하
여 스펜서의 「선경의 여왕」, 밀턴의 「실락원」 그리고 톨스토이, 도스토예
프스키 등의 작품으로 이어지는 맥락을 확인하게 된다. 그렇다면 서양의
기독교 문학은 13세기 르네상스 이후에야 그 출발을 볼 수 있었다는 말인
데 그렇다고 해서 기독교 문학이 서양 문학의 주도권을 행사했다는 말은
아니다. 동양의 과거에도 문학이 그렇게 대접을 받은 것은 아니지만 서양
의 문학사에서는 더욱 가혹한 박해 속에 문학이 유지될 수 있었다.

　기독교 문학이 출현하기 전, 플라톤은 그의 「공화국」에서 시인은 추방
되어야 한다고 하였다. 왜냐하면 시인은 부도덕하고 무가치한 대상을 모
방하기 때문이라는 것이다. 이러한 입장은 기독교가 서구에 정착한 후에
도 계속되는 비판이었다. 터틀리안은 아테네의 예술과 예루살렘의 성서
가 무슨 상관이 있는가라고 하였고 제롬은 "의와 불법이 어찌 함께 하며
빛과 어둠이 어찌 사귀며 그리스도와 벨리알이 어찌 조화되리요."(고후
6:14~15)라는 성서의 구절을 인용, 호라티우스와 시편이, 버어질과 복음
서가, 키케로와 사도가 동행할 수 없음을 지적하였다. 특히 어거스틴의

경우는 플라톤의 입장을 계승하여 문학은 본질적으로 교훈적인 것이지만 미덕보다는 죄악을 가르치기 때문에 그 가치를 불신한다 하였고,[5] 현대 철학자 키엘케골이나 신학자 칼빈, 칼 바르트 등도 문학에 대해서는 부정적인 입장이었다. 키엘케골은 "기독교적인 견지에서 볼 때 시인의 존재는 죄악의 존재다. 그것은 실존적으로 선과 진리를 구현하기 위하여 노력하지 않고 상상을 통하여 거기에 접근하고자 하는 죄악이다"라고 하였다.

이로 보면 성서가 문학을 부정한 것이 아니라 중세 스콜라 철학이 문학을 부정했고 근대에는 헬레니즘과 영합한 신학이 문학을 부정하였다. 이 점은 오늘의 교회도 같은 입장이다. 이들은 하나님의 구원사에 대해서만 절대적 도그마를 강조하고 하나님과 그리스도와 성서의 음악성과 문학성, 미학과 창조성에 대해서는 외면하거나 편견을 가진 무지를 범하고 있는 것이다. 물론 서양사의 전부가 문학을 부정하고 기독교 문학의 존재를 인정하지 않은 것은 아니다. 이미 아리스토텔레스가 플라톤의 시인 추방설에 대하여 「시학」[6]을 통하여 시의 정당성을 옹호하였고, 진리에 도달하는 방법은 반드시 철학만이 아니라 도덕적 실천이나 문학적 상상을 통해서도 가능하다고 하였다. 또한 호라티우스(Horatius)의 「작시법」이나 루크레티우스(Lucretius)의 「자연계」 등에서는 시는 도덕적 가르침과 즐거움을 동시에 제공하는 공리적 존재라는 것을 강조하였다. 그러나 기독교 문학의 존재성에 대한 변호는 시드니(P.Sidney)의 「시의 옹호(Apology for Poetry)」에서부터 라고 할 수 있다.[7] 그는 시인이며 작가로서 문학적인 입장에서 기독교를 인식한 최초의 비평가라고 할 수 있다. 그는 문학의 형식과 내용을 비등한 관계에 두었다. 이는 기존의 내용 중

---

5) 라이킨, 전게서, p.12.
6) Aristoteles, Poetics, ed. by A.H.Gilbert & H.H.Clark, Literary criticism (Detroit Wayne State Univ. Press, 1962).
7) Ibid.

심, 즉 철학이나 신학적 주제에 더 큰 비중을 두었던 것과 구별된다. 그는 시인(poet)의 어원이 제작자(maker)라는 것을 상기시켰고, 시란 가공물이며 환상이란 점도 분명히 하였다. 따라서 독자는 시를 통하여 신학적 진리만 섭취할 것이 아니라 거기에서 미적인 즐거움도 함께 경험해야 한다는 것이다. 이는 바로 스코트에 의해 제기된 기독교적 미학의 단서가 되기도 한다.[8] 시드니는 문학을 다른 형태의 사상과 분리시키는 것은 작가의 창조적 상상력이라고 하였다. 이는 문학의 독자성에 대한 견해이면서도 신의 위대함을 모방하는 행위라는 것이며, 기독교 시의 근본적인 모델을 「시편」이나 「아가」, 「욥기」 등에서 찾고 있음은 그가 기독교 문학에 대한 본격적인 접근을 보여주는 예라고 하겠다.

　현대 서양문학사에서 뚜렷하게 기독교 문학에 대한 논리를 보여준 사람은 엘리어트(T.S.Eliot)라고 할 수 있다. 그는 기독교 문학이란 의식적인 기독교적 조작이 아니라 무의식적으로 기독교적인 문학이 되어야 한다고 하였고, 문학 비평은 일정한 윤리적 및 신학적 입장에서 완결되어야 한다고 하였다. 그리고 기독교적 독자는 작품을 기독교적 관점에서 측정해야 한다고 하였다. 그는 시를 사랑하는 대다수의 사람들에게 있어서 '종교시'란 일종의 2류시라고 하였다. 여기서 2류시란 종교시인들이 대개는 종교의 전체를 취급하지 않고 부분만을 취급하기 때문이라는 것이다.[9]

　최근 기독교 문학에 대한 대표적인 논저로는 라이컨의 「상상의 승리」, 「기독교와 문학」을 지적할 수 있다. 이 책은 문학의 일반적인 이론에서부터 기독교 문학의 개념, 기독교적 독자, 기독교적 비평, 성경의 문학성

---

8) N.A.Scott, The New Orpheus, Essays Toward a Christian Poetic (New York, Sheed and Ward, 1964).

9) T.S.Eliot, op.cit.

등에 대한 입장을 폭넓게 제시하고 있다. 그는 성서가 기본적으로 문학적 형식이라는 것, 미학이나 작가의 상상력도 모두 성서적이라는데 초점을 맞추고 있다.

이상에서 보듯이 서양에서의 기독교 문학은 결코 순풍의 돛을 단 항해가 아니었다. 플라톤주의, 금욕주의, 청교도의 윤리주의, 과학적 공리주의, 헬레니즘의 인본주의 등 숱한 사조와 논리들의 도전 속에 하나의 맥락을 형성해온 외로운 투쟁의 과정이라고 할 수 있다.

한편 한국 현대문학사에서 기독교 문학은 어떻게 형성되어 왔는가, 이점에 대하여 아직 한국의 기독교 문학사를 본격적으로 저술한 실적은 없지만 단편적인 논문들은 상당히 있다. 이들 논설이 지적하는 대표적인 시인으로는 춘원, 육당, 장정심, 이용도, 남궁억, 정지용, 윤동주, 김현승, 박두진, 구상, 박목월, 임인수 등을 들고 있고, 소설가로는 춘원, 전영택, 김동인, 박계주, 김동리, 김팔봉, 황순원, 김성한, 이문열 등을 든다. 그리고 최근에는 기독교 문단을 형성하여 많은 시인 작가들이 활동을 하고 있음을 확인할 수 있다. 기독교 문학론에 관한 저술로는 김영수의 「기독교와 문학」, 김우규의 「기독교와 문학」, 김희보의 「한국문학과 기독교」, 조신권의 「성서 문학의 이해」, 임영천의 「기독교와 문학의 세계」, 「한국 현대문학과 기독교」 등이 있어 한국 문학사에서의 기독교 문학 운동이 일백년의 역사를 갖고 있지만 양적으로 보더라도 그렇게 활발한 것은 아니었다. 더구나 이들 작품들이 얼마나 기독교 문학의 본질에 접근한 명쾌한 이론들이며 질적 수준을 확보하는 진정한 한국 기독교 문학이 되고 있는가 하는 것도 중요한 과제로 남는다.

▌4▐ 기독교 문학의 새로운 인식

▌1▐ 기독교와 문학

앞서 기독교 문학의 장르적 개념에서 기독교 문학은 문학의 입장에서 볼 때는 문학의 하위 개념이고, 기독교적 입장에서는 기독교의 하위 개념이라는 말을 하였다. 그것은 기독교와 문학과의 총체적 관계 속에서 기독교 문학의 위상을 장르적 관점으로 밝혀본 것이다. 따라서 기독교 문학이란 문학이나 기독교의 하위 장르로 그 정당성이 인정됨을 확인하였다. 그렇다면 이제 기독교 문학이란 무엇인가를 그 내재적인 특성이나 구조를 통하여 밝혀내야 할 차례다.

표면적으로 보면 기독교는 종교적 삶의 한 양식이고 문학은 언어 예술적 삶의 양식이다. 그래서 칸트는 종교는 실천적인 이성을 통하여 선에 이르는 것이고, 예술은 판단력 비판을 통하여 미에 이르게 되며 학문은 순수이성 비판을 통하여 진에 도달하는 것으로 인간이 추구하는 진선미의 가치는 이처럼 이성의 각기 다른 영역으로 성취되는 것이란 도식적 논리를 제시하였다. 그리고 대개의 사람들은 이러한 논리를 객관적 합리성으로 인정하여 종교와 예술은 전혀 수단과 목적이 다른 이질적인 영역으로 인식하고 있는 것이다. 그러나 이것은 관념적 허구일 뿐, 현실적으로는 이들이 엄격하게 분리될 수 없는 것이다. 오히려 아름다운 것은 착한 것이고 착한 것은 진실일 수 있으며 그 반대도 마찬가지 결론에 도달하는 것이다. 그렇다고 기독교와 문학은 동일한 세계라는 것을 주장하려는 것은 아니다. 다만, 인간의 정신작용이나 삶의 가치 추구라는 면에서는 상당한 공통점과 상호 유기성을 지니는 것이라는 것을 지적하려는 것이다.

사실 칸트의 논리로 보면 종교와 예술이 별개의 것으로 드러나지만 오늘의 언어학이나 기호학의 논리로 보면 상당 부분 일치하고 있음을 알 수 있다.

우선 기독교는 근본적으로 말씀의 종교다. 하나님은 말씀으로 천지를 창조하셨고, 말씀으로 진리를 선포하셨고, 지금도 우리에게 끊임없이 말씀으로 역사하신다. 결국 기독교는 하나님과 우리들 인간 사이에 말씀으로 소통(communication)되는 거대한 담론의 종교다. 원래 소통이란 발신자와 수신자간에 이루어지는 메시지 교환이다. 그런데 문학은 무엇인가. 문학은 작가가 독자에게 역시 언어를 통하여 의사를 전달하는 통신행위다. 만일 기독교와 문학의 다른 점이 있다면 하나님은 성서라는 언어 형식을 통하여 인간에게 전하고, 작가는 문학 작품이라는 언어 형식을 통하여 독자에게 전하는 것이다. 그런데 하나님은 현실의 세계가 아니라 초현실의 세계, 즉 하늘나라를 인간에게 전하고 작가는 상상적인 허구의 세계를 독자에게 전한다. 하나님은 현실을 인정하면서도 사실은 초현실, 초월의 세계를 제시함으로써 영혼의 구원을 추구하고, 작가도 현실의 세계를 인정하지만 가능한 상상의 세계를 통하여 정서적 구원을 시도한다. 그런데 발신자인 하나님과 작가는 수신자인 인간이나 독자에게 전달하고자 하는 메시지가 물질적이거나 과학적인 지식이 아니라 하나는 초월적인 메시지, 다른 하나는 상상적인 메시지이기 때문에 다 같이 일상적이고 현실적인 지식에 익숙한 수신자에게 일상적인 언어 형식으로는 그들의 메시지를 전달할 수 없다는 문제가 제기된다. 그래서 하나님의 말씀은 비유와 알레고리와 설화의 형식을 사용하고 문학도 비유와 설화의 특별한 형식을 사용한다. 다만 다른 점이 있다면 하나님은 전지전능하신 창조주이시기 때문에 만물을 창조하시고 지배하시지만, 작가는 하나님의 피조물로서 하나님이 허락한 상상력을 통하여 허구적인 세계를 창조하는 제한적인 존재라는 것과 하나님은 당신의 메시지를 성령의 감동·감화로 깨닫게 하는데 비하여 작가는 정서적 환기성을 통하여 감동적으로 느끼게 한다는데 차이가 있다. 그러나 소통구조의 형식으로 보면 상당히 유사한 구조라는 사실을 알 수가 있다. 그것은 하나님의 말씀이나 작가의 언어는 모두가 인간이나 독자를 향한 언어행위라는 사실과 모두가 현실세계가 아닌 초월의 세계와 상상의 세계를 전달하기 때문에 지식만을 전달하는 일상적인 언어행위와 달리 비유와 상징과 알레고리와 음악적인 리듬과 설화적인 이야기 구조를 사용한다는데서 확인할 수 있는 것이다.

기호학적 논리로 보면 성서나 문학은 모두가 의미를 담은 의미기호다. 기호에는 형식적인 부분의 기표(signifian)가 있고 의미내용이 되는 기의(signifie)가 있다. 일상적인 언어 기호에서는 의미작용이 단순하다.[10] 이를 1차 기호작용이라 한다. 예를 들어 '별'이라는 단어가 있을 경우 일상어에서는 별이란 천체에 흩어진 무수한 행성에 불과한 것이다. 그러나 시에서 만일 '내 가슴에 뜨는 별'이라든지 성서에서 '다윗의 별'이라는 말을 사용했을 경우, 1차적으로는 물론 모두가 별의 의미를 갖지만 이들은 1차적인 별의 의미를 넘어서 2차적인 의미 작용을 한다는 사실을 확인할 수 있다. 시에서 '내 가슴에 뜨는 별'은 그냥 별이 아니라 가슴에 숨겨진 소망이나 동경의 대상물을 말한다. 성서에서 '다윗의 별'은 이스라엘을 나타내기도 하고 그리스도를 상징하거나 하나님의 약속이라는 의미로도 해석되는 것이다. 이러한 2차적 기호작용을 전통적인 시학에서는 다의성의 언어, 또는 내포적(connotation)인 언어로 설명하기도 하였다. 과학의 언어는 개념과 사물이 일치하는 1:1의 언어다. 한 단어에 두 가지 이상의 의미가 있을 수 없다. 과학자들은 개념의 확실성을 생명으로 한다.

---

10) 홍문표, 『문학비평론』, 양문각, 1995, p.341.

그래서 일반 언어 대신에 수학의 기호나 과학의 기호를 사용하기도 한다. 그만큼 세계를 단일하고 단순한 존재로 보려는 것이다. 그러나 정신의 세계, 영혼의 세계는 그렇게 단순한 세계가 아니다. 내 마음 나도 모르고, 더구나 하나님의 무궁한 뜻을 내가 알 수 없다. 이 알기 어려운 내 마음, 무궁한 하나님의 세계를 드러내기 위해서는 언어의 다의성이 요구된다. 언어의 다의성이야 말로 오해를 일으킬 수도 있지만 오히려 삶의 풍부성을 약속 할 수 있다. 과학적 언어는 유용성과 기능성을 위하여 다의적 언어를 일의적 언어로 환원 축소하려 하지만 반대로 문학적 언어나 종교적 언어는 다의적 언어로 확대하고 극대화하려 한다. 그런데 이 다의성을 가능케 하는 것은 바로 상상에 의해서다. 想像(imagination)이란 말은 영어로 보면 이미지에 의한 언어고, 한자로 보면 마음 위에 어떤 형상을 얹어 생각하는 것이다. 모두가 비유나 상징에 의하여 언어가 사용된다는 말이다. "나는 포도나무요, 너희는 가지니", "떡은 내 몸이요, 포도주는 내 피니라", 이러한 성서적 서술이나 "내 마음은 호수요", "내 누님같이 생긴 꽃이여"라는 시적 서술은 모두가 언어의 일의성을 넘어 비유와 상징을 통한 언어의 다의성, 언어의 내포성을 보여주고 있는 것이다. 비유와 상징에 의한 언어의 다의성은 바로 새로운 인식의 공간, 존재의 새로운 깨달음, 진리의 새로운 발견을 말해주는 것이다. 기독교는 바로 새로운 세계를 보여주는 종교다. "회개하라 천국이 가까왔느니라" 이 말은 바로 다가오는 신천지를 보여주는 상징의 언어다. 시의 세계는 공리적이고 일상적인 삶과 언어에 감추어져 있는 인간의 심층적 경험, 그 미묘한 감정들, 그리고 사물에 대한 기존의 언어를 파괴하고 새로운 관계를 세우는 발견의 과정이다. 그것은 우리의 손 안에 있는 세계를 넘어서서 언제나 무한한 가능성의 새로운 지평으로 다가서는 세계다. 그러나 그 다가섬의 과정은 가다머의 말처럼 다가서면 멀어지고 다시 다가서면 또 멀어지면서 결코 일의적으로 잡힐 수 없는 세계의 지평이다. 이러한 지평의 확대 속에서 공리적 세계는 그를 넘어서는 새로운 지평으로 확대되고 우리는 그러한 세계 속에서 정신의 자유를 향유하게 된다. 그런데 신적 세계, 즉 하나님의 세계도 그렇다. 성서적 계시는 감춰짐과 드러남의 역동성이고 은폐와 비은폐의 변증법이고 결코 손 안에 잡힐 수 없는 초월적 세계를 향한 지평의 확대요 새 하늘과 새 땅을 향한 다가섬이다. 따라서 성서적 언어는 바로 시적 언어다. 늙은이들은 꿈을 꿀 것이요 젊은이들은 환상을 볼 것이다. 꿈은 감추임의 시어이고 환상은 드러남의 시어다. 묵시적 언어는 감추임의 성서적 시어이고, 예언적 언어는 드러남의 성서적 시어다. 성서적 언어는 새로운 삶의 지평을 계시하고, 실재에 대한 새로운 관점을 열어주며 새로운 가능성으로 우리를 인도한다.[11]

이처럼 기호학이나 시학적 측면에서 볼 때도 성서와 문학은 1차적인 의미작용의 언어가 아니라 2차적인 의미작용, 즉 다의성의 언어로 확대되는 공통점을 갖고 있는 것이다. 따라서 종교는, 특히 기독교는 문학적이며 문학적일 수밖에 없다는 결론에 도달하게 되는 것이다. 그렇다고 성서는 바로 순수한 문학작품이라는 뜻이 아니다. 발신자인 하나님이 하나님 나라를 세속적인 인간에게 선포하기 위해서는 부득이 문학적인 언어 형식을 선택할 수밖에 없다는 의미에서 그렇다는 것이다.

2 기독교 문학의 구조 원리

하나님과 작가는 운명적으로 문학적 언어 형식을 통하여 메시지를 전하는 동상이몽의 승객이라고 할 수 있다. 비록 신분이 다르고, 목적지는

---

11) 이경재, 『현대문예비평과 신학』, 호산, 1996, pp.350~354 참조.

다르지만 비세속적 메시지를 전하기 위해서는 같은 표현방식을 선택할 수밖에 없는 입장이라는 점에서다. 그렇다면 작가가 공통적 표현수단인 문학적 언어형식을 통하여 하나님의 메시지를 대신 사용할 수도 있다는 가능성을 상정할 수도 있다. 왜냐하면 작가란 문학적 언어형식 속에 어떠한 메시지도 담을 수 있는 창조적 자유를 갖고 있기 때문이다. 작가는 그가 사용하는 문학적 언어형식 즉 문학이라는 용기 속에 때로는 사랑이나 질투, 만남이나 이별의 정서를 담을 수도 있지만 철학이나 종교, 또는 사회적 병리현상이나 역사적인 비극, 또는 정치적 이념을 담아서 문학적으로 표현할 수도 있기 때문이다. 여기서 하나님의 메시지가 성서라는 문학적 언어형식으로 표현될 때는 성령의 감화가 독자에게 작용하지만 하나님의 메시지가 순수한 문학적 형식으로 표현될 때는 독자에게 정서적 감동으로 작용하는 미학적 수용의 작업이 된다. 그렇기 때문에 작가에 의해서 전달된 문학적 언어형식은 종교가 아니라 문학일 수밖에 없다는 결론이기도 하다. 그러나 비록 그것이 결과적으로 문학작품일지라도, 하나님 나라를 메시지로 한 작품이기 때문에 종교적 의미를 배제할 수 없는 것이며 특히 기독교가 하나님 나라를 실현하려는데 그 목적이 있는 한 작가가 하나님 나라를 메시지로 만든 문학적 언어 형식에 대하여 보다 긍정적인 평가를 할 수도 있는 것이다. 이상의 논거를 토대로, 일반 언어, 성서, 문학, 기독교 문학을 도식화 하면 다음과 같은 구조를 갖는다.

일반 언어 : 발신자   ㅡ   사상과 감정   ㅡ   수신자
(일반 문법에 따른 어법)

성   서 : 하나님   ㅡ   하나님 나라   ㅡ   인 간
(육화와 계시의 문학적 어법)

문   학 : 작 가   ─   사상과 감정   ─   독 자
             (이미지와 플롯의 문학적 어법)

기독교 문학 : 작가   ─   하나님 나라   ─   독 자
             (이미지와 플롯의 문학적 어법)

    여기서 일반적인 언어란 과학적인 언어나 실용적인 언어를 말한다. 과
학이나 실용의 세계는 발신자의 사상이나 감정을 수신자에게 정확하게
전달하는 것이 목적이다. 따라서 이 때의 어법은 가장 객관적이고 논리적
인 문법에 따라야 한다. 그러나 성서의 세계는 하나님이 하나님의 세계를
인간에게 선포하는 것이다. 그런데 여기서 하나님의 세계는 초월적인 세
계이기 때문에 직접 인간에게 전달될 수가 없다. 인간의 창조, 인간의
타락, 하나님의 사랑, 그리하여 구원에 이르는 하나님의 메시지는 하늘에
계신 천상의 계획일 뿐 지상의 인간으로서는 인식할 수 없는 영역이다.
그래서 하나님의 말씀은 육화(incarnation)의 과정을 거치거나 계시의
형태를 취한다. 말씀이 육신이 되어 우리 가운데 거하시는(요한 1:14)
과정을 거침으로 그제야 우리는 하나님의 메시지를 깨닫게 되는 것이다.
여기서 육화와 계시의 형태를 문학적 논리로 보면 메타포어의 형식으로
설명할 수 있다. 메타포어(metaphor)는 넘어서(over)와 운반하다(to
carry)라는 어원을 가진 은유를 뜻한다. 현대 언어학적 기능으로 보면
메타포어는 비유(trope), 전환(turning), 상징(figure)이 된다.[12] 예수께
서 떡과 포도주를 들어 "이것은 나의 몸이요 나의 피"라고 말했을 때
떡은 몸으로 포도주는 피로 의미가 전환된 것이며 이로써 떡과 포도주는
몸과 피의 상징이 된 것이다. 말씀이 육신이 된 것이나, 하나님이 인자로

---

12) 홍문표, 『현대시학』, 양문각, 1995, pp.213~214.

오신 것이나 이는 모두가 영에서 육으로, 무생물이 생물로, 하늘이 땅으로의 전환이며 상징이며 비유인 것이다. 시의 생명인 메타포어가 관념이 물질로, 무생물이 생물로 전환하여 나와 세계, 사물과 사물의 관계를 전환하고 결합하는 것이나 말씀이 육신이 되는 원리는 결국, 하나님과 인간, 사물과 사물의 거리 좁힘, 내가 네가 되고 네가 내가 되는 에덴의 환원이며 하늘나라의 완성인 것이다.[13] 그러기에 성서의 메타포어는 한 편의 위대한 시다. 참다운 시는 메타포어의 표출이고 참다운 종교는 메타포어의 비전이다.[14] 에스겔의 뼈다귀에 생기를 불어넣는 것은 메타포어의 부활이다. 따라서 메타포어가 없는 문자는 에스겔의 뼈다귀에 불과하고 그것은 헬레니즘적 이성의 논리이기도 하다. 예수님의 몸과 피가 떡과 포도주로 변하고, 떡과 포도주가 예수님의 몸과 피가 되는 것은 메타포어적 진리요 시적 직관이다. 이러한 시적 직관이 사라진 기독교에 신죽음 신학이 등장하고, 물신적인 유물주의가 등장한다. 종교는 육체적 눈을 넘어서 영적인 눈으로 세계를 보는 시학적 상상력이다.

이처럼 육화와 계시는 인간의 사고로는 인식할 수 없는 신비의 세계를 인간의 감각적인 형식으로 경험하게 하는 과정이다. 하나님이 직접 인간 예수로 나타나 몸소 사랑과 죽음과 부활을 보이신 사건이나 인간의 음성이나 환상으로 보여주는 일들은 바로 인간들에게 감각적인 경험을 통하여 인식하게 만드는 하나님의 시적인 메시지 전달 방법인 것이다. 이 점은 바로 시인이나 작가가 미묘한 정서적 감정이나 관념적인 주제를 독자들에게 보여주기 위하여 감각적으로 경험할 수 있는 이미지를 사용하거나 구체적인 사건을 통하여 주제를 형상화 하는 어법과 같은 구조라는 말이기도 하다.

---

13) 홍문표, 『시창작강의』, 양문각, 1997, p.77.
14) 이경재, 전게서, p.354.

따라서 기독교 문학 작품은 하나님의 메시지, 하나님의 구원 사역에 대한 주제를 육화와 계시의 언어를 작가가 문학적인 이미지와 구체적인 플롯으로 형상화 하는 작업이라고 할 수 있는 것이다.

▌5▌ 기독교 문학의 구성 요소

기독교 문학은 물론 일반적으로 문학이란 말을 사용할 경우 대개는 문학작품만을 지칭하는 것으로 알고 있다. 물론 문학작품이란 작가가 예술적으로 창조한 결실인 만큼 문학작품이 문학의 절대적 요인이 된다는 것은 극히 상식적인 견해라고 하겠다. 그러나 이러한 견해는 작품의 독자적 존재성을 강조하는 형식주의적 관점일 뿐이며, 역사주의나 윤리주의적 측면에서는 전혀 다른 입장을 보이고 있는 것이다. 시는 자연의 모방이며, 작품은 사회의 반영이고, 인생의 거울이라는 모방론이나 반영론이 아직도 건재하고, 작품이란 작가의 내면을 표현한 촛불이거나, 작품이란 독자에게 무엇인가 윤리적으로 작용하며, 독자가 있을 때 작품이 있을 수 있다는 표현론이나 효용론도 배제할 수가 없는 것이다. 따라서 문학이라고 할 때, 내재적 조건으로는 문학작품을 제작하는 작가와 작품을 읽고 평가하는 독자도 생각해야 하는 것이다.15) 이를 생산논리로 보면 생산자와 소비자와 상품의 관계라고 할 수 있을 것이다. 이러한 문학 구성의 원칙은 기독교 문학에도 그대로 적용되는 것이다. 따라서 기독교 문학에도 기독교 문학 작품, 기독교 문학 작가, 기독교 문학 독자를 그 구성요소로 하여 그 특성을 파악하는 것이 기독교 문학의 포괄적 이해가 될 것이다.

---

15) M.H.Abrams, The Mirror and the Lamp(The Norton Library, New york, 1958), pp.1~29.

1 기독교 문학 작품

이 말은 우선 기독교와 문학 작품이란 말의 합성어라는 것을 지적하고 싶다. 기독교 문학 작품은 기독교라는 종교적 개념과 문학 작품이라는 예술적 개념이 결합된 합성어라는 말이다. 그렇다면 기독교 문학 작품을 해석하기 위해서는 먼저 기독교란 무엇이며 문학 작품이란 무엇인가를 이해할 수 있어야 한다. 그리하여 이상적인 기독교 문학 작품을 완성하기 위해서는 기독교라는 종교적 세계와 문학작품이라는 예술적 세계를 동시에 충족시켜야 하는 명제가 주어진다. 그러나 유한한 인간의 삶에서 기독교를 완전히 이해한다거나 문학 작품을 완전히 실천한다는 것은 더욱 어려운 일이 아닐 수 없다. 그러기에 기독교 문학 작품은 오히려 종교적으로나 문학적으로 완성보다는 미완으로 끝날 위험을 갖고 있는 것이다. 엘리어트가 신앙시를 이류의 시라고 지칭한 것도 바로 여기에 있는 것이다. 사실, 기독교 문학 작품에서 종교적인 면이 우세할 때 호교적인 전도지로 문학에서 외면당할 수 있고, 문학적인 면이 우세할 때는 탐미적인 세속으로 기독교도로부터 매도될 수 있기도 하다. 그렇다면 기독교 문학 작품은 어떻게 창작되어야 할 것인가. 여기엔 원칙과 열림이란 구심력과 원심력의 긴장(tension)이 요구된다고 본다. 기독교에는 교부철학에서부터 해방신학에 이르는 숱한 신학이론이 있고, 정통 신앙과 자유주의 신앙, 유사 신앙 등 갖가지 신앙 유형이 있다. 따라서 기독교란 말은 헬레니즘으로 포장된 신학도 아니고 샤만이즘으로 변질된 기복신앙이 아니라 오직 성서를 원칙으로 하는 종교여야 할 것이다. 문학에 있어서도 문자로 기록된 모든 것이 다 문학이 아니라 문학성을 확보하는 작품만을 문학 작품으로 인정해야 한다는 것이다. 최근 문학이론에는 텍스트(text)와 작품(works)이란 말을 구별하여 사용한다. 텍스트란 문자로 기록된 모

든 문서를 가리킨다. 그러나 작품이란 문학성을 확보한 창조적 기록을
말한다. 따라서 기독교 문학작품이란 성서적 원칙을 다양하게 열려 있는
문학성으로 표현한 창조물이라는 정의를 내릴 수 있는 것이다.

라이컨은 기독교 문학 작품의 표현 유형을 세 가지로 지적한 바가
있다.

첫째는 성경이나 기독교의 교리나 상징에 대한 인유(allusion)적 형식
이다. 예를 들어 시의 구절에 하나님, 십자가, 속죄양 등의 용어를 사용하
는 경우다. 소설 제목으로 「카인의 후예」라든지 「사반의 십자가」란 말도
있다. 워즈워드의 시 중에 "세상에 번뇌는 너무도 많다"라는 구절도 있다.
이 시구는 마태복음 13:22을 인용한 듯이 보인다. 그러나 전체적인 문장
을 보면 성서적이 아니라 범신론적이다. 따라서 작품의 일부나 한 구절을
기독교적인 것으로 인용했다고 해서 기독교 문학 작품이라 할 수가 없는
것이다. 만일 성서적 인유가 기독교 문학이 되려면 작품 전체의 주제가
기독적인 가운데 이루어져야할 것이다. 따라서 성서적 인유가 기독교 문
학으로 성공한 예는 스펜서의 「선경의 여왕」이나 밀턴의 「서사시」라고
지적한다.

둘째는 포괄적인 기독교적 가치와 관점을 드러낸 작품이다. 기독교는
다른 종교나 사상과 달리 독특한 성서적 구원관이 있다. 그러나 현세적인
실천 덕목에 있어서는 다른 종교나 사상과 일치되는 점이 많다. 기독교의
이웃 사랑과 불교의 자비, 유교의 인(仁)은 현세적 삶의 윤리적 가치를
제시한 것으로 상당한 공통점을 지닌다. 그 밖에도 정의나 평등, 자유의
문제, 절망이나 죄악, 그리고 저항의 문제들도 있는데 이는 기독교가 아
니더라도 보편적 가치로 인간이 추구할 수 있는 것이다. 자연의 아름다움
을 노래하는 시, 인간의 사랑을 노래하는 시, 이런 것들도 기독교의 교리
와 구별되지 않는 포괄적 가치의 세계다. 영국의 서사시 「베오울프」는

남을 위해 희생하는 베오울프의 이야기를 그린 것이다. 마치 그리스도의 희생양을 연상하게 한다. 우리의 「심청전」도 희생양의 요소가 있고, 소월의 많은 시에는 자연을 찬양한 부분이 있다. 이러한 경우 이를 모두 아전인수격으로 기독교 문학이라고 해석할 수 있는 것이다.

셋째는 독점적으로 기독교적 관점을 제시한 문학 작품이다.

주제가 뚜렷하게 기독교의 신앙에 관한 문학으로 구성되어 있는 것이다. 즉 그리스도의 인품이나 사역, 섭리와 속죄, 은총과 구원을 주제로 하는 문학이다. 따라서 성경의 인물이나 사건을 부분적인 소재로 다루는 것이 아니라 기독교적인 세계관이나 인생관을 중심적인 시점(Point of view)으로 구성한 문학이다. 기독교적인 세계관이란 바로 성서의 하나님과 그리스도가 최고의 가치로 설정되는 가치관이다.

이상의 세 유형을 넓은 의미에서 모두 기독교적인 문학이라고 할 수 있다. 그러나 라이컨은 그 중에 세 번째의 문학이 진정한 의미에서 기독교 문학이라고 하였다.[16]

그러나 이상의 문제는 기독교 문학 작품의 내용에 관한 것이고 정말로 기독교 문학 작품이 되기 위해서는 이러한 기독교적 관점이 문학적으로 형상화되어야 하는 점이다. 문학적 형상화의 구체적인 작업은 시의 경우 첫째로 앞서 지적한 바와 같이 1차적인 의미작용에서 2차적인 의미작용이 가능한 어법의 사용이 있어야 한다. 둘째로는 환유적인 구조에서 은유적인 구조를 선택해야 한다. 셋째로는 낯익은 자동화의 언어에서 낯설은 일탈성의 언어를 창조해야 한다.[17] 넷째로 개성적인 리듬을 창조해야할 것이다. 다음의 몇 작품을 통하여 확인하여 보자.

---

16) 라이컨, 전게서, pp.200~210 참조.
17) 홍문표, 『시어론』, 양문각, 1994, p.288.

① 입으로 지은 죄는 바다와 같사옵고
　　몸으로 지은 죄는 산과 같사옵고
　　마음으로 지은 죄는 허공과 같이 끝간데를 모르나이다.
　　　　　　　　　　　　　　　　　　－이광수의 「내죄」에서

② 사랑하는 나의 하나님 당신은
　　늙은 비애다.
　　푸주간에 걸린 커다란 살점이다.
　　시인 릴케가 만난
　　슬라브 여자의 마음 속에 갈앉은
　　놋쇠항아리다.
　　　　　　　　　　　　　　　　　－김춘수의 「나의 하나님」에서

③ 더러는
　　옥토에 떨어진 작은 생명이고저
　　흠도 티도
　　금가지 않은
　　나의 전체는 오직 이뿐!
　　더욱 값진 것으로
　　드리라 하올제
　　나의 가장 나중 지니인 것도.
　　오직 이뿐!
　　　　　　　　　　　　　　　　　　－김현승의 「눈물」에서

　임의로 인용한 세 시에서 우리는 기독교 문학 작품이 무엇인가를 쉽게
확인할 수 있다.
　①의 시는 이광수의 작품으로 그가 톨스토이 영향을 받았다느니 기독

교 계통의 학교에서 공부했고 근무했다느니 하면서 그의 문학에 나타난 기독교를 많이 지적하고 있지만 인용한 시를 보면 우선 1차적 의미의 어법을 사용했고, 은유적인 표현도 없으며 더구나 낯익은 언어들로 극히 초보적인 비유법을 썼을 뿐이다. 기독교의 죄에 대한 것을 내용으로 했지만 시적인 표현, 문학적인 형상화가 되어있지 않은 것이다. 따라서 이러한 시를 문학성 있는 기독교 문학 작품이라고 할 수 없는 것이다.

②의 작품은 '나의 하나님'이란 주어를 사용하고 있어 성서적 소재를 인유했다고 하겠는데, 내용으로 보아 기독교를 제시한 것은 아니다. 시적 형식은 2차적 의미작용, 은유적 구조, 낯설은 시어의 사용 등으로 매우 현대적 감각의 시적 표현이다. 그러나 기독교적 세계관이 애매하다. 따라서 시적인 표현은 승하지만 시적인 내용은 기독교적이라고 할 수 없다.

반면 ③의 시는 '옥토에 떨어진'이란 성서적 인유가 있기도 하지만 전체적으로 눈물의 순수함, 눈물의 절대성, 헌신적인 자세 등이 기독교적일 뿐만 아니라 시어의 의미작용, 은유적 구조, 낯설음의 언어가 경건하고 신선하여 기독교 문학작품으로 볼 수 있다. 따라서 ①의 시는 호교적인 시, ②의 시는 기독교적 소재를 인유한 비기독교적인 시, ③의 시는 기독교를 주제로 한 문학성이 있는 시라고 할 수 있다. 이렇게 볼 때 우리 문학사에서 정말 문학성을 살린 기독교 문학작품이 얼마나 될 것인가를 냉정하게 비판할 시기가 된 것이다.

이 점은 소설에서도 마찬가지다. 개화기에 최병헌의 「성산명경」이나 안국선의 「금수회의록」이 기독교적인 내용을 강조한 것은 사실이지만 문학작품으로서는 초보적인 것이었다. 근대문학의 형성 시기에 거론되고 있는 이광수의 「무정」이나 전영택의 「화수분」, 김동리의 「무녀도」, 염상섭의 「삼대」, 박계주의 「순애보」, 이광수의 「흙」, 심훈의 「상록수」 등을 보면 기독교를 작품의 일부에 소재로 사용하였거나 소박한 휴머니즘, 또는 멜로드라마적인 면을 보이고 있을 뿐이다. 다만 「무녀도」에서는 전통적인 토속신앙과 갈등을 제기했고, 「삼대」에서는 사이비 크리스찬을 지적했다는 점에서 새로운 문제를 제기하고 있다. 그러나 기독교 신앙을 주제로 한 작품이라고 할 수 없다. 이는 광복이후 특히 전후문학에서부터 현재까지도 대개는 신의 존재성과 한국 교회의 문제점을 지적하는 리얼리즘 문학이 주도되고 있어 사실상 본격적인 기독교 문학 작품으로 일반에게 인정되는 예가 드물게 되었다. 더구나 20세기에 나타난 급진 신학, 신 죽음의 신학, 해방신학 등은 그리스도를 인간적이고 정치적인 존재로 부각시키거나 신 부재의 시대를 지적하는 일련의 작품들이 독자를 당황하게 하고 있다. 카잔스키의 「최후의 유혹」, 슈사꾸의 「사해의 호반」, 타이센의 「갈릴래아 사람의 그림자」, 김동리의 「사반의 십자가」, 김은국의 「순교자」, 이문열의 「사람의 아들」, 이청준의 「낮은데로 임하소서」, 조성기의 「야훼의 밤」 등은 성서적 신의 의미나 권위가 상당히 세속적으로 해석된 모습이다. 여기서도 기독교의 긍정적인 부분보다 부정적이며 회의적인 것으로 순수한 기독교 문학 작품으로 평가하는 데는 문제가 있다. 이처럼 소설에서의 기독교 문학작품은 성서의 근본적인 주제보다 신학적인 주제, 기독교의 부정적인 부분을 비판적으로 제시하고 있는 것이 작금의 실정이다. 이는 결국 기독교에 대한 깊은 인식과 충분한 문학성의 확보라는 두 마리 토끼를 잡는 일이 쉽지 않음을 보여주는 것이기도 하지만 크리스찬 작가들의 진지한 의식과 자세에도 문제가 있는 것으로 생각된다.

② 기독교 문학 작가

김희보는 기독교 문학은 크리스찬이 쓴 작품이어야 한다고 했다. 크리

스찬이 아니고는 참다운 기독교 문학을 창조해낼 수 없다는 이유에서
다.[18] 물론 기독교의 본질을 인식하지 못하고 기독교 문학 작품을 쓴다는
것은 불가능한 일이다. 그러나 현실적으로 기독교인이 아니면서도 기독
교를 소재로 한 작품을 쓰는 경우가 많다. 물론 여기서 기독교인이란 기
준이 어디까지냐 라는 문제가 있다. 형식적인 절차로는 개신교인은 세례
를 받은 자, 천주교인은 영세를 받은 자라는 기준을 정할 수도 있을 것이
다. 그러나 근본적으로 크리스찬이라면 기독교적인 구원의 교리를 지적
으로 수용하고 정서적으로 표현할 수 있으며 성서적 삶을 일관되게 실천
하는 사람이라고 해야 할 것이다. 말하자면 성서적으로 거듭난 자가 되어
야 할 것이다. 외형적으로 현재 기독교 문학 작가들의 분포를 보면, ①목
회자, ②기독교 신자, ③기독교에 대한 지식이 있는 일반 작가로 구분할
수 있다. 그러나 일시적으로 또는 실험적으로 기독교에 대한 소재를 작품
으로 다룬 작가, 예를 들어, 이광수, 김동인, 염상섭, 심훈, 김동리, 정을병,
이문열, 이청준, 조성기 등을 기독교 문학 작가라고 할 수 있는가. 이들의
작품에서는 기독교적인 문제를 제기했거나 소재로 다룬 바가 있지만 그
보다는 비기독교적인 작품을 훨씬 많이 창작했다. 이 점은 작가 뿐만 아
니라 시인의 경우도 그렇다. 최남선, 정지용, 김상용, 박두진, 박목월 등을
비롯하여 현재 크리스찬 시인으로 거명되는 많은 시인들의 작품을 보면
대개는 일반 서정시나 자연시를 많이 쓰고 극히 부분적으로 신앙적인
소재나 주제의 시를 실험적으로 쓴 경우가 많다.

　목회자의 경우도 그렇다. 이미 신문학의 개척자로 알려진 「창조」 동인
전영택의 경우, 그가 목회자겸 소박한 인도주의 작가라는 이유로 그를
기독교 문학 작가로 쉽게 규정하는데 실제 그의 작품에서 과연 성서적

---

18) 김희보, 「기독교문학이란 무엇인가」, <월간 목회>, 1981.7.

구원관을 확인할 수 있는지, 적어도 기독교 문학 작가라면 그의 전 생애를 통하여 기독교 신앙을 삶의 중심으로 하고 일관되게 하나님과 그리스도와 성서적 구원의 메시지를 문학적으로 형상화 하는 작업에 매진하는 작가였어야 할 것이다. 이러한 엄격한 원칙에서 보면 우리문학사에서 이름 있는 작가 중 기독교 문학 작가로 지목할만한 인물이 별로 드러나지 않는다. 물론 목회자나 신자 중 한두 권의 작품을 실험적으로 낸 경우는 있다. 그러나 지속적인 작품 활동을 통하여 기독교 문학 작가로 공인된 작가는 역시 찾기 어렵다. 다만, 시의 경우는 일생 동안 일관되게 기독교를 천착한 시인으로 김현승이나 구상 등을 들 수 있지 않을까 한다. 물론 이들의 경우도 비신앙적인 시가 있다. 그러나 총체적으로 그들의 문학은 기독교적 주제를 심화시키는데 일관성 있기 노력하였다고 볼 수 있다.

이상의 논거에서 볼 수 있듯이 기독교문학 작가라는 측면에서 보면 한국 기독교 문학 작가의 전통은 아직도 형성되지 못했다고 보아야 할 것이다. 오히려 비기독교인 작가들이 기독교를 소재로 하여 성서적 원리를 왜곡하거나 비판하는 경우가 많았고, 기독교 신자인 작가들은 기독교 문학 작품보다 일반적인 작품에 치중하여 기독교적인 부분을 은폐하고 일반 작가로서의 지위를 확보하려는데 열중하지 않았던가, 이는 기독교 신자인 작가들 스스로가 우리문학사 속에서 기독교 문학 작가로 규정되는 것을 기피한 것이며 기독교 문학 작가로서의 사명감을 방기한 것이라고 할 수 있는 것이다.

물론 기독교 문학 작가에겐 일반 작가로서의 능력과 기독교에 대한 깊은 인식이 동시에 요구되기 때문에 일반 작가보다는 이중의 고통이 따른다. 그렇다고 해서 기독교 신자인 작가들이 일반 문학을 선호하고 일반 작가의 무리에 끼기를 원하고 일반 작가로 인정받기를 원하는 풍토에서는 진정한 기독교 문학이 존재할 수 없으며 문학을 통해서 하나님

나라를 실현한다는 구호가 무력해질 수밖에 없다는 사실을 반성해야 할 것이다.

지금 기독교는 비기독교인 작가들에 의해서 비판받고 우롱당하고 있다는 느낌이 든다. 기독교를 제대로 이해하지 못하면서 일부 교회의 탈선이나 신자들의 무지를 빌미로 하여 그것이 기독교의 전부인 것처럼 오도하고 있다. 뿐만 아니라 급진적인 자유주의 신학이나 사이비 교리를 빙자하여 기독교의 본질을 혼미하게 하고 있다. 물론 여기서도 기독교 문학 작가의 책임이 있다. 지금까지 기독교문학 작가들이 일반 문학 수준 이상의 문학성 있는 작품으로 일반 문학에 대응하고 일반 문학 독자를 감동시킬 수 없었다는 무력함과 당당한 소신의 부재가 그것이다. 반면 기독교인 작가들의 다른 문제는 하나님 나라에 대한 메시지를 전달하는 데만 급급하였지 그것이 문학 작품으로 형상화 되지 않으면 호교적인 전도지가 되어 일반에게는 외면당한다는 사실을 간과하거나, 지나치게 문학적으로 표현하는 것은 오히려 하나님께 불경스러울 지도 모른다는 고지식한 신앙심 때문에 역시 문학성 있는 작품을 기대하기가 어려운 것이다.

우리는 달란트 비유와 청지기의 사명을 재인식해야 하겠다. 기독교인에게는 말씀의 은사, 기도의 은사, 신유의 은사도 있지만 창작의 은사도 있는 것이다. 따라서 기독교 문학 작가는 성서가 가장 문학적이었다는 사실을 인식하고 문학성 있는 기독교 문학 작품을 성취하는 것이 오히려 하나님께 영광이요 땅에 있는 우리 모두의 평화가 되는 한 방법이라는 것을 확신해야 할 것이다.

싸르트르는 작가와 서사(書士)를 구분한 일이 있다. 여기서 서사란 대서소의 서사처럼 어떤 내용을 그대로 베끼거나 그대로 전달하는 앵무새 같은 작가를 말한다. 이념을 그대로 전달하는데 급급하고, 기독교의 교리를 그대로 기술하는 데만 열성인 고지식한 작가도 마찬가지다. 그러나 진정한 작가란 앵무새처럼 그대로 흉내내거나 있는 그대로를 반영하는 거울과 같은 작가가 아니라 하나님이 흙을 빚고 거기에 영을 불어 넣는 순간 생명력이 있는 아담이 되듯이 에스겔의 뼈다귀에 영이 붙듯이 작가는 어떤 소재나 주제에 문학적인 영을 불어넣어 문학적 감동력을 지닌 작품을 창조하는 것이다. 따라서 기독교 문학 작가란 기독교의 주제를 문학적인 예술 형식으로 재구성하는 창조적 과정이 더 요구되는 것이다. 라이컨은 크리스찬 농구선수는 먼저 농구를 잘 할 수 있어야 한다고 했다. 뛰어난 축구선수가 아닌데 할렐루야 축구팀이 될 수 없는 이치와 같다.

3 기독교 문학 독자

기독교 문학의 측면에서 독자라면 기독교 신자인 독자와 비기독교 신자인 독자를 생각할 수 있다. 그러나 일반적으로 독자라면 작품을 읽고 이해하고 감상하는 불특정 다수의 무리다. 지금까지 문학에서 관심을 보였던 것은 작가와 작품과 작품의 주제에 관한 것들이었다. 플라톤은 작가란 감정을 조장하는 부도덕한 존재로 보았고, 아리스토텔레스는 작품이란 자연의 모방이라 하였다. 그리고 형식주의자들은 작품 그 자체의 독자성과 중요성만을 강조하였다. 그러나 문학도 사상과 감정을 독자에게 전달하는 소통구조라고 볼 때, 발신자-메시지-수신자의 원리일 뿐이며 이는 작가-작품-독자의 관계와 일치한다. 다시 말하면 문학행위란 작가와 작품으로 결정되는 것이 아니라 독자와의 관계에서 결정된다는 말이다. 아무리 훌륭한 작가나 작품을 주장한다 하더라도 읽어주는 독자가 없다면 그것은 무의미하고 무가치한 것이다. 작품이란 독자에게 충분히 전달되고 감동되었을 때 제 기능을 다 하는 것이다. 이처럼 독자의 문제가 심각하게 제기된 것은 수용미학(Aesthetic of reception)이나 독자반응

비평(Reader response criticism)이 등장하면서다. 기존에 독자에 관한 논의는 고급 독자와 저급 독자, 전문 독자와 익명의 독자라는 정도에 불과 하였다.

그러나 수용미학에서는 수용이란 개념을 창작된 작품을 수취인이 받아들이는 행위로 간주하고, 개인적으로 책을 읽고 감상하는 것은 단순수용, 어떤 특정한 작품에 자극되어 이를 자기의 고유한 생산으로 다시 변환시키는 것을 생산적 수용, 작품의 연구와 비평을 수용하는 것을 분석적 수용, 비평을 다시 비평하는 것을 분석 생산적 수용으로 구분하기에 이르렀다.19)

이러한 논의에서 볼 때 오늘의 기독교 작가들의 작품이 독자들에게 어느 정도 수용되고 있는가, 자기만의 신앙적 나르시즘에 빠져 신앙시를 기도문으로 착각한 경우는 없는지, 겨우 기독교적인 내용을 전달하는 단순 수용의 전도지는 아니었는지, 정말 그 작품을 통하여 독자가 새롭게 변화되고 거듭나며 또 다른 출발을 다짐할 수 있는 계기를 주었는지, 거기에다 열띤 연구와 비평의 대상이 될 만한 작품이었는지, 이러한 질문에 합당한 우리의 기독교 문학 작품은 과연 얼마나 되는지, 그리고 작가는 이러한 독자들의 다양한 요구를 얼마나 심각하게 생각하고 작품을 썼는지, 이러한 문제들을 새롭게 검토하는 것이 기독교 문학의 당면과제 중에 하나가 아닐 수 없다. 그리고 이러한 문제를 보다 적극적으로 해결하기 위해서는 분석적 수용이 가능한 기독교 문학 비평가가 많이 필요하다. 그러나 우리의 문학 사회에는 비평가가 극소수일 뿐이며 더구나 기독교 문학 비평가는 더욱 미미한 존재일 뿐이다. 상품은 소비자가 있어야 하고 소비는 유통이 잘 되어야 한다. 우리의 문학계는 생산자는 많은데 소비자

---

19) 홍문표, 전게서.

는 적고 더구나 소비를 권장하고 극대화 시킬 수 있는 비평의 부재와 불신은 생산과 소비의 구조를 원활하게 하지 못하고 있다.

과거 독자들의 유형을 보면 종교나 윤리성이 지나치게 작용하던 수동적 독자, 즉 교화의 대상으로 독자를 생각하던 시기가 있었다. 문학은 가르치고 즐거움을 주는 것이라는 구호가 그것이다. 근대에 이르러서는 독자란 작가의 실험대상물이었다. 리얼리즘이란 따지고 보면 인간을 임상실험의 대상으로 취급한 것이라고 해야 할 것이다. 그리하여 작가는 최고의 교사가 되고, 신의 대리인이 되고, 천재나 사제, 그리고 작품의 아버지이기도 하였다. 이데올로기 문학이나 대중문학이라는 것도 독자를 우롱하기는 마찬가지였다. 이데올로기 문학은 소위 절대적 가치니 공공의 윤리니 하면서 권력자나 지성들과 결탁하여 독자를 지배하였고, 대중문학은 값싼 정서로 대중을 농락하였다. 독자의 탄생은 인상주의나 주관주의가 등장하면서 시작되었지만 역시 이성을 앞세운 모더니즘에 의하여 좌절되었다. 이처럼 독자는 늘 권력과 이성과 이념과 상업주의와 결탁한 작가들에 의한 식민통치의 질곡을 벗어나지 못했다.

독자는 언제나 작가들에 의해서 길들여졌으며 울안의 가축처럼 사육되어왔다. 그러나 오늘에 와서는 독자들이 그동안의 식민통치를 서서히 벗어나 스스로 독자중심의 왕국을 건설하기에 이른 것이다. 이제 독자는 오히려 작가를 지배하는 주객전도의 시대가 되고 있는 것이다. 따라서 문학의 존재의미는 이제 독자에 의해서 판단되는 시대가 되었다고 보아야 할 것이다.

그러나 지금 모든 독자가 그렇게 왕국을 주도할 만큼 성숙한 것일까. 아직도 상당수의 독자는 과거, 작가에 의해서 길들여진 타성을 벗어나지 못하고 있으며 더구나 오늘의 상업주의와 영상문화에 영혼을 빼앗긴 독자들도 있어 상당히 혼탁한 독서계의 양상을 보여주고 있는 점도 간과할 수 없다.

아울러 기독교 문학과 독자의 관계에서 언급되어야 할 부분은 작가의 입장에서 보는 독자뿐만 아니라 기독교에서 보는 독자의 입장이다. 우선 기독교인들은 문학작품을 어떻게 볼 것인가, 기독교 문학 이외의 작품들을 포함하여 문학을 전반적으로 지지하는가, 기독교인들의 일반 문학에 대한 접근에는 두 가지 난제가 있다. 하나는 문학적 사실주의에 대한 문제이고 다른 하나는 비기독교적인 사상의 작품에 대한 태도다.[20] 현대문학 특히 소설의 경우는 사실주의가 주도한다고 볼 수 있다. 그것은 연극의 경우도 그렇다. 사실주의는 사실을 그대로 기술하는 창작방법이지만 사실은 현실의 어둡고 추악한 부분을 사실적으로 고발하는 것이 특징이다. 특히 성 문제, 인간의 타락상 등 한마디로 죄악상의 상세한 보고문이 많다. 거기다가 비판적 사실주의는 유물주의와 신 죽음의 문제까지도 진실이라는 명분으로 들고 나온다. 이러한 작품들에 대한 기독교인들의 대응은 무엇일까. 성서에서도 사실주의적인 기술이 많다. 소돔의 동성애 이야기, 삼손과 가자의 창녀 이야기, 성도착과 간통에 관한 기쁘아의 첩, 다윗과 밧세바, 압논과 다말의 근친상간 등, 이런 것들은 인간의 타락을 성서에서도 사실적으로 표현하고 있다는 증거다. 성서는 인간의 죄악상을 그대로 제시하고 있는 것이다. 그렇다면 기독교인들은 오늘의 사실주의 문학을 그대로 인정해야할까, 그러나 성서의 사실주의는 일정한 제한과 목적이 있다. 성서에서는 타락의 우위성을 인정하지 않는다. 성적인 부도덕, 특히 성행위 등을 세부적으로 묘사하지 않는다. 그리고 성서에서 묘사된 악은 결코 회개가 없이는 구원되지 않는다. 따라서 기독교인 독자들은 사실주의 문학에서 부도덕을 즐기거나 시인하거나 조장하는 입장이

---

20) 라이컨, 전게서, pp.223～242. 참조.

될 수 없으며 특히 신성모독의 문학은 이에 대항하거나 기피해야할 것이다.

다음에 비기독교적인 사상의 문학작품에 관한 것인데, 기독교인들은 현대를 살면서 비기독교 사조를 간단히 거부할 수 없다. 왜냐하면 그러한 사조들이 바로 20세기 삶의 모습이며 그러한 모습을 알고서야 대처할 수도 있기 때문이다. 즉 기독교의 가치를 보다 명확하게 확인하기 위해서다. 그리고 비기독교적인 문학에도 진실이 있음을 인정해야 할 것이다. 말하자면 기독교와의 공통적인 보편적 진실이 있다는 말이다. 그러나 현대의 쾌락주의나 허무주의, 감상주의, 상업주의, 그리고 무신론적 실존주의, 유물주의, 정치주의, 인간주의 등은 경계해야 할 부분들이다. 쾌락주의는 정욕에 굴복하게 하고, 허무주의는 불신의 죄악을 만들고, 감상주의는 기독교적 가치를 파괴한다. 더구나 무신론적 사상들은 물신숭배와 권력 이데올로기의 지배를 통한 인간 파멸을 초래하게 된다. 현대문학의 문제점은 죄악을 불가피한 것으로, 타락을 죄악으로만 인식하고 있는데 있다. 우리가 확인해야 하는 것은 인간은 하나님이 창조한 완전한 존재라는 것, 죄로 인하여 타락한 존재라는 것, 그러나 그리스도를 통하여 구원받을 수 있는 존재라는 점이다.

이러한 난제들을 검토하면서 기독교인 독자들은 현실에 적극적으로 대처해야 할 것이며 무조건 비기독교적인 작품들은 불온하고 불경하다는 편견으로 기피하거나 회피할 일만은 아닐 것이라 생각한다. 특히 첨부되어야 할 부분은 문학의 정서적 기능과 미학의 문제다. 우리는 기독교의 교리나 성서의 내용이 경건한 엄숙주의, 선과 악의 흑백논리로 오해되고 있다. 말하자면 죄악과 은총의 대립구조다. 그런데 여기서 선의 문제나 은총의 문제를 확대해보면 거기엔 미학의 문제, 기쁨의 문제, 정서적 즐거움의 문제가 포함되어 있음을 보게 된다. 하나님은 아가페적 사랑이지만 아담과 이브의 에로스적 사랑도 인정했고, 이웃과 형제간의 필리아도 인정했다. 하나님은 우주만물을 가장 아름답게 창조하셨고, 창조하신 우주만물에 대하여 보시기에 좋았더라(창1:10)는 것이다. 그리고 하나님의 형상대로 인간을 창조하신 것이다. 그렇다면 인간의 정서적 감동이나 미적 감상은 오히려 하나님의 뜻인 것이다. 기독교인 독자를 문학과 분리시킨 것은 하나님이나 성서가 아니고 신학적 교리와 교회의 독선이 빚어낸 결과인 것이다. 따라서 오늘의 교회는 문학에 대한 우려나 편견을 버리고 오히려 순수한 문학을 인정하고 기독교 문학을 육성하는 일에 관심을 가져야 할 것이다. 그것이 바로 성서적이고 하나님 나라를 세우는 길인 것이다.

▌6 ▌기독교 문학의 과제

이상의 논의를 통하여 기독교 문학의 개념을 보다 문학적인 관점에서 정리해 보려고 하였다. 이제 우리에게 주어진 과제는 크리스찬 작가들이 좀 더 소신을 가지고 기독교 문학의 전통을 확고히 세우고 기독교인은 물론 비기독교인에게까지 일반문학과 대등한 가치와 위상을 확립하는 적극적인 노력이 요구됨을 알게 되었다. 그러나 이러한 노력은 감상적인 신앙의 열정이나 소박한 문학의 기교만으로 가능한 것이 아니라 기독교나 성서에 대한 보다 깊은 이해와 신앙적 확신, 분명한 기독교적 세계관의 확립은 물론이고 문학적 창조과정에 있어서도 보다 뛰어난 예술적 형식을 획득 했을 때만 기독교 문학은 가능하다는 이중의 무거운 짐을 감수해야 한다는 사실도 확인하게 되었다.

그런데 여기에 20세기를 끝내고 새로운 세기를 맞는 이 시점에서 기독교적 세계관을 분명히 하는 일이나 뛰어난 문학적 창작방법을 획득하는 일이 너무나 급변하는 사회와 다양한 정보의 홍수, 기존 문명과 문화의 체계가 전도되는 혼란의 와중이어서 이 시대와 다가오는 세기에 확보해야 할 기독교 문학의 확고한 방향을 확정하는 일은 결코 쉬운 일이 아님을 알 수 있다.

우선 기독교를 해석하고 있는 신학의 조류를 보면 너무나 다양한 깃발이 난무하고 있으며 전통적인 신앙이나 성서적 지식으로는 대단히 감당하기 어려운 실정에 있다. 기독교의 세계관은 바로 성서 중심, 즉 하나님의 말씀(massage)을 중심으로 하는 것이 당연한 정통이었다. 그러나 최근에는 말씀보다 사명(mission)을 중시하는 이론들로 혼전하는 모습을 본다. 정통신학은 아브라함에서 사도 바울, 그리고 마르틴 루터에 이르는 믿음의 신학이라고 할 수 있다. 그러나 19세기 셜라이에르마허로부터 양상이 달라졌다. 그는 이성(reason) 이라는 합리적 논리를 앞세워 성서를 해석했고, 말씀과 계시보다는 개인의 감정에 기초한 신학을 시도 하였다. 포이에르바하는 참된 종교는 하늘에서 하나님을 찾을 것이 아니라 인간 속에서 찾아야 한다는 것이다. 그리하여 신은 인간이라고 하였다. 리츨은 기독교 신학을 도덕적 윤리신학이라고 하였다.

이러한 자유주의 신학은 20세기에 들어와 더욱 급변하게 된다. 칼 바르트는 말씀의 신학이란 말로 신정통주의를 내세웠지만 사실은 성서를 하나님의 온전한 계시로 믿지 않는다. 볼트만은 예수의 부활을 인정할 수 없다고 하였고, 브르너도 성경의 완전한 영감설을 부정하고 특히 노아의 홍수나 바벨탑의 사건을 신화나 설화쯤으로 간주했다. 1960년대 사신신학(The Death of God)이 충격을 주고 있을 때 블로흐는 희망의 신학을 제기했다. 매력있는 용어다. 그러나 희망의 신학은 예수의 재림이 아니라 열려진 자유, 적극적인 현실 참여로 귀착된다. 고가르텐은 세속주의 신학

을 제기했고 본회퍼는 무종교 시대, 하나님이 없는 시대, 성년이 된 인간
은 신없이 살아가야 한다고 했다. 바로 사신신학을 창시한 것이다. 하비
곡스도 신없는 세속 도시의 신학을 제기했다. 한편 라틴 아메리카에서는
구티에레즈를 중심으로 해방신학이 등장했다. 해방신학은 민중의 가난을
해결하기 위해 제도적 개혁을 실천하는 행동신학이다. 그는 가난이란 극
복해서 해결되는 것이 아니라 오직 혁명과 투쟁을 통해서 가능하다고
하였다. 한편 알타이져는 종교 다원주의를 내세워 더욱 사신신학을 구체
화 시켰다. 니체는 불교와도 제휴하여 소위 무신론적 신학을 합리화 시켰
다. 샤르댕과 캅은 진화론에 근거한 과정신학을 제시했다. 우리나라에서
는 서남동 교수에 의해 민중신학이 제기되었다. 그는 예수를 민중의 전형
으로 보고 민중의 한풀이 즉 민중혁명을 정당화 한다. 교회는 민중의 교
회이므로 건물, 교권, 목회자가 불필요하다고 하였다. 최근 여성신학, 포
스트모던신학도 있다. 여성신학은 오늘의 페미니즘과 상통하는 것으로
여권신장, 여성해방을 주제로 한다. 포스트모던 신학은 지금까지의 기독
교를 탈교리의 역사로 보고 계속되는 지적 탐구의 과정으로 종교를 해석
할 것으로 전망한다.[21]

　이러한 신학적 이론들은 한 마디로 인본주의 신학이라고 할 수 있다.
하나님 중심의 신학, 성서 중심의 신앙이 아니라 인간 중심, 이성 중심,
과학과 물질과 기술문명시대와 결합한 헬레니즘 신학이다. 여기에 사이
비 신흥 이단 종교까지 가세하여 오늘의 기독교인들에게는 지적으로는
인본주의 신학, 정서적으로는 사이비 종교의 유혹으로 심한 신앙적 갈등
을 경험하게 된다. 물론 오늘날의 대부분의 교회들이 정통 신앙을 지키고
있고, 대부분의 교인들이 말씀 중심의 기독교 신앙을 견지하고 있기 때문

---

21) 이성주, 『현대신학』Ⅰ, Ⅱ, 성지원, 1994. 참조.

에 쉽게 급진주의나 사이비 이단교회에 감염되지 않겠지만 문제는 기독교를 소재로 하거나 주제로 하는 작가들의 창작태도에 문제가 있다. 앞서 지적 하였듯이 기독교 문학 작가는 두 가지 유형이 있다. 하나는 문학을 자신의 신앙고백이나 전교적 목적에 치우쳐 문학적 생기가 없는 에스겔의 뼈다귀 같은 비문학적 작품 수준이고 다른 하나는 작가의 창조적 자유, 또는 작가의 지성적 우월주의가 가능하면 기존의 전통적 신앙을 비판하고, 교회의 비리를 고발하고, 진보적인 신학적 논리에 편승하거나 상업주의, 인기주의, 정치주의에 편승하여 성서적인 정통을 왜곡하고 있다는 사실이다. 이는 양과 이리가 함께 모여 모두 양놀이를 하는 격이다. 최근 기독교 문학 단체들의 일부를 보면 과연 이들이 기독교 신자인지, 아니면 기독교를 빙자하여 모인 세속적인 문학단체인지 구별하기가 어렵게 되었다. 한국의 일반 평신도들은 그래도 보수적이고 성서적이다. 문제는 지성적 기독교인이라고 할 수 있는 작가의 경우, 그들의 자유분방한 문학적 태도와 비판적 리얼리즘의 시각이 대체로 진보주의나 급진주의 또는 자유주의 신학 논리를 문학적 주제로 삼고 있기 때문에 오히려 순진한 기독교 신자나 비기독교인들을 오도하고 있다는 점이며 그것도 문학적으로 충분히 성숙한 예술형식으로 표현하는 것이 아니라 극히 실험적인 형식이어서 결국 이류의 작가로 인식되고 있다는 사실을 간과할 수 없는 것이다.

기독교 문학의 상위 개념은 문학이다. 따라서 기독교 문학 작가는 먼저 문학 작가로서 분명한 역량을 확보해야 한다. 문학은 무엇을 쓰느냐가 아니라 무엇을 어떻게 쓰느냐. '무엇을'에 관한 것은 이미 성서적이고 말씀 중심이고, 하나님 나라라는 것을 밝힌 바 있다. 무엇을에 대한 논의는 작가의 일이 아니라 신학자나 설교자의 몫이다. 문학자는 이미 확정된 무엇을 '어떻게' 쓸 것인가에 그 존재가치가 있는 것이다. 그런데도 일반 문학자나 기독교 문학 작가들이 대개는 '무엇을'에 더 많은 관심을 보이

는 경우가 있다. 지금까지 수천 년간 표현해온 문학사의 주제, 즉 '무엇을'
에 관한 것은 이미 인생, 사랑, 구원, 행복 등의 문제로 한정되었음을 알
수 있다. 기독교 문학의 주제도 결국, 하나님, 사랑, 그리스도, 십자가,
속죄, 구원 등의 문제다. 문제는 어떻게 이를 문학적으로 형상화 할 것인
가에 달려 있는 것이다.

　　그런데 무엇을 '어떻게' 표현할 것인가 하는 문학의 문제도 오늘의 세
기말, 그리고 새로운 세기를 내다보면서 그렇게 단순하지가 않다. 왜냐하
면 20세기를 지나면서 문학의 표현성에 관한 것도 많은 시행착오를 겪었
고 지금도 다양한 실험들이 계속되고 있기 때문이다. 기독교에서도 기독
교를 해석하는 신학들의 다양한 실험들이 우리를 곤혹스럽게 하고 있듯
이 문학에서도 우리는 심한 방법의 갈등을 겪게 되는 것이다. 문학을 상
상력의 형식이라고 말한다. 그런데 여기서 상상력이란 재생적 상상도 있
고, 창조적 상상도 있지만 해석적 상상도 있다.[22]

　　여기서 재생적 상상이야 기억력만 좋으면 과거의 경험을 재생하는데
문제가 없겠지만 창조적 상상은 과거의 경험을 창조적으로 재구성 한다
는데 전적인 개인의 창조적 구성력이 요구되고, 해석적 상상은 바로 과거
의 체험을 현재의 대상이나 주제와 관련하여 새로운 의미부여까지 하여
야 하기 때문에 그의 인생관이나 지적인 통찰력이 요구되는 것이다. 그러
므로 문학은 근본적으로 개성적인 존재고, 그래서 같은 주제라도 다양한
상상력으로 창조되는 것을 볼 수 있다. 이렇게 문학은 본질적으로 개성적
인데다가 시대마다 색다른 창작방법론이나 새로운 해석을 위한 비평론이
제기 되기 때문에 작가는 늘 방법론의 획득에 고심해야 한다. 거기다가
문학외적인 변화마저 더욱 작가의 순수문학적 지조를 확립하기 어렵게

---

22) 홍문표, 전게서.

만들고 있다. 20세기에 들어서 논의된 사조와 비평을 보면 현실주의와 이상주의, 이성주의와 감성주의가 계속 교차하는 양상이었다. 19세기 낭만주의를 거부한 사실주의가 20세기에 들어와서 자연과학과 더불어 강세를 보였고, 이러한 현실주의에서 정신의 초월을 추구한 상징주의가 신비성을 지니며 등장하기도 했다. 그러나 20세기는 여전히 과학과 철학의 이성적 논리의 강세를 업고 모더니즘이란 이름으로 주도되었다. 모더니즘은 20세기 문학의 주도적 방법론이었다. 프로이드 심리학에 근거한 초현실주의나 서정성을 배격한 이미지즘과 주지주의, 그리고 비평에 있어서 심리주의, 신화원형 비평, 형식주의, 구조주의, 기호학, 실존주의, 해석학, 현상학, 독자반응비평, 맑스주의비평, 페미니즘 등으로 백화만발한 이론의 행진이 계속되었다.

그러나 20세기를 주도한 합리주의, 이성주의, 언어중심주의는 후기구조주의, 해체주의, 포스트모더니즘을 만나면서 상당한 타격을 받게 되었다. 모더니즘은 문학의 상상력, 예술의 신비성마저 과학적 합리주의, 객관적 이성주의로 극복할 수 있으리라는 확신을 갖고 있었다. 그러나 인간이 가장 확실하게 믿고 있는 언어의 보편적 의미구조가 사실은 끝없는 불확실성의 연속이라는데서 모더니즘의 객관적 환상은 무너지게 되었다. 여기서 신의 죽음 뿐만 아니라 문학의 죽음까지 제기하는 사태에 이르게 되었다. 롤랑 바르트는 「영도의 글쓰기」에서 작가의 죽음을 선언한다. 그동안 작가가 가장 권위있게 생각했던 것이 새로운 언어와 문체였다. 그러나 작가의 언어는 사유물이 아니라 선택 이전에 이미 공유되었던 수평적 환경이라는 것이다. 그리고 문체는 작가의 체내에 담겨진 기억이나 과거의 생리로서 이들은 모두 주어진 조건들이었다는 것이다. 따라서 작가는 기존의 언어, 사상, 감정을 인용 반복하는 지식 서사로 전락되었다는 것이다. 미셀 푸코는 「보호감호론」에서 작가란 형무소의 감시자처럼, 당대의 지식이나 권력과 담합하여 우리의 사고체계를 지배하는, 즉 이데올로기의 사상이니 사조니 하는 것들로 이성적 법칙을 세워 모든 것을 침묵시키고, 분리하고, 서열화하는 범죄자로 규정하고 있다. 롤랑 바르트는 오늘날엔 작품도 죽었다는 것이다. 모든 문학 텍스트는 다른 텍스트로부터 만들어져 나온다는 것이다. 오늘의 문학작품은 독자성, 개별성, 경계선이 없는 상호텍스트적인 것이다. 작품에는 읽을 수 없는 텍스트, 읽을 수 있는 텍스트, 쓸 수 있는 텍스트가 있다는 것이다. 읽을 수 없는 텍스트는 일상적, 상식적 언어의 나열, 상식적인 주제, 이데올로기, 지배 이념, 권력과 야합한 목적 문학이다. 읽을 수 있는 텍스트는 낯설음과 낯익음의 긴장감이 있어, 즐거움이 있는(to plasure) 텍스트다. 쓸 수 있는 텍스트란 독자가 읽으면서 새로운 공간을 채우며 쓸 수 있는 진짜 즐김(to enjoy)의 텍스트라는 것이다. 그러나 오늘의 작품은 대개가 일상적이거나 상업주의와 권력에 기생하는 읽을 수 조차 없는 것들이라는 것이다.

독자도 죽었다는 것이다. 독자의 죽음은 현대 산업사회와 관계가 있다. 오늘의 산업사회는 활자문명시대가 아니라 전자문명 시대다. 이 말은 활자 문화가 주도하던 시대에서 영상문화가 주도하는 시대라는 말이다. 이미 오늘의 독자는 값싼 상업주의, 통속적인 관능주의, 물신주의 문화에 의해 창조적 주체의식이나 고급스런 정신문화, 영혼의 거듭남, 진지한 삶의 가치 등을 상실했고 거기다가 현란한 영상문화의 악마적인 괴성과 신기한 환영에 청각과 시력이 마비되어 건전한 문학의 진실한 목소리를 듣기가 어려운 실정에 있다.

진정한 신앙은 헬레니즘, 인본주의로 포장된 신죽음의 신학에 도전받고 있고, 건전한 문학은 급변하는 산업사회의 물신주의에 의해서 역시 문학의 죽음이 논의되고 있는 것이다. 우리는 이처럼 심각한 세기말의 혼돈 속에서 어떻게 바른 신앙을 세우고 바른 신앙의 주제를 아름다운 예술의 형식으로 표현하여 하늘나라를 세울 것인가. 이것이 우리에게 주어진 과제라고 해야 할 것이다.

이는 결국 원칙으로 돌아가는 것이다. 여기서 원칙이란 진리를 말한다. 기독교의 진리는 성서로 돌아가는 것이고, 문학의 진리는 예술로 돌아가는 것이다. 성서는 하나님의 창조와 에덴으로 시작되었다. 그런데 에덴은 이성의 나라가 아니라 정서의 나라다. 아담과 이브와 사과와 뱀들이 함께 놀고, 네것 내것이 없고, 시작과 끝이 없는 세계다. 문학의 세계도 그렇다. 너와 내가 구별되고 대립되는 세계가 아니다. 물아일체(物我一體)의 세계, 사랑과 화해의 세계다. 그렇다면 성서와 문학은 다같이 에덴을 근원으로 한다. 진리가 너희를 자유케한다면 바로 성서적 진리와 문학적 진리가 함께 협력하여 선을 이룰 수 있을 것이고 아름다움을 이룰 수 있을 것이다. 물론 에덴으로 돌아갈 수 없는 것이 성서의 진리다. 그러나 약속한 하늘나라가 바로 에덴과 같은 세계가 아닐까. 성서는 하나님의 문학이고 문학 작품은 하나님의 형상대로 창조한 인간의 문학이다. 더구나 인간이 창조한 문학이 하나님의 나라를 형상화하는 내용이라면 그것은 하나님께 영광이요 땅에서는 평화가 될 것이다.

이 혼돈스런 세기말을 지나 새로운 세기를 맞는 시점에서 우리는 다시금 기독교 문학의 의미를 새롭게 인식해야겠다. 그리고 새 하늘과 새 땅을 향한 힘찬 날개를 펴야할 것이다.

(출차: 『한국문예비평연구』 1호, 한국현대문예비평학회, 1997)

제5장
한국 근대소설의 종교사상

구인환

▌1▌ 문학과 종교의 연구양상

문학에 있어서 종교의 문제는 예로부터 많은 논의를 일으켰고 善과 惡의 갈등과 더불어 오랫동안 文學의 주제가 되어 왔다. 그것은 죽음과 구원과 같은 인간의 운명에 대한 불안과 공포에서 벗어나려는 인간의 집요한 생활과 종교의 지향적 성숙을 위한 신앙의 전파로 빚어지는 영적 구원을 위한 비극적 상황이 문학의 주요한 수용적 대상이 되어 온 것을 말한다.

단데(Dante)의 「신곡」에서 중세의 기독교사상을 기저로 베아트리체를 구원의 모티브로 하는 영적 순례의 구도를 보여주고 있는 것이나, 밀턴(Milton)의 「실낙원」에서는, 에덴동산의 낙원에서 신의 계명을 어긴 죄로 남자는 이마에 땀을 흘려야 살 수 있고, 여자는 어린애를 낳는 괴로움을 더 하였으며, 뱀을 영원히 배로 기어다녀야 하는 벌을 받아 에덴

동산에서 쫓겨난 인간의 원죄를 서사시화하고있고 도스토에프스키 (Dostoevsky)의 「죄와 벌」에서 니체의 초인주의사상에 감염된 라스크 로니코프가 고리대금 업자로 사회의 기생충처럼 여겨지는 전당포의 노파를 살해하고는 잠재해 있는 죄의식으로 괴로워하고 갈등하다가 몸은 더럽혀있지만, 마음은 맑은 하늘보다 더 푸른 소니아의 구원을 받아 시베리아로 유배되어가면서 신세계를 지향하고 있는 것들이 다 종교사상의 문학적 수용이라고 할 수 있다.

또한 이승휴의 「제왕운기」에는 동명왕의 전설을 비롯하여 우리 선인들이 그린 신화나 전설 등 설화가 운율화되어있고 김만중의 「구운몽」은 천상의 세계에서 지상에 태어난 양소유가 역시 천상의 별로 지상에 하계한 팔선녀를 취하여 부귀영화를 누리다가 다시 천상에 회귀하는 이야기속에 유불선사상이 수용되어 있으며, 「홍길동전」이나 「허생전」 등 조선소설에는 律命國이나 「무인공도」 등으로 집약되는 선인들의 낙원사상이 아로새겨져 있으며 근대문학 이후에도 이광수의 「재생」이나 「흙」 등과 김현승과 박두진의 시에는 기독교사상이 나타나 있으며, 김동리의 「무녀도」를 비롯하여 「바위」, 「을화」 등에는 기독교사상이 짙게 수용되어 있고 조지훈의 시나 김성동의 「만다라」에는 불교사상을 그 주된 사상으로 수용하고 있다. 이러한 종교사상의 문학적 수용은 인간생활에서 종교가 중요한 요소를 이루고 있고, 종교문제가 삶의 한 기축을 이루는 문제이기 때문이다.

한국문학에 나타난 종교의 문제는 그렇게 활발하게 논의되거나 연구되었다고는 할 수 없어도 몇몇 문학연구가와 비평가에 의해서 상당한 관심과 그 성과를 볼 수 있다. 그 중에서 관심을 모은 것도 적지 않다. 김우규의 「현대문학과 기독교」,[1] 전대웅의 「춘원과 작품의 종교적 의의」,[2]를 비롯하여 최정석의 「춘원문학에 나타난 대승불교사상연구」,[3] 김

영수의 「한국 기독교문학사 개관」,[4] 김봉군의 「춘원문학에 나타난 종교
의식」,[5] 구창환의 「춘원문학에 나타난 기독교사상」,[6] 김운학의 「불교문
학의 이론」,[7] 박이도의 「한국기독교연구」,[8] 기진오 등의 「한국근대소설
의 기독교 수용」,[9] 졸고 「이광수소설에 수용된 톨스토이의 영향」[10] 등
상당수에 이르고 있다. 이같이 기독교나 불교의 조명만이 아니고 무교적
인 수용도 관심있게 진행되고 있는 것을 볼 수 있다.

  한국문학 그 중에서도 근대 이후의 소설에 수용된 종교적인 양상은
어떠하고, 또 그 수용에 있어서 본격적으로 종교사상을 예술화한 소설은
어떻게 조명될 수 있으며 더 나아가 한국소설에 수용되고 형상화된 종교
사상은 어떻게 구명되어질 수 있는가가 관심의 대상이 된다. 이에 본 소
고에선 문학과 종교의 상호관계와 문학적 수용의 의미를 살피고, 표집된
소설을 주로 해서 소설에 수용된 종교사상의 의미를 구명하려고 한다.

---

 1) 現代文學 1960. 4.
 2) 東西文化(1). 啓明大. 1967.
 3) 東國大大學院 1974.
 4) 基督教年鑑 1972.
 5) 論文集(1) 聖心女大 1978.
 6) 崔南善과 李光洙의 文學 새문사 1981.
 7) 一志社 1981.
 8) 慶熙大 大學院 1984.
 9) 성서교재간행사 1985.
10) 국어교육 32 한국국어교육연구회 1978.

▐ 2 ▐ 문학과 종교, 그리고 서사성

▐1▐ 문학과 종교

종교는 다른 사상과 같이 문학의 주제를 제약하며, 장치와 구조를 속박한다. 그것은 문학이 모험하는 편력(quest)이나 단순한 아곤(agon) 곧, 갈등이 아니요, 행동의 모티브이며 祭儀的인 죽음을 수반하는 내용을 구속하기 때문이다. 톨스토이(Tolstoy)의 부활은 그것을 잘 보여 주고 있다. 내후류토프의 옛하녀이었던 카튜사에 대한 열망과 제의적이고 헌신적인 추종과 지향은 바로 마태복음 5장부터 7장까지를 실천윤리로 삼는 원시기독교의 종교신앙이 모티브가 된 행동이다. 그것은 낙원을 성취하려는 인간의 순교자적인 행동이며 집요하게 내일을 추구하는 당위적 현실에의 지향이다.

사람은 언제나 현재보다 더 성숙된 미래를 지향한다. 그것이 머지않아 실현될 수 있는 가시적인 것이 아니라고 해도, 그 수평선과 같이 나타나는 가능성을 실현하기 위하여 집요하게 오늘을 살아간다. 이와 같이 성취된 미래를 지향하며, 오늘을 살아가는 삶이 바로 역사와 문화의 추진력이 되고 활력소가 되어 전시대 사람들이 공상으로 꿈꾸어 왔던 놀라운 문명의 발달을 보게 되고, 또한 새로운 정신적 기축인 사상이 변모하게 된다. 새와 같이 하늘을 날고 싶은 욕망이 비행기와 우주선으로 나타나고, 손바닥으로 천기를 볼 수 있다는 욕망이 지상의 개미까지 볼 수 있다는 인공위성을 이용한 지상관측소가 되고 컴퓨터와 온라인 시스템에 의한 편리한 인간생활이 그것이다. 그러한 미래지향적인 욕구는 때로는 역설적인 역반응으로 나타나 문명의 발달에 따르는 인간소외와 파트이즘에 의한 비인간화 현상을 일으킨다. 여기에서 인간은 결국 주기적이고 연속성을 지니면서도 인간은 유한한 존재임을 인지하게 된다. 아무리 온 세상을 다스리면서 세상의 영화를 다 누린다고 해도 결국 세상을 떠나게 되어 죽음으로 가는 시간의 공포에 시달리게 된다.

鄭鎭泓은 시간의 공포에 대하여,

> 이야기(종교적인 것이나 문학적인 것이거나 간에)를 듣고, 말하고, 쓰고, 읽는 태도의 그 기본적인 동기를 우리는 다음 몇 가지로 서술할 수 있다. 즉 재미있기 위해서라든가, 실용적인 지식을 위해서라든가, 삶의 전체성을 체득키위한 삶의 간접경향을 위한 것이라든가 하는 것이 그것이다. 그런데, 이런 '재미', '실용성', 그리고 '삶의 전체성'을 체득하기위한 동기는 모두가 그 근원적인 자리에서 하나의 사실로 설명이 가능하다. 다시 말하면, 이같은 동기는 결국 어떻게 언표되든 간에 퇴색하는 삶의 빛깔을 의미있는 어떤 것으로 짙게 채색하려는 동기라고 설명할 수 있는 것이다. 좀 더 비약적인 표현을 살펴본다면 이야기를 듣는다든가 글을 읽는다든가 또 싣는다든가 해서 그 이야기가 지어내는 증언의 진실성, 정황의 절박성, 시그날의 규범성에 몰입되는 것은, 의식적이든 무의식적이든 우리 실존의 바탕에서 꿈틀거리는 '시간의 공포'로부터 벗어나려는 몸부림이라고 할 수가 있는 것이다.[11]

라고 말하면서, 시간의 공포에 의한 자기 구제를 어떻게 추구하는가를 말하고 있다. 결국 이런 시간의 공포는 곧 죽음에 대한 공포로서 그것을 초월하기 위해 예로부터 민족과 신앙에 따른 祭儀儀式이 형성되고 주종 동반의 무덤과 묘역의 단장이 생기게 된다. 금관을 비롯한 모든 부장품과 같이 묻혀있는 경주의 천마총이나, 섬세한 무늬의 벽돌로 쌓아 올린 현실에 안장되어 있는 공주의 무열왕릉만을 보아도 신앙에 의한 생활 양식이

---

11) 鄭鎭泓, 宗教學序説, 展望社, 1984 p.224.

다름을 알 수 있다. 국립박물관에 모조해놓은 강서고분의 사신도를 보면 예술의 종교적 수용을 볼 수 있다. 이렇게 죽음과 내세에 대한 외경의 의식은 종교로 초월되거나 허무주의로 대치되기도 한다. 여기에서 허무 주의는 니체의 '신은 죽었다'는 변혁적인 선언으로 실존적 자아의 각성에 의한 새로운 지향을 추구하고 외경의식은 민족과 신앙의 다양한 종교로 인간의 초월적 구제를 전파한다. 야스퍼스(K.Jaspers)는「철학적 신앙」에서 '성서와 관계할 때 다만 낡은 옷을 벗어 던져야 할 뿐만 아니라 또한 固定과 顚倒의 상황 속에서 근원적인 것을 되찾아내는 일과—곧 양극적인 긴장을 되찾는 것이다.—영원한 진리의 해명과 고양하는 일을 항상 단순한 방법으로 시도해야 한다'고 말하고 있다.[12] 그러면서 성서종 교에 있는 고유의 근거를 인도와 동아시아의 종교 등과 비교하여 다음과 같이 그 특성을 말하고 있다.

(1) 唯一神 : 一者(Dereine)는 존재의식과 도덕적 품성의 기초이며, 또한 세계 속으로의 활동적인 沈降의 근원이다. 신 이외의 다른 어떠한 신들도 있지 않다는 것, 그것이야말로 세계에 있어서의 一者로서의 진지성의 형이상학적 근거이다.

(2) 創造神의 超越 : 데몬적 세계와 마술의 극복은 형상이 없고, 형태 가 없으며, 사유할 수 없는 신의 초월을 깨닫게 한다. 창조의 사상 은 세계 전체를 요동하게 한다. 세계는 기반이 없으며 자기로부터 존재하지도 않는다. 개별자로서의 인간은 그의 실존에 있어서, 세

---

12) K.Jaspers,「哲學的 信仰」世界思想全集(6) 金炳宇역 (三省出版社 1982). pp.332~348 그 方向으로서 (1) 여러 固定으로부터 되찾아 내는 일 (2) 兩極的인 여러 緊張을 되찾는 일 (3)永遠한 眞理의 解明을 들고 있다. 또한 虛無主義의 부정의 몇 가지를 예를 (1) 神 같은 것은 없다. (2) 神과 人間 사이에도 어떠한 관련도 없다. (3) 神에 대한 義務란 있을 수 없다의 세 가지를 들고 있다.

계 안에서의 그의 자유를 신에 의하여 '그의 지음 받은 존재'로서
획득한다. 그는 초월적인 신과의 그 결합에 의해서만 일체의 세계
에 대하여 독립적이다.

(3) 神과 人間의 만남 : 초월적인 신은 인격적인 면을 지닌다. 신은
인간이 향하는 인격이다. 신의 말씀을 듣는 것은 신에 대한 갈망이
다. 이로부터 신의 인격성에 대한 인격적인 탐구의 정열이 솟아나
온다. 성서 종교는 기도의 종교이다. 순수한 형식에 있어서－世間
的인 욕망으로부터 자유로운－ 기도는 찬미이며 감사이고, '당신
의 뜻대로 이루어지소서'라는 신뢰로 끝난다.

(4) 神의 계명 : 십계명에서 비할 길 없는 단순성으로서의 근본 진리들
이 신의 계명으로 표현된다. 선과 악의 구별은 이것이냐 저것이냐
의 절대성에 있어서 파악된다. 예언자들의 시대 이래로 이웃 사람
이 요구되고, 그러한 요구는 '네 이웃을 네 몸과 같이 사랑하라'는
말에 절정을 이룬다.

(5) 歷史性의 意識 : 그 의식은 정치적인 붕괴의 시대에서는 신에 의해
서 주재된 역사의 보편사적인 의식으로 등장한다. 그 의식은 세계
전체를 '지금, 여기'서의 현재 속에 함께 包有하는 삶의 종교적 집
중화를 위한 근거가 된다. 유한한 것에 대한 정신 분산이나 몰두가
아니라 신에 대해 인도되는 現前性이 삶에 대하여 전 비중을 둔다.

(6) 苦痛 : 고통은 가치가 있으며, 神性에 이르는 길이 된다. 신의 從(제
2이사야)의 역사와 십자가(그리스도)의 상징에 있어서의 그것은 그
리스도인들의 비극적인 것에 대하여 반대의 극을 이룬다. 성서종교
는 비극적 의식없이 존재하거나 극복된 비극성 안에 존재한다.

(7) 不可解性에 대한 開明 : 신앙의 확실성은 극도의 시련 앞에 내세워
진다. 주어진 종교적인 명제들에 있어－모든 발언은 불가피하게
명제가 된다－그 속에서 생겨나는 해결 불가능한 것을 제시하는
일이 시도되고 있다. 신 때문에 신과 싸우는 싸움의 정열은 욥기에

잘나타나 있다. 성실한 자에게 있어서 불가피한 과정으로서의 '無 앞에서의 絶望'은 설교사에게 있어서는 더할 나위 없이 명백한 것 이다.13)

종교의 문학적 수용은 고대나 중세의 문학의 관계보다는 훨씬 비중이 적어졌겠지만, 근대문학이나 현대문학에 있어서도 종교의 문제는 여전히 큰 비중을 차지하고 있다. 종교의 문제는 문학의 사상에서 가장 중요한 위치를 차지한다. 신의 문제, 형이상학적인 가치 탐구, 존재론적인 추구, 선악의 대결, 양심과 정직, 죄와 벌의 문제 등 주요한 종교의 영역에 드는 문제들이 문학의 내용을 이루는 것은 동서문학의 전통인데, 영국의 엘리 옷(T.S. Eliot)의 「전통과 개인의 재능」 등의 비평과 「성회수요일」 등에 서 다루고 있는 세계는 기독교의 전통사상으로 알려져 있고, 한용운의 「님의 침묵」 등의 시는 불교사상이 짙게 나타나 있으며, 이청준의 「낮은 데로 임하소서」엔 사랑의 실천으로 낙원을 추구하는 기독교사상이 아로 새겨져 있다. 따라서 종교는 사상에서 가장 생활과 밀착되고 그 삶의 현 장과 소망 그리고 죽음과 피안에 대한 개인을 넘어선 집단의 신앙이 수용 되어 문학의 위대성을 창조한다.

---

13) K.Jaspers, op. cit, pp.282~283. 이 근본성격들은 어느 것이나 다음과 같은 逸脫의 의미가 있다고 말한다. (1) 唯一神은 추상화되며 모든 世界存在와 그 多樣性과 풍요함에 대하여 여전히 否定的이다. (2) 超越的인 神은 세계로 부터 떠난다. 創造 없는 神이란 모든 것이 소멸하는 사상이다. (3) 神과의 만남은 利己的이 되거나 혹은 感情에의 탐닉이 된다. (4) 神의 계명은 人倫의 단순한 基礎였으나 그로부터 벗어나 法律的인 의미가 抽象的인 命題로 되며, 특수한 규정들의 무한한 合法性에 이르기까지 展開된다. (5) 歷史的인 의식 은 史的·客觀的 直觀에서 상실된다. (6) 苦通은 心理學的 變形에 의해 메저 키스트적 快感이 되거나 사디스틱적 견지에서 肯定되기도 하고 이미 지나간 時代의 魔術的 遺物인 희생의 祭物로 생각되기도 한다. (7) 不可性에 대한 개명은 絶望이나 虛無主義 또는 부정적인 反抗에도 귀결된다.

　문학에서 이러한 종교문제를 어떻게 다루어야 할 것인가에서는 여러
견해가 있을 수 있으나, 첫째 종교적 교리나 교훈을 직설적으로 작품에
그리는 경우, 둘째 반종교적인 위치에서 종교를 노출시키는 경우, 셋째
종교사상을 수용하면서 종교의 敎條性을 초월하는 경우의 세 경우가 있
다. 종교문학이라고 할 때에는 첫번째가 그 주가 되지만, 본격문학의 경
우에는 종교가 용해되고 형상화되어야 종교란 인식구조가 미적구조로
예술화될 수 있다. 도스토에프스키나 릴케(Rilke), 한용운이나 박두진의
문학이 종교적이면서도 본격문학으로 크게 부각된 것은 모두 종교의 교
리나 교훈을 교조적으로 작품화하지 않고, 인생의 진실을 그려서 독자를
감동시켰기 때문이다. 그 감정은 종교의식이나 종교적 감화는 다른 문학
적 감동에 의한 종교의식의 수용이다. 그러기에 정진홍은 「종교학서설」
의 「종교와 문학」에서 엘리옷의 「황무지」에 나타난 죽음과 구원의 문제
를 조명하면서 전통적인 물음에 의한 종교와 문학의 관계를 문학연구의
측면에서 다음 세 가지로 말하고 있다.

　　종교와 문학과의 관계에서 야기되는 실제적인 관심은 ① 개념적인 용
　어로 종교와 문학의 상호 영향을 이해하는 경우, ② 그와 같은 종교와
　문학의 관계 상황을 이해하는 경우, 그리고 ③ 종교와 문학의 상호영향을
　평가하는 경우 등으로 나누어진다. 즉, 문화 현상 속에서의 문학현상의
　표상과 종교경험과의 접합점에 대한 이론적인 종교적인 측면 신앙이 작
　품이나 작자, 전통이나 시대성 속에서 어떻게 문학적인 경험을 조형했는
　가의 문제, 그리고 문학적인 통찰이 어떻게 도덕적인 이해나 신앙을 훼손
　하는가 증진시키는가 하는 문제 등을 실증하는 일에 집중된다.[14]

---

14) Ibid ; p.222.

물론 여기에서 ①은 종교와 문학의 학문적인 연구이고 ②는 문학에 수용된 종교체험의 문제이며, 문학과 종교의 상호 견인작용에 대한 관심이라고 할 수 있다. 여기에서 종교의 문학적 수용에서 가장 중요한 것은 ②의 경우임은 말할 나위도 없다. 물론 종교적 체험에 의한 문학적인 수용이 중요한 일이지만 여기에서 간과 할 수 없는 것은 소위 성전의 서사양식과 소설의 그것이 상당히 근친적인 관계에 있는 유사성을 지니고 있다는 사실이다.

2 문학과 성전의 서사성

사실 허구적 서사물(narrative fiction)인 소설은 현실적인 인생을 투시하여 허구적으로 창조한 서사양식이다. 근대에 와서 크게 발흥한 소설은 허구적 서사물의 중심이며, 그 자체일 수 있다. 그렇다고 소설의 세계나 이야기의 구조가 교조성을 띠는 것은 아니다. 「서사의 본질」에서 서사 예술작품의 의미는 두 세계 사이의 상관적 기능에 있다면서, 그 두 세계를 작가에 의해서 창조된 허구적 세계(fictional world)와 가시적 세계인 현실세계(real world)로 나누고 있는 것도,15) 소설의 이야기의 서사 양식이 단일하지 않고 다양함을 말한 것이다. 여기에서 문제가 되는 것은 說話性을 주로한 소설과 전파기능을 주로하는 성서적 이야기의 상호 견인되는 서사구조이다. 서사양식을 비극적 서사양식과 희극적 서사양식, 주제적 서사양식으로 나누고 있는 프라이(N.Frye)는 주제적 서사양식을 ① 로맨스(영웅·신화) ② 상위모방(서사시와 비극의 주인공) ③ 리얼리즘(우화와 같은 평범한 사람) ④ 하위모방(희극과 감정적 인물) ⑤

---

15) R. Scholes & R. Kellogg ; The Nature of Narrative, Oxford U.P. 1966. p.82.

아이러니(피카레스크와 반 영웅의 부조리자)로 나누어 서사양식을 상론하고 있으나,[16] 소설에서 가장 중요한 것은 이야기의 구조의 문제이다. 물론 그것은 갈등을 기저로 한 구조로서 프라이는 로만스의 완벽한 형식을 위험한 여행과 준비단계의 소모험, 생명을 건 투쟁, 주인공의 개선의 세 가지로 나누어 이것을 그리스어로 아곤(agon) 즉 갈등, 파토스(pathos) 즉 필사의 투쟁, 그리고 아나그노리스(anagnorisis) 곧 발견의 세 단계로 나누고 있는 것은 매우 시사적이다.[17]

정진홍은 「종교학서설」에서 이야기를 세 가지로 나누어 설파하고 있다.

첫번째 「나-이야기」의 구조적 범주의 특성은 그것이 하나의 '증언'이라고 하는데 그 특징이 있다. 따라서, 누가 이야기하고 있는가 하는 이야기하는 '사람'과 무엇을 이야기 하고 있는가 하는 그 이야기의 '내용'간의 관계가 가장 중요하다. 두 번째 「우리-이야기」의 특성은 그것이 하나의 '상황'을 구성한다고 하는 데 그 특징이 있다. 따라서 이곳에서는 그 '상황'이 어떻게 과거의 모든 것을 지금에 포용하고 있고(recollection), 미래의 것을 어떻게 배태하고 있는가(imagination) 하는 것이 중요하다. 그러나 세 번째 「시그널」의 경우는 앞서 두 경우와는 상당히 다르다. 시그널은 이야기의 주제나 내용, 그 '증언'의 속성, 그리고 '회상'과 '상상력'을 포용하는 '상황'과는 아무런 상관없이 그것 나름대로 가능하다. 이야기가 시그널일 경우, 그것은 개인이나 상황과는 무관하게 규제나 통제의 기능을 그 이야기가 발언되는 자리에 작용한다. 따라서, 그 시그널은 오히려 어떻게 전문가에 의하여 이야기가 배분되느냐 하는 것이 중요한 관심사가 된다.[18]

---

16) N. Frye ; Anatomy of Criticism, Princeton U.P. 1973. pp.23~65.
17) Ibid ; p.187.

여기에서 이야기는 증언의 구조인 「나-이야기」와 상황을 구성하는 「우리-이야기」, 그리고 규제와 통제의 기능인 「시그널」의 세 가지 구조를 말하고 있다. 여기에서 說話性을 주로 하는 소설은 두번째의 회상과 상상을 주로 하는 「우리-이야기」가 주가 되고, 聖典의 이야기는 규제와 통제를 주로하는 시그널의 이야기가 그 주가 되며, 증언의 구조인 「나-이야기」는 소설이나 성경의 공유하는 형식임을 알 수 있다. 이상에서 살펴본 대로 문학, 특히 소설에 수용되는 종교사상은 종교적 체험의 허구적 세계의 창조와 성전과 허구적·서사적인 소설 구조의 근친성의 두 가지로 압축되어 진다.

▌3▐ 한국근대소설의 종교사상

▌1▐ 한국문학의 종교사상

대체로 1908년경부터 시작되는 한국의 근대소설에 수용된 종교의식은 그 이전의 문학의 종교사상을 집약해서 수용하고 있는 듯이 보인다. 그것은 조선문학 이전의 문학사상에서 종교사상이 차지하고 있는 비중이 컸었고, 그것이 계승되어 근대소설에 수용된 종교사상의 원천적 배경이 되어 있다. 그 원천적인 배경은 다음과 같이 열거할 수 있다.

① 민족신앙이면서 「처용가」나 「구지가」 등 신라 때부터 수용되어 「무녀도」, 「을화」에 계승되고 있는 巫覡思想
② 신라 때 「제망매가」, 「찬기파랑가」 등 향가에서 그 문화의 꽃을

---

18) Ibid ; pp.223~224.

피워 고려속요를 지나 「구운몽」으로 열매맺고 「님의 침묵」에 계승
된 불교사상

③ 조선조의 치세의 경륜으로 樂章을 비롯하여 「춘향가」, 「심청전」,
「흥부전」 등 조선소설과 「사미인곡」 등의 歌辭에서 주제적 구속력
을 나타내고, 근대소설에 계승된 유교사상.

④ 神仙의 낙원을 추구하려는 욕구가 「관동별곡」이나 「구운몽」, 「허
생전」에 발현되고 근대의 시공을 초월한 환타지의 소설로 계승되
는 도교사상.

⑤ 조선말엽에 도래하여 「추월색」 등 많은 소설과 「무정」이나 「유정」
를 비롯하여 「낮은데로 임하소서」에 이르기까지 수많은 작품에서
발현되고 있는 기독교사상.19)

이 다섯 가지의 종교사상 이외에는 천도교사상을 비롯한 다른 종교사
상도 없지 않으나 그것은 극히 일부의 양상에 지나지 않아 소설에 별로
수용되지 않고 있어서 제외할 수밖에 없다.

이러한 종교사상을 원천으로 하는 근대소설의 종교의 문학적 수용은
이광수에서 시작된다. 이광수소설의 종교의식은 천도교에서 기독교로,
다시 불교의 의식으로 변이되어 나타난다. 그것은 소년시절에 천도교의
대령 박해명의 집에서 기식하면서 천도교에 심취했고 와세다 중학부에
다니면서 기독교에 입교하고도 20년대 후반에서부터 불교에 귀의한 그
는 종교생활의 반영이라고 볼 수 있다. 그러나 천도교의 의식은 최재우의
최후를 그린 「거룩한 이의 죽음」에만 나타나 있어서 「무정」이나 「재생」,
「유정」, 「흙」 등에 수용된 기독교의식과 「이차돈의 죽음」, 「원효대사」
등에 수용된 불교의식이 이광수 소설에 나타난 주된 종교의식으로 볼

---

19) 구인환, 韓國文學 그 構相과 指標, 三英社, 1978, pp.14~19.

수 있다.[20]

그 중에서 기독교의식은 「십자가 없는 대속」으로 집적시킬 수 있다. 그것은 이광수가 동경에서 톨스토이의 「나의 종교」를 읽고 감동하여 마태복음 5~7장의 산상보훈과 누가복음 12장을 실천하면서 살려는 생활 태도와 연결시켜 볼 수 있다. 그것은 산상보훈에 나타나있듯이 이웃과 원수를 사랑하는 고행의 길이요 십자가 없는 대속의 길이다. 결국 「톨스토이의 인생관」과 「杜翁과 나」 등에서 볼 수 있듯이 톨스토이의 종교적 영향을 받은, 그의 소설에 수용된 기독교 의식은 박애적 정신(무정, 재생)을 위시하여 참회와 용서의 정신(흙, 재생, 그 여자의 일생, 사랑의 다각형), 애로스의 초극정신(유정, 사랑) 자기 희생의 논리(흙, 애욕의 피안), 절대신앙의 순교적 정신(순교자), 무저항 정신에 의한 기독교의 평화사상으로 집결될 수 있다. 그러나, 이광수의 작품 도처에 계시의 감정을 표현하고 있지만, 감정적 차원의 신앙의 단계에 머물러 있어서 피상적인 순교의식에 사로잡히고, 절대이념이나 유토피아 구원사상에 의한 그날을 제시하지 못하고 있다. 여기에 이광수소설이 현실을 극복하며 절대의 경지에 이르는 상향적인 의지가 결핍되어 있음을 보여준다. 이러한 기독교 의식은 김현승이나 박두진의 시에 계승되고, 「사진」, 「화수분」의 전영택의 소설을 거쳐 이청준의 「낮은데로 임하소서」에 계승된다.

또한 유교의식은 한용운의 시집 『님의 침묵』에 응집되면서 근대문학에 수용된 종교의식의 대동맥을 이룬다.

---

20) 金奉郡, 「春園文學의 宗敎意識」論文集(1) 聖心女大, 1978.

2 소설에 수용된 종교사상

이러한 종교의식이 수용된 근대소설에서 김동리의 「무녀도」와 「사반의 십자가」, 그리고 황순원의 「움직이는 성」을 중심으로 巫覡思想과 기독교사상의 상충적 양상이 어떻게 소설에 수용되고 있는가를 살펴보면 근대소설의 종교의식의 수용의 한 유형을 볼 수 있을 것이다.

무격사상은 우리의 고유한 민속신앙이다. 신라 이후 밖에서 들어온 유교, 불교, 도교, 기독교의 틈바구니에서 사라지지 않고 우리의 민간신앙으로 면면히 내려와 믿음의 일면을 이룬 의식이다. 그것은 비록 미신으로 지탄되면서도 사라지지 않고 아직도 민간신앙으로서 우리의 생활의식의 일부를 이루고 있는 것은 무격사상이 우리의 기원과 희구, 동경을 성취할 수 있다는 신앙의 영역을 담당하고 있기 때문이다. 향가의 「처용가」나 고려가요, 조선소설, 판소리에 나타나 있는 무격사상이 김동리의 「무녀도」나 「바위」, 황순원의 「움직이는 성」에 계승되어 한국 문학에 나타나 있는 현재성을 엿볼 수 있다.

김동리소설은 「무녀도」에서 「을화」까지라고 할 만큼 무격사상은 김동리소설의 중요한 주제적 모티브를 이루고 있다. 그것은 김동리의 神明의 문학의 원동력이 되고 한국의 고유한 신앙의 문학적 수용이라고 할 수 있다.

무당인 모화는 영검스럽게 소망을 성취해주는 그 고을의 신앙의 주도자다. 그가 무가를 시그날의 전파성으로 부르고 춤을 추면, 무엇이고 소원이 성취되는 영검을 지니고 있다. 거기에 아들인 욱이가 기독교신자가 되어 성경을 가지고 등장한다. 욱이와 갈등을 겪고 남이의 여인으로서의 향취가 풍기는 가운데 모화는 자기의 신앙을 고수한다. 여기에서 우리는 무격사상이란 고유하고 전래적인 요소에 서구사상을 상징하는 기독교사

상이 들어와 갈등 속에 대결함을 볼 수 있다. 다음 장면은 대결의 피어린
현장을 보여준다.

> 모화의 음성은 마주(魔酒)같은 향기를 풍기며 온 피복에 스며들었다.
> 그 보석 같은 두 눈의 교태와 괘자자락과 함께 나붓끼는 손짓은 이제
> 차마 더 엿볼 수 없게 욱이의 심장을 쥐어짜는 것이었다. 욱이는 가위
> 눌린 사람처럼 간신히 긴 숨을 내쉬며 뛰어 일어났다. 다음 순간 자기
> 자신도 모르게 방문을 뛰어나온 그는, 부엌문을 박차고 들어가 소반 위에
> 차려 놓은 냉수 그릇을 집어 들려 하였다. 그러나 그가 냉수 그릇을 집어
> 들기 전에 모화의 손에는 식칼이 번득이고 있었다. 모화는 욱이와 물그릇
> 사이에 식칼을 휘두르며 조용히 춤을 추는 것이었다.[21]

이 장면은 고유한 신앙과 외래적인 신앙의 치열한 대결을 나타내고
있으며, 그 갈등이 극적으로 나타나 있음을 볼 수 있다. 서학이 들어온지
백 수 십년에 순교자를 수없이 내면서 토착화하려는 기독교의 신앙과
그 옛부터의 고유한 민속신앙이 그것을 거부하는 충돌의 장면이다. 결국
모화는 굿을 하다가 넋대를 따라 점점 깊은 물 속에 들어가 無의 세계로
간다. 「바위」에서도 소원을 들어준다는 복바위를 긁다가 죽어가는 비극
적 결말로 끝난다. 「을화」에서는 아들을 칼로 찔러 외래적인 것에 대해
적극적인 대결자세를 보인다. 그것은 「무녀도」의 비극적인 결말을 극복
하고 긍정적인 결말로 귀결한다. 그것은 전래의 것과 외래적인 것의 갈등
과 대결해서 고유한 것의 새로운 정립을 암시하는 중요한 단면이다. 이렇
게 「무녀도」나 「바위」, 「을화」에서는 고유한 신앙인 무당을 지키기 위한
피어린 자세 변화와 외래적 요소와의 상응적 관계를 보여 준다.

---

21) 新韓國文學全集(15) 論文集, 1975, p.395.

　김동리는 이러한 무격사상과는 달리 「사반의 십자가」에서 기독교사상
의 새로운 수용을 보여준다. 「사반의 십자가」는 김동리의 문학의식이 집
약된 제 3 휴머니즘과 이스라엘의 민족정신을 기저로 하여 정신적 낙원
과 현실적 안주를 성취하려는, 自我 속에서 하늘과 땅의 分劇을 발견하여
神明을 찾는 究竟的인 삶의 형식으로서의 문학의 한 결정이다. 「사반의
십자가」는 바리세교인과 제사장, 그리고 로마의 통치를 벗어나 해방을
쟁취하여 지상에서 영광을 실현하려는 사반의 피어린 쟁투와 범인류적인
사랑으로서 천상을 쟁취하려는 예수의 설교에 의한 확산과 순교로 신명
의 길을 추구하는 혁명적 의지의 집요한 추구 양상을 제시하며 지상과
천상의 영광을 위한 삶의 지표를 제시하고 있다.

　「사반의 십자가」는 대립적 갈등의 구조로 작품의 톤과 리듬을 형성하
면서 사건은 진행한다. 개인이나 집단은 언제나 대응적 위상에 서게 된다.
그것은 다른 개인이나 집단과 존재양식을 형성해 가면서 병렬적이 아니
면 대립적 관계를 이루게 된다. 앞의 경우는 질서와 조화 속에 평온을
누리지만 뒤의 경우는 질서의 동요나 파괴로 대립적 양상을 나타낸다.
「사반의 십자가」는 바로 이 병립과 대립의 갈등구조 속에서 지상과 천상
의 영광을 쟁취하려고 한다. 여기에서 병립은 사반과 예수의 관계이요
대립은 사반과 예수에게 적대하는 집단과의 관계이다. 예수와 사반의 병
립적 갈등과 예수와 사반의 개혁적인 집단과 바리세교인, 제사장, 그리고
로마의 治者의 통치적 집단과의 갈등양상은 서로 혼합과 견인작용을 하
면서 플롯의 긴장과 견제작용을 한다.

　사반의 「땅 위에서」와 예수의 「하늘나라를 위해서」의 두 지향의지의
차이는 로마와 바리세교인의 질곡에서 이스라엘 민족을 해방시켜 영광된
조국을 세우려는 같은 변혁적 의지에 불타면서 서로 다른 양상으로 전개
된다. 하나는 무저항적인 자세와 신의 권능에 의한 기적으로 영광된 천상

의 나라를 실현하려는 예수의 모습이요, 다른 하나는 힘으로 싸워 로마와 바리세교인의 억압과 수탈을 벗어나 조국 곧 지상의 영광을 실현하려는 사반의 모습이 그것이다. 사반과 예수의 성취지향은 제1장 「메시아를 찾는 사람들」에서부터 평행적으로 진행한다.

사반이 마나니아, 스가랴, 도마, 야일, 갈리오, 유다를 중심으로 영광된 조국의 광복을 위하여 혈맹단을 조직하고, 예수는 성 요한의 뒤를 이어 기적을 동반하면서 천상의 영광을 위하여 설교를 시작하는데, 사반의 인생의 본질을 추구하면서 그날을 추구하려는 집요한 행동으로 나타난다. 여기에 점성술에 의해 사반의 지도자가 되는 하닷과 그의 딸 실비아, 비라의 여인 막달라 마리아가 등장하여 상호병립과 대립의 갈등의 양상을 보인다. 결국 여인들과의 애정이 뒤엉키면서도, 사반은 겔게사의 혈맹단의 본부를 공략하려는 로마군과 아굴라의 간계를 극복해야하는 이중적인 압박과 대결하고, 예수는 유다와 글로바의 반역을 예감하면서 그 날의 성취를 위해 철야기도하는 극한상황이 대위적으로 진행된다. 그 진행이 고조되어 아굴라의 간계에 의한 사반의 체포와 유다의 반역에 의한 예수의 압송으로 나타난다. 예루살렘에 압송된 예수는 빌라도 총독이 예수를 석방하려는 데도 불구하고 바리세교인의 횡포에 의해 지상의 낙원을 실현하려던 사반과 같이 십자가에 못박혀 숨을 거둔다.

그러므로, 「사반의 십자가」에선 로마의 압제를 벗어나 조국의 해방과 지상의 영광을 실현하려는 사반과 바리새교의 형식주의와 로마 통치의 질곡에서 천상의 영광을 실현하려는 예수의 낙원 추구의식이 대비되어 있다. 그러면서도, 땅 위에서 맺어진 것은 땅 위에서 열매를 맺게 하려는 사반과 모든 것을 하늘의 영광으로 귀결시키려는 예수의 행동양식은 바로 그들이 추구하는 지향의식이 다른 데서 오는 차이라고 할 수 있다. 「힘은 힘으로」의 헬레니즘의 의식과 「힘을 사랑으로」의 헤브라이즘의

의식이 집약되어 나타나는 서구사상의 이원적 양상으로 볼 수 있다. 여기
에서 예수가 천상의 그날을 위하여 투철하게 행동하는데 비해 사반은
그런 인식이 없이 하닷의 지시에 따라 행동하는 데서 양자는 서로 다른
귀결을 보이게 된다. 예수의 십자가는 베드로에 계승되어 온 세상을 밝히
는 새로운 신으로 창조되어 기독교의 불빛을 비치고 있는데 비해, 인식이
결여된 채 하닷의 지시에 의한 행동에 그친 사반의 지향적 욕구는 수천년
동안 방랑하다가 이스라엘의 독립으로 비로소 그 성취를 본다.

「사반의 십자가」는 궁극적 생의 형식으로 자아 속에서 천지의 분신을
발견하려는 신명을 찾는 삶의 자세가 부각되어 있고, 의식이 결여된 사반
의 행동과, 인지하고 그것을 성취하려는 예수의 자세는 일정한 거리를
보이면서도, 같이 십자가에 처형될 때 기적을 기원하는 순간, 사반의 죽
음의 초극과 예수의 인간회귀로 새로운 지향을 가능케하는 변증법적인
지향을 보여주고 있어서, 서구의 인간중심사상과 신중심사상의 새로운
조화에 의한 가능성을 동양의 표상인 하닷에 보여주고 있는데 주목된
다.[22] 그러나, 천상과 지상의 영광을 추구하면서 그 조화를 암시한 「사반
의 십자가」와는 달리 황순원의 「움직이는 성」에서는 무교와 기독교 그리
고 우리 민족의 신앙과 사랑의 상극, 조화에서 새로운 종교적 수용을 보
여준다.

「움직이는 성」은 신앙과 종교의 문제, 특히 무격사상과 기독교의 교류
와 접합 속에서 개인의 행복을 추구하려고, 집요하게 살아나가는 인간상
을 그린 작품이다. 우리의 토속신앙인 샤마니즘을 연구하는 민구, 진보적
인 목사인 성호, 그리고 이러한 종교에 대해 비판적인 준태, 준태를 목마
르게 사랑하는 지연 등에 의해서 펼쳐지는 종교와 사랑의 現場性에서

---

22) 구인환, 近代文學의 形成과 現實認識, 한샘社 1983, pp.253~264.

사랑과 종교의 새로운 가능성을 보여준다. 결국 준태는 토속신앙인 샤마니즘에 대하여,

> 글쎄… 그것은 정착성이 없는 데서 오는 게 아닐까. 말하자면 우리 민족이 북방에서 흘러들어 올 때 지니고 있었던 유랑민 근성을 버리지 못한데서 오는 게 아닐까. 우리 민족이 반도에 자리를 잡고서두 진정한 의미에서 정치적으로나 정신적으루 정착해 온 적이 있어? 물론 다른 민족두 처음부터 한곳에 정착된 것은 아니지만 말야 - 그렇지만 어디 우리 나라처럼 외세의 침략이 그치지 않는데다가 나라를 다스리는 사람들의 폭넓은 영구적인 자극성이 결여된 나란 없거든. 신라 통일만 해두 그렇지 뭐야. 우리 힘으로 통일한 게 아니구, 당나라 입을 빌리잖았어? 다른 면에서 본다면 당나라가 자기네 변방을 위협하는 고구려를 없애버리는데 신라가 말려 들었다구 볼 수두 있는 거지. 어쨌건 외군이 떳떳하게 우리 나라 땅에 발을 들여 놓게 된 게 신라 때부터라는 걸 상기해야 할껄. 이렇게 옛날부터 우리 생활 밑바탕은 정착성을 잃구 살아온 민족이야, 나두 엄연이 한 몫 끼어 있지만 말야.[23]

라고 슬픈 유랑민의 역사에서 그 근원성을 찾으면서도, 기독교에 대해서는 비판적이다. 기독교는 이 세상에서 잘 살지 못했으니 죽어서나 천당에 가보겠다는 신앙이요. 부자가 천당에 들어가기란 낙타가 바늘구멍으로 들어가기보다 힘들다는 비유에서 위안이나 받으려는 신앙이다. 이런 약자의 신앙 밖에 못가진 자신을 깨달았기 때문에 기독교를 받아들일 수 없다면서 우리는 진정한 의미의 종교를 못 가진 민족이라고 결론짓는다. 그러면 여기에서 기독교와 더불어 샤마니즘의 가능성이 부정되는가를 주시해 볼 필요가 있다.

---

23) 黃順元文學全集(1) 三中堂 1973 pp.113~114.

준태는 육향에 기우는 아내 창애와 헤어지나 애타게 그리며 뒤쫓아오는 지연을 사랑하면서도 가까이 오는 것을 피해간다. 급기야 빈사 상태가되어 죽어가는 준태를 구하기 위해 지연은 성호와 같이 기차에 몸을 싣는다. 차 안에서 지연은 애처롭게 준태를 구해 달라고 기도한다. 이 때 성호는 지연의 눈에서 창조주의 눈을 발견한다.

이 여자의 눈은 하느님의 눈이다. 이 여자의 이러한 눈 뿐만이 아니고 이러한 여자들의 눈, 이러한 인간들의 눈도 창조주의 눈 이라면서 인간의 모든 것은 창조주의 정반의 싸움의 형상이라고 생각한다. 그러면서 "자기의 사랑을 위하여 떨고있는 이 젊은 여자의 소원만이라도 당신께서 쟁취하소서"라고 기도하는 성호를 통해 신앙의 의미를 암시해 주고 있다. 그것은 인간의 생명의 究竟인 사랑과 기독교의 창조주의 사랑이 일치하고 동일성임을 보여준 사랑과 종교의 조화 상승을 보여 준 것이다. 인간의 본원적인 내면을 파고든 「움직이는 성」은 종교의 한국적인 수용과 인간의 진정한 행복이 어디에 있는가의 종교와 사랑의 이정표를 보여주며, 무격사상의 심화와 초극을 보여 준다. 그것은 사랑과의 동일성에 의한 기독교적 수용의 가능성을 말하며, 사랑과의 병렬성에서의 무교의 정착화와 그 심화를 의미하며, 준태에 의한 종교의 비판적이면서 등거리의 가능성을 보여준 것이다.

이상에서 考究한 대로 한국문학의 종교의식을 계승한 근대 이후의 소설에 수용된 종교의식은 「무녀도」, 「사반의 십자가」, 「움직이는 성」에서 무교와 기독교의 대립과 극복, 천상과 지상의 영광의 성취와 그 변증법칙을 지향하고 사랑과 창조의 동일성에 의한 기독교의 수용과 무교에 의한 새로운 정착의 가능성을 보여 주면서 등거리에서 유랑민의 한과 내세관을 비판하면서 사랑의 귀의로 귀결됨을 알 수 있다.

▌4▐ 종교사상과 소설의 위대성

인간생활에서 죽음의 공포나 현세의 한이 사라질 수 없듯이 문학에서 종교의식을 배제할 수 없다. 오히려 생의 외경이나 절망과 좌절에 의한 삶의 정한은 종교에 의해 구제되고 내일에의 지향성으로, 신앙에 의한 종교적 체험을 깊게 하고 삶의 유한적 시간을 극복하려는 것이 인간의 상징이다. 이런 의미에서 한국근대소설에 수용된 종교의식에 관한 논고는 몇 가지로 요약될 수 있다.

① 이제까지 한국문학과 종교의 상응적 연구를 문학에 수용된 종교의 연구로 집약시켜야 한다.

② 종교의식은 문학사상의 중요한 기축이 되나 敎條性에 의한 것이 아닌 종교적 체험을 形象化하여 문학의 위대성을 창조한다.

③ 서사문학과 성전이나 사제의 이야기는 敍事構造에 있어서 다르면서도 증언이 주가 되는 나-이야기에서는 同軌에 놓여진다.

④ 한국문학에는 巫敎·불교·유교·도교·기독교의 의식이 수용되어 있으나 근대 이후 문학에는 기독교와 불교와 무교의 의식이 문학의 종교성을 더하고, 이광수소설과 한용운 시 이후 수많은 창작으로 계승되고 있다.

⑤ 근대 이후의 소설에서 「무녀도」와 「사반의 십자가」, 「움직이는 성」이 무교와 기독교의 갈등, 지상과 천상의 영광의 추구, 종교와 사랑의 동일성과 유랑민의 정착희구에 의한 종교지향을 나타내 소설에서 종교의식의 수용에 의한 창조의 새로운 지향성을 보여주고 있다.

이렇게 귀결되는 한국 근대소설의 종교수용의 양상과 종교사상에 의한 위대성의 창조가 한국 소설의 성숙을 위한 지향성으로 대두된다. 한무

숙의 「만남」은 그러한 지향에 대한 하나의 실증적인 결실이라고 볼 수 있다. 문학과 종교가 결별할 수 없듯이 소설에서 종교의식의 수용은 휴머니티에 의해 마멸되고 외소해가는 인간성을 고양하는 지향적 욕구와 더불어 종교적 체험에 의한 인간 구제의 방편이 되어 인간성 회복과 자유 획득의 수평을 열게 될 것이다.

(출처: 『학문과 종교』 5호, 주류, 1987)

제6장
한국 근대적 문학배경과 기독교
- 한국근대적문학의 초기성립과정에서 -

김영덕

▌ 1 ▌ 서언

文學的 背景을 크게 나눌 수 있다면 아마도 社會的 背景과 自然的 背景 둘로 나눌 수 있을 것이다. 그런데 모든 文學作品은 거의 例外없이 어떤 一定한 社會를 地盤으로 해서 成立하는 것이므로 文學的 背景을 研究하는 中에서도 社會的 背景을 더 重要視하게 된다. 그것은 하나의 文學이 成立되기 위하여 어떠한 社會的 基礎위에서 이루어졌는가 하는 것을 考究하게 되므로 이것은 더욱 文學的 背景을 研究하는 焦點이 된다. 이건 또한 한 民族의 文學背景을 研究하는데 있어서도 마찬가지의 論理가 될 수 있을 것이다.

우리나라의 近代的 文學을 研究하기 위하여서는 무엇보다도 그 成立 過程에서부터 考究하여야만 될 것이므로 自然 近代的 文學을 낳을 수

있었던 文學的 背景을 살피지 않을 수 없으며 이에 따라 우리의 近代的
文學은 어떠한 社會的 基盤위에서 成立過程을 밟게 되었던가 하는 것을
究明하지 않을 수 없는 것이다.

　우리의 새로운 近代的 文學作品의 形態는 누구나가 一目瞭然하게 알
수 있듯이 古代 文學作品의 形態와는 全然 다른 쟝르에 屬해 있는 것이
다. 그것은 形式面에서만 그런것이 아니라 內容面에서도 顯著하게 區別
할 수 있는 것이 많다. 그것은 常識的으로 생각할 수 있듯이 古代文學이
東洋的인데 反하여 近代的인 새로운 文學은 西洋的이라는데 그 特徵을
지니고 있는 것이다.

　이것을 逆說로 말하면 西洋的인 우리의 近代的 文學作品이 나올 수
있게 되었다는 것은 그만큼의 社會的 基礎가 西洋的인 社會的 地盤위에
서 이루어졌다는 論理가 成立되는 것이다.

　이 論理에서 提起되는 포인트는 바로 이러한 點에서, 우리의 西洋的인
近代的 初期文學이 文學的 背景으로서 어떠한 社會的 地盤위에서 이룩
되었는가 하는 것을 究明함에 있다. 그러므로 自然 西洋의 文物이 東進
하여오던 때부터 살피게 될 수밖에 없는데, 이것은 또한 우리나라의 近代
的 社會性이 이룩되던 時期와도 같은 것이라 할 수 있다. 따라서 近代的
인 黎明期였던 一九世紀中葉에서부터의 여러 政變을 살피게 되는 것이
며, 特히 西洋文物을 直接으로 우리에게 傳達하여 주었던 基督教의 宣教
운동과 文學的 背景과의 關係를 究明함이 이 論題의 핵심이라 할 수
있을 것이다.

▌2▌ 문학적 배경에서 본 정치적 계기와 기독교

1 갑오경장의 경우

文藝復興 以後 近代市民社會의 與件을 確立했던 西歐의 여러나라는 19世紀에 들어서자 그들의 先進文明을 가지고 아직도 封建性維持에 허덕이고 있던 東洋으로 漸進해 왔던 것이다.

그들의 西歐勢力은 1842年에 淸國을 開港시켰으며, 1854年에는 日本의 門戶를 열게 하였다. 또 一方 그 勢力은 우리나라로 발을 옮겨 1816年 英國 商船이 修交함을 要請한 以來 그들의 來侵은 19世紀 後半期인 李朝末의 風雲을 尋常치 않게 하였다.

當時 李朝의 王政은 腐敗할 때로 부패했고 民生은 塗炭에 빠져 허덕이던 때였다. 爲政者는 異敎인 天主敎를 彈壓하고 鎖國主義政策을 씀으로써 政治的인 合理性을 모색하여 政權의 維持를 꾀하였다. 그러나 이것은 不幸히도 世界大勢에 어두웠던 탓으로 民族的인 悲劇의 源泉이 되었던 것이다.

1876年 日本의 大砲와 軍艦앞에 大院君의 鎖國主義는 굴복하여 江華修好條規를 맺어 他律的인 開國이 억지로 되었던 것이다. 他律的인 開國이 民族과 國家에 따라 그 事情이 다르겠지만 우리나라에 局限된 限 그것은 韓國의 近代的인 悲劇의 開幕이 되었던 것이다.

以來 美·英·佛·獨·淸·俄等 名國과 修好條約을 맺어 그들과 交驩하게 된 것은 우리나라의 最近世史가 가리키는 바이지만, 이러한 開國政策이 自律的인 힘에 依해서 된 것이 아니라 他意의 强壓에 依해 이루어진 것만큼 여기에는 여러 가지 문제와 事情이 隨伴되게 되었던 것이다.

1876年과 1980年에는 日本으로 修信使를 보냈으며 1881年에 日本遊覽團까지 派送하여 그쪽의 物情을 詳探케 했으나 政治의 어지러움은 開化派와 保守派의 對立으로 1884年에 甲申政變을 일으키도록 되었고, 政治의 紊亂은 東學亂을 契機로 急作스러운 他意(日本)에 依한 甲午更張을 이루도록 되었다. 그러나 이 甲午更張의 結果는 如何하던 政治史的으로 볼때 近代的過程이 表現된 것은 事實이었다. 그리하여 韓國史의 近代的인 過程은 1894年의 甲午更張에서 부터라고 史學家들은 共通된 見解를 表明하고 있는 것이다.[1]

史學家들의 이러한 見解에 依해 文學研究者나 批評家들은 文學的인 近代性의 出發을 槪括的으로 甲午更張을 中心해서 생각하고 있으며 어찌 보면 그렇게 생각할 수도 있는 것이다.[2] 그런데 西歐의 近代文學의 出發은 그 近代性에서 비롯했으며, 그것은 近代市民社會의 成立이 近代的인 政治經濟의 確立에서 이루어진 同時에 市民階級의 解放에서 오는 人權思想의 鼓吹를 契機로 하여 西歐近代文學의 過程이 이룩된거와는 우리의 事情은 다른 것이 아닌가 한다. 西歐의 近代性은 나라에 따라 程度의 差異는 있지만 自律性에서 이루어진 것이며, 우리의 것은 他律的인 것에서 되었다는 것부터가 커다란 差異點을 發見할 수가 있으며 이 他律性에서 오는 여러가지 모순의 焦點은 權力에 依한 强權이라 할 수 있다.

權力에 依한 强權의 行使는 歷史上으로 볼 때 그것은 多分히 政治性에 局限된 일이며 其他 여러 條件에는 行使의 可能性이 거의 희박한 것이 아닌가 한다. 왜그러냐 하면 政治는 權力에 依해 突變할 수 있지만

---

1) 어느 韓國史를 보더라도 例外없이 韓國의 近代化의 過程은 甲午更張에서 부터 보고들 있다.
2) 趙潤齊 李秉岐 金思燁 白鐵 趙演鉉 등의 韓國文學史를 보면 現代文學史(新文學史)의 出發時期를 甲午更張에서 부터라고 論述하고들 있다.

文化 制度 風俗 社會的 環境은 權力이나 强權에 依해 決코 돌변할 수
없기 때문이다. 또 이러한 것은 權力을 받을 수도 없고 받는 것도 아니기
때문이다. 우리의 日政 36年間의 經驗에서 알 수 있듯이 日帝의 權力이
나 强權에 依해 우리의 文化 制度 風俗 社會的 環境이 突變도 하지 않았
으려니와 그들이 强行했던 韓國語 抹殺·風習改良이 强權을 받지도 않
았던 것이다. 事實은 받을 수도 없었던 것이다. 받았다면 政治的인 形式
面에서는 그랬지만 우리의 言語風習이 變하지도 않았을 뿐더러 오히려
民族精神은 더 强하기도 하였던 것이다. 그러므로 權力과 强權에 依한
他律性은 政治性에 置重할 수밖에 없다고 본다.

他律에 依한 甲午更張은 文化와 社會的 環境의 여러 要素를 變革할
氣運을 造成도 못하였지만 더욱 知性的인 輿論이 喚起될 수 있는 文化意
志로 改革된 것도 아니었던 것이다. 그러므로 이것은 어디까지나 權力과
强權에 의한 他律的인 權力意志에서 나온 形式上의 政治的 改革이라고
밖에는 볼 수 없을 것이다.

甲午更張은 政治史的 意味에서 볼 때에는 政治史的 區劃으로서 歷史
的인 時代區分이 되지만 文學史的 立場에서 檢討하여 볼 때 文學的 地
盤이 무엇 보다 문제가 되므로 政治史的 意義를 곧 文學史的 意義로
받아들일 수 있느냐 하는 것이 또한 문제인 것이다.

西歐 近代文學의 科程은 自律的인 그들 市民社會의 成立 過程을 背景
으로 하여 이루어졌다는 것이 正常的인 것이라고 認定할진대 그렇다면
우리의 甲午更張은 他律的이라는 그것 하나만으로도 알 수 있지만 文學
은 더욱 他律性에 依해 되는 것이 아니다. 그러므로 政治史的인 契機가
된 甲午更張을 곧 이것을 文學史的인 契機로 同一視한다면 大端히 危險
스러운 論理라고 할 수 밖에 없을 것이다.

그런데 文學은 社會的인 産物이라 하더라도 作家는 그가 處해 있는

社會를 背景하여 自律的인 知性있는 作動에서 나오는 것이므로 文學은 文學대로의 獨自性이 있기 마련인 것이다. 그러므로 權力意志의 政治史的 契機만 가지고 文化意志인 文學史的 契機까지도 막 밀어 都賣金으로 넘길 수 없는 것이며, 이 兩者를 반드시 同次元 위에다 놓고 보아야 할 것이냐 하는 문제가 또 提起된다.

文學이란 民族을 表現했건, 自己 또는 他人의 生活을 描寫했건, 思想과 感情을 表現했건, 그것은 言語의 形象을 通해 表現한 것이다. 그리고 그 表現은 作家의 知性에서 되었으며 그 知性은 作家의 生活에서 나왔고 또 그 生活의 母胎는 社會가 되므로 結局作品은 生活의 表現이며 그것은 時代와 社會를 背景으로 하고 있는 것이다. 그러므로 生活은 文學的 地盤이 되고 時代와 社會는 文學的 背景이 되는 것이다.

여기서 文學的 地盤과 背景의 意義를 하나하나 說明할 必要는 없으나 하나의 近代的 文學作品이 이루어지기 위해서는 作家의 生活이 形式的으론 如何하던, 적어도 近代的 感覺위에 그 生活이 있어야 될 것이며, 그 感覺은 近代的인 時代性과 社會性 위에서 깃들어야 할 것이다. 다시 말하면 近代的인 社會性이 깃든 곳에서 韓國의 近代的 文學의 地盤과 背景이 될 수 있다고 할 수 있을 것이다. 逆說로 말하면 近代的인 文學的 地盤이나 背景이 없는 곳에는 近代的 文學의 創造를 바랄 수 없다는 論理가 되는 것이다. 偶然한 한 개의 作品이라도 一定한 歷史的 時代的 社會的 關聯 밑에서 생겨나는 것이지 단지 政治的인 理念이나 그러한 契機만으로는 作品이 될 수 없는 것이다.[3]

때로는 政治史的 契機도 文學的 地盤과 背景이 되기는 되지만 그것이 일단 社會性을 가진 뒤에야 文學的 地盤이나 背景이 되는 것이므로 甲午更張이라는 政治史的 契機가 果然 一般 社會性을 이루었던가 하는 焦點

---

3) 政治性을 題材로한 文學과는 그 意味가 다르다.

이 또 문제가 된다. 萬一에 社會性을 이루지 못하였다면 그것은 단지 政治的 契機는 되더라도 文學的 背景은 되지 못하였다는 것을 말 하게 되며 그렇지 않고 甲午更張이라는 政治的 革新이 社會化하여 社會性을 가졌더라면 그것은 곧 文化的 背景이라고도 할 수 있는 것이다.

그런데 革命과 文學과의 關係를 생각하여 볼 때 우선 革命의 경우에서 부터 본다면 革命에는 廣義로 三種類로 나눌 수 있다.

첫째는 壓制에 시달린 백성들이 貧困과 飢餓線上에서 일어나는 一揆 的 革命이다. 이것은 盲目的 欲求와 忿怒에서 惹起된 混亂한 反亂으로 서 無政府狀態가 되다가 流血의 彈壓으로 그치고 마는 것이다.

둘째는 聰明하고도 大膽한 小數人이 權力을 爭奪하여 그때까지 冷談 하거나 또는 無氣力했던 一般大衆을 誘引하거나 指導하는 革命이다.

셋째는 全民族(國民的)이 아니라 하더라도 多數의 知識人들이 自覺 的으로 政治制度의 缺陷을 깨닫고 거기에서 要求되는 深刻한 改革을 認識하여 漸次的으로 一般大衆의 輿論을 喚起하고 引導하여서 일어나 는 革命이다.[4]

그런데 처음 두 가지 革命은 一時的인 峰起이거나 權力奪取에 不過하 므로 어느 社會性을 造成하지는 못한다. 여기에 比하여 셋째 것은 一般 大衆의 輿論을 地盤으로 하고 이것이 하나의 社會性을 造成하여 일어나 는 革命이므로 歷史的인 時代意識이 뚜렷해지는 것이다.

그러므로 여기 세 번째의 革命은 無智한 백성의 峰起나 政治家의 權力 的 野慾이나 어느 學者들의 哲學的 思想이나 知性人들의 文學的作品으 로 改革이 되는 것이 아니라, 그 社會를 構成하고 있는 分子 한 사람 한 사람의 歷史的인 時代意識을 인식하는 知性의 總和가 改革으로 이끌 게 하는 것이다. 이러한 性格의 革命으로 文藝復興을 위시하여 英國의

─────────────

4) 河盛好藏「革命과 文學」岩波講座 世界文學 參照.

産業革命, 프랑스의 大革命, 美國의 獨立戰爭이나 南北戰爭, 그리고 日本의 明治維新을 들 수 있는데 이 革命들은 오랜 時日에 걸쳐 造成된 國民 各層 各사람의 知性의 總和에서 社會的 變革을 일으킨 것이었다. 그것은 國民全體의 意識에서 울어 나온 運動이었으므로 政治 經濟 文化 各 方面에서 새로운 變革을 가져오지 않을 수 없었던 社會性을 띄게 되었던 것이다. 이러한 變革은 市民社會의 擡頭였고 民主的 獨立과 民主化의 近代性은 여기에서 이루어졌던 것이다. 即 이것이 近代文學의 必然的인 文學的 背景이 되어 여러 文藝思潮가 時代에 따라 일어났었다.5) 그러나 우리의 甲午更張은 前記한 첫째 둘째의 革命의 範疇에 들 수 있는 一種의 變革으로서 앞에서 말한 外國의 革命과는 全혀 다른 性格을 가지고 있다. 이것이 韓國近代化의 特殊的인 性格이려니와 이러한 特殊的 性格의 近代性을 地盤으로 하는 韓國文學의 近代性도 異質的인 性格에 놓여 있음을 말하게 된다.

甲午更張은 周知된 歷史的 史實처럼, 그것은 東學亂과 淸日戰爭을 契機로 해서 日本의 壓力에 依해 爲政者 몇 사람이 만들어 놓은 封建制度 打破였던 것이다. 그렇기 때문에 그것은 한낱 法律과 制度上의 政治問題였지 一般國民 全體가 그것을 認識하여 封建性에서 벗어나고 市民의 經濟的 確立과 法律앞에 모든 國民이 平等하고 人權思想이 充溢했던 近代市民社會가 形成된 것처럼 이루어지지는 않았던 것이다.

몇몇 識者가 西歐의 近代性을 꿈꾸고 制度의 交替를 或時 바랐다고 해서 眞正한 意味에 있어 甲午更張으로 말미암아 韓國에 市民社會의 性格이 形成된 것은 아니었다. 이 方面의 消息을 한 史學家의 見解로서 「甲午更張의 一般社會制度의 改革」을 본다면 다음과 같다.6)

---

5) a註(4), b齊藤 勇 「英文學史」, c J.L. Long: English Literature 參照.
6) 李瑄根 韓國史 現代篇 p.244 乙酉文化社刊.

⋯⋯그 大部分이 이 나라 近代化를 위하여 當然히 施行될 條件임에는 틀림이 없었다. 그러나 이러한 改革을 斷行하기에 앞서 반드시 隨伴되어야 할 國家的인 敎育과 啓蒙과 宣傳이 全然缺如된데 다가 日帝側의 武力干涉아래 急造出現된 新日政權이 何等의 主見도 없이 오로지 强要當해 一朝一夕에 公布한 政令이라고 믿어졌기 때문에 이를 首肯할 國民도 없었으며 따라서 그의 施行은 事實上 不可能하게 된 것이 많았다.

이 史學家의 史實的 見解처럼 結局 甲午更張은 政治史的 意義로서 形式上으로만 封建性의 打破였지 實質的 문제로 國民自覺에서 나온 知性에 依한 變革은 아니었다. 또 그렇다고 少數人物들의 哲學的인 根據나, 思想이나, 歷史的인 時代意識을 自覺한데서 일어난 運動도 아니었다. 따라서 이것이 韓國 近代政治史的 契機는 마련되었다고 할 수 있지만 韓國 近代化의 過程이 여기에서 부터 造成되었다고 보기에는 아득하다. 近代化의 社會的 地盤은 造成하지 못했던 甲午更張의 變革에서 韓國의 近代的 文學의 地盤이 造成되었다고 말하기에는 無理한 노릇일 것이다.

그러므로 앞에서 말한 바와같이 甲午更張은 政治史的인 意味와 文學史的 意味를 혼돈해서 이것을 同一視할 수는 없는 것이다. 다시 말하면 甲午更張은 韓國現代文學 出發의 背景이나 地盤이 되지 못하였다는 結論이 내리게 된다.

▌2▐ 동학난과 갑오경장의 경우

甲午更張의 直接的 契機가 되었던 東學亂은 얼핏 보아 民衆에 依한 一種革命運動이었고, 甲午年 即 1894年에 東學徒가 몇 고을을 占領하게 되자 그해 7月에 政府에서 講和條約件으로 庶政에 協力, 人材의 登用,

門閥打破, 寡婦再婚等 12項目에 걸쳐 改革할 것을 約束했으니 이것이야 말로 近代性의 意義가 크다고 보여지지만, 이 東學徒들은 鎖國主義를 부르짖었고 結果的으로 清日戰爭을 誘發하고 甲午更張을 가져오게 하여 마침내 그들은 失敗로 돌아가 그들의 濟世救民의 뜻도 水泡로 돌아가고 만 것이었다.

東學徒의 敎祖 催濟愚가 '濟世救民'의 뜻을 가지고 1860年 西學에 對立되는 東洋의 儒佛仙敎理와 또 西學의 敎理도 取하여 '人乃天', '天心即人心'이라는 人間의 主體性을 強調하고 萬民平等의 理想을 내세운 것은 좋았으나 그 具體的 方法으로 呪文을 외고 칼춤을 추는 一種迷信의 行動으로써 民衆을 團合한 것은 非知性的이었다. 그리고 1890年代에 들어서면서부터는 地方官吏에 對한 膺懲에서 不平있는 農民들을 규합하여 蜂起를 했던 것이다.[7]

그러므로 東學徒가 具體的으로 平民社會의 基盤이 되는 經濟機構의 革命을 꾀하였던 것도 아니었고 政治體制를 改革하여 平民의 人權을 主唱하는 輿論을 喚起한 것도 아니었다. 단지 民生苦의 不平에서 오는 峰起에 지나지 못하였으므로 구태여 얇은 意味로 말할 수 있다면 어떤 近代的인 意識을 모색하였다고나 할 수 있을 것이다.

그들의 濟世救民의 뜻이 如何하던 그들 東學徒들의 抱負가 如何했던 貪官汚吏규탄을 부르짖고 一時的으로 峰起했던 民亂에 그치고 만 것이었다.

그러므로 이것이 저 李朝 英 正朝의 平民의 擡頭보다는 積極的이오 強力했다고 認定할 수는 있지만 이것이 어떤 社會性을 造成하지 못한 以上 저거와 얼마만한 差異를 論하기에는 困難하지 않을까 한다. 또 洪

---

7) a註(6) 「甲午東學亂」b 李瑄根 「東學運動과 韓國近代化過程」 韓國思想 第四輯 參照.

景來의 亂과도 比較하여 볼 때도 同一한 見解를 禁치 못할 것이 아닌가한다. 단지 東學亂에서 近代性의 意義를 찾아본다면 平民擡頭라는 點에 있어 韓國近代化의 導火線을 말할 수 있을 것인데 이 點에 있어 앞에 것보다도 더 强力하고 積極的이었다고 할 수 있지 않을까 한다. 여기서는 甲午更張으로 이끄는 役割이 結果的으로 意義가 자못 큰 것이 아니었던가 한다. 그렇지만 甲午更張은 이미 앞에서 論及한 바와 같이 그것은 文書上의 改革이었지 社會性이 同伴한 改革은 아니었다. 따라서 東學亂은 甲午更張과 같이 생각하여야만 되겠으나 따로 생각한다 하더라도 東學亂이 어떤 社會性을 變革하지 못한 以上 그것은 어디까지나 韓國近代化의 導火線에 지나지 않았다고 보아야 할 것이다.

當時 나온 民謠를 본다면

새야새야 八王새야 너 무엇하라 나왔느냐 솔잎 대잎이 푸릇푸릇 夏節인가 하였더니 白雪이 펄펄 흩날리니 저 건너 靑松綠竹이 날속인다.

라고 한 것은 東學亂의 失敗를 노래한 것이지만 이것은 또한 韓國의 近代化가 時期尚早라는 말도 되며 一般民衆은 近代化의 意識이 없었음을 證明할 수도 있을 것이다.

오히려 近代化의 意識은 단지 三日天下를 했던 少壯開化派에 依한 1884年의 甲申政變이 더욱 意識한 것이라고 할 수 있다. 그러나 이 역시 몇몇 뜻 있는 開化의 熱意를 가진 靑年들의 政治理念에서 나온 行動의 失敗에 그치고 만것이었다. 또 여기서 말하는 意識이라는 것도 西歐의 近代性에서 볼 때 그것은 너무나 희미한 意識存在에 지나지 않는 것으로서 단지 近代的인 開化에로 一步를 내 딛고자 한것에 지나지 않았다. 가령 甲申政變이 失敗를 하였다 하여도 政治 經濟 宗敎 文化등 여러

條件이 近代社會를 이룩할 수 있도록 어떤 社會的 契機라도 醱酵가 되었더라면 別문제이려니와 그렇지 못한 以上 이것 亦是 政治的인 理念에 그치고 만 一時的 革命이었다고 볼 수밖에 없을 것이다.

文學的 背景에서 볼 때 甲申政變 東學亂 甲午更張等 韓國 最近世史에서 刮目할 이들 事件은 政治史的 契機는 마련되었어도 그것이 社會性을 造成하지 못한 結果에서 文學史的 契機를 마련하지 못한 채 끝나고 만 것이었다. 即 새로운 文學을 낳을 수 있는 터전이 채 되지 못하였던 것이다.

３ 기독교의 선교와 문학적 배경

韓國 近代的 文學의 出發이 우리 古代文學의 繼承에서 온 것이 아니고, 西洋 近代文學의 形態를 밟은데서부터 시작하였으므로 그것은 西洋的인 近代性이 社會的으로 造成된 데서부터 되었으리라는 것이 首肯이 갈 수 있는 論理일 것이다. 그런데 韓國의 近代性은 前記한 바와같이 政治史的인 意味와 文學史的 意味가 다르므로 文學史的인 近代性은 自然政治史的인 것에서 區別될 수밖에 없다. 韓國의 近代的인 文學史的 地盤은 一時的인 峰起나 少數人의 哲學的 또는 思想的 根據나 政治的 意圖에서 造成되는 것이 아니었으므로 아무래도 前記한 바와 같이 어느 知性에 依해 漸進的으로 社會輿論이 되어 서서히 變革을 일으키면서 近代化의 過程을 밟게 된데서 부터 말 할 수밖에 없을 것이다.

所謂 韓國近代化 過程의 性格을 본다면 그것은 韓國歷史上의 發展에서 나타난 韓國自體로서의 近代化 過程이라기 보다 오늘날 우리의 生活 周邊에서 보는 바와 같이 어디까지나 外來的인 西歐 近代化 過程의 性格을 말 하는 것이며, 그러한 것을 開化라고 했으며 따라서 그 性格의 知性

的인 것도 西歐的인 知性에서 비롯하였던 것이다. 그러므로 韓國의 固有한 知性도 아니며 東洋的인 知性도 아니었던 것이다. 韓國의 近代化 過程이란 結局 西歐的인 知性의 힘으로 變革되는 過程이라 할 수 있다. 이와 같이 韓國의 近代化는 外來的인 것만큼 西歐처럼 市民의 經濟生活에서 부터 이루어진 것이 아니라[8] 그것이 自律的이던 他律的이던 精神的인 面에서 부터 近代化 過程이 이룩되어 나갔음을 알 수 있으니 이것을 다음에서 論及하여 보겠다.

韓美修好條約을 맺은 이듬해 1886年에 政府에서는 閔泳翊을 首班으로 하는 報聘大師 一行을 美國에 보내어 美國의 朝野와 親善을 圖謀하고 돌아 왔으나 그들은 國政刷新에 손을 대지 않았던 것이다. 當時의 政府는 어디까지나 保守的으로 舊態依然하였었다.[9] 이러한 소식을 徐載弼은 다음과 같이 말하고 있다.

그때 金玉均은 中殿(閔妃)의 총애를 一身에 모으고 있었고 또 徐光範, 洪英植, 尹致昊, 李商在등으로 부터 제一차 駐美 韓國公使로 갔다가 돌아온 閔泳翊과 악수하려 하였으나 閔泳翊은 물고기가 江이나 바다로 들어가듯 새가 제 보금자리 찾아가듯 같은 姓가진 者들이 물 끓는 편에 붙고 말았던 것이다.[10]

이 手記에서도 알 수 있듯이 韓國의 近代化 過程은 西歐文明의 刺戟을 받으면서도 政治的으로는 保守的이었음을 알 수 있다. 卽 爲政者들에 依해서는 開化가 아주 遙遠하였던 것이다. 그렇다면 李朝末葉에 沈滯하

---

8) 西歐의 近代性은 英國의 産業革命과 같이 經濟的인 改革에서 부터 이루어진 것이다. 크레인브린톤 世界文學史 (中) 第18章 「프랑스革命과 나폴레옹」乙酉文化社 번역 刊行 參照.

9) a. 徐載弼의 手記 b. 李承晚 「독립정신」 參照.

10) 註 (9) 參照.

고 混亂했던 政治經濟文化 모든面의 封建性에 對하여 그 改革을 認識하고 西歐의 近代的인 開化에로의 興論을 喚起하고 引導하여 近代的인 社會的 地盤을 造成할 수 있었던 知性(精神)的인 것은 무엇이었나 하는 것이 이 課題의 또한 目標일 것이다.

그런데 文學의 母胎는 作家이고, 作家의 모태는 社會이지만, 文學的 背景이 되는 社會性은 반드시 政治的 條件이나 經濟的 條件만으로는 되는 것은 아니다. 文學은 그 獨自性 때문에 知性의 社會化가 오히려 文學的 背景을 더욱 가지게 되므로 政治經濟의 諸條件은 知性의 積極的인 加擔 없이는 文學的 背景이 되기 힘들다고 볼 수 있다. 그러므로 政治經濟的인 近代化가 되어도 知性的인 近代化가 없으면 近代的 文學의 地盤이나 背景은 될 수 없다는 論理가 되며 反對로 政治經濟的인 것이 近代化가 되지 않아도 知性的인 것이 近代化가 된다면 完全한 것은 아니라 하더라도 文學的 背景이 될 수 있는 것이 될 것이다. 이러한 知性은 韓國의 近代的인 文學이 出發할 수 있었던 社會的 地盤이 될 것이며 따라서 近代的 文學의 背景이라고 할 수 있을 것이다. 이와같은 文學의 背景이 될 수 있었던 事情을 가진 것이 大部分 所謂 後進國이라 이름 할 수 있는 社會를 가진 國家와 民族의 境遇라 할 수 있겠지만 우리나라도 이 範疇에 든다고 할 수 있을 것이다.

그러면 우리나라에서 이러한 知性的인 性格을 가진 것을 이미 過去에 있었던 것에서 부터 찾아 본다면 우선 생각할 수 있는 것이 儒教 佛教 道教를 들 수 있다. 그런데 이들 三教는 千餘年 동안 많은 影響을 우리 生活에 주었고 또 새로운 方向으로 理論을 展開하였다 하여도 우리들 生活속에 너무나 익숙하여진 것이었으므로 새로운 感覺을 찾아내기란 여간 困難한 것이 아니었다고 본다. 「東學」의 例가 좋은 例가 되려니와 東洋文化와 思想으로서는 그 以上의 刺激劑가 될 수 없었던 것이다. 게

다가 이들 東洋文化와 思想은 李朝末에 와서 막힐때로 막히여 이미 人心을 떠나 諦念의 狀態에서 새것을 渴望하던 때였으므로 過去의 東洋的인 知性으로는 韓國近代化의 案內者가 될 수 없었던 것이다. 그러므로 새로운 知性을 찾아 볼 수밖에 없는데, 李朝末 當時 固陋한 社會를 漸進的으로 近代化로 이끌어 革命이 아닌 革命으로서 社會的變革을 일으킨 것을 찾아 볼 수 있다면 아마도 李朝末에 들어온 基督敎(新敎)의 宣敎運動이라고 斷言할 수 있지 않을까 한다.

이 新敎의 輸入은 當時 이 땅의 風土가 過去의 生物이 더 以上 成長할 수 없고 오히려 萎縮되어 가던 때에 들어 왔으므로 그 刺激은 컸으며 그 影響도 막대하였던 것이다. 基督敎가 東進하여 온 것은 事實이나 우리나라의 경우는 東洋의 다른 나라의 경우와는 달리 우리 先祖들이 스스로 輸入해 왔다는 點에 있어 特記할만한 것이 있다.

天主敎만 보더라도 外國人 神父들의 傳道에 依해서 이루어진 것이 아니라 北京에 드나들던 學者들이나 使臣들이 그곳에서 天主敎 書籍을 求해가지고 와서 硏究했으며 新敎라 하더라도 韓國最初의 프로테스탄트 敎人이었던 사람들은 敎人이 되기 前에 滿洲에서 西洋宣敎師의 韓國語 先生으로서 聖書飜譯事業을 도와주다가 敎人이 되었던 것이다.[11] 또 一方 우리네 옛 儒敎, 道敎, 天道敎, 巫敎 등의 宗敎는 崇天思想이 있으므로 해서 基督敎를 받아 들이기가 容易하였던 것도 默過할 수 없는 重要事라고 할 수 있을 것이다.[12]

이리하여 當時 새로운 時代를 憧憬하는 民衆들의 近代的 意識이 極히 희미하고 漠然하게 머물고 있었던 것을 新敎의 宣敎運動에 依해서 그

---

11) a. 筆者외「春園의 基督敎入門과 그 思想과의 硏究」梨大論叢 第五輯
　　 參照. b. 새문안교회七十年史 參照.
12) 새문안교회七十年史 參照.

意識을 深化시켜 그 核心을 잡도록 하였던 것이다. 直接的으로는 勿論 信仰 문제였지만 間接으론 人間 및 自然에 對한 觀照의 原理를 이루고 思想에 依해서 回復하고자 하였고 그것으로 新出發을 꾀하였던 것이니 以下에 이 事情을 論及하여 보겠다.

基督教라 하더라도 天主教는 壬辰亂때 부터 流入되어 以後 英雄的인 受難을 겪었으나 때를 만나지 못했을 뿐더러 그 宣教方法이 新教와는 달라 開放的이 아니어서 結果的으로 韓國近代化에 新教만큼은 커다란 影響을 미치지 못하였다. 그러나 天主教에 比해 新教는 늦게 19世紀 後半期에 들어 왔지만 特히 1882年에 있은 韓美修好條約 締結以後의 新教의 宣教運動은 美國宣教師들의 王室에 對한 奉仕와[3] 아울러 民衆에게 開放的이며 積極的인데다 「네비어쓰」式 宣教方法[14]을 取하였고 信仰과 더불어 附隨的으로 西歐的인 文物이 이 땅에 傳達되어 韓國 近代化의 實質的인 實現을 보게 하였었다. 이러한 宣教運動으로서의 첫째 注目할 것은 무엇보다도 韓國語 聖書 飜譯일 것이다. 1882年 滿洲 牛莊에서 번역된 로-스譯을 위시하여 1884年 日本에서 1890年에 新約의 完譯과 1910年에 新舊敎全書의 完譯은 번역사업으로도 劃期的인 일이었지만 이것이 韓國語 번역으로서 되었고 그것도 純國文體이었으며 또한 散文體 文章 形式을 가지고 되었다는 것에 더욱 意義를 느낄 수가 있다.[15]

이 聖書飜譯 事業이 기독교의 敎理를 宣教하는데 便利하기 위하여 한 것이었지만 이로 인하여 自國文學에 對한 認識이 새로 鼓吹되었고, 그 普及도 傳達함에 따라 急速히 傳播되었던 것이다. 이 散文體 文章이 過去 諺文體 文章의 一種이기도 하였지만 그것에 담겨진 內容이 새로운

---

13) a. 註 (6) 韓國史 最近世篇 第三篇 第一章 第一節 參照. b. 吳天錫 韓國新育 史 「新敎育의 發端」參照. c. 培材八十年史 參照.
14) 註 (13) c와 곽안전 「韓國敎會史」參照.
15) 이 論文의 「聖書번역」을 參考할 것.

感覺을 주었으므로 諺解體 文章에서 느끼던 東洋的인 三綱五倫이나 女四書나 劉向烈女傳 또는 佛敎書籍에서 보았던 感覺이 아니라 새로운 感覺 即 西歐的인 近代的 感覺을 자아내도록 되었던 것이다. 이보다도 文字生活의 革新을 가져올 수 있는 緣由가 마련되기도 하였던 것이다.

1882年에서 부터 1906年 사이에 出版된 韓國語聖書의 部數는 確實히 모르나 教人들에게 頒布된 部數는 12萬7千2百19部라 하였고 이에 對하여 「곽안전」은 그 著述에서 다음과 같이 말하고 있다.

> 이처럼 성경이 널리 반포된 이유의 하나는 초대 선교사들이 새로 믿기 시작하는 사람들에게 성경 지식의 필요를 강조하여 신자는 누구나 성경 한 권씩 갖도록 권장한 것이었다. 성경을 읽는 것은 일반 백성들이 표준말을 말하게 하고 또한 쓰게하면 문맹을 퇴치 하는 일 특히 여자나 어린 이들의 문맹을 퇴치하는데 중요한 역할을 하였음은 말할 필요도 없다.[16]

韓國語 聖書의 普及은 文盲 退治의 큰 役割을 하였지만 이것은 封建性에 젖었던 儒教中心의 漢文爲主 生活에서 韓國語文 爲主의 近代的인 平民生活로 變革하는 絶對的인 要素가 될 수 있었던 것이다. 兩班들의 漢文爲主 生活에서 平民과 平民意識을 地盤으로 하는 韓國語文爲主 生活로서의 變革은 곧 封建性 打破 運動의 實踐이 되었었다. 그리하여 過去 特殊層만이 漢文을 專用하여 文化의 意義를 가졌던 것이 平民인 即 國民全體가 自國語를 使用하므로써 文化가 一般民衆의 存在意義로 認識할 수 있는 促進劑가 되었던 것이다. 結局 이것은 平民의 社會的機能에 對한 參與와 擴大를 普遍化하는 氣運을 造成하고 또 契機로 되었던 것이다. 나아가서 이것은 自意識의 覺醒과 民族意識의 昂揚을 鼓吹하였다고도 볼 수 있을 것이다.

---

16) 곽인전 韓國教會史 p.108.

新教의 傳道는 그 教理上 上流階級보다 平民以下의 民衆을 相對하여 宣教하였으므로 坊坊谷谷을 다니며 家家戶戶의 굳게 닫친 門을 두들기기도 하였고 또는 거리에서 群衆을 모아 놓고 虐政에 시달려 希望을 잃은 百姓에게 새로운 教理로서 希望을 주기도 하였다. 그런가 하면 培材學堂 梨花學堂등 여러 男女學校를 設立하여 近代式教育의 幕을 올려 個人主義와 自由思想의 西歐式知性을 培養하여 이나라의 새로운 指導者를 養成했으며 文明利器를 갖춘 近代醫術을 通해 身體의 疾病만이 아니라 心的인 病까지도 고치어 近代科學文明과 心靈的인 意義를 體得케 하였던 것이다.

宣教에 從事한 사람들은 그들의 現實的 處地가 宣教師이던 教育者이던 醫師이던 단순한 信者이던 그들은 반드시 韓國語로 된 聖書로써 깨우쳤던 것이다. 그리하여 民衆들은 聖書를 通해 基督教의 精神이란 人間性을 無視하는 儀祭主義 律法主義 權力主義 崇金主義를 물리치고 世俗의 不正義와 迫害에 對하여 맞서며, 이웃을 내몸처럼 사랑하여 四海同胞가 平等하고 한 兄弟姉妹임을 强調하며, 심지어 賣春婦의 罪까지도 容恕하여 그녀의 人格을 尊重하며 가난한 사람에게도 福을 준다고 하는 것을 듣고 알았을 때, 그것은 過去 우리 先祖들이 맛보지 못했던 人間尊重의 思想이었으며 機會均等의 理想이 實踐되어지는 所謂 휴머니즘을 認識하였을 것은 틀림없었다고 생각할 수 있다. 이것은 即 西歐 近代的인 人間尊重과 機會均等의 思想과 같은 것으로서 當時 腐敗한 政治와 貪官汚吏 밑에서 塗炭에 빠져 허덕이며 길 잃은 羊떼와 같이 右往左往하던 그들에게 이 얼마나 놀라운 事實로서 衝激을 주었을 것은 더 말할 나위가 없을 것이다.

1885年「언더우드」牧師가 傳道하던 記錄을 그의 手記에서 보면

　　우리는 한국말을 좀 말할 수 있게 되자 매일과 같이 길에나 시가에
나가서 때로는 언덕 근처에 있는 나무 그늘에 앉아서 책(聖書)을 펴들고
읽기를 시작하면 많은 군중들은 우리의 주위에 모이곤 하였다.(－中略
－) 후에는 이러한 노방전도가 점점 그 수를 가하여 큰 거리에는 많은
군중이 모이었고 어떤 동리나 혹은 광장에 모여 우리의 전도를 듣게 되었
는데 이렇게 하여 우리가 말하는 노방 예배를 시작하게 되었다.17)

　라고 한데서 보면 群衆들이 新奇하고도 휴머니틱한 基督教의 教理를 듣
기 위해 日益增加되어 갔음을 알 수 있다.

　기독교의 生活은 男女七歲不同席이라는 묵은 倫理를 깨어 한자리에
모여 禮拜를 보고, 讚頌歌를 부르고 討論을 하고 合唱團을 組織하여 젊
은 男女가 混成 合唱을 했으며 그들 敎人은 새사람의 生活을 絶叫하여
封建的인 舊習打破를 부르짖어 早婚을 禁하며, 祭祀의 虛飾을 禁하고
葬禮의 簡素化를 斷行했으며 結婚의 自由와 簡素化등등을 實踐하였던
것이다. 또 一方기독교인은 各個人의 기도生活과 思索으로 하나님을 感
知하고 보고 하나님을 찾으며, 各個人의 永生을 求하였으므로 各個人의
靈魂問題가 深刻하게 문제化 되는 곳에 個人意識의 自覺과 個性의 自覺
이 基督敎生活에서 싹이트고 認識되게 되었던 것이다. 이러한 認識은
個個人의 尊嚴과 自由의 强調가 되기도 하였던 것이다.18)

　基督敎의 敎育機關인 培材學堂 梨花學堂을 通하여 演說 討論을 배웠
으며 拍手를 알게 되었다. 各種 學術은 勿論 풋볼·베이스볼·바스켓볼
등 새로운 運動競技가 登場했었다. 이들 學堂에서는 심지어 印刷術까지
배우게 되었었던 것이다.19) 1898年에 培材學堂의 學生會報인「협성회

---

17) 언더우드手記 "The calling of Korea"
18) 註(14) 參照.
19) a. 培材七十年史　b. 崔峻「基督敎와 우리文化」聖書韓國 第一輯 參照.

보」가 純全히 學生들 손으로 이루어져 우리나라 처음의 學生會報가 刊行되었던 것이다. 그리고 이 學報를 發刊하던 學會 即「협성회」와「매일신문」과의 1898年 1年 동안에 있어 開化에 對한 討論題目을 보면 다음과 같은 것이 있다.

1. 국문과 한문을 섞어씀에 대하여
2. 학원들은 양복을 입음에 대하여
3. 아내와 자매와 딸을 각종 학문으로 교육함에 대하여
4. 학원들은 매일 운동함에 대하여
5. 여인들을 내외 시키는데 대하여
6. 국중(國中)의 도로를 수선 함에 대하여
7. 우리나라 종교를 예수교로 함에 대하여
8. 노비(奴婢)를 속량(贖良)함에 대하여
9. 우리나라 철도를 놓는데 대하여
10. 우리 회원들은 인민을 위하여 가로 연설을 함에 대하여
11. 회원들은 20세안에 혼인하지 않음에 대하여
12. 우리나라에서 쓰는 말(斗)과 자(尺)를 똑 같이 함에 대하여[20]

(以下略)

全 33項目에 걸친 것을 여기에 項目만 쓴 것이다. 여기서 보는 바와 같이 이 全體가 舊習을 打破하고 新生活로 志向하는 改革 討論인데 여기에는 政治 經濟 文化 軍事 社會 結婚 婦人問題 敎育 主從關係 子女問題등 어느 것이고 近代的인 生活問題가 아니든 것이 거의 없다.

이와같이 基督敎系를 通하여 韓國의 開化가 漸進되어 不文律의 組織을 가지고 全國 各家庭에 浸透되어 낡은 陋習을 밑바닥에서 부터 뒤

───────────────

20) 崔俊 韓國新聞史 p.46.

흔들었던 것이다. 이 기독교의 新生活 운동과 個人의 尊嚴性認識은 곧 韓國的인 近代化 운동의 嚆矢임은 勿論 實質的인 近代化 운동이기도 하였던 것이다. 기독교에 依한 이 近代化 운동은 단지 文書上의 改革이나 몇몇 爲政者의 口號가 아니었던 것이다. 그렇다고 非單 기독교 信者에게만 局限된 것도 아니었다.

1884年 甲申政變 當時 保守派의 巨頭 閔泳翊만 하더라도 그의 重傷을 淸國에서 宣敎師로 지낸바 있는 알렌醫師가 治療해 주었으므로 因해 閔泳翊은 알렌醫師를 高宗皇帝의 御醫로 천거 하였는가 하면 美國人을 데려다가 西洋式醫療機關으로 廣惠院과 新式 敎育機關으로 育英公院을 設立하였다. 이에 따라 알렌醫師는 뒤에 오는 宣敎師들의 入國을 圓滑하게 하였으며 그의 庶民層과의 접촉에서 그의 原來의 使命이었던 기독교의 뜻을 傳達했었던 것이니, 保守派의 政府에서도 基督敎에 對하여 排斥하지 않았을 뿐더러 無關心하지 않았음이 證明이 된다고도 할 수 있다. 이뿐만 아니라 初代 美國宣敎師들이 近代 敎育機關으로 培材學堂(1985年), 梨花學堂(1986年)을 設立하여 新式敎育을 實施하였을 때에도 反對를 하지 않았던 것이다. 그들 宣敎師가 聖書를 講義해도 無妨했던 것이다. 이것은 敎育을 通해 새로운 思想과 生活운동이 展開되는 것을 保守派에서도 은연中 歡迎했음이 또한 證明이 되는 것이 아닌가 한다. 그러므로 基督敎系에 依한 近代化 운동은 非單 基督敎 信者에게만 局限된 것이 아니라, 기독교에 뜻을 두지 않은 識者라 하더라도 기독교의 뜻을 支持한 것이라고 볼 수 있지 않을까한다. 더 積極的인 例로서 金玉均 이만하더라도 그는 洗禮敎人은 아니었지만 1883年 여름에 五十名의 遺日學生을 데리고 東京에 갔을 때 當時 在日 美國宣敎師 낙스牧師와 맥클레이 牧師를 爲하여 宴會를 베풀었으며 그 宴會席上에서 韓國宣敎와 敎育을 爲하여 宣敎師 派遣을 2年 안에 하도록 할 것을 約束하였다.

그 結果 맥클레이牧師는 그 이듬해 來韓하여 金玉均을 通하여 國王에게 그의 뜻을 上奏하였고, 이로 인하여 우리나라 처음의 合法的인 宣教師이며 文化的인 恩人이었던 「언더우드」, 「아펜셀라」 두 牧師가 韓國에 들어오게 되었던 徑路를 생각할 때[21] 吾人은 基督教人에 依해서만 기독교에 依한 近代化 운동이 된 것이 아니라 非教人에 依해서도 直接 間接으로 이루어졌던 事實을 記憶하여야만 될 것이다.

기독교에서 비롯된 基督教的인 新生活 운동은 開化운동으로서 全國的인 것이었다는 것을 今日 우리들의 生活이 이 消息을 證明하는 바이지만 1917年 李光洙가 「耶蘇教의 朝鮮에 준 恩惠」라는 첫 머리에서

> 耶蘇教會가 朝鮮에 入한지 于今三十餘年이요, 耶蘇教會는 實로 暗黑하던 朝鮮에 新文明의 曙光을 傳하여 준 最初의 恩人이며 兼하여 最大의 恩人이요.

라고 시작하여 다음 8個項目에 걸쳐 기독교의 文化史的 意義를 밝히었다. 그 趣旨의 第一은 西洋事情을 알게 했다. 第二는 道德生活의 振興으로 理想있는 生活을 追求케 했다. 第三은 教育의 普及으로 8年前까지만 해도 學校라 하면 기독교 學校밖에 없었다. 第四는 女子의 地位를 向上시키고 寡婦의 再婚에 對해 自由를 주었다. 第五는 早婚의 弊를 矯正하여 實質的으로 嚴禁하였다. 第六은 國文의 普及으로 韓國語의 眞價를 알게 하였다. 第七은 思想에 對한 것은 刺戟하였다. 第八은 個性의 自覺과 個人意識을 促求하였다.

李光洙의 이 論文은 그 自身이 實際로 보고 듣고 體驗한 記錄임으로

---

21) R.S. Maclay, "Korea's Permition to Christianitiy" (The Missionary Review of the world. Vol. 9, No. 8, 1895)

여기서 더 證明할 必要도 없이 韓國 近代化의 社會的 意識이 기독교에서 시작되어 實踐되엇음을 證明하는 말일 것이다.[22] 더욱 前記한 第八項目의 「個性의 自覺과 個人意識을 促求하였다.」고 看破한 것은 그의 慧眼이려니와 이것이야 말로 近代精神의 骨子라고 할 수 있을 것이다.

다음 基督教에 있어서의 人間尊嚴性을 볼진대 그 宣教는 어디까지나 唯一神을 믿게 하는데 있지만 그 敎理는, 모든 人間의 實存은 하나님의 攝理와 恩寵으로 이루어진다는 것이며 하나님은 이 世上을 救하기 위하여 當身의 참다운 人間像을 그의 獨生子 예수를 通해 人間에게 보여준 것이었다. 그리고 예수는 人間의 苦惱를 몸소 질머지고 마침내 人間의 救援을 위하여 泰然自若하게 十字架上에 못박히어 죽은 것이었다. 예수는 한마리의 잃은 羊을 찾는 사랑의 人間性을 보여 주어 하나님은 이처럼 個個人을 사랑한다는 것을 그의 여러가지 行動으로써 몸소 證明하였다. 이러한 예수의 行動은 人間을 爲한 人間尊重의 行爲이며, 이것은 휴―머니틱한 眞實한 人間의 態度를 보여준 것이라 할 수 있다. 그러므로 예수教를 믿는다는 것은 휴머니틱한 行爲를 實踐한다는 말과도 通하는 것이었다.

이러한 기독교의 敎理는 過去 東洋 封建性의 家族制度에서 '나'라는 한 個人의 存在性이 단지 家族의 構成分子에 不過했지만 여기 이웃을 네 몸처럼 사랑하라는 기독교의 根本的인 人間愛와 人間尊重의 思想에서 人間 對 人間을 알고, 人間 對 神을 알고, 人間의 實存을 알아 自我를 알게되고, 그리하여 人間은 神 以外의 누구에게나 억압을 當할 수 없다는 것을 깨닫게 되는 것이었다. 이와같이 自我의 覺醒과 人間性의 精神이야 말로 近代精神의 中樞的 存在인 것은 勿論이지만 이것은 또한 近代

---

22) 李光洙는 明治學院 中學部 時節에 長老教人이 되어 本文의 事情을 잘 體得했던 것이다. 註(11)과 李光洙 全集 第9卷을 參照.

市民社會의 性格과 精神인 것은 두말 할 나위도 없을 것이다. 個我의 自覺과 人間尊嚴性의 自覺은 마치 中世的 敎會의 權威를 弱化시키며 마침내는 人間의 絕對君主와도 싸워나갔던 近代市民社會의 精神과도 같이 個我와 人間性을 無視하던 儒敎的인 道德과 慣習에 對抗했으며 日帝의 不法的인 彈壓에 對하여서도 많은 基督敎人들이 反日運動을 어느 團體보다도 힘차게 展開했다는 것은 民族主義 意識도 있었지만 그 意識의 밑바탕을 흐르고 있었던 기독교의 人間主義的 宗敎觀에서 빚어진 知性의 힘이었다는 事實을 否定할 수 없는 事實이 아닌가 한다.

그런데 基督敎의 知性은 그것이 外來的인 것이 되어 弱했으리라 생각할 수도 있지만 오히려 그 知性이 外來的이었기 때문에 强力하고 積極的인 것을 보여주었던 것이다. 한 民族의 歷史的 過程은 個人이나 어떤 集團의 意志에 따라 아무렇게나 움직이는 것이 아니고 그 自身의 客觀的 必然性에 依해 움직여지는 것이므로 社會的 現實이 어떤 宣傳이나 煽動에 依해서 움직여지는 것이 아니기 때문이다. 이러한 事情은 앞에서 論及한 甲午更張이 좋은 例라고 할 수 있을 것이다. 다시 말하면 政治的인 宣傳이나 煽動에 依해서 簡單히 處理되는 것이 아니라 그 社會가 必然的으로 要求하는 知性에 依해서 歷史的 過程은 이루어지는 것이 아닌가 한다. 그러므로 우리의 先祖들이 덮어놓고 기독교的인 知性을 받아들인 것이 아니라 民族的인 必然性이 새로운 知性을 渴求한 때에 外來한 基督敎의 知性을 알게 되자 그 吸收力은 强力하였고 行動은 積極的이었던 것이다. 이것은 在來의 佛敎 儒敎 道敎의 知性으로는 解決할 수 없었던 段階에 들어왔으므로 더욱 强力했다고 볼 수 있을 것이다.

19世紀 後半期에 들어서서 東學敎가 擡頭한 것은 政治의 腐敗에서 온 것이라 하지만 一方 생각하여 보면 在來의 知性으로는 解決할 수 없는 곳에서 東學敎가 일어났다는 것도 看過해서는 아니될 것이다.[23] 그렇

다고 東學敎가 前記한 바와 같이 民心을 引導할 만한 要素가 缺乏되었으므로 失敗한 原因도 있지 않을까 한다. 가령 그들에게 强力한 그 어떤 힘이 있었더라면 政治的으로 軍事的으로는 失敗했다 하더라도 民心을 收拾하여 結局에 가서는 韓國의 近代史가 달라졌을 것이 아닌가 한다.

宗敎에 있어 無風地帶와 마찬가지의 韓國에 唯一神을 絕對神으로 믿는 기독교를 輸入하여 全國的으로 破竹之勢로서 宣敎가 되고 信者가 日就月將으로 增加되었다는 것은 무엇보다도 하나님이 人間實存의 加護와 攝理를 하고 있다는데서 더욱 民心은 마음을 놓고 믿을 수 있었던 것이 아닌가. 어제까지도 現實的으로 또는 在來에 있어서도 自己의 存在를 自他가 無價値하게 認識할 수밖에 없었던 平民들이 오늘 神을 믿게 되므로써 스스로의 人間의 價値를 처음으로 認識하고, 認識을 받았을 때 그들에게 希望은 주어진 것이 아니었을까. 그들의 社會와 國家는 一部貴族이나 門閥이나 特殊層의 것만이 아니고 스스로의 것이라는 새로운 世界觀의 認識은 그것이 個人意識이며 民族意識이며 民主的意識이라고 볼 수 있을 것이다. 이것은 마치 中世 기독교가 敎權主義를 내세워 神의 人間支配에서 떠나 人間의 人間支配로 되어 人間性을 喪失한데 對決하여 人間解放과 人間尊重을 부르짖어 人間은 어떠한 權威에도 抑壓되어서는 아니된다는 것을 認識하고, 人間 그 本然의 姿勢로 돌아간다는 저 文藝復興時期의 運動과 같이 韓國에 있어서의 宣敎운동은 神앞에서는 누구나 人間은 억압받을 수 없다는 自我意識과 個性에 對한 自覺이 封建的인 慣習에 對決한 모습이라고도 할 수 있을 것이다. 또 이러한 모습은 英國의 産業革命, 프랑스의 大革命을 通해 專制主義와 絕對主義에서 市民의 社會的 自由를 얻게 된 것과 마찬가지로 韓國의 기독信者들

---

23) 註(7)의 參照.

은 敎會를 中心해서, 기독교系 學校敎育을 通해서 平民意識과 自由意識
과 民族意識이 한 걸음 한 걸음 近代化의 過程으로 이 社會를 이끌어
나갔던 것이라고 볼 수 있다.

이와같이 기독교(新敎)에 依한 韓國의 近代化의 過程은 文化意志로
서 文學史的으로 볼 때 이것은 곧 韓國 近代文學이 出發할 수 있는 터전
을 造成한 것이었다. 새로운 文學을 할 수 있는 知性은 政治的 契機에서
비롯된 것이 아니라 기독교의 宣敎운동과 宗敎的 知性에서 비롯되었음
을 다시 强調하는 바이다. 再論하거니와 作品은 生活의 表現이며 그것은
時代와 社會를 背景으로 하여 作家의 知性으로 이루어지는 것이다. 韓國
의 새로운 文學은 韓國의 近代性을 背景으로 해서 비롯되었음을 말할
수 있을 것이다.

그런데 聖書의 번역이 1883年에서 부터 시작하였으니 이것은 곧 韓國
近代化運動의 實地的인 展開라 볼 수 있으며 甲申政變 보다는 2年이나
앞섰으며 東學亂, 甲午更張보다는 十餘年이나 앞섰다는 事實은 年代的
으로 보더라도 韓國 近代化운동의 先峰이라고도 할 수 있다. 或者 생각
하기를 天主敎의 入敎에서 부터 생각할 수도 있겠지만 天主敎는 實際的
으로 활발한 宣敎운동을 하지도 못했고 彈壓을 받았으므로 天主敎로 因
해 基督敎에 依한 近代化가 具體的으로 社會性을 이룩하도록 되지는
않았던 것이다. 따라서 亦是 新敎의 宣敎에서 부터 韓國의 近代化를 말
할 수 있지 않을까 한다.

이와같이 新敎에 依한 韓國의 近代社會性의 造成은 文學史的으로 볼
때 이것은 곧 韓國 近代文學이 出發할 수 있는 터전을 마련한 것이었다.
그리하여 번역된 韓國語 聖書의 散文體 文章은 마치 英國의 欽定英譯聖
書(1611年)가 英文學史에 있어 散文에 依한 最大 傑作으로서 後世英文
學에 많은 影響을 주었던 것과 같이, 이것은 우리나라 最初의 民間新聞

「독립신문」과 번역소설과 新小說 및 李光洙初期 小說等에 影響을 많이 주었으며 찬송가의 번역은 唱歌의 形式과 新詩의 形式에 또는 自由詩로 이끄는 面에 있어 影響을 준 것이었다.[24] 이러한 것은 단지 文學의 形式面에서만 그러한 것이 아니었다. 聖書의 번역은 그것이 形式面에서만 볼 것이 아니라 前述한 바와 같이 基督敎思想의 傳達에 더욱 그 目的이 있었으므로 그것은 文明的인 意義보다도 文化的인 意義가 자못 큰 것이었으므로 精神的인 것 即 文學의 內容面에 있어서도 그 意義가 자못 컸던 것이다.[25]

▎3 ▎ 성서번역

1 성서번역과 언해체 문장

새로운 文學史의 시작은 西歐의 文化를 받아 들인데서 부터 그 싹이 텄으며, 그러한 文學史的 意義를 가진 것으로서 우리가 直接的으로 처음 보게된 것은 基督敎의 書籍에서 부터였고, 그 中에서도 더욱 意義있는 것은 聖書라 할 수 있다.

新敎는 이 땅에 늦게 들어 왔지만 西洋宣敎師는 聖書를 가지고 들어와 傳播한데서 부터 宣敎가 시작하였었다. 성서가 처음 들어 온 것은 1816年에 漢文本이 들어 왔고 그 後 몇 차례에 걸쳐 漢文聖書가 들어 왔지만 文學史的인 意義를 지닌 것은 1882年에 刊行된 國文版 聖書일 것이다. 이것은 滿洲 牛莊에서 英國 宣敎師 로스 牧師와 매킨타이어牧師가 韓國

---

24) 白鐵은 그의 「新文學史」에서 唱歌는 찬송가에서 영향을 받았음을 밝히었다.
25) 註(11).

人 李應贊 白鴻俊 李成夏 金鎭基 등 네 사람과 함께 1876年에서부터 純韓國語 번역에 着手하여 1880年에 「요한복음」과 「누가복음」을 번역하여 그것을 1882年에 出版하였었다. 그 후 1887年에는 新約全書 全部가 번역인쇄 되었었다. 이 純韓國語 聖書가 1882年 부터 國內로 들어와 傳道에 쓰이게 되었던 것이다.[26]

한편 日本에서는 1884年에 韓國人 이수정이 純韓國語로 성서를 번역하였고 그것을 1885年에 언더우드와 아펜셀라 두 牧師가 韓國에 入國할 때 가지고 들어 왔으며 國內에서는 1882年에 大英聖書公會가 생겨 聖書 出版刊行 事業에 着手하여 1884年에 로스譯 성서를 다시 刊行하기 시작한 以來 聖書 刊行은 國內에 있는 美國 宣敎師들이 中心이 되어 1900年에 다시 新約全書가 全部 번역되었고 1910年에는 舊約全書 全部가 번역되어 이 해에 新舊約 全部가 韓國語版으로 出版되었었다. 그 以來 今日까지 여러차례에 걸쳐 改訂版이 나오고 있다.[27]

이처럼 여러 차례에 걸쳐 韓國語聖書가 刊行되었지만 文學史的 意義로 볼 때에는 처음 번역 되었던 로스譯을 들수 밖에 없다. 그것은 韓國語로 맨 처음 된 聖書라 하는데에도 意義가 자못 크지만 그보다도 그것이 우리나라 새로운 文學史의 文學的 背景으로서의 意義가 더 큰 것을 말하고자 하는 것이다.

한 사룸이 두 쥬인을 능히 셤기지 못ᄒ나니 혹 한나를 미워ᄒ여 한나를 사랑ᄒ고 혹한나를 의탁ᄒ며 한나를 가부야히 네기리니 너희 능히 하나님과 직산을 셤기지 못ᄒ나니라 고로 닉너희게 일오나니 목숨에 무어슬 먹으며 무어슬 마시며 몸에 무어슬 닙을고 념네 치말라 목숨이 음식

---

26) 註(14).
27) 註(26)과 同, 유현기編 「성서사전」 參照.

보담 더 ㅎ지안으며 몸이 의복보담 더 ㅎ지 안으랴 공즁에 싀를 보라 시무지도 안코 거두지도 안코 곡간에 가젹도 안이 ㅎ되 다못 너희 텬부라 치나니 너희가 엇지 싀보담 귀치 안으랴[28]

(마태복음 6章 24-26)

이 번역體의 文章이 散文體이면서도 간결한 日常用語인 言文一致的인 文章이라는데에 우선 着眼하지 않을 수 없다. 이것은 原來聖書의 文章이 그렇기도 하지만 그러나 宣敎師들이 傳道에 便利하고 信者로 하여금 解讀하기 쉽게 하기 위하여 一般 民衆들의 平易한 日常用語로써 번역한 곳에서 自然 간결한 散文性의 文章이 되었음을 생각할 수도 있다. 이와같은 경우로서 이와같은 文章이 나온 것은 聖書의 번역이 처음이 아니라 過去에도 없지 않아 있었던 文章形式이었다. 過去의 諺解中에서 特히 婦女子와 子女를 위해 刊行했던 儒敎的인 敎訓인 三綱行實圖, 五倫行實圖, 劉向烈女行 등은 다 이러 했던 것이다.

복식은 한나라 하남사롬이니 밧갈고 즘싱치기로 일삼더니 져근아이이셔 이믜 댱셩ㅎ니 식이 젼퇵과 직믈을 다아ᄋ 롤주고 다만 기르던 양뵉여 구를 가지고 홀로 산듕에 드러가 십여년을 양듕쳐 양이 셩ㅎ여 쳔여두에 니르니 젼퇵을 사두엇더니 그아이 가산을 다 패ㅎ거늘 식이 믄득 다시 ᄂ화주니라[29]

(五倫行實圖 智 卜式分畜編)

이 例文에서 보는 바와 같이 로스譯 聖書의 경우 처럼 간결한 散文體임을 알 수 있듯이 佛家의 諺解中에서도 傳記類와 같은 王郞返魂傳, 地

---

28) 로－스譯 國文번역 聖書中에서.
29) 英祖朝刊 木板本.

藏經諺解, 佛說大報父母思重輕 등은 다같은 體裁의 文章들이었다.[30]

그러므로 성서의 번역은 何等의 새로운 번역이 아니라 이 땅에 이미 있었던 번역 體裁를 踏襲하고 過去의 文章體의 一種을 繼承한데서 더 지나지 않은 것이라고 볼 수 있다.

로스譯 聖書의 文章과 過去의 諺解體文章만을 가지고 比較하여 볼 때에는 아무런 差異도 없고 聖書 번역의 文學史的 意義를 찾을 길이 別段없겠으나 그러나 다시 한번 이것을 方面을 달리하여 究明하여 볼 때에 거기에는 커다란 差異點을 發見할 수가 있는 것이다. 周知된 事實처럼 李朝國家에서의 國文使用이란 兒女子의 글로서 그 存在 意義는 微微한 것이었다. 間或 學者들이 國文研究가 있었다 해도 그것은 몇몇 篤志家에 그치었고, 小說類로써 使用을 했다 해도 그것은 好筆家의 餘技的인 存在 價値에 지나지 않았다. 國文使用이 全 國家的인 것은 되지 못하였던 것이다.

그러므로 國文은 勢力있는 글이 되지 못하였고 時代的인 言衆을 地盤으로 해서 成長發展할 겨를이 없었던 것이다. 오히려 國文은 어떻게 생각하면 實際的인 實用性보다도 藝術的인 글로서 文學作品 表現에 더 使用되고 發展했다고 볼 수 있다.[31]

그時代에 文學的 作品의 表現에 使用되었을까?

숙종대왕 직위 초의 금고옥적은 옷고시절이요 의관문물은 우탕의 버금이라 좌우보필은 쥬석지신이요 용양호 위난간셩지장이라.

(春香傳의 頭序)

---

30) 筆者 「諺解考」 參照.
31) 筆者의 「古代小說의 文學的 思想的 背景 研究」 參照.

　　양생으로 더부러 두눈이 마조치니 구름 갓흔 터럭은 어지러젓는디 옥
번여는 비두로 걸여잇고 눈은 몽롱ᄒ여 꼿다운 정신이 어리셕은듯 ᄒ고
약흔긔질이 힘이 업셔 조름 흔젹이 오히려 눈셥 싯헤 잇스며 연지는 반이
나쌤에 지어져 천연흔 태도는 가히 말노써 형용치 못ᄒ고 채싴으로도
그리지 못ᄒ리라. (九雲夢의 一節)

　　前者는 漢文章에다 縣吐하여 難澁한 語感을 줄 뿐 더러 一般民衆들은
理解하기도 힘든 文章이다. 後者는 古代小說中에서도 가장 寫實性이 깃
든 文章의 한 句節로서 그것이 簡潔하고 아름다운 美文과 韻致는 우리가
感嘆하여 마지 않는 바이나, 그러나 여기서 어떤 女人의 아름다운 實態
를 보는 것 보다 女人의 아름다운 槪念을 推測하고 想像할 수 있게 된다.
　　李朝에서의 國文使用은 이와같이 文章體로서의 發展과 使用이 있었
지 日常用語의 言文一致的 表現은 앞에서 본 諺解類에서 얼마 더 지나
지 않았던 것이다. 또 諺解類에서의 國文使用과 그 文體를 본다 하더라
도 綴字法의 改革은 있었지만 文體의 進展은 없어서 世祖때나 英正時代
의 諺解가 別 差異가 없는 것이다. 따라서 日帝用語인 散文體의 文章이
別 進展이없고 時代가 李朝末에 오면서 諺解類의 새 出版物이 적었던
以上 諺解의 文體도 萎縮되어버리고 말았던 것이다.32) 이러한 消息을
傳하여 줄 수 있는 것으로 李朝末에 와서 學校(非基督敎系) 社會團體
政府機關등에서 國文使用한 例를 본다면 알 수 있다. 먼저 여기서는
1896年에 出版한 學部 編纂인 當時 國民學校 第1學年 國語 敎科書의
例를 보기로 하겠다.

---

32) 諺解類 刊行 事情을 본다면 世宗・世祖朝에 가장 많았으며 그 以後는 대개
　　重刊이다.

第一課 學校

學校는 사름을 敎育ᄒ야 成就ᄒᄂ데니 譬컨듸 各樣모종을 기르는 모판이요 또 學校는 사름의 마음을 아름답게 ᄒᄂ데니 譬컨듸 各色 물드리는 집이요.

生徒는 모인가 쟝ᄎ 조흔 꼿도 픠며 조흔 열믜도 열니옵ᄂ이다.

生徒는 白絲인가 쟝ᄎ 조흔 빗스로 染色되옵ᄂ이다.

이것이 얼마나 어색한 文章이며 딱딱한 語感인가는 앞에서 引用한 諺解의 文章이나 聖書의 文章과 比較하여 볼 때 금시 느낄 수가 있다. 開化時代의 國語敎科書가 이럴진데 다른 것은 不問可知일 것이다.

國文을 賤視했던 李朝儒敎社會에서 그들의 風流的 餘技로서 華麗한 文章體만 생각하던 李朝의 先人들이 兒女子의 諺解의 散文體 文章을 等閑視하고 冷待하여 萎縮하게 하였다는 것도 當然之事인지도 모른다.

2 천주교에서의 언해체사용

過去(李朝)의 國學이나 文學에서 等閑視하여 거들떠 보지 않아 萎縮당하고 있던 諺解의 散文體文章은 그대로 萎縮되어 버린것은 아니었다. 過去의 韓國的인 傳統이 있는 國學이나 文學에서는 視野에 들지도 않았지만 새로 들어온 西學 卽 天主敎에서는 그 書籍刊行上 方便으로 解體文章을 踏襲하여 使用했었던 것이다.

초사 죄로조차나ᄂ해라 성경에 ᄀᆞᆯᄋᆞ샤듸 죄피ᄒᆞ기를 비암의 압과 ᄀᆞᆺ 치ᄒᆞ여라 ᄒᆞ시니 엇더케 믁샹ᄒᆞ여야 이해를 면ᄒᆞ리오 죄의독과 해름 뉘웃ᄎ려ᄒᆞ면 눈물이 시내를 일워도 오히려 넉넉지 못하도다.

(신명초ᄒᆡᆼ 샹권 1864年刊)

이처럼 天主敎에서의 日常用語에 依한 散文體 文章과 別 다름이 없이 그것을 踏襲했다고 볼 수 있다.

그런데 天主敎는 中宗때 부터 北京에 往來하던 使臣들에 依하여 紹介되었고[33] 宣祖 光海君때는 벌써 우리들의 學者들이 西學의 思想을 받아들여 研究하였음을 알 수 있으니 天主敎의 書籍이 들어왔음을 알 수 있다.[34]

이와같이 天主敎의 敎理와 書籍이 이 땅에 일찍 들어와 英雄的인 行動으로 宣敎에 힘을 쓰면서 諺解體散文을 어느때부터 使用했는지는 確實히 모르나 프로테스탄트에서 聖書를 번역하기 벌써 前부터 「張主敎 회장규조」(1857年), 「성교요리문답」(1864年) 등의 天主敎 敎理를 解說한 것을 筆寫도 하고 木版本으로 刊行도 하였으며 또는 「성교절요」(1837年), 「천주성교공과」(1864年), 「천주성교례규」(1864年) 등의 典禮 信心 등의 書籍을 筆寫本 木版本등으로 刊行된 것을 今日에도 볼 수가 있다.

現存한 國文版 天主敎 書籍은 그 種類와 수효가 많지도 않지만 그것으로 미루어 보아 또는 敎會 建立時期로 보아 아마도 18世紀에는 刊行이 거의 없는 듯하며 19世紀에 들어 와서 좀 있었던 모양이나 여러 차례의 迫害를 입어 實地的으로 그 刊行이 活潑치 못했을 것이며 刊行된 것도 그나마 많이 逸失된 狀態에 있는 것이다.[35]

이러한 事情을 생각할 때 天主敎에서의 諺解體 散文에 依한 書籍 刊行은 그들의 英雄的 殉敎와 正比例하여 受難을 免치 못하였을 것이니 여기에 萎縮되었을 것은 當然한 추세가 아니었던가 한다.

또 一方 天主敎는 그制度上 信者들에게 聖書를 주지 않았었다. 李承

---

33) 李能和 朝鮮基督敎及外交史 參照.
34) 李睟光의 「芝峰類設」를 芝峰類設에 依하면 Matrio Rici의 「天主實義」를 要約해서 해설하였다.
35) 敎會史展示資料目錄 1964年 8月 카토릭大學 韓國敎會史研究所 刊.

薫이 天主敎會를 1784年에 創建하였지만 1866年에 이르기까지 그들은 聖書의 어느 한 句節도 번역하지 않았던 것이다. 다만 聖書의 註解書나 問答書 등이 미미한 存在로 刊行되었을 뿐이었다. (이러한 事情은 今日에도 프를테스탄트의 書籍보다 天主敎의 書籍이 그 種類와 수효가 얼마나 적은 現況에 있는가하는 事實로서도 알 수 있는 것이다.)

그러므로 天主敎에서의 諺解體 散文 文章 使用은 李朝의 諺解가 위축 狀態에 빠져 있었을 때 그것을 使用하여 繼承시키고 그것을 發展하도록 하는 契機를 마련한 그 攻果는 莫大하다고 할 수 있을 것이다. 그러나 迫害와 受難 밑에서 書籍의 刊行은 不振하였으며 그나마 逸失될 運命에 있었고 또 信者들이 번역된 聖書를 갖지 못하였다는 點에 있어 結局 天主敎에서의 諺解體 散文文章은 文學史的인 意義를 줄 수 있는 形便에 놓여 있지는 못하였던 것이다.

天主敎에서의 諺解體 散文文章을 除外하고는 政府에서 八道의 百姓에게 내려 訓戒한 「斥邪綸音」같은 것이 있지만 이것은 처음에 漢文으로 된것을 國文으로 번역하여 쓴 것이었다. 그러나 이러한 種類의 것은 몇번 있을 뿐이었고 그나마 文體도 諺解보다도 拙劣하여 이 역시 文學史的 意義를 發見하기는 매우 困難한 것이다.

3 신교와 성서번역

諺解에서 시작된 言文一致的인 日常用語의 散文은 天主敎의 書籍을 經過하여 프로테스탄트의 聖書번역의 줄로 그 系統을 이어 오게 되었으니 그것이 바로 前述한 바 있는 1882年의 로스譯 韓國語 聖書가 된다.

로스譯 韓國語 聖書가 諺解體 散文 文章을 踏襲하게된 契機와 動機는 어디에 있었던가? 그것은 過去에 있었던 文體를 이미 익혀 보았다는

것이 큰 動機였다는 것은 물론이나 다음 세 가지로서도 생각할 수 있을
것이다.

그 하나는 宣敎하기 쉬운 國文을 使用하였다는 것이며 둘째로는 聖書
의 文章 그 自體가 簡潔性을 띤 乾燥體인 同時에 寫實的인 文章으로
되었다는데 있으며 그 셋째는 美英 宣敎師들의 韓國語에 對한 硏究熱이
라 볼 수 있다. 로스譯 聖書가 나와 10年이 지난 1893年의 일이지만 宣敎
師들은 이 해에 第1回 公議會를 열고 宣敎政策을 10項에 걸쳐 세운 중
그 몇 가지를 소개하면 다음과 같은 것이 있다.

모든 종교서적은 외국어는 넣지말고 순전히 한국어로만 기록할 것.[36]

여기에서 초기 聖書번역이 純韓國文으로된 理由를 알 것이며

우선 노동자 계급을 상대하여 전도하고 후에 상류계급을 상대하여 전
도할 것.[37]

또는

부인들을 개종시키는 일과 그리스도교 신자인 처녀들을 교육하는데
특별히 힘쓸 것. 이는 가정의 주부가 후손들의 양육에 주요한 영향을
끼치기 때문임.[38]

이 項目들을 보아서는 傳道의 첫번 對象이 下層 階級이나 婦女子를

---

36) 새문안교회 七十年史.
37) 註(36)과 同.
38) 註(36)과 同.

相對로 하였음을 알수 있다.

다시 말하면 처음 宣敎의 相對는 上流階級이 아니라 民衆을 相對로 하는 宣敎는 아무래도 그들이 使用하는 日帝用語로서 하여야만 宣敎가 쉽게 되었으므로 自然宣敎師들은 當時의 文化用語였던 힘든 漢文章의 用語가 아니라 民衆의 用語인 純國文으로 된 諺解體散文으로 聖書를 번역했던 것으로 본다. 다음 聖書의 文章이 原來 簡潔 素朴하므로 그것을 번역할 때 春香傳이나 九雲夢의 文章體처럼 구태어 虛飾과 修飾을 많이 넣어 번역할 必要가 없었으므로 自然聖書文章이 가진 簡潔性과 寫實性이 그대로 나타날 수 밖에 없었던 것이다. 거기에 聖書 번역을 主動한 사람이 美國과 英國의 宣敎師들이었으므로 그들의 近代以後 英語가 簡潔 素朴한 近代的 스타일의 文章을 使用한 그 慣例대로 韓國語 번역을 하게 되었던 것이다.[39]

그러므로 로스譯 聖書의 文章은 聖書가 原來 지니고 있는 簡潔한 寫實性의 文體가 되었고 게다가 近代的 感覺을 가진 英語의 慣例를 많이 본받아 結局 우리나라 諺解體 散文 文章을 좀더 近代的인 散文體 스타일의 文章으로 發展하게 된 緣由가 있다고도 볼 수 있을 것이다.

聖書의 簡潔하고 寫實的인 文章은 近代 西歐 各 나라의 言語를 近代化하는데 絶對的인 要因이 된 것은 各 나라의 言語學史나 文學史가 말하여 주는 바이지만 近代 以後 今日에 이를수록 社會는 漸漸 複雜多難하여져서 그러한 人生 生活을 表現하기에는 옛날 中世때의 虛飾과 修辭가 많은 表現術로서는 감당할 수 없어 自然 簡潔・素朴・率直한 文章이 必要로 하게되었던 것이다. 여기에 原來 簡潔 素朴 率直한 文章이었던 聖書의 散文體의 母胎가 되어 西歐 各 나라의 文章을 近代化 하는데 最大의 영향을 주었던 것이다. 그리하여 오늘에 올수록 文章은 더욱 簡潔

---

39) a. 齊藤 勇 英文學史, b. 市河三喜 國語上文學(英) 參照.

해지고 率直해 나가고 있는 것이다.

이러한 近代化 文章이 西歐에 있어서는 文藝復興을 契機로 하여 現實의 具體的인 歷史的 社會的 여러 契機에서 提起되어 聖書의 各國語 번역은 우선 各國語에 의한 國民文學 樹立이라는 問題를 提起하였다. 다시 말하면 各 나라 國民文學의 대두는 그들 國語에 依한 文學形式의 完成이라는 形式問題에서 出發하였으며 그 形式問題는 聖書의 번역에서 具體化되었던 것이다.

그러므로 西歐 各 나라는 中世紀 동안 宮廷 貴族 僧侶의 獨點的인 文學語였던 라전語를 버리고 自己들의 俗語로서 表現한 文學에서 그들 國民文學의 出發이 있었던 것이다.[40]

이러한 事情은 우리나라도 매우 비슷하다.

우리나라의 로스譯 聖書 번역은 歷史的 社會的 契機로 因해 提起되지 않았다 하여도 李朝時代의 貴族的인 漢文이나 虛飾과 修飾이 많은 形式的인 國語를 버리고 特權層에게 賤待받고 等閑視당하던 平民의 單純 素朴한 日常用語의 表現을 繼承하게 되었으므로 이는 結局 韓國의 近代的 文章의 出發點이었으며 그것은 韓國의 近代的 文學의 欲求가 생길 수 있는 要因이 되었고 基盤이 되었다고 할 수 있다.

過去貴族들의 文學語를 버리고 一般平民의 日常用語를 使用한 것은 過去의 文化形態로서는 이 開化時期의 現實을 克服할 수 없는 形便에 놓여 있었으므로 이때 이 새로운 平民意識의 文章이 얼마나 새로운 感覺으로 民衆에게 애필했을가를 생각할 수 있다.

當時 로스譯 聖書文章은 대단한 환영을 받았으리라고 믿는다. 그것은 이 以後에 나온 「독립신문」의 文章이라던가 唱歌 新小說의 文體가 이를 證明한다고 볼 수 있다.

---

40) 註(39)와 同.

이와같은 聖書의 文章은 幼稚하나마 韓國 近代文學 基礎 工事가 出發한 段階가 되었다고 할 수 있다. 이것이 있음으로 해서 늦게 또는 느리게나마 此後에 高度한 表現 形式을 가진 文學形態를 갖도록 되었던 것이 아닌가 한다. 다음 西洋 宣敎師들의 韓國語에 對한 硏究熱을 우리는 特別히 記憶하여야 할 것이다.

外國에서 宣敎하는 方法의 第一 빠른것은 그 나라 말을 배워 그 나라 사람과 言語가 疏通하도록 하는 것이 必要할 것은 常識的으로 생각할 수 있는 일이다. 우리나라에 들어온 宣敎師들도 勿論 그랬는데 그들은 그 以上으로 韓國語에 對해 觀念이 컸던 것이다.

앞에서 말한 로스牧師만 하더라도 滿洲에서 聖書 번역 初期段階인 1878年에 벌써 韓國語를 硏究하여 「韓國語論」이란 論文을 發表했으며 1882年에는 「韓國語法」을 發表하였다.[41]

그리고 「언더우드」 牧師는 1885年 제물포(仁川)에 처음으로 來韓하여 서울에 있는 美國公使 「푸트」에게 낸 편지에 이런 것이 있다.

僕等은 敎育 事業을 開拓하고 語學을 硏究하랴 此國에 來하였노라…… 僕等이 漢城에 來居하면 알렌 醫師가 當함 보다 尤한 危險이 有하릿가…朝鮮內에서 敎育(非宣敎) 事業을 開始함은 如何하다 思하나 잇가 僕等이 來京함을 一向 贊同을 不與하겠나잇가[42]

이 편지에서도 잘 알 수 있는 바와 같이 宣敎師들은 宣敎 運動뿐만 아니라 敎育과 語學을 위해 來韓하였음을 如實히 알 수 있다.

이 편지의 送信者인 언더우드 博士가 1890年에 韓英字典을 편찬한

---

41) The Korean Language, China Review Vol. Ⅵ 參照.
42) 李重華 京城奇略 參照.

以來 新教의 여러 宣教師들은 英韓 또는 韓英 辭典을 여러 차례에 걸쳐 出版했으며 그 中에서도 게일 博士같은 분은 宣教師라기 보다도 韓國語 學者로서 또는 飜譯 文學者로서의 活躍이 더 컸으므로 여기서 더 論及하고자 아니 한다. 이처럼 宣教師들의 韓國語에 對한 熱意와 研究는 此後 聖書 번역 刊行 事業은 勿論 韓國語에 對한 近代的 研究의 態度가 마련되었으니 여기서 「國文 研究所」의 設立된 바를 생각할 수 있으며 이러한 契機는 나아가서 文學史的 意義가 얼마나 컸던가를 또한 생각할 수가 있다.

하여간 성서의 번역은 諺解體 散文 文章의 沈滯狀態를 打開했을 뿐만 아니라 그것이 進展할 動力이 움터 있게 되었던 것이다. 그리하여 漢文爲主의 生活을 國文爲主의 生活로 轉換하게 되는 커다란 促進的 契機가 된 것만은 否定할 수 없는 事實이라고 할 수 있다.

4 성서번역의 의의

前述한 바와 같이 新教에서의 宣教 運動은 民衆속으로 파고 들어 傳道하였고 그것도 坊坊谷谷을 尋訪하면서 家家戶戶의 닫힌 門을 두드려 國文聖書를 주었으므로 그 勢는 破竹之勢로 全國的으로 퍼졌던 것이다. 더욱이나 新教가 宣教에 나섰을 때는 邪教 即 西學에 對한 彈壓이 그친 뒤가 되어서 基督教의 教理와 더불어 國文聖書는 全國的으로 퍼지게 되었던 것이다.

여기에 있어 古來로 漢文爲主하던 우리의 生活이 國文爲主의 生活로 變革을 일으키는 촉진제가 되어 近代的 生活로 一步 進하게 되었다고 볼 수 있다.

聖書가 우리말로 번역되기 以前에 있어 一般民衆들이 말하고 듣는 言

語와 兩班層인 文化人들이 읽고 쓰는 言語와의 差異는 大端히 그 간격이 넓은 것이었다. 한 家庭內에서도 귀로 듣고 말하는 言語와 눈으로 읽는 文字言語와의 간격은 깊고도 넓어 日常生活의 言語生活이 不自然한 것이었다. 이 不自然한 言語生活을 귀로 듣고 말하는 日常用語의 國文學爲主의 生活로 統一할 수 있는 契機가 로스譯 聖書 번역에서 부터 시작되었다고 할 수 있다.

따라서 귀로 듣고 말하는 日常生活의 用語가 더욱 尊重의 對象이 될 수 밖에 없었으며 反面 過去 눈으로만 읽던 貴族들의 文字言語인 漢文體의 言語는 研究對象이 될 수 없었을 뿐더러 이것을 포기하는 段階에 이르게 되었다.

漢文體의 言語가 아닌 平民들의 日常言語란 卽 韓國語를 말하게 되므로 여기에 있어 제나라 言語에 對한 意義를 自覺하게 되었으며 이것이 앞으로의 韓國語 研究와 그 運動의 展開를 보게 되었던 것이다.

한 民族의 言語는 그 民族의 感情과 知性을 傳達하는 社會的 道具이므로 그것은 社會의 下部 構造로서 政治 經濟 産業 思想등 모든 人間生活을 營爲해 나가는 道具의 第一手段으로 되어 있다. 그러므로 貴族的인 漢字語의 言語를 버리고 平民的인 日帝用語인 韓國語로 表記함을 必要하게 된 것은 聖書의 번역과 宣敎師들의 韓國語에 對한 研究로 因하여 世界史的 意味에서 보는 歷史的 現實을 直視하는 契機를 마련 했다고 할 수 있다. 西歐의 近代性이 自我의 覺醒이며 自我의 發見을 中心하였다면 우리나라에 있어서의 이와같은 近代性은 韓國語에 對한 民族的인 認識과 自覺과 覺醒에서 비롯했다고도 할 수 있다.

人間의 知的 活動이나 思想史는 言語없이는 成立되지 않는다는 文化史的 意義를 생각하여 볼 때 우리나라의 近代的인 知的活動은 近代的인 言語 生活에서 비롯했다고 볼 수 있을 것이 아닌가.

따라서 聖書의 번역은 言語의 變革만을 가져 온 것이 아니라 이 나라 社會를 近代性으로 이끄는 中心 思想이 되었다고도 할 수 있다.

하물며 言語가 文學의 媒介體인 以上 또 各 나라의 言語가 그나라의 文學을 規制하는 以上 聖書의 번역은 바야흐로 韓國 近代的 文學 出發의 터전을 마련했다고 할 수 있지 않을까한다.

▌4▐ 기독교계에서의 국문보급

▌1▐ 신교계에서의 국문사용

基督敎(新敎)의 宣敎運動으로서 純國文에 依한 聖書번역은 그 核心이 어디에 있었던지 結果的으로 國文普及을 招來한 것은 事實이었다. 世宗임금이 國文을 創製하여 이것을 널리 쓰이고자 했지만 李朝國字는 實質的으로 이를 賤待하여 겨우 兒女子의 諺文으로 命脈을 維持하다가 聖書번역에서 부터 國民의 上下를 莫論하고 國文의 尊嚴性을 認識하고 이것의 普及을 꾀하였다는 것은 자못 意義가 크다고 할 수 있다. 世宗大王이 꿈에도 생각조차 못했던 노랑머리 콧대배기 西洋 宣敎師에 依해 世宗임금의 뜻이 實質的으로 實現을 보게 되었다는 것은 아이로니칼한 歷史的 特記 事項일 것이다.

그래서인지 國文普及 運動의 先驅者는 거의 다 基督敎人이 아니면 西洋에 가서 西洋의 文物을 直接보고 대했던 人士들이었으니 이들은 國文에 對한 近代的인 自覺이 누구보다도 앞섰던 것이다.

開化時期에 있어 우리나라 사람으로서 國文에 對한 認識과 그것의 近代的 意義를 누구보다도 먼저 自覺한 사람은 美國留學을 마치고 돌아와 1895年에 國漢文體로「西遊見聞」을 刊行한 兪吉濬일 것이다. 當時 保守的인 識者들이 이「西遊見聞」이 純漢文體가 아니라고 해서 誹謗한데 對하여 그가 國文으로 쓰게 된 理由를 다음의 다섯가지로써 說明하였다.

　(一)은 이 見聞의 內容을 一般民衆에게 周到히 紹介하여, 써 民智의 啓發을 圖謀하려면, 무엇보다도 그 文體가 平易하여야 함이요.

　(二)는 나의 漢文知識이 世界萬邦의 珍見異聞을 漢文으로써 自由로 表現하기 어려우므로 記述의 便宜를 爲함이요.

　(三)은 우리나라 七書諺解의 法을 大略 본받아 자세하고 밝음을 爲함이다. 宇內의 萬邦을 두루 돌아 보건대 各其言語가 다르니 文字가 또한 같지 아니하다. 이제 外人과 交를 旣許하였으니 國中人이 上下 貴賤 婦人 孺子를 勿論하고 彼의 精形을 몰라서는 안되겠는데 拙한 文字로써 그 情實을 잘들어 내지 못함보다는 쉬운 文字로 親近한 말을 써 彼의 眞境의 狀況을 밝게 들어냄이 옳다.

　(四)는 차라리 나는 中國의 文字인 漢字를 아주 버리고 우리 글을 使用하지 못함을 遺憾으로 생각 하노니 我文과 漢文의 交用은 다만 오늘의 時宜를 數함일 따름이다.

　(五)는 그런즉 내가 純漢文을 쓰지 않고 我文을 섞어씀의 옳고 그름은 今世人보다도 차라리 後世人의 判斷에 맡길 것이다.

이 5項目에 걸친 그 項目 하나 하나가 當時로 보아서는 重大한 發言이 아닐 수 없다. 數千年을 使用해 내려오던 權力層의 漢文字를 버리고 勢力없던 平民의 國文字를 使用함이 마땅하다고 力說한 것은 西歐에서 近代精神을 體得한「西遊見聞」의 著者로서 當然한 일이 아닐수 없다. 그런데 그의 5個項目의 主張을 자세히 검토하여 본다면 그는 國文使用

의 實際的인 效力을 알고서 한 言明이므로 아마도 그는 聖書의 純國文번
역의 效果를 보고 또는 宣敎師들의 國文硏究를 注視한 結果에서 나온
것이 아닌가 한다. 그래서 인지 그는 누구 보다도 먼저 韓國語文法에
對한 책을 냈으니 그것이 1891年에 나온 「大韓文典」이었다. 이렇듯 政府
에서도 國文에 對한 認識度가 높아져서 1884年에 政府에서 發行한 漢城
旬報까지도 純漢文으로 하던 것을 1894年을 지나서 부터는 甲午更張이
라는 意義도 있었겠으나 勅書와 公文書에도 國漢文混用體를 使用하였
으니 다음에 그 한例를 보겠다.

> 內務衙門訓示
> 九道五都各邑
> 當今我國이 固有ᄒᆞᆯ 獨立爲政의 基礎를 立ᄒᆞ며 百度革新ᄒᆞ기를 撥ᄒᆞ
> ᄂᆞᆫ 銳意가 人民과 更始ᄒᆞ야 文明ᄒᆞᆯ 境域에 進코저 ᄒᆞ미라 然ᄒᆞ나 本大
> 臣이 鹵愚不才로 政治改革ᄒᆞᄂᆞᆫ 重任을 膺ᄒᆞ야 孜孜히 百弊를 芟除ᄒᆞ고
> 百善을 求ᄒᆞᆷ를 渴ᄒᆞᆫ者의 水를 求ᄒᆞᆷ과 갓튼지라(以下略)
> 訓示條目
> 第一條 民을 臨ᄒᆞᄂᆞᆫ 道ᄂᆞᆫ 心을 用ᄒᆞᆷ를 公平히 ᄒᆞ야 貴賤과 親疎로써
> 毫末이라도 差別이 有케 아니ᄒᆞᆯ事 (以下 88條까지 略)
> 開國五百四年三月初十日(一九九五年)
> 大臣錦陵尉 朴泳孝

이 公文은 漢文文章에다 縣吐한 것과 비슷하나 그러나 當時로서는
대단한 革新이라고 볼 수 있다.

1895年에서 1896年 사이에 學部編修局에서 敎科書로서 國漢文混用
體의 出版物이 나왔으니 「萬國地誌」, 「地璆略論」, 「牖蒙彙編」, 「國民小
學讀本」, 「普通敎科 東國歷史」(後에 朝鮮歷書로 改題) 등이 이것이다.

이런 教科書類의 例를 이미 앞에서 尋常小學 券一에서 본 바가 있지만 또한 여기서 그 尋常小學의 序文을 더 소개하면 다음과 같다.

新訂尋常小學序(1896年 出版)

學호는者— 젼혀 漢文만 崇尙호야 古를 學홀쑨 아니라 時勢를 혜아려 國文을 參互호야 쪼흔今도 學호야 知識을 널닐것시니 我國의 世宗大王 게오셔 호샤대 世界各國은 다 國文이 有호야 人民을 開曉호되 我國은 홀노 업다 호스 特別히 訓民正音을 지으스 民間에 廣布호심은 婦孺와 輿儓라도 알고 씌닷기 쉬운 緣故라 即今 萬國이 交好호야 文明의 進步 호기를 힘쓴즉 敎育의 一事가 目下의 急務—라 玆에 日本人 補佐員 高見龜와 麻川松次郞으로 더부러 小學의 敎科書를 編輯홀시 天下萬國의 文法과 時務의 適用흔 者를 依樣호야 或 物象으로 譬喩호며 或 畫圖로 形容호야 國文을 尙用흠은 여러 兒孩들을 위션씌닷기 쉽고즈 흠이오 漸次 쪼 漢文으로 進階호야 敎育흘 거시니 므릇 우리 輩蒙은 國家의 實心 으로 敎育호심을 봄바다 恪動호고 勉勵호야 材器를 速成호고 各國의 形勢를 諳練호야 並驅自호야 我國의 基礎를 泰山과 磐石갓치 措置호기 를 日望호노이다.

建陽元年二月上澣

이 國文敎科書의 序文은 公文書의 國漢文混用體보다 좀더 나은便이 되어 國文使用이 縣吐의 境遇를 벗어났다고 할 수 있다. 이 序文에서 말 한바와 같이 政府에서도 漸次 國文에 對한 認識이 높아졌음을 如實 히 말하여 주고 있다. 그렇지만 政府와 基督敎機關이나 기독교人이 아 닌 사람들이 쓰는 國文은 漢文文章體를 못 벗어난 即 國語體가 아닌 國漢文混用體로서 그것도 앞에서 例를 본것과 같이 거의 漢文에다 吐를 단것과 같은 文章이었던 것이다. 그러므로 그것은 韓國語文章이라기 보 다 漢文으로된 文語體文章에다 助詞와 語尾程度가 韓國語로 記錄되었을 뿐이다.

　開化된 사람이라 하더라도 基督教人이 아닌 사람의 文章形式은 漢文 냄새가 그대로 나는 過去의 文語體가 그대로 主流가 되었으며 그것은 또한 基督教人의 文章形式만큼 口語體 文章이 되지 못하였던 것이다. 이러한 文章形式을 通하여 그 當時의 開化狀態를 推理할 수 있다면 非基督教人은 開化가 되었다 하여도 過去의 文字生活의 惰性을 하루 아침에 버릴 수 없었던 證據이며 이러한 것이 口語體 國文使用의 順序로 보아서도 當然하다고 볼 수 있을 것이다.

　그러나 基督教人은 그들의 信仰生活에서 過去의 儒教的인 惰性을 버릴 수 있었고 (祭祀를 禁止한 例를 보면 알 수 있다) 새로운 精神에서 開化를 마지할 수 있었으므로 그들의 文章形式이 聖書와 같은 文章形式을 따라 國文의 文章形式을 앞서서 革新할 수 있었던 것이다.

　아무리 政府에서 國文使用의 價值를 認識하고 各級學校에서 國文을 主要한 科目으로 採擇은 하였다고 하여도 政府의 爲政者가 基督教人이 아닌 以上 그들의 國文政策은 過去 儒教的인 漢文章形式에서 急作스럽게 脫皮하지는 못하였던 것이다.

　이와같은 遲遲한 國文政策은 基督教系統의 學校와 非基督教系統의 學校에서의 國文使用의 差異가 顯著하게 나타날 수 있는 原因이되었다. 또 이러한 理由와 原因에서 國文研究와 그 普及에도 크다란 差異를 가져 왔다. 基督教系統에서는 그들의 必要性(主로 宣教의 目的에서)에서 口語體國文을 使用한 나머지 國文使用에 있어서도 格別한 研究가 있었던 것이다. 지금 이것을 例證하기 위하여 非基督教系統에서의 國文使用한 例와 기독교系統에서의 國文使用한 例를 다시 보기로 하겠다.

　1907年 在日本 東京 大韓留學生會發行인「大韓留學生會學報」第11號의 文章形式에서 부터 보기로 하겠다.

大韓留學生會學報趣旨書

凡我留學生之在於東京者一千則多ᄒ고五百則(多)少ᄒ니要之可爲六七百人이라即六七百人이自爲一家族社會ᄒ니以一家族社會로不有親睦團結之力이면其辱留學之名義乎아乃者光武十年七月日에行閔忠正公追弔會而仍撮影ᄒ고合大韓留學生會ᄒ고以情誼親密과學識交換으로爲目的ᄒ니噫라斯正矣라

우선 이 趣旨書의 內容을 살피건대 日本東京에서 近代式教育을 받고 있었던 우리 留學生들이 모여 閔忠正公을 追悼하고 紀念寫眞을 찍은 然後에 留學生會를 組織하였음을 알 수 있다. 그러므로 이 留學生들은 當時 우리나라 事情으로 보아 누구보다도 所謂 開化된 知性人이라 할 수 있다. 그럼에도 不拘하고 이 趣旨書의 文章은 어찌하여 고리타분한 過去儒教的인 漢文章인가를 새삼스러이 疑心하지 않을 수 없다. 이 學報 全體가 다 同一한 漢文章式으로 되어있는 點으로 보아 趣旨書만 일부러 그렇게 한것도 아니다. 近代의 新教育을 받던 그들이 有識한체 하기 위하여 그랬다고 생각할 수는 없다. 當時에 있어 有識하다는 것은 새로운 文章을 써야 有識하였을 진대 어찌하여 묵고 낡은 漢文章을 踏襲했느냐 하는 것은 얼핏 理解가 가지 않기도 한다. 助詞에 限하여 國文을 使用한 點으로 보아서는 國文을 理解했던 것도 事實이나 그들은 國文의 口語體로 表現할만한 程度까지 開化는 채되지 못하였다. 그들 留學生에게는 口語體의 國文文章이 아직도 어색했을 뿐이다. 그들은 自己나라 言語 하나도 바로 認識못했던 留學生들이었다. 이들은 漢文學의 묵은 傳統이 다닥 다닥 붙어 있어 脫皮를 못했던 것이다. 萬一에 그들의 近代的 (開化된) 思想을 發想 表現함에 있어 主體的인 發想의 本質을 明確하게 認識하고 統一되어 있었다면 그 時代의 形態와는 判異하게 달라져야 하였을 것이다. 새술은 헌가죽 주머니에 넣을 수 없으며 새술을 담기 위해서는

새로운 가죽 주머니가 必要한 것이다. 새로운 發想이 自由스러운 表現의 文章으로 이루어지지 않는 以上 그것은 舊秩序의 法則에 얽매인 儒敎的 인 漢文章의 遺物에 지나지 않는 것이다.

다음은 政府의 學部 編纂이며 1906年에 刊行된 中等 修身敎科書의 例를 하나 더 보기로 하겠다.

第二課 學校

學校는 一個人의 家와 如ᄒ야 敎師와學生은 卽 父兄과 子弟로 同ᄒ 지라 然ᄒ나 一家에는 但 家風만 守ᄒ고 通常 文字로 表示ᄒ고 規則은 不要ᄒ되 一校에는 多數人을 集合ᄒ 所인 故로 敎訓과 敎則等의 注意ᄒ 는 文字가 有ᄒ니라

이에 國漢文混用體는 앞의 趣旨書보다 좀 덜 漢文章的이나 그러나 別段의 進展이 없음을 알 것이다.[43] 當時 政府에서 發行한 敎科書가 이럴진대 政府에서 國文을 使用했다 하여도 可히 어느 程度라는 것은 짐작이 가고 남음이 있을 것이다. 한 마디로 말하면 政府의 國文政策은 消極的이고 微溫的이었다고 할 수 있다. 政府와 新式敎育을 받던 留學生 들이 國文에 對한 態度가 이와 같이 消極的이며 非愛護的이었을때 唯獨 基督敎系統의 人士들은 積極的이었고 愛護的이었다.

먼저 西洋 宣敎師의 國文使用을 본다면 단지 聖書의 번역에만 그친 것이 아니라 그들은 日就月將으로 國文을 硏究하여 그 使用에 革新的이 었다. 그 硏究에 對하여서는 이미 앞에서 말하였거니와 여기서는 그 使用 의 例를 보기로 하겠다.

---

43) 筆者가 본 大部分의 이 當時 敎科書는 다 이렇다.

유몽천자 권지이서문

제이권을 저술하여 성편이 되엿스니 이권은 초권의 한용하는 속담으로 천자를 류취한 것보다 조곰 어려옴이 잇스나 이도 쏘한 항용하는 문자로 초권에 업는 새 글자 천자를 더 류취하엿스니 심히 어려온 바는 아니오다만 어린아해를 가르치는 법의 계제를 좃차 점점 높은 등급에 오르는 차서를 일치 안케 함이로다

이것은 앞의 趣書보다 3年 앞섰고 修身敎科書보다는 2年이나 앞서서 나온 게일博士의 牖蒙千字卷之二의 序文이다. 그럼에도 불구하고 여기의 國文使用이 얼마나 淸新하고 순하고 자유스러운 文脈으로 되었는가. 더욱 아래 「·」字를 全혀 使用하지 않았다는 點에 注目하지 않을 수 없다. 從來 使用하던 「·」字는 1905年에 池錫永의 上疏에 依해서 新訂國文이 制定될때 廢止했지만 實際로 앞의 例에서 본 바와 같이 1906年 出版인 敎科書에서도 「·」字는 그대로 存續해 使用하였으며, 그 以後라 하더라도 오래도록 이 글자는 使用하였던 것이다. 그러나 게일 博士는 新訂國文 製定보다도 1年이나 앞서서 「·」字의 不必要性을 깨닫고 그것을 누구보다도 먼저 試圖하여 보았다는 것은 國文 發展相 劃期的인 일이라 할 수 있다.

그리고 基督敎系에서 쓴 國文文章은 近代的인 革新을 이루었으니 그것을 보기로 하겠다.

루터기교그략셔문

대뎌 루터기교그략은 비단 예수교회의 력ᄉ만 될쑨아니라 왼 구라파를 기혁흔 력ᄉ라 ᄒ여도 가홀지니 교ᄂ인이나 교외인이나 이 시뎌 형편에 몽매 ᄒ면 담을 낫고 선거굿다 ᄒ리로다 엇지ᄒ아 그러ᄒ뇨 하ᄂ님 씌셔 특별히 구라파인민을 불샹히 녁이샤 먼져 구쥬의 참 빗츨 보이셧것

마는 사름의 량심이 리욕에 フ리운바되여 신구약셩경은 폐ᄒ야 ᄇ리고
방즈히 권셰 잡은 쟈가 그인민을 속박ᄒ고 압졔ᄒᄂ 졍형을 흔 입과 붓으
로 이긔여 긔록키 어렵도다.

이것은 1908年에 나온 「루―터改敎記畧」 序文의 처음 부분이다. 이
책은 當時 一般 敎科書를 出版하던 廣學書鋪에서 刊行하였고 이것은
또한 基督敎系 學校의 敎科書였다. 著者는 앞에서 말한 英國 宣敎師인
기일(게일)牧師인데 이것을 「리 챵직」이라는 분이 앞의 序文을 쓰고 本
文의 校閱을 보았던 것이다. 다시 本文을 좀더 보기로 하겠다.

    뎨일쟝 루터션싱의 어렷슬째 소적 일쳔ᄉ빅팔십삼년 십일월에 션싱이
    덕국 아이슬네번에서 낫스니 일홈은 마뎐이오 셩은 루터라 처음 날째에
    그 부친이 ᄋ히 압헤셔 ᄯ러안져 큰 소뢰로 긔도ᄒ야 ᄀᄅᄋᄃ 이 아들이
    량션ᄒ고 셩결ᄒ야 타일에 능히 진리의 새 지식을 젼하에 광포케ᄒ야
    주ᄋ쇼ᄒ고 일홈을 마뎐이라ᄒ니 그 싱일이셩(聖)마뎐의 긔념일인고로
    그 거룩흔뜻을 취흠이러라

이 「루―터 改敎記畧」의 國文使用이 어떻다는 것은 別로 說明을 加하
지 않아도 앞에서 본 여러 例와 比較할 때 그것이 얼마나 쉬운 말로써
近代의 新時代感覺을 자아낼수 있는가를 알것이다.

이 文章이 단지 쉬운 俗語의 純國文으로 表記되었다는데에도 크나큰
意義도 있지만 더 나아가서 熟語와 造語가 過去漢文章에서 풍기던 그런
것이 아니라 새로운 發想法에 依한 熟語와 造語가 섞이어 있으며 그것들
이 科學的이며 時文的인 文章을 이루어 새로운 느낌을 주는 곳에 이 文
章의 特徵이 있음을 認識하여야만 될 것이다. 이러한 文章의 特徵은 어
떤 規範이라던가 法則이 있는 過去文章과는 달리 제멋대로의 自由속에

서 하나의 個性的인 秩序를 갖고 있는 것이다. 벌써 이러한 文章을 썼다는 것은 그 發想하는 主體가 그만큼 自由의 個性을 지니고 있음을 意味한다. 그러므로 그 主體가 되는 個人은 近代的인 知性을 몸소 지니고 그것을 發揮하는 人間이라 볼 수 있을 것이다.

이와같이 近代的인 感覺과 知性을 가지고 우리의 國文使用을 主張한 또 한 사람의 外國人을 文學史에서 빼놓을 수 없다면 그는 바로 헐버ー드일 것이다. 헐버ー드(H.B. Hulbert 1863-1949)는 일찌기 育英公院의 敎師로 초빙된 美國人으로서 그는 두번째로 韓國에 왔을때는 監理敎會의 一員으로 활약했지만 그는 言語學者로서 歷史家로서 韓國의 語學과 史學에 對해 硏究가 깊었고 造詣가 넓었던 것이다. 그의 많은 功績中에서도 特記할 것은 韓國最近世史의 硏究와 「士民必知」의 著書를 들 수 있다.

「士民必知」는 1895年에 漢文飜譯이 되었으므로 아마도 그 以前에 純國文으로 된 「士民必知」가 刊行되었으리라고 짐작이간다. 그 序文에서 밝히기를 오늘과 같이 世界各國이 서로 友誼를 尊重하고 交際를 두텁게 하지 않으면 아니될 時代에 當하여 從來의 學問以外에 世界各國의 名稱 地理 産物 國勢 軍事 學業等에 通曉할 必要가 있다라는 뜻으로 말하고 또한

　　생각컨대 중국 글자로는 모든 사람이 빨리 알며 널리 볼 수가 없고 대한 언문은 본국글짜 뿐더러 선배와 백성과 남녀가 널리 보고 알기 쉬우니 슬프다 대한 언문이 중국 글짜에 비교하여 크게 요긴하건마는 사람들이 긴한줄로 아지 아니하고 도로혀 업수히 녀기니 어찌 애석지 아니 하리오.

헐버ー드의 主張은 漢文을 버리고 國文을 使用할 것을 말했는데 그가

이와같이 主張한 裏面을 본다면 「선배와 백성과 남녀가 널리 보고 알기
쉬우니」라고 한 것과 같이 그의 近代的 市民社會의 理念을 가진 發想에
서 우러나온 韓國語使用의 近代的 意義가 있다고 할 수 있다. 헐버ー드
가 萬一에 近代的 市民社會의 理念을 갖지 못하였더라면 그는 漢文式文
章으로도 滿足하였을지도 모른다. 왜냐하면 그는 外國人으로서 漢文을
배우나 韓國語를 배우나 처음 배우는 立場에서는 어느것이나 別 差異가
없었을 것이 아니었던가 한다. 그럼에도 불구하고 韓國文을 主張한 것은
亦是 韓國의 近代性을 생각한 곳에서 그렇게 되었다고 생각된다.

이러한 近代的 發想이 個人이 아니라 하나의 團體가 그렇다면 그 團體
도 그만큼 近代的 知性을 가진 團體를 意味하게 되며 그것이 또한 全民
族的이라면 그 民族全體가 그만큼 近代的 知性을 지니고 文字生活을
發想한다는 論理가 成立되는 것이다.

그러면 이러한 論理로서 이 時期에 있어서의 여러 團體에서 쓴 國文字
使用의 實例를 다시 보기로 하겠다.

1907年 3月 初刊된 「大同報」 第1號를 본다면 當時 國家에서 國債를
募集하던 것에 對해 여러 各層에서 이에 對한 聲明과 報道가 이 한 책속
에 실려 있다. 이러한 것들을 通해 이 當時 各層의 發想法이 어떻게 달랐
는가를 본다는 것은 매우 興味스러운 것이다. 그러면 「大同報」에 실린
順序대로 조금씩 보기로 하겠다.

(其一)

國債一千三百萬圓報償趣旨發起人

大邱廣文社長金光濟

副社長徐相敦等 公凾各道敬啓者夫爲臣民者伙忠尙義則國以之興民
以安不忠無義則國以亡民以之滅云云.

(其二)

警告同胞　石藍　金光濟

惟我頂天立地ᄒᆞ 二千萬同胞여所頂者ー韓之天이오所立者韓之地니培養者ー我大韓帝國列聖朝熙洽之化와　大皇帝階下의至和至聖ᄒᆞ신德育教化시니思其所以愛國愛君ᄒᆞ고文明富强이爲是一般民之義務니凡我同胞ー熟無是思리오마ᄂᆞᆫ顧今日之急務가亶在乎

(其三)

二月十六日　帝國新聞

大邱광문회에서三個月담빈갑으로國債보급ᄎᆞ즈본금모집ᄒᆞᄂᆞ듸ᄒᆞ야寄附金읙과姓名이여좌흠

侍二隊兵丁吳雲景　新貨二十錢

(其四)

二月二十日　京城日報

忠義所激　國債은　報償ᄒᆞᆯ計劃으로烟金을募集事에對ᄒᆞ야出義錢持來人이每日盈門ᄒᆞᄂᆞ듸其中特異ᄒᆞᆫ人은　南門內布木廛ᄒᆞᄂᆞᆫ田得永에子十二歲學重이　慨然良心이隨義而發ᄒᆞ야歲拜錢舊貸二元을手納ᄒᆞ엿고云云.

(其五)

二月二十四日　每日申報(筆者註大韓每日申報)　독립긔쵸가보이ᄂᆞᆫ일우리가미양국가일에듸ᄒᆞ야근심ᄒᆞ고이씨기ᄅᆞᆯ마지은ᄂᆞᆫ것슨ᄂᆞ라형셰가이지경되얏스되우리젼국인민의합심이되지못흠을인ᄒᆞ야국민의의무ᄅᆞᆯ직히지못흠으로인민의ᄌᆞ유권리ᄅᆞᆯ엇지못ᄒᆞ야국가가쇠퇴ᄒᆞ고인죵이졈졈소멸ᄒᆞᄂᆞᆫ한을면치못ᄒᆞ리라

前記한 다섯가지 例文이 같은 目的에서 비슷한 時日에 쓴것임에도 不拘하고 각기 그 文體가 다른것이 異彩로운 同時에 어찌 이렇게 되었을까 하는 것을 생각지 않을 수 없을 것이다. 오늘날 韓國의 어느 新聞雜誌를

보더라도 같은 目的에서 쓴 글이라면, 그것이 藝術의 作品이 아닌 以上
그 文體가 같을 것은 當然한 理致로 되어 있다.

그러나 이 當時가 所謂開化 時代인 만큼 글을 쓰는 主體的인 人間의
開化된 程度에 따라 그 發想法이 同一할 수 없었으므로 自然 結果的으
로 國文使用의 差異가 생기게 되었던 것이라고 할 수 있다. 앞에서도
말한바와 같이 發想하는 主體가 開化되지 않고 過去的이라면 그 文體는
過去의 文體 그대로일 것이며, 그 主體가 近代化되었다면 그 文體도 近
代化된 文體가 될수 밖에 없었을 것이다.

앞의 例文의 其一은 全혀 漢文章으로 되어 있어 過去의 漢文 냄새를
그대로 풍기고 있으나 이것을 자세히 檢討하여 보면 「國債」「報償」「發
起人」「社長」 등의 新造語가 섞여있어 時文的으로 되어 過去의 漢文에
서 若干의 脫皮를 試圖했다고 할 수 있다. 其二에 있어서도 「同胞」「大韓
帝國」「義務」 등의 새로운 熟語와 造語가 있어 其一의 경우와 같은 것이
나 文體上으로 國文의 縣吐가 붙어서 純漢文이 아닌 곳이 좀 다르기는
하다. 그렇지만 其一을 讀音할 때 縣吐를 붙여서 읽을 것을 생각한다면
이것은 其一과 別段의 差異가 있는 文體는 아닐 것이다.

其三은 次置하고 其四의 「京城日報」 記事를 먼저 其二의 文章과 比較
하여 보면 漢文이 많이 섞이고 그것이 漢文章에다 吐를 단것과 같은 印
象을 주는 것은 비슷하다. 그러나 其二가 漢文章의 格式을 못 벗어난
것이라면 後者는 그러한 漢文章의 格式이 아니라는 점에 其二와는 文體
가 判異하다. 其四의 文體는 未完成된 時文體로서 國漢文體의 國語文으
로된 文體인 것이다. 그러므로 이것은 其一이 其二와 같은 漢文章이 아
니다. 이것이 完全한 口語文이 못되고, 言文一致의 文章도 되지 못하였
지만 過去의 漢文章體에서 脫皮한 것만은 事實이다.

이 其四의 文體보다 좀더 近代的인 面貌를 갖춘것이 其三의 「帝國新

聞」(제국신문)記事文이라 할 수 있으며44) 이 보다도 더 한층 開化된 文章이 其五의 大韓每日申報 文章이라 할수 있다. 이「大韓每日申報」의 文章은 그 어투가 유치하고 어색한 점이 엿보이나, 그러나 거의 完全한 口語體의 言文一致가 되어 過去의 文語體를 脫皮했음을 讀者는 發見할 수 있을 것이다. 文語體에서의 脫皮야 말로 새 時代의 文章일 것이며 여기에 있어 새롭고도 完全한 口語體의 言文一致文章의 成立을 바랄 수 있었던 것이다. 그러므로 이러한 文體는 開化思想의 時文體가 될 수 밖에 없었으며, 時文體인 까닭에 簡潔하고 쉬운 近代的인 文章으로 될 수 있었던 것이다. 따라서 大韓每日申報의 文體는 當時로서는 매우 近代化된 文章이 되는 것이며 이것은 또한 國文使用의 近代的 發展이라 할 수 있다. 또 이것이 新聞의 使命에서 널리 읽히기 위하여 時文體로 되고 쉽고도 簡潔한 文章으로 되었다는 것도 否定할 수 없는 事實이기도 하다. 그렇지만 이 開化時期에 있어 漢城旬報가 刊行된 以來 여러 많은 新聞이 發刊되었지만 그들 新聞의 文體가 新聞이라 해서 한결같이 前記한 大韓每日申報의 文體와 同一하지는 않았다. 이들 新聞文體 亦是 그 主體의 性格에 따라 近代的인 文體의 進展與否가 있었으며 過去의 文語體를 어느程度 脫皮했느냐 하는 差異가 있었던 것이다.

이러한 文語體의 脫皮는 곧 口語體의 發展을 意味했지만 이것은 비단 新聞文體에만 局限된 것은 아니었다. 要는 發想하는 主體의 改化程度에 따라 그 口語體 文體의 進展의 差異가 있었다고 볼 수 있다.

앞에서 말한 大韓每日申報의 文體가 近代的인 時文體로 된 그 裏面을 살필 때 그 發行의 責任者가 英國의 데일리・뉴一스紙의 韓國特派員이었던 英國人 어네스트 베델이었고, 韓英合辦會社의 組織으로 經營되어 抗日운동의 先峰을 담당한 新聞으로서 처음에는 國漢文體의 新聞만 내

---

44)「데국신문」과「매일신보」의 文體는 거의 같은 것이다.

다가 後에 一般大衆을 위하여 純國文版도 倂行해서 냈으며 또한 英文版
도 發行했던 것이다. 여기의 筆陣으로는 朴殷植 申采浩 安昌浩 梁起鐸
張道斌 李甲등 쟁쟁한 開化人士와 抗日의 鬪士들로 망라되었던 것이다.
이러한 점으로 미루어 볼때 大韓每日申報가 近代的인 口語體의 時文體
文章으로 記事가 쓰여졌다는 것은 當然之事가 아닌가 한다. 그런데 이미
앞에서 기독교系에서 改化된 近代的 口語體를 使用했음을 말하였거니
와 當時기독교系 人士들의 文體는 가장 뛰어난 口語體의 時文體를 使用
했던 것이다. 이 좋은 例로서 1896年의 「독립신문」의 徐載弼의 文體를
들 수가 있다. 이에 對하여서는 뒤의 新聞文體에서 詳論하겠거니와 培材
學堂出身인 李承萬이 1903年 獄中에서 쓴 「독립정신」의 한 句節을 소개
함으로써 이 方面의 消息을 더 强調할까 한다.

　　슬프다 나라이 업스면 집이 어딕 잇으며 집이 업스면 나의일신과 부모
　처자와 형뎨자매며 일후 자손이 다 어딕서 살며 어딕로 가리오 그럼으로
　나라에 인민된쟈는 샹하귀쳔을 물론ᄒ고 화복안위가 다 일톄로 그 나라
　에 달녓ᄂᆞ니 비컨딕 만경창파에 배탄것 갓ᄒ여 바람이 순ᄒ고 물결이
　고요ᄒᆯ쌔는 돗달고 노질ᄒᆞ기를 젼혀 사공들의게 맛겨두고 모든 션객들
　은 각각 제ᄶᆞ스딕로 물너가 잠도자며 한가히 구경도ᄒᆞ야 직분외에 일을
　간섭ᄒᆞᆫ바ー 업스되……

이 글에서 볼때 단지 漢字가 섞이어 있지 않다고 해서 이 글이 近代的
國文이라기 보다도 앞에서 引用했던 어느 글 보다도 新時代의 感覺을
담은 新造語와 時體文으로서의 平易한 글이라는 곳에 이글의 뛰어 남을
認定하지 않을 수가 없다. 過去의 漢文的 根據를 完全히 벗어난 近代的
散文體文章인 것이다. 다시 말하면 귀로 듣고 말하는 쉬운 平民들의 言
語로써 自由스럽게 表現되었다는데에 더욱 이 글의 意義가 있을 것이다.

이러한 近代的 國文體의 影響은 이나라 文字生活을 漸次的으로 革新하는 絶對的인 要因이 되었다고 할 수 있다. 이 文字生活 革新의 要因은 結果的으로 國文普及을 초래하는 原因이 되었고 따라서 國文硏究의 必要性을 가져 왔다고 보아야 할 것이다. 그리하여 後日의 國文使用에 對한 認識과 尊嚴性이 昂揚되었을 것이 아닌가 한다.

② 신문간행과 국문보급

基督敎系에서의 近代的 國文使用은 그 것이 一方 近代的新聞의 創刊과 더불어 使用되어 拍車를 가하였던 것이다.

우리나라에 있어 近代的 新聞의 刊行은 官報式의 新聞이었던 「漢城旬報」가 1883年에 政府의 機關紙로 博文局에서 創刊되었었다. 그러나 이 漢城旬報는 官報의 性格을 지닌 것만큼 近代的新聞으로서는 未備한 點이 많았던 것이다.

그렇지만 1896年에 創刊된 「독립신문」은 여러모로 近代新聞의 面貌를 갖추어 發刊되었던 民間紙의 最初인 同時에 民衆의 輿論을 暢達하고 外信을 報道하고 近代 西歐文明의 思湖를 紹介하는等 一般民衆을 啓蒙했던 것이다. 그런데 이 新聞을 發行했던 徐載弼은 美國에서 歸國한 기독교 敎人이었으므로 自然 그 新聞 文體는 기독교系의 國文使用을 踏襲했을 뿐만 아니라 그것을 더 한층 發展시키었던 것이다. 그리하여 「독립신문」의 文體는 이 當時 여러 新聞에 많은 影響을 미치었었다. 다음에 漢城旬報에서 부터 1907年의 「대한매일신보」에 이르기까지의 여러 新聞의 文體를 살피면 다음과 같다.

新聞名	創刊年月	文體	備考
漢 城 旬 報	1883. 10	純漢文	官報이나 一般記事도 揚載. 近代的新聞의 最初
漢 城 周 報	1886. 1	國漢文體이나 吐를 단 것과 같음. 時文體도 아니었다.	上記의 것이 週刊으로 된것. 國漢文新聞의 最初.
독 립 신 문	1896. 1	純國文의 口語體로서 時文體	民間新聞의 最初
힙 성 회 회 보	1898. 1	上同	培材學堂의 學會紙. 民間新聞의 役割도 했음. 學報의 最初.
매 일 신 보	1898. 1	上同	협성회회보와 表裏一體의 民間紙.
京 城 新 聞	1898. 3	上同	商業新聞
대 한 황 성 신 문	1898. 4	上同	上을 改題하여 大韓帝國이 自主獨立國임을 인정받기 위함.
皇 城 新 聞	1898. 9	國漢文體. 非口語體 若干의 時文體.	版權이 옮기어졌음(漢學을 主로 하는 人士가 經營)
뎨 국 신 문	1898. 8	純國文體와 國漢文體	매일신보와 同性格
조선크리스도인회보	1897. 2	純國文의 口語體로서 時文體	監理敎會報
그 리 스 도 신 문	1897. 4	上同	長老敎會報
대 한 신 보	1898. 8	上同	日本基督敎人들이 美國系기독교敎에 對抗한 政策的인 신문
京 城 日 報	1906. 9	國漢文 若干의 時文體	統監府의 機關紙. 日語版이나 國文版을 겸했음
大 韓 每 日 申 報	1905. 8	國漢文體이나 時文體	韓英合辨會社經營. 抗日의 先鋒
대 한 매 일 신 보	1907. 5	純國文의 口語體로서 時文體	上同

이 統計表에서 보면 15個社의 新聞中 過去的인 純漢文體가 하나이며 國漢文混用體가 넷인데 단지 漢文章에다 縣吐한 것이 하나고, 나머지 셋은 文語體로서 若干의 時文體程度로 되어있다. 그리고 純國文으로써 時文體의 文章으로 된 것은 열개로서 全數의 3分之2를 차지하고 있다. 이것을 다시 文語體와 口語體의 別로 보면 文語體에 가깝고도 强한 것이 다섯이고 거의 口語體에 가까운 것이 열이 된다.

文語體쪽으로 强하게 기울어진 文體를 使用했던 5個社 新聞의 發行人들을 본다면 政府 또는 統監府이거나 그렇지 않으면 過去的인 儒教의 信奉者로서의 開化된 漢學者들이었다. 여기에 反하여 純國文에 依한 時文體文章을 使用했던 大多數의 新聞發行人은 異常하게 생각할만큼 그것이 基督教機關이거나 그렇지 않으면 기독교와 直接間接으로 關係있는 人士들이었다.

「독립신문」에서 부터 이러한 事情을 본다면 이 신문은 徐載弼이 美國서 돌아와 主宰했던 우리나라 처음의 民間新聞이었고, 近代的意義를 가진 우리나라 最初의 新聞이기도 했다.

　우리가 이 독립신문을 오늘 처음으로 츌판ㅎ는딕 조션속에 잇는 닉외국 인민의게 우리 쥬의를 미리 말슴ㅎ여 아시게 ㅎ노라
　우리는 첫직 편벽 되지 아니ㅎ고로 무슴당에도 상관이 업고 샹하귀쳔을 달니딕졉아니ㅎ고 모든 죠션사름으로만 알고 죠션만 위ㅎ여 공평이 인민의게 말 홀터인딕 우리가 셔울 빅셩만 위홀게 아니라 죠션 젼국인민을 위ㅎ여 무슴일이든지 딕언ㅎ여 주랴홈 정부에서 ㅎ시는일을 빅셩의게 젼홀터이요 빅셩의 졍셰를 정부에 젼홀터이니 만일 빅셩이 정부일을 자셰이알고 정부에셔 빅셩에일올 자셰이 아시면 피츳에 유익ㅎ 일만히 잇슬터이요 불평혼 ㅁㅇ음과 의심ㅎ는 싱각이 업셔질터이오옴 우리가 이신문 츌판 ㅎ기는 취리ㅎ랴는게 아닌고로 갑슬 헐허도록ㅎ엿고 모도 언문

으로 쓰기는 남녀 샹하귀쳔이 모도 보게홈이요 쏘 귀졀을 쎄여 쓰기는
알어보기 쉽도록 홈이라 우리는 바른 뒤로만 신문을 홀터인고로 졍부
관원이라도 잘못ᄒᆞᄂᆞ이 잇스면 물 홀터요 탐관오리들을 알면 셰상에 그
사름의 힝젹을 폐일터이이요 ᄉᆞᄉᆞ빅셩이라도 무법흔일ᄒᆞᄂᆞᆫ 스름은 우리
가 차져 신문에 셜명홀터이옴 우리는 죠션 대군쥬폐하와 됴션졍부와 죠
션인민을 위ᄒᆞᄂᆞᆫ 사름드린고로 편당잇ᄂᆞᆫ 의논이든지 흔쪽만 싱각코ᄒᆞᄂᆞᆫ
말은 우리신문샹에 업실터이옴 쏘 흔쪽에 영문으로 긔록ᄒᆞ기는 외국인
민이 죠션ᄉᆞ졍을 자셰이 몰은즉 혹 편벽 된 말만 듯고 죠션을 잘못 싱각
홀까 보아 실샹 ᄉᆞ졍을 알게ᄒᆞ고져ᄒᆞ여 영문으로 조곰 긔록홈(以下略)

이 「독립신문」의 趣旨書에서 말한바와 같이 이 신문은 政治的으로는
中立이며 上下貴賤의 無差別과 萬民平等의 理念을 부르짖고 民主主義
를 主唱하였다. 그것을 促進하기 위하여 純國文을 使用했으며 句節을
띄어쓰기한 理由를 밝히었다.

이와같은 革新的인 思想으로서 新聞을 發刊하게된 徐載弼은 美國에
十餘年있는 동안에 西歐의 文化와 思想을 몸소 體得한 때문이기도 하지
만 그가 처음 美國으로 건너갔을 때부터 基督教와 關係가 깊었던 것이다.
그는 처음 英語를 배우기 위하여 敎會英語學校에 다니었고[45] 그때부터
그는 信者가 되었으며, 美國에서 그를 처음부터 도와준 美國人은 篤信者
였다. 이리하여 그는 美國에 건너가서 부터 기독교의 感化를 받고 그
影響이 컸던 것이다. 그리하여 그는 後日 그의 手記에서 「宗敎的 影響은
나의 一生을 通하여 偉大한 힘을 주었다」라고 述懷하였다.[46]

徐載弼이 西歐文化와 思想을 받아들이는 그 根本態度는 基督敎 精神
을 밑 바탕으로 했었던 것이다. 그러므로 그의 民主思想은 기독교의 理念

---

45) 기독청년會 經營인 夜間學校.
46) 徐載弼의 手記 參照.

을 갖고 있다고 볼수 있다. 그의 十餘年만의 歸國은 政治的 目的이지만 그가 韓國에 와서 한 일은 오히려 文化事業에 힘을 썼었다.

나는 우리나라의 獨立은 오직 敎育 特히 民衆을 啓發함에 달렸다는 것을 確信하였기 때문에 위선 新聞發刊을 計劃하고……

이것은 그의 手記에서 말한 바이지만 그의 政治性은 民衆啓蒙에 있었다. 그리하여 「독립신문」을 發刊했던 것이다. 그리하여 그는 新聞을 通해 上下貴賤 門閥打破에서 부터 시작되었고, 그의 萬民平等의 民主思想은 民衆에게 國民의 尊嚴性을 强調하고 그것을 使用함으로써 文化的인 開化가 된다는 것을 主唱하였다. 이러한 民主思想의 裏面은 그의 先覺者的인 精神이 힘을 주고 있었을 것은 틀림이 없을 것이다. 徐載弼이 國文에 對한 態度를 「독립신문」 第1號에서 그 全文을 轉寫하면 다음과 같다.

우리신문이 한문은 아니 쓰고 다만 국문으로만 쓰는거슨 샹하귀쳔이 다보게 홈이라. 쏘국문을 이렇게 귀졀을 쎄여 쓴즉 아모라도 이신문 보기가 쉽고 신문속에 잇는말을 자세이 알어보게 홈이라 각국에셔는 사름들이 남녀 무론ᄒ고 본국 국문을 몬저 비화능통 흔후에야 외국 글을 비오는 법인듸 죠션셔는 죠션 국문은 아니 비오드리도 한문만 공부 ᄒ는 까닭에 국문을 잘 아는 사람이 드물미라 죠션 국문ᄒ고 한문ᄒ고 비교ᄒ여 보면 죠션국문이 한문 보다 얼마나 나흔거시 무어신고ᄒ니 쳐지는 비ᄒ기가 쉬흔이 됴흔 글이요 둘지는 이글이 죠션글이니 죠션 인민 들이 알어셔 빅스올 한문디신 국문으로 써야 샹하 귀쳔이 모도보고 알어보기가 쉬흘터이라 한문만 늘써 버릇ᄒ고 국문은 폐는 까닭에 국문만 쓴글을 죠션인민이 도로혀 잘 아러보지못ᄒ고 한문을 잘 알아보니 그게 엇지 한심치 아니ᄒ리요 쏘국문을 알아보기가 어려운건다름이 아니라 첫지는 말마듸올 쎄이지 아니ᄒ고 그져 줄줄늬려 쓰ᄂᆫ 까닭에 글ᄌ가 우희 부터 ᄂᆫ지 아릭부터ᄂᆫ지 몰나셔 몃번 일거 본후에야 글ᄌ가 어듸부터 ᄂᆫ지 비로소 알고 일그니 국문으로 쓴편지 흔쟝을 보자 ᄒ면 한문으로 쓴것보다 더듸보고 ᄯ 그나마 국문을 자조아니 쓰ᄂᆫ고로 셔툴어셔 잘못봄이라 그런고로 정부에셔 늬리ᄂᆫ 명녕과 국가 문젹을 한문으로만 쓴즉 한문못 ᄒᄂᆫ 인민은 나모 말만 듯고 무슴 명녕인줄 알고 이편이 친이 그글을 못 보니 그사름은 무단이 병신이 됨이라 한문 못 ᄒ다고 그사름이 무식ᄒᆫ 사름이 아니라 국문만 잘ᄒ고 다른 물졍과 학문이 잇스면 그사름은 한문 만ᄒ고 다른 물졍과 학문이 업ᄂᆫ 사름 보다 유식ᄒ고 놉혼사름이 되ᄂᆫ 법이라 죠션부인네도 국문을 잘ᄒ고 각식 물졍과 학문을 비화 소견이 놉고 힝실이 정직ᄒ면 무론 빈부귀쳔 간에 그부인이 한문은 잘ᄒ고도 다른것 몰으ᄂᆫ 귀죡남ᄌ 보다 놉흔 사람이 되ᄂᆫ 법이라 우리 신문은 빈부 귀쳔을 다름업시 이신문을 보고 외국 물졍과 너지 ᄉ졍을 알게 ᄒ려ᄂᆫ 뜻시니 남녀 노소 상하 귀쳔간에 우리 신문을 ᄒ로 걸너 몃들간 보면 새지각과 새학문이 싱길걸 미리아노라.

이 글을 通해서 徐載弼이 國文使用에 對한 것을 생각컨데 그가 美國에 있을때 近代的 國文使用法을 硏究치 아니한 以上 純國文에 依한 「독립신문」의 文體가 一朝一夕에 이루워질 理는 萬無한 것이다. 그렇다면 그는 必然코 韓國基督敎에서의 國文使用을 본 結果에서 온 新聞文體라고 생각할 수 밖에 없다. 그것은 1896年 當時에 純國文의 時文體文章을 쓴것은 前期한 바와 같이 基督敎 機關에서만 使用하였기 때문이다. 「독립협회」회원인 同時에 「독립신문」을 도운 主要 人物들인 尹致昊 李商在 李承晚 申興雨 柳永錫 周時經 아펜셀라(英文編輯)等 이분들은 培材學堂 出身이거나 信者였기 때문에 上記한 事情을 더욱 證明할 수가 있을 것이다.

다음으로 「독립신문」과 같은 性格의 新聞으로 1898年에 發刊된 新聞으로 「협성회회보」와 「미일신보」를 들수 있다. 「협성회회보」는 培材學堂 學生會會報였고, 「미일신보」는 「협성회회보」와 表裏一體의 民間紙였다. 그리고 이들 新聞을 맡아 본 사람들은 독립신문을 도와 주었던 尹致昊・柳永錫・李承萬・梁弘默 등이었으니 이 두 新聞의 體裁가 「독립신문」을 닮아 그 文體가 純國文으로 된것은 當然한 일이었다. 그런데 尹致昊는 美國에 留學했었던 분으로서 後日 基督靑年會를 組織했던 분이었고, 柳永錫・李承萬・梁弘默 등은 培材學堂 出身이었으니 이들은 敎人이거나 또는 基督敎와 밀접한 관계가 있었던 사람들이었다.

前記한 두 新聞과 同一한 性格의 新聞이며 그 發行人이 李鍾一이었던 「뎨국신문」은 1898年에 創刊되었지만 여기에 論說文을 쓴 사람은 獄中에 있으면서 大膽하게 執筆을 한 분인 바로 李承萬이었다. 이런 점으로 미루어 보아 이 新聞도 기독교와 관계가 깊었다고 할 수 있을 것이다.

1898年 3月에 創刊된 「京城新聞」은 商業新聞이었지만 그 文體가 前記한 新聞들과 같은 것이었는데 그 發行人이 尹致昊였으니 純國文을 使用한 것은 亦是當然한 일이었다.

같은해 4月에 發刊된 「대한황성신문」은 앞의 「京城新聞」을 改題 發刊한 것이었으니 그 文體가 다를 수가 없었던 것이다.

特殊한 新聞으로 監理敎會報인 「조선그리스도인회보」와 長老敎會報였던 「그리스도신문」은 다 1897年에 創刊이 되었는데 이들 會報가 기독교會의 會報인 만큼 純國文으로 이루어진 것은 別로 문제시할 必要조차도 없다.

20世紀에 들어와 「大韓每日申報」가 國漢文體의 文章으로써 1905年 8月에 韓英合辦會社가 組織되어 發行되었었다. 여기에 從事한 분들은

主筆에 朴殷植 그리고 申采浩・梁起鐸・安昌浩・張道斌 등 日帝와 싸운 民族主義者들이었다. 社長에는 當時 英國의 「데일리・뉴우스」報의 韓國特派員 英人어네스트・베델(韓國名 裵設)이었다. 이 新聞이 抗日운동의 急先鋒을 맡았던 것 만큼 그 文體가 쉬운 國文體로 되지 못하였다는 理由로 1907年 5月에는 漢文을 해득 못하는 民衆을 위해 純國文版이 發刊되었던 것이다. 이것은 앞의 여러 純國文版 新聞의 影響이라고 할 수 있으니 이 역시 表面에는 기독교의 影響이 間接으로 미치었던 것을 否定할 수는 없을 것이다. 前記한 바의 여러 新聞과는 다른 目的下에서 世紀初葉에 國文版新聞이 몇몇이 나온 것이 있었다. 이것은 前記한 여러 新聞에 對抗하기 위해서 發行되었던 日人系의 新聞들로서 그들의 政策을 쉽게 알리기 위하였던 것이다. 그러나 이 日人系 新聞들 역시 「독립신문」 以後의 國文版 新聞들의 效果를 보고 그들이 그와 같이 國文版 新聞을 發刊하게 된것은 더 말할 나위도 없을 것이다.

以上으로서 1883年 以後 1907年 國文版 「대한미일신보」가 나오기 까지의 新聞文體를 살피어 보았거니와 國文版 新聞은 大多數가 基督敎人들에 依해 發行되었으며, 그 기독교系 人士들도 독립신문과 一聯의 聯關性을 맺고 있음을 알수 있었다. 그렇지 아니한 國文版 新聞이라도 直接 間接으로 기독교 또는 「독립신문」의 近代的 國文體의 影響이 미치었을 것은 짐작이 간다고 본다.

그러나 이러한 影響을 받지 않았던 新聞은 國文版新聞이 되지 않았던 것이다. 이러한 事想을 例證할 수 있는 興味로운 것을 하나 만 더 紹介한다면 「대한황성신문」과 「皇城新聞」의 경우라고 할 수 있다.

1898年 9月에 創刊된 「皇城新聞」은 實은 前述한바 있는 「대한황성신문」의 版權이 다른 사람에게 移讓되어 改題된 新聞이었다. 이 新聞의 版權을 옮겨 받아 發行했던 사람들은 改化된 人士들이었지만 그들은 예

수 敎人이 아니고 한결 같이 漢學을 主로 했던 儒學者들이 어서 그들의 新聞도 그들의 發想 그대로 漢文爲主의 文體가 되었던 것이다. 그 文體를 보건데 第一面의 官報는 純漢文體이거나 그렇지 않으면 或漢文에다 縣吐한 程度였다. 그 一面 外報(外信)이라 하더라도 漢文에다 縣吐한 程度였고, 그 第二面의 論說이라 하더라도

> 神農之市變而爲今日商岸
> 神農民作에日中爲市ㅎ야致天下之民ㅎ며聚天下之財ㅎ야交易而退ㅎ야各得其所케ㅎ시니自神農以後로降至于今日이不知其幾千萬年이오. 云云.
>
> (1901年2月15日 月曜版에서)

라고 한거와 같이 1886年의 漢城周報의 처음 國漢文體 記事文 보다도 別로 進展이 있는 것이 아니었다.

> 十月初八日朝報云傳敎에ᄀᆞ오ᄉᄃᆡ去年事를웃지참아말ㅎ랴星霜이已ㅎ니心에傷悼홈이이룰것업도다, 云云.
>
> (1886年10月 漢城周報에서)

이 後者와 前者인 「皇城新聞」과는 15·6年의 年代的 差異가 있음에도 不拘하고 그 新聞文體에 있어서는 別段의 差異가 없음을 發見할 것이다.

이와같이 基督敎系 人士들의 發刊이나 影響을 받지 않은 新聞은 實際的으로 文體가 開化되지 못하였다. 여기에 反하여 기독교系 人士들이 發刊한 新聞은 한결같이 國文으로서 그것도 時文體로써 新聞文體가 되어있었다는 것은 이미 앞에서도 말한 바와 같이 聖書의 國文 번역과 宣敎

師들의 國文硏究・基督敎系 學校에서의 國文使用이 結果的으로 新聞
文體에 커다란 影響을 미치어 近代的인 國文使用의 進展을 보게 된것이
아닌가 한다.

　이 時期에 있어 여러 新聞에서 近代的 國文을 使用한 것은 民衆에게
쉽게 近代思想을 啓蒙하기 위하여 한것은 勿論이나 이 結果로 因하여
一般民衆으로 하여금 國文에 對한 認識을 새롭게 하였다. 그것은 漢文이
읽기 위한 文字로서 우리의 言語를 表現하자면 일단 漢文으로 飜譯하여
야만 된다는 不便이 있을 뿐더러 實際로 感情의 表現을 그대로 流露시킬
수 없었으므로 使用하기에 大端히 不便한 文字였던 것이다. 그나마 그것
도 一部 階級에게만 使用되어 全國民이 한결같이 自己들의 意思를 傳達
하기에는 不充分한 것도 事實이었다. 이렇게 배우기 힘들고 使用하기에
不便한 漢文에 比하여 國文은 듣고 말하는 대로 쓸수 있는 文字라는
것을 國文版 新聞을 읽음으로서 再三 認識을 새롭게 하였다고 볼수 있
다. 이 새로운 認識이야 말로 言文一致에 對한 인식으로서 國文使用과
그 普及을 促進하였으며 그것은 마침내 韓國의 新文學을 할 수 있는
모든 準備가 마련된 것이라 할 수 있다.

▌5▐ 결어

　韓國 精神史에 있어 近代的인 精神史의 出發은 歐羅巴의 文化意志와
接觸을 한데서 부터 시작하였다. 그것은 單純하고 簡單한 일이 아니었다.
文化 政治 經濟 어느 方面 할것 없이 우리의 最近世史가 말하여 주는
바와 같이 大端한 混亂과 變革을 초래했던 것이다. 그것은 안으로 부터
낡은것을 徐徐히 除去하면서 自意的으로 改革한 것이 아니었기 때문이

다. 그렇다고 外來의 것을 今日처럼 쉽게 받아들인 것도 아니었다. 몇몇
의 政變도 있었으나 그것들이 失敗로 끝을 맺자 混亂은 더욱 더 했던
것이다.

이러하던 世紀後半期에 있어 基督敎의 新敎派 宣敎師들의 渡來는 聖
書의 말씀으로써 肉體가 되어 韓國의 새로운 文化意志를 심어 주었다.
그것은 그들 宣敎自體가 그러했다고는 하나 하여간 聖書의 번역은 낡은
東洋的인 文化意志를 西歐的인 文化意志로 改新하는 가장 焦點이었다
고 할 수 있다. 이 新敎의 現代式敎育機關의 設立과 醫學의 施術도 驚異
의 存在인 것 만은 事實이다[47] 그러나 그들에게 聖書가 없었더라면 한낱
文明利器를 우리에게 소개한데 不過했을 것이다.

1882年 以來의 新敎의 宣敎는 우리 先人들의 精神生活을 革新한 點
에 있어 近代的 社會의 性格을 마련하고 促進化시키었다고 볼 수 있다.
그것이 西歐의 近代社會의 性格처럼 段階的으로 갖추지는 못하였다고
하여도 畸形的이나마 그래도 韓國的인 近代性이 마련되었다는데에 意義
가 있을 것이다. 聖書의 번역에서 비롯한 國文使用의 尊嚴性은 形式面에
서 國文爲主의 生活革命을 일으키었으니 新聞의 表記가 바로 그것이었
으며, 內容面에서는 文化意志로서 近代精神의 自覺이라 할 수 있다.

西歐의 近代文學이 그들 市民社會를 背景으로 하여 擡頭한 것과 같이,
韓國의 새로운 文學은 韓國的인 近代社會性을 背景해서 대두했다고 볼
수 있다면 新敎의 宣敎와 聖書의 번역은 곧 韓國新文學의 터전이 되었다
고 할 수 있을 것이다.

飜譯을 第二의 創作이라고 認定할진데 聖書의 번역은 우리文學史에
記載할 수 있을 것이 아닌가. 그렇다면 우리의 새로운 文學史의 出發은

---

47) 韓國의 現代式敎育機關과 醫術은 宣敎師에 依해 濫觴되었음을 말한다. 吳
天錫의 「韓國敎育史」 參照.

저 1882年에서 부터일 것이다. 이러한 點에 있어서도 韓國의 新文學의 出發은 聖書의 번역에서 부터 시작이되는 것이니 韓國新文學의 背景은 基督敎의 傳來에서 부터라고 할 수 밖에 없을 것이다.

(출처: 『한국문화연구원논총』, 이화여자대학교 한국문화연구원, 1966)

제7장
기독교의 전래와 한국문학

소재영

▌1▌ 서론

　기독교가 이 땅에 전래된 역사는 이백 년이 넘는다. 그러므로 역사적인 관점에서 기독교 수용문제를 다룬 논문들은 수없이 많다. 오늘날까지는 기독교의 교세가 확창 일로에 있으므로 이를 수용사적 측면에서 다룬 글들은 많지만, 이들 대부분이 역사 또는 종교사적 입장에서 씌어진 글들이며, 기독교문학의 시점에서 씌어진 글은 그리 많은 편이 못 된다. 게다가 이러한 글의 대부분이 종교적 편파성을 띤 것들이어서 본격적 문학론의 입장에서 비판되고 기술된 글들은 지극히 적은 실정이다. 흔히 '기독교문학'이라는 말을 사용한다. 그러나 우리나라에서는 아직 기독교문학에 대한 개념조차 제대로 정립되어 있지 못한 현실을 솔직히 인정치 않을 수 없다. 기독교가 이 땅에 수용된 후 수다한 박해와 수난을 거쳐 오늘에 이르렀으며, 그간 비판적인 관점에서 창작된 작품, 또는 수용적 관점에서 창작된 작품들도 수없이 많다. 그리고 종교의 교리적인 측면에서 창작된 작품들, 순교사적 또는 사회교화적 입장에서 씌어진 다양한 글들이 많이 남아 있다. 뿐만 아니라 기독교사상이 새롭게 수용되면서 창작되어진 문학작품들 가운데는 의식적으로 종교적 색채는 띠지 않았지만 시대적 상황으로 미루어 기독교문학의 입장에서 다루어 볼 만한 작품들도 많이 있다. 개화기에 이르면 문학작품들이 구체적으로 종교적 색채를 띤 작품으로 많이 등장하게 되며, 현대문학의 제 장르 가운데서는 본격적으로 기독교 정신이 작품의 주제성과 결부되어 기독교문학이 전체 문학의 상당부분을 점유하게 된다.

필자가 논술할 한계는 '기독교의 전래와 한국문학'으로 한정되어 있다. 그러므로 먼저 이 땅에 기독교(서학)가 전래되어온 과정을 소상하게 검토하여 보고, 기독교가 역사적으로 겪게 되는 수난의 과정뿐 아니라 이른바 서학비판론자들의 입장과 서학옹호론자들의 입장, 그들의 주요 논쟁점 그리고 이러한 논쟁을 기술한 문헌자료들에 대한 검토를 앞세우려 한다. 숭실대학교 기독교박물관은 이와 관련한 많은 자료를 보유하고 있는데 이 자료들에 대한 소개와 검토가 중심이 될 것이다.

다음으로 기독교 경전인 성서의 번역, 찬송가의 창작 전승과정을 통하여 기독교가 한글문화의 발달에 어떤 공헌을 하고 있는가를 살피고, 우리 문학에 기독교사상이 어떤 영향을 끼치게 되었는가를 검토하려고 한다. 그리고 우리의 대표적 고전소설인 홍길동전·춘향전을 모델로 제시하여 이들 작품이 기독교의 영향을 받았을 가능성을 살펴 보고자 한다. 필자가 분담한 한계가 여기까지이므로, 이를 통시적으로 기술하고, 다음은 개화기문학과 기독교에 대하여 도론적 논술을 끝으로 본고를 마무리하고자 한다.

┃ 2 ┃ 기독교의 수용과 저항

1 기독교의 수용

기독교가 이 땅에 전래된 연원을 소급하면 景敎의 전래에서부터 논의되어야 하겠으나 이 시기는 문헌상의 뚜렷한 증거가 잡히지 않는다. 기록상으로는 임진왜란 당시 小西行長을 따라 전도의 목적을 띠고 입국한 포르투갈 신부 세스페데스(Cespedes)에서 그 유래를 찾을 수 있다. 세스페데스는 1593년 12월 28일 경남 곰내(熊川·鎭海)에 상륙하여 조선땅에 첫발을 딛게 되는데 약 반년 동안 전도활동을 하여 그간에 코메즈 교구장에게 보고한 친필의 편지가 현재 포르투갈 아주따 고서 박물관에 보관되어 있다.1) 그러나 세스페데스를 통하여 직접 전도를 받았다는 조선인의 기록은 없고, 다만 전쟁포로가 되어 일본에 끌려간 조선인 중 영세를 받고 자유의 몸이 된 사람들은 상당수에 이른다고 한다.2)

조선인으로서 공식적으로 서양선교사와 접촉한 최초의 인물은 鄭斗源(1581~?)이라 할 수 있다. 정두원은 당시 후금이 조선과 명나라의 통로를 차단하였으므로 1630년(인조8) 항로를 통하여 登州에 상륙하고 耶蘇會士 로드리게즈(Roderigues·陸若漢)를 만난다. 그는 당시 방위군 지휘관이었던 孫元化의 군사고문으로 주재하고 있으면서 紅夷砲의 제작과 조작에 익숙하여 그와 교제하는 동안 홍이포의 기술을 습득하고 서양의 종교, 천문, 易法 지리의 지식을 습득하고, 홍이포·千里鏡·自鳴鍾 등

---

1) 閔庚培, "일본침략군과 함께 스쳐간 기독교", 『韓國基督敎會史』, 대한기독교출판사, 1982. 9. 45. 편지 내용은 山口正之, 『朝鮮 그리스도교의 文化史的 硏究』전문 수록.
2) 달레, "倭亂과 朝鮮人피납자의 입교", 『韓國天主敎會史』上(안응렬·최석우 역), 분도출판사, 1979.

을 비롯하여 天文書(利瑪竇)·職方外記(艾儒略)·天問略(陽瑪諾)·西學凡·坤輿萬國全圖 등의 서적을 얻어 가지고 들어온다. 당시 정두원의 역관이었던 李榮後와 로드리게즈 사이의 왕복 서간이 지금 전하고 있는데 그 가운데는 天主學을 이단시하는 중국인의 습속을 논술하고 있는 대목이 보이며, 정두원 자신도 직방외기·서학범 등의 수입과 연관해 볼 때 기독교(西學)에 대한 상당한 관심을 가지고 있었다는 사실을 알 수가 있다.[3]

초기 기독교의 전래와 관련하여 昭顯世子의 역할을 간과할 수 없다. 병자호란(1636)때 봉림대군·인평대군과 함께 瀋陽에 잡혀가 8년여의 억류생활을 보낸 기록은 瀋陽日記에 자상하게 남아 있다. 그 후 청이 국도를 북경으로 옮기자 소현세자도 북경으로 옮겨 文淵閣에 머무르게 되는데 이때 그는 독일신부 아담 샬(Adam Schall·湯若望)과 교제하여 기독교에 깊은 관심을 갖게 된다. 당시 소현세자가 아담 샬에게 보낸 편지(1672·독일)에 의하면 소현세자는 天主像·天球儀·天文書 등을 선물로 받은 기록이 보이며, 洋學 서적과 天主像을 고국에 가져가고 싶은 생각이 간절하지마는 돌아가 異端邪敎로 지목되어 천륜의 존엄함을 모독할까 염려되며 과실을 범하지 않기 위하여 天主像만은 다시 돌려드린다는 간곡한 내용의 편지 구절을 읽을 수 있다.[4] 소현세자가 기독교 신자인 환관들을 대동하고 귀국한 것은 1645(인조23) 2월 18일로 되어 있다. 그러나 귀국 후 3개월 만에 그는 죽임을 당하고 환관들은 모두 청국으로 추방령을 받게 되는데, 이를 통해 보면 소현세자는 기독교를 조선땅에

---

3) 崔東熙, "西學의 형성과 유입", 『西學에 대한 실학의 反應』, 고대민족문화연구소 1988, 참고.
4) 山口正之, "天子 昭顯世子와 아담 샬", 『朝鮮 그리스도교의 文化史的 硏究』, 御茶水書房, 1985, pp.37~42.

수입한 대표적 인물이라 할 수 있으며, 그의 죽음도 당시의 정치형세를
감안할 때 당쟁과 더불어 배교적인 분위기를 짐작하고도 남음이 있다.[5]
그의 편지 가운데서 "천주상은 이것을 벽에 걸어놓고 보면 사람의 마음
에 평화를 줄 뿐만 아니라 이 세상의 더러운 티끌을 씻어내는 것같아서
여러가지로 느끼는 바가 많습니다"라고 한 대문에서 보면 소현세자는
이미 당시에 기독교에 상당히 경도되어 있었다는 증거가 된다.

기독교의 전래와 관련하여 가장 큰 영향을 미친 것은 역시 마테오 리치
(Matteo Ricci · 利瑪竇)의 『天主實義』가 아닌가 생각된다.

> 1편 : 천주가 처음으로 천지만물을 창조하고 주재하고 앙양함을 논함.
> 2편 : 사람들의 천주 오인에 대한 해석.
> 3편 : 영혼의 불멸과 동물과의 큰 차이를 논함.
> 4편 : 귀신과 영혼의 차이와 천하만물의 일체일 수 없음을 해석함.
> 5편 : 윤회 및 살생금지설의 오류를 변박하고 재소의 정의를 설명함.
> 6편 : 뜻이 없을 수 없음을 해석하고 아울러 사람이 죽은 뒤 천당과
>   지옥의 상벌이 있어 사람들 소행의 선악에 대한 보상을 논함.
> 7편 : 인성의 본선을 논하고 천주교도의 정학을 논함.
> 8편 : 서양 풍속을 들어 신부 불혼의 뜻을 논하고 아울러 천주가 서토
>   에 강생함을 해석함.[6]

마테오 리치는 1595년 南昌에 있을 때 천주실의(상·하) 2책을 저술
하여 북경에 들어간 후 1601년과 1603년 이를 재간행하였다.

마테오 리치는 서구의 정신문화로는 중화사상을 극복하는 것이 쉽지

---

5) 黃良秀, "昭顯世子", 『韓國基督敎文學의 形成硏究』, 中大大學院 박사논문, 1988.
6) 마테오 리치, 『天主實義』(이수웅 역), 분도출판사, 1984.

않다고 보고 민족의 사상과 생활에서 유리될 수 없는 이른바 중국의 예속에 허용된 동양적 기독교 교의서가 필요하다고 보아 이 천주실의를 저술하였는데, 李漢은 이미 『天主實義』의 跋文을 써 기독교에 관심을 보이고 있다. 여기서는 먼저 천주실의가 마테오 리치의 저작임을 말하고, 만력년간에 艾儒略・畢方濟・龐迪我 등과 함께 중국에 건너와 포교한 사실을 예찬하며 天主가 유가의 上帝나 불가의 釋迦와 같음을 말하고, 천당과 지옥으로써 권징을 삼고 예수의 탄생과정을 설명한 후 1603년을 경과한 세계종교인 것을 역설하며 천주와 천당・지옥의 미래설에 대해서는 실증이 없음을 들어 부정하고 있다.[7]

芝峰 李睟光(1563~1628)은 북경길을 세 차례나 내왕하였다. 첫번째는 李山甫의 서장관으로 명 神宗의 탄생 축하사절로(1580), 두번째는 尹繼善과 함께 진위사절로(1587), 세번째는 동지사부사(1611)로 내왕한다. 『천주실의』의 간행이 1601년이니 서학에 관심이 깊었던 이수광이 이 무렵 『천주실의』를 접했을 것은 틀림없는 사실이다. 그러나 마테로 리치는 이미 1610년에 세상을 떠났으므로 상면할 수는 없었을 것이다. 지봉유설을 보면 마테오 리치는 『천주실의』 2권을 저술하였는데 그 내용은, 첫째 천주가 천지를 지으시고 주재하시며 모든 만물을 기르는 도에 대하여 말하였고, 둘째, 사람의 영혼은 없어지지 아니하며 금수와 크게 다르다는 점, 다음, 천당과 지옥에 대한 것과 선과 악의 보응을 설명한 다음 사람의 성품은 본래 선하다는 것과 하나님을 공경하는 것이 천주의 뜻임을 설명하고 있다.[8] 한편 柳夢寅(1559~1623)도 기독교에 대한 지대한 관심을 표명하고 있다. 그는 일본에 기리시단교(伐利但)가 들어온 과정을 말하고, 북경에 와 있던 마테오 리치의 선교활동과 세계지도의

---

7) 李漢, 『天主實義跋』(星潮集), 이승훈 『蔓川集』 참고
8) 李睟光, 『芝峰類設』(景仁文化社).

제작에 대하여서는 지대한 관심을 표명하고 있다. 그의 저술『於于野譚』
(1621) 가운데는

　　許筠到中國 得其地圖及 偈十二章而來[9]

라 하여 허균이 중국에 건너가 지도와 偈 12章을 얻어 돌아왔다고 하고
있다. 여기 '偈'는 당시의 주기도문이다. 뿐만 아니라 이 기록의 전면에는
'尊此道'라 하여 허균이 기독교를 신봉했다는 암시를 하고 있다.
　朴趾源(1737~1805)도 그의『燕岩集』가운데서

　　許筠之使中國 得其偈而來 然則 邪學之東 蓋自許筠而偈始也[10]

라고 하여 於于의 기록을 뒷받침하고 있으며, 기독교가 허균으로부터 비
롯함을 말하고 있다. 유몽인은 이수광보다 앞서 明使 失之藩을 만난다.
그때의 상황으로 보아『天主實義』를 얻어 읽었을 가능성이 인정된다.
그는 기독교가 유불선교와 다름을 말하고 천주실의를 논급함과 아울러
동북아로 전파되어 마침내는 허균에 의해 소개되고 있다고 말하고, 이
도의 그릇됨을 탄하여 세상을 미혹케 함이 죄됨을 논술하고 있다.[11] 이수
광과 유몽인을 비교하여 보면, 전자는 기독교에 대하여 비교적 객관적
태도로 논술하고 있으나, 후자는 세상을 미혹케 하는 오랑캐의 도임을
비판적으로 말하고 있음이 큰 차이점이라고 할 수 있다. 허균이 우리나라
최초의 기독교 신자였으리라는 추정은 이미 연구자들의 문헌적 뒷받침을

---

9) 柳夢寅,『於于野譚』(萬宗齊本) 卷2 西敎條.
10) 朴趾源, 燕岩集 卷2(景仁文化社 영인본) 1974.
11) 黃良秀, "기독교의 수용과 배척", 앞책, p.1914 참고.

얻고 있다. 이 점은 일찍이 이수광도 『지봉유설』에서 허균이 총명하고 문장에 능하였으며 그의 글 때문에 문도가 된 자들이 하늘의 학설을 외쳤는데, 실은 서쪽땅의 학이었다 라고 하여 허균의 신자설을 뒷받침하고 있다. 安鼎福(1712~1791)의 『順菴集』에도 고금을 통하여 하늘의 학을 말하는 사람이 있는데, 그런 중에도 옛적에는 추연이 있었고 우리나라에는 허균이 있었다고 하고 있다.[12] 허균은 북경을 세 번이나 다녀 왔다. 1597년에 처음 들어갔으며, 1614년 천추사가 되어 다녀왔고, 1615년 동지겸 진주사부사가 되어 갔다가 이듬해 돌아오기도 하였다. 그는 또 많은 돈을 미리 준비하여 가서 돌아올 때는 4천여 권이나 되는 책을 사서 돌아왔다고 하였으니 그 가운데는 기독교와 관련되는 서적이 상당수 있었으리라 추정되며, 광해군 때 허균이 『七克』을 구입하여 왔다는 기록이나 그가 『乙丙朝天錄』을 기록하였으나 후대에 실전이 된 이유를 추측하는 등등의 사실로 미루어 볼 때 허균이 기독교에 몰두한 심증을 잡기에 충분하다.[13]

２ 기독교의 저항

허균 등에 의해 이 땅에 전래된 기독교는 영조 말엽부터는 당시 정권에서 물러난 남인 李蘗·權日身·李家煥·丁若鍾 등에 의해 신봉되기에 이르렀으며, 李承薰이 북경에 들어가 그라몽(Grammont)에게 세례를 받고 돌아온 후(1783)로는 본격적인 교회활동이 시작된다. 당시 당쟁에서 밀려나 영달의 길이 막혀버린 남인학자들이 중심이 되었으나, 침체된

---

12) 安鼎福, "天學考", 『順菴文集』.
13) 甲寅乙卯兩年 因事再赴帝都 付家貨購得書籍 幾四千餘卷. 光海時許筠購
　　來七克篇(許筠 閑情錄凡例條).

주자학에 염증을 느낀 젊은 계층이 이에 적극 가담하였을 뿐 아니라 중인
계층까지도 점차 가담하여 신앙의 기반이 더욱 확충되어 갔다. 신앙운동
이 점차 표면화하자 조정에서는 적극 종교탄압의 기치를 내걸고 여러
형태의 박해와 탄압을 일삼게 되었다.

신해교난(1791 · 정조15)…일명 진산사건. 이 해 들어 전라도 진산에
서 尹持忠 · 權尙然이 기독교 신앙운동을 실천한다 하여 조상의 神主를
불사르는 사건이 일어난다. 그들은 결국 悖倫外道 或世誣民의 죄목으로
처형되며, 이승훈 권일신 등이 유배되고 수많은 양서 종교서적들이 불태
워진다. 이후로 상신 채제공을 중심한 소위 信西派와 이에 반대하는 홍낙
안 등 소위 攻西派가 대립하여 암투가 계속된다.

신유교난(1801 · 순조1)…벽파와 시파의 대립사건. 신해교난 이후에
도 청나라 周文謨 신부의 영입 등 교세가 점차 확장된다. 정조 재위 시에
는 남인 시파의 등용이 늘어나고 기독교에 비교적 관대한 입장을 보여
왔으나 정조가 죽고 어린 순조가 즉위하자 대왕대비(영조비) 정순왕후의
수렴청정이 시작되면서는 정권이 벽파의 손으로 넘어가 기독교에 대한
가혹한 탄압이 가해진다. 정순왕후는 사도세자 사건 때 궁중을 어지럽힌
김구주의 누이동생으로 벽파편의 인물이다. 정순왕후는 이 시파 · 벽파
의 붕당싸움을 교묘히 이용하여 이를 기독교 탄압의 구실로 삼았다. 이
리하여 이승훈 · 정약종 · 최필공은 참수되고 이가환 · 권철신은 옥사하
며 정약전 · 정약용이 각각 흑산도 · 강진으로 유배된다. 신도 강완숙의
집에 잠입하여 明道會를 통해 활약하던 주문모 신부도 이때 처형된다.
천주가 만물을 주재한다는 신앙으로 절대왕권에 도전하였다는 것이 당
시 기독교도들의 죄목이다. 이 해가 辛酉年이므로 신유사옥 또는 신유교
난이라 한다.

기해교난(1839 · 헌종5)…정약종의 아들 정하상이 북경에 들어가 낸

선교사목의 실현요구가 파리 外邦傳敎會에 알려져 1831년 조선교구가
북경교구에서 독립되면서 프랑스 브뤼기예르(Bruguiere)가 초대주교로
임명된다. 그러나 그는 떠난 지 4년 만에 만주에서 죽고, 1837년 역시
프랑스 모방(Maubant) · 앙베르(Imbert) · 샤스땅(Chastan)이 서울에
잠입하여 교세를 넓혀간다. 조정은 이들의 선교활동에 충격을 받아 또
한번의 숙청이 휘몰아 간다. 이지연의 사교금압 주청이 헌종의 모후 풍양
조씨 척족을 충동하여 대학살극이 빚어지는데, 이에 세 선교사도 새남터
형장에서 군문효수의 극형을 받고, 마카오에서 신학을 공부하고 돌아왔
던 조선인 최초의 신부 金大建도 이때 순교자가 된다. 이 사건을 계기로
헌종은 『斥邪綸音』을 발표하여 기독교가 망국의 사교임을 천명한다.

병인교난(1866 · 고종3) · **신미교난**(1871 · 고종8)…고종이 즉위하고
대원군이 실권을 장악하면서 서양 여러나라들의 통상 요구를 거절하고
쇄국하려는 가장 큰 이유의 하나는 기독교 만연의 공포 때문이었다. 고종
초년의 신도수가 2만 3천명이라는 공식 통계가 나와 있다. 처음은 다소
관용적 태도를 보였으나 조두순 일파의 배외정책에 휘말려 1866년에는
대원군에 의해 기독교 탄압의 포고령이 선포되자 9명의 선교사를 필두로
8천여명의 교도가 학살된다. 선교사 살해에 대한 항의에서 비롯된 불란
서함대의 강화도 침입, 소위 병인양요는 천주교 탄압이 그 도화선이다.[14]

한편 그로부터 6년 후 미국 상선 제네럴 셔먼호가 평양에서 불탄 후
로저스 함대가 조선을 위협하는 신미양요로 이어지는데, 미국 함정의 향
도가 기독교도이며 내통자가 기독교도라는 정보에 따라 또 한번의 숙청
이 빚어진다. 이것이 신미교난이다. 대원군의 척화비문 "洋夷侵犯非戰則
和 主和賣國"의 강한 목소리는

---

14) 柳洪烈, 『한국천주교회사』, 카톨릭출판사(상 · 하).

　　괘씸하다 서양되놈 무군무부 천주학을 네나라나 할것이지 단군기자
　　동방국에 충효윤리 밝았나니 어허감히 여허보자. 興兵加海 나왔다가 防
　　水城 불에타고 鼎足山城 총에죽고 남은목숨 도생하자 바삐바삐 도망한
　　다.15)

라 한 신재효의 판소리 대문에서도 보이고 있다.

　　이와같이 거듭된 기독교에 대한 박해와 고난을 겪으면서 비록 수많은
선교사, 종교 지도자, 신도들이 순교당하는 사태가 이어지지만 그럴수록
신앙은 더욱 튼튼하게 뿌리를 내리게 되고, 장차 기독교 사상이 이 땅
위에 활짝 꽃피게 될 토양을 조성하게 된다. 뿐만 아니라 그러한 과정
가운데에 수많은 기독교적 신앙을 담은 문학작품을 생산하는 계기가 된
것도 간과할 수 없다.16)

▎3 ▎ 기독교에 대한 비판적 이론

▎1 ▎ 신후담 · 안정복의 비판

　　기독교는 수용과정에서 많은 비판적 이론에 부딪히게 된다. 그 가운데
서도 신후담(1702~1761)의 『西學辨』과 안정복(1712~1791)의 『天學
問答』을 들 수 있다. 앞서 이익은『天主實義跋』을 썼는데 여기서는 마테
오 리치의 척불을 비난하면서 천주학을 불교와 동일한 것으로 보았다.

---

15) 姜漢永 편,「괘심한 西洋되놈」,『申在孝판소리 전집』, 연세대 인문과학연구
　　소, 1966.
16) 졸고, "한국문학사상과 기독교",『기독교와 문화』, 1987, p.94.

천주는 유가의 상제, 불가의 석가와 같으며, 천당지옥설도 불가의 윤회설과 다름이 없음을 말하고 있다. 이 이론을 계승하여 그의 제자인 신후담·안정복은 구체적 비판이론을 제시하고 있다.

(1) 신후담의 『서학변』

신후담은 자를 耳老 호를 河濱이라 하였다. 그의 저술『西學辨』은 명대 중국에 와서 활동한 예수회 신부들의 저술『靈言蠡勺』·『天主實義』·『職方外記』의 교리에 대하여 비판하고 있다. 『서학변』의 저술연대는 23세(1724)때로 알려져 있다. 그는 마테오 리치의 "천주가 천지만물을 주재한다"는 말은 인정하지만, 그러나 천지만물을 창조했다는 주장은 철저히 비판하고 있다. 그리고, "사람은 죽어도 영혼은 불멸하여 착한 일을 하면 천당을 간다"는『영언려작』을 들어, 영혼불멸설에 대해서도 부정적으로 비판하고 있다. 또『천주실의』를 들어, "천당과 지옥이 있고 영혼이 불멸한다"는 것은 불가의 설이라고 설명하며, 『직방외기』를 비판하여 서학의 논리는 유교적인 것을 교묘하게 모방하고 있으므로 사람들이 서학을 이단으로 깨닫지 못하여 화를 입을까 염려된다고 하고 있다. 이러한 이해는 그가 스승으로 모셨던 이익의 서학 이해와 궤를 같이한다.[17]

(2) 안정복의 『천학문답』

안정복은 자를 百順 호를 順菴이라 하였으며『천학문답』은 72세 때의 저작이다. 그는 의식적으로 서학을 천학이라 불렀으며 그와 가까운 소장들이 본격적 신앙생활을 하고 있었으므로 천학을 피부로 느끼고 있었던

---

17) 洪以燮, "실학의 이념적 일모—河濱 愼後聃의 西學辨 소개", 人文科學 1집 연세대 인문과학 연구소, 1957.

점이 서적만으로 서학을 알게 된 신후담과 다르다 할 수 있다. 그는 천주의 존재와 주재를 시인할 뿐 아니라 천주가 천지만물을 창조한 것까지 인정했다. 그러나 그는 천주와 태극의 이치가 같다고 봄으로써 성리학의 理氣說을 고집한다. 그리고 서학의 영혼불멸설도 용납하지 않는다. 그는 영혼도 氣의 작용이므로 기가 흩어지면 자연 영혼도 소멸된다고 믿고 있다.[18]

신후담과 안정복은 당시 본격적 서학비판의 이론가들이라 할 수 있다. 그들은 결국 천주의 존재와 주재를 시인하면서도 이론상 성리학의 이기설을 고집하고 있다. 신후담은 천주도 理와 기로 되어있다고 하여 천주의 권능을 부정하고 있으며, 안정복도 천주를 태극의 理와 같이 보아 천주의 이지적 섭리를 부정했다. 그러나 이들은 서학에 대하여 깊은 지식과 조예가 있어 겉으로는 서학에 대하여 비판하면서도 이를 의식적 무의식적으로 받아들인 부분도 적지 않다. 이 점에서 이들의 학문세계는 서학의 영향을 받은 새로운 측면도 없지 않다. 안정복이 권철신에게 보낸 편지에는 서학을 비뚤어진 행동으로 보고 이를 저지하지 못하면 장차 다가올 박해가 크게 염려된다고 하고, 우의정 채제공에게 보낸 편지에서는 재상의 비굴한 태도를 꾸짖고 남인의 장래를 위해 서학을 배척해야 할 필요성에 대하여 논급하고 있다. 여기서 보면 서학에 대한 논쟁이 복잡하게 당쟁과도 뒤얽혀 있음을 확인할 수 있다.[19]

---

18) 李元淳, "安鼎福의 天主論攷", 『이해남박사 회갑기념 실학논총』, 1970.
19) 崔東熙, "愼後聃의 서학비판·安鼎福의 서학비판", 『서학에 대한 한국실학의 반응』, 고대민족문화연구소, 1988 참고

② 『척사륜음』· 기타

邪道(기독교)의 폐해를 구제하기 위하여 국민에게 내린 윤음이다. 태조 이후의 역대 교훈 격언 등을 모아 邪를 배척하고 올바른 길로 돌아갈 것을 가르친 글인데, 1839년(헌종 5) 검교제학 趙寅永에 의해 만들어져 국문으로 번역된 목판이 있으며, 1881년(고종 18)에 만들어져 반포된 또 하나의 국문본 척사윤음이 남아 있다.[20]

무삼 연고로 이나라 한가지 말미암은바 평탄한 길을 놓고 몇만리 밖의 이류의 사설을 감심하여써 스사로 그물과 함정의 나아가나냐 오희라 저 침치함이 심고한 자와 반핵의 다 드러난자는 진실로 이미 다 그죄에 업디어시나 그 미쳐 현발치 못한 자는 또 규결함이 어떠하며 자만함이 어떠한 줄을 아지 못하노니… 어두움을 깨달아 밝은데 향할 방소를 생각지 아니하랴[21]

『유중외대소민인등척사윤음』(1839)의 헌종명의로 된 이 척사윤음은 하루 빨리 사교의 함정에서 헤어나 정도로 복귀할 것을 경고하고 있다.

불행히 옛문적에도 들지 못하던 바요 천지간에 비로소 보는바 일종 사교가 있어 태서로부터 와 세상을 혹하고 백성을 속이매 백성이 혹 물들어 더러온 재 우금백여년이라… 악한 것을 제하여써 덕을 심는 것은 우리 열성조 끼치오신 백성을 보존하는 지극한 뜻이라 이제 이렇듯 통연히 효유하노니 나의 마음을 몸받아 알재 있으리라.[22]

---

20) 『斥邪綸音』, 헌종 5년(1839)·고종 18년(1881) 국문 목판.
21) 『유중외대쇼민인등 척샤륜음』(도광십구년 십월십팔일).
22) 『어제유대쇼신료급중외민인등 척샤륜음』(광셔칠년오월십륙일).

이렇게 1881년 고종 명의의 척사윤음인 『어제유대소신료급중외민인
등 척사윤음』에도 하루 속히 사교의 사슬을 벗어나 유학에 복귀할 것을
황제 명의로 간곡히 가르치고 있다.

『斥邪說』(황필수)

檜山 黃必秀가 1870년(고종 7)경 지은 것으로 黃芝秀가 주를 달았다.
여기서는 기독교 배척의 이유로 다음의 10 조목을 나열하고 있다.

- 성인을 모욕하고 벽사를 함.(侮聖而行僻)
- 중화로써 이적으로 변함.(用華而變夷)
- 천리에 어긋남.(違天而悖理)
- 가까이할 것은 배반하고 멀리할 것에 향함.(背親而向踈)
- 생명을 버리고 사망에 나감.(捨生而就死)
- 공교히 하고자 하여 도리어 공교히 못함.(欲巧而反拙)
- 스스로 몸을 잃고 중인을 미혹케 함.(自喪而迷衆)
- 잘못을 못 고쳐 몸을 망치며 깨닫지 못함.(追前而逐後)
- 어질 수 있는데 스스로 몸을 버림.(可賢而自暴)
- 세상을 버리고 명령을 거역하여 행하지 않음.(絶俗而方命)[23]

『闢衛編』(7권)

李基慶의 편저로서 19세기 정조·순조·헌종 삼조의 박해자료를 수
집한 것이다. 순조 이전 특히 신유교난 당시 자료가 태반이다. 이익의
『천주실의발』, 안정복의 『천학고』·『천학문답』, 신후담의 『서학변』 등
과 『황사영백서』, 정하상의 『상재상서』등도 수록하고 있다.

---

23) 黃泌秀저, 『斥邪說』, 고종 7년(1870) 필사본.

척사와 당쟁 양면에서 중요한 자료가 된다.[24]

『斥邪論』(김치진)

金致振의 자서에 의하면 1857년의 작임을 알 수 있다. 기독교의 금압 정책에도 불구하고 선교사의 잠입으로 상하에 이 신앙이 전파된 것을 35조로 분기하여 기독교의 허황됨을 역설하고 있다. 김치진은 斥邪論을 중국에서 출판하여 중국에서부터 파사현정의 정풍 운동을 일으키고자 하여 청나라 배를 탔다가 감시선에 발견되어 황해도수영에 압송되어 뜻을 이루지 못한다.[25]

『闢邪錄』(김평묵)

1866년 병인교난 당시 金平默의 저술이다. 종래의 척사론이 유학과 서학을 대등한 입장에서 비판한 것에 분격하여 유학의 모독이라 주장하고, 안정복이 기독교도를 '西士'라 한 데 못마땅히 여겨 '西胡' 또는 '洋酋'의 호칭을 쓰는 등 척사사상의 높은 수준을 보여준다. 김평묵은 李恒老의 고제로 배외쇄국의 선봉에 서서 1876년 강화조약 때도 斥倭를 상소한 것으로 이름이 높다.[26]

---

24) 李晚采편, 『闢衛編』, 1931년 간행 목활자본.
25) 金致振저, 『斥邪論』, 철종 7년(1856), 필사본.
26) 김평묵 저, 『闢邪錄』, 고종 7년(1866), 필사본. 『斥邪文獻集成』韓國學 19·20집, 한국학연구소, 1978~9.

▌4 ▌ 기독교의 전래작품들

1 이승훈의 『만천집』

『만천집』은 일명 『蔓川遺稿』라고도 일컫는데 만천 이승훈(1756~1801)의 유고집이다. 숭실대학교 기독교박물관 소장의 유일본으로 내용은 雜稿・詩稿・隨意錄의 3부로 되어 있고 권미에 발문을 첨기하였다. 「잡고」 가운데는 그의 유작으로 생각되는 「農夫歌」, 성호 이익의 『天主實義跋』과 丁若銓의 「十誡命歌」・李檗의 「天主恭敬歌」・「聖教要旨」 그리고 李家煥의 「警世歌」가 포함되어 있다. 「시고」에는 「聽鶯有懷」・「平川十二曲」・「元積山中八景」・「復韓草」・「雪月」・雜詩三十餘首의 순으로 배열되어 있다. 또 「수의록」은 일명 「蔓川草薰」라고도 하여 創始・本朝年紀・非京日本琉球國程道・都城・行趾去里程・中國各省府縣의 순으로 기록하였다. 발문은 無極觀人이라 쓰고 다음과 같이 기록되어 있다.

평생을 감옥에 갇혀 지내다가 죽음을 면하여 삼십여 년만에 세상에 나오니 강산은 옛과 다름없고 푸른 하늘 흰구름은 변함없는데 선현과 벗들은 다 어디갔는가. 목석만도 못한 신세로 도처에 전전하니 슬프도다 다시 세상에 나갈 뜻을 잃었도다. 만천옹의 행적과 글들이 적지 않는데 불행히도 모두 손실되어 얻어보기 어렵더니 천만뜻밖에 詩薰・雜錄・片書 들이 남아 있어 졸필로 베껴 기록하여 蔓川遺稿라 이름하였다. 동풍에 얼음 녹고 고목이 봄을 만나 싹틔워 소생함은 하늘의 넓고 큰 섭리로다. 우주의 진리가 이와 같으니 太極而無極을 깨닫는 자는 하늘의 뜻에 접한 자이다.[27]

여기서 보면 자연의 운행·섭리를 하느님의 조화로 믿는 철저한 신앙관이 드러난다. 그리고 감옥에 갇혀 지내다가 30년 만에 세상에 나왔다는 기록에서 金玉姬 교수는 이를 다산 丁若鏞(1762~1836)으로 추정하고 있다. 감옥에 갇혔다는 것은 곧 1801년 신유교난을 말함인데 그때 살아남아 30년을 생존한 인물로는 그를 제외하고는 찾을 수 없기 때문이다.[28]

다산은 丁載遠의 4남 1녀 중 마지막 아들이다. 3남 若鍾은 세례명 아오스딩으로 국문『主教要旨』를 저술, 신유교난 때 처형되었고, 장남 若鉉은 딸이 黃嗣永에 시집가 황사영백서사건으로 일가가 비참한 말로를 맞는다. 그리고 2남 若銓도 모반죄인으로 병인교난 때 참수되며, 다산의 누이 역시 이승훈의 아우 李致薰에게 시집가 사교의 수괴로 신유교난 때 참형, 약종의 아들 夏祥도 우의정 李止淵에 올린「上宰上書」로 유명하나 기해교난의 이슬로 사라지고 만다. 이렇게 丁氏 가정은 부자 2세대에 걸쳐 순조·헌종·고종 3왕대를 잇는 3대 박해사건에 죽음으로 신앙을 지킨 표본적 가정이 된다. 다산은 형들과 매부 이승훈 등 일족이 모두 처형되고 친우 친지들이 사형을 당했으나 그만은 그 후 75세로 세상을 떠나기까지 35년간을 더 살아남아 長鬐 康津땅을 전전하여 유배생활을 계속한다. 그의 귀양살이 후 이 글(발문)이 씌어졌으니 "上主廣大 無邊攝理"는 삶의 체험을 통해 얻어진 증언이라 할 수 있다. 無極觀人은 丁若鏞임에 틀림없다.[29] 하성래도『만천유고』의 시작들을 검토하고『대동시선』의 만천의 시와『만천유고』의 시들을 비교하여 이승훈의 작임을 확인하고, 무극관인이 정약용에 틀림없으며, 오랜 유배생활에서 돌아와 신유교난 때 희생된 선배 친구들의 유적을 기록하다가 그의 매형인 이승훈의

---

27) 숭실대학교 기독교박물관 소장『蔓川集』跋文(역문), 金玉姬,『曠菴 李蘗의 西學思想』, 카톨릭출판사, 1979, p.36 참조.
28) 金玉姬, 위 책, p.37.
29) 李離和는 무극관인을 이승훈의 아들 李身逵로 추정하고 있다.

잡기와 시고를 발견하고 1830년경 그들을 모아 『蔓川遺稿』라 이름한 것
으로 고증하고 있다.[30] 『만천유고』 가운데서 기독교적 작품으로 가치성
을 인정할 만한 것은 「잡고」라고 하겠는데, 이중 「농부가」는 이승훈의
작이라 여겨지며 정약전 등이 합작한 「十誡命歌」, 이벽의 「天主恭敬歌」・
「聖敎要旨」, 이가환의 「警世歌」는 국문으로 수록하고 있어 소중한 자료
적 가치가 인정된다.

2 이벽 부부의 작품들

(1) 「이벽선생몽회록」

숭실대 기독교박물관 소장으로 일명 「이벽전」이라고도 한다. 이벽은
1754년(영조 30) 경기도 광주에서 태어나 1786년(정조 10) 세상을 떠나
기까지 33년간을 살았다. 자는 德操 호는 曠菴, 서학에 입교하여 세례명
을 요한이라 하였다. 그는 유가서에 통달하였으나 차츰 주자주의의 모순
성을 절감하며 마침 중국에서 수입된 서학서적들을 탐독, 천진암 走魚寺
講學會를 통해 자신이 터득한 서학지식을 정약전, 정약용, 권철신, 권일
신, 이승훈, 김범우 등에게 전수한다. 한편 이승훈을 북경에 파견하여 영
세를 받게 하고 귀국시 각종 서학서적들을 들여와 교리 연구에 몰두하여
서학 수용의 결정적 계기를 이룩한다. 「이벽전」 끝에는 '정아오스딩 서우
등 서정이라'고 했으니 아오스딩은 정약종의 세례명이므로 그가 정유
(1777)에 기록한 것임을 알 수 있다. 내용은 이벽과 丁學述의 꿈속의
대화가 골격을 이룬다. 하늘에 홀연 먹장구름이 뒤덮고 사방이 혼미한
가운데 문득 서기가 비취더니 홀연 천상의 이벽이 인세에 하강하여 정학

---

30) 河聲來, "蔓川遺稿의 서지적 고찰", 『天主歌辭硏究』, 성황석두 루가서원,
1985, p.146.

술을 만나 대화의 문을 연다. 대화의 내용은 다음과 같다.

- · 우주창조의 섭리
- · 낙원추방과 예수의 구원
- · 유·불·도의 허망함
- · 조상의 제사와 우상숭배
- · 신유교난과 진리의 승리
- · 天主密驗記와 하나님의 심판
- · 천주밀험기의 내용

천주밀험기는 갑인·을묘(1794~5)의 예언에서 비롯하여 갑진·을사(1844~5) 50여 년간의 예언적 사실이 나열되고 있다. 신유·임술간에는 서학교도가 참살당하니 피가 강산을 물들일 것이라 하였는데 이는 신유교난의 예언으로, 이승훈, 권철신, 주문모, 정약종 등이 대거 처형된 기독교박해사건을 말함이다. 또 무술·기해에는 서학교도가 참살되어 민심이 흉흉해진다고 했으니, 이는 기해교난을 말함이다. 이처럼 역사적 사건과 재난들이 꿈속에 나타난 천상적인 이벽의 천주밀험기를 통하여 예언되었다.

　　병오 후로는 내세가 임하여 죄있는자 모두 토멸당하여 선하고 천주
　　공경하는 자 혹 세상을 이어갈 때가 오고 있나니라.

여기 병오(1846)는 이벽이 세상을 떠난 후 60년 병오로 이벽이 학술의 꿈에 나타난 해다. 이벽전의 작자는 바로 이 병오년 이벽의 재림을 통하여 새로운 구원의 역사가 비롯된다고 믿고 있다. 이벽전은 몽중설화자가 실제인물이며, 유·불·도를 부정하고 새로운 천학사상을 설득하고 있으

며, 천주밀험기라는 새 예언서를 통하여 천주의 재림을 이벽의 환생을 통해 예언하고 있다는 점에서 문학성이 높은 작품이라 하겠다.[31]

(2) 「聖敎要旨」

「聖敎要旨」는 이벽의 대표적 저술이다. 『만천유고』에서 보면 제목 밑에 "讀天學初函李曠菴作註記之"라고 되어 있고 언해본 서두에는 "이 성교요지는 이벽선생께옵서 천학초함 읽으신후 작하심이라"고 쓰고 있어, 이벽이 작자임을 분명히 하고 있다. 언해본 말미에는

> 차 성교요지 책자는 옛 이벽선생 만드신 구결이라. 임신년 정아오스딩
> 등서우약현서실이라.[32]

는 주기가 있다. 임신년은 1812(순조 12)이며 "謄書于藥峴書室"의 정아오스딩은 정약종이니 그가 약현서실에서 베껴쓴 것을 알 수 있다. 「성교요지」는 옛 시경의 형식을 모방한, 기독교 성서를 주제로 한 문학적 교훈적 서사시라 할 수 있다. 한문본의 전체적 구성은 4자 단위의 정형을 취하고 있으며 하나하나의 내용을 서술한 다음 반드시 그 내용에 대한 저자의 주기를 붙이고 있다. 「성교요지」는 1절에서 15절까지는 신구약성서가 주제가 되어 있고, 16절에서 마지막 49절까지는 바울의 로마서가 주제가 되어 있다.

> 세상에 사람이 나기 전에 상제께서 계셨으니 오직 하나이신 천주라.
> 이르나니 모든 성신이 그와 비하지 못하는도다. 천주 엿새동안 힘써 만드

---

31) 졸고, "니벽선 몽회록 解題", 숭실어문 1집, 1984, 「부록」.
32) 이벽, 『성교오지』, 하성래역 성황석두루가서원, 1985, 「해제」 참고.

시니 천지를 개벽하고 또한 만물을 만드시니 그저 기이하고 신기로운 것이니라. 흙을 빚으셔 영혼이 있는 우리들 사람을 만드시니 이어 살아가는 땅과 터를 주시고, 또한 모든 것을 장만하여 주시었나니라.[33]

첫절의 내용은 구약 창세기의 처음 내용으로, 천지창조 문제와 모든 만물을 새롭게 보존한다는 상제의 뜻을 읊고 있다. 그리하여 마지막 이 글을 끝맺으면서, 상주의 덕이 넓기 이를 데 없고 상주의 공이 빛남을 보게 되면 사람은 마땅히 깊이 생각하여 마음을 가라앉혀 무릎을 꿇어 기도하고 나쁜 마음을 고쳐 공손히 공경하면 성령을 받아 전날의 잘못을 스스로 회개할 것이라 강조하고 있다.

(3) 「천주공경가」

「만천유고」에는 「성교요지」외에 이벽의 작으로 「天主恭敬歌」가 전한다. 제목의 하단에는 "己亥年臘月 於走魚寺 李曠菴驥驥作歌"라고 하여 이벽의 창작을 분명히 하고 있다. 이 가사는 천주가사의 효시가 되는 작품으로 4·4조의 1음보로 계산할 때 33귀의 짧은 노래이지만, 당시 태동기의 기독교사상이 남인학자들 사이에 얼마나 깊숙이 침투하고 있는지를 볼 수 있는 좋은 자료가 된다. "어와 세상 벗님네야 이내말씀 들어보소"에서 비롯하여 "믿어보고 깨달으면 영원무궁 영광일세"에 이르기까지, 영혼불멸을 굳게 믿고 불사공경을 하지 말며 천당준비를 서둘러야 한다고 강조한다.[34]

---

33) 夫生民來 前有上帝 唯一眞神 無聖能比 六日力作 先闢天地 萬物多焉 旣希且異…(1·3절)
34) 앞 책, 『蔓川集』, 十誡命歌·天主恭敬歌·聖教要旨의 순으로 수록되어 있다. 하성래, 「이벽의 천주공경가」, 『天主歌辭研究』 참조.

(4) 「유한당언행실록」

『柳閑堂言行實錄』 역시 기독교 박물관자료로서, 이 작품의 저자는 이
벽의 부인 柳閑堂 權氏임이 밝혀졌다.[35] 稷菴 權日身의 딸인데, 이 사실
은 서문 중 "숙부영가권철신작서"가 그 근거가 된다. 안동 권씨 족보에는
권일신의 자녀로 상학·데레사·상성·유한당 네 자녀가 있었던 것으로
밝혀지고 있다. 유한당연행록은 모두 12항목으로 되어 있다.

- 마음가지는 법.
- 용모가지는 법.
- 몸가지는 법.
- 말씀하는 법.
- 기거하는 법.
- 거가하는 법.
- 처녀의 수신하는 법.
- 출가하는 법.
- 가장 섬기는 법.
- 부모와 구고 섬기는 법.
- 자식 교육하는 법.
- 자부 교훈하는 법.

이 언행록의 내용은 조선조 『內訓』이나 『女四書』 또는 『女範』 등과
비슷하다. 『내훈』은 성종모 소혜왕후의 찬술이며, 『여사서』는 중국 여성
훈계서로 『언해여사서』가 전한다.

『여범』은 영조빈 선희궁이 직접 저술한 여성교육서다. 이 언행록도

---

35) 졸고, "류한당언힝실록 해제", 숭실어문 1집 부록.

이들과 유사하지만 전래의 전통적 유가윤리나 주자주의의 용어들을 모두 기독교적 언어로 바꾸고 있다. 공자나 성현의 말씀은 모두 '천주의 말씀' 으로 대체되고 있다.

천주말씀에 이르시되 한집 계교는 화순한데 있고 일생계교는 부지런 한데 있고 일년계교는 봄에 있고 하로의 계교는 새벽에 있다 하셨나니라 (거가하는 법).

천주께서 말씀하시기를 십년계교는 나무를 심고 일년계교는 곡식을 심으라 하셨으니 무논 남녀노소하고 이말을 잊지 말고 명심하여 행하면 평생에 유익할뿐 아니라 세계에 명예 있으리라(거가하는 법).

천주께서 가라대 이 세상에 모든 사람이 서로 사랑하고 화친하라 하셨 나니라(부모와 구고 섬기는 법).

여기서 보면 기존의 교훈적 어구 위에 '천주께서'라는 말만을 씌워 기 독교적인 것으로 바꾸고 있다. 다음으로 종전 훈계서들이 상류·특수층 에 제한된 데 비해 본서는 서민적 교훈서라는 점을 특징으로 들 수 있다. 「처녀의 수신」, 「남편 섬김」, 「부모·구고섬김」, 「자녀교육」, 「자부교육」 등 당시의 전통예절들이 저항없이 서학에 수용되어 국문 표기로 부녀자 민중층으로 파고들고 있음을 볼 수 있다. 그리고 표현의 방법도 평이한 문장과 비유적 문장을 많이 쓰고 있다. 부부관계를 원앙새에 비기고 혼인 베개에 원앙을 수놓은 까닭을 설명한다든지, 현숙한 부인을 연꽃에 비겨 외면적 아름다움보다 단아한 태도를 더 높게 여겨 표현함이 좋은 예가 된다. 이 글의 필사는 "경자납월 정아오스딩 서우수표"라 하였으니 丁若 鍾이 1780년 庚子年 12월에 수표교집에서 기록하였음을 알 수 있다. 「이

벽전」이 22면인데 비해 본 언행록은 34면의 필사본이다.[36]

3 정약전의 「십계명가」·정약종의 「주교요지」

정약전(1758~1816)은 丁載遠의 둘째아들로 태어나 일찍이 서학에 입교한 후로는 벼슬을 버리고 은퇴하여 기독교 전파에 힘썼으며, 광암 이벽의 누이동생과 결혼하여 신앙운동에 힘쓰다가 신유교난 때 흑산도로 유배되어 『玆山魚譜』를 저술하였다. 『蔓川集』에는 기해년 섣달 走魚寺 강론 후 정약전, 권상학, 이총억 등이 노래를 지어 부쳤다고 하였으니 「십계명가」는 정약전이 중심이 된 공동작의 형태를 빌고 있다.[37] 4음보 6행 10편으로 십계명을 가사로 노래하고 있다.

> 세상사람 선비님네 이아니 우스운가
> 사람나자 한평생에 무슨귀신 그리많노
> 아침저녁 종일토록 합장배례 주문외고
> 있는돈 귀한재물 던져주고 모셔봐도
> 허망하다 마귀귀신 우매한고 사람들아
> 허위허례 마귀귀신 믿지말고 천주믿세

다음에 전래의 「聖敎日課」(1597)와 「천주성교공과」(1880)에서 각각 한문과 국문 십계명을 옮겨 보자.[38]

---

36) 金玉姬, "柳閑堂權氏의 言行實錄에 관한 硏究", 『韓國天主敎 女性史』, 한국인문과학원, 1983.
37) 『蔓川集』 「十誡命歌」, 己亥臘月於走魚寺講論後, 丁巽菴 權公相學 李公寵億 作歌奇之.
38) 「聖敎日課」(1597)는 「袖珍日課」라고도 하는 龍華民의 글이며, 「텬쥬셩교공과」는 1880년의 목판본이다.

- 欽崇一天主萬有之上(하나이신 천주를 만유위에 공경하여 높임)
- 毋呼天主聖名 以發虛誓(천주의 거룩하신 이름을 불러 헛맹세를 발치말고)
- 守瞻禮之日(주일을 지키고)
- 孝敬父母(부모를 효도하여 공경하고)
- 無殺人(사람을 죽이지 말고)
- 無行邪淫(사음을 행치말고)
- 無偸盜(도덕질을 말고)
- 毋妄證(망녕된 증참을 말고)
- 毋願他人妻(남의 아내를 원치 말고)
- 毋貪他人財物(남의 재물을 탐치 말라)

　　구약성서 첫째 계명은, '우상을 숭배하지 말라'는 것으로 허위허례의 마귀귀신을 믿지 말고 오직 천주를 믿어야 된다고 하였다. 둘째 계명은 '주의 이름을 거룩히 여기라'는 것으로 함부로 천주이름을 논하지 말고 참된 사람의 갈길은 어디 있는가 살펴 깨우쳐야 한다는 것이다. 셋째 계명은 '안식일을 거룩하게 지키라'는 것이니, 하룻동안 열심히 노력하고 일곱째날은 안식일이니 이 날을 잘 지켜야 한다는 것이다. 넷째 계명은 '네 부모를 공경하라'는 것이니 인간행실 가운데, 부모공경이 으뜸이며 부모공경을 알면 자연 천주 공경을 알게 되니 자연 은혜를 받게 된다는 것이다. 다섯째 계명은 '살생을 하지 말라'는 것이니, 전쟁에서 충신이 되는 것도 스스로 목숨을 끊는 것도 모두 하느님께 죄가 되는 것이니 천국은 살생이 금물임을 강조한다. 여섯째 계명은 '간음하지 말라'는 것이니, 간음은 더럽고 추악하고 마음썩고 몸버리는 행위이니, 이런 사행을 멀리하여 천주의 뜻에 부합되도록 노력해야 한다는 것이다. 일곱째 계명은 '도적질하지 말라'는 것이니, 도적질은 행동과 마음 속의 행위까지 포함되며 이런 행위로 자손에게까지 오명을 남기지 말고 하느님의 대의를 솔선수범해야 한다는 것이다. 여덟째 계명은 '거짓증거하지 말라'는 것이 니, 특히 과거의 붕당싸움은 奸臣小夫의 거짓증거에 기인하는 것이므로 시야를 크게 돌려 천주대의를 알게 되면 그러한 생각이 소멸하게 될 것이 라 경계하고 있다. 아홉째, 열째 계명은 '남의 아내와 재물을 탐치 말라'는 것이니 만악의 근원은 탐심에서 생겨나는 것으로 守分樂道의 마음가짐 이 필요하며, 이러한 탐심을 억누르지 못할 때 모든 화근이 이로 말미암 는다고 경계하고 있다. 구약성서의 십계명을 당시 조선사회 현실에 알맞 게 적절한 비유를 사용하여 노래한 이 십계명은 당시에 행해져야 할 기독 교적 윤리관을 말해줄 뿐 아니라 우리나라 천주가사의 효시작품으로 과 거의 샤먼과 유교적 습속에서 기독교 신앙에로의 획기적 변혁을 읊고 있어 그 가치성이 매우 높게 평가된다.[39)]

丁若鐘(1760~1801)은 정약전의 아우로 세례명을 아오스딩이라 하며, 이미 「이벽선생몽회록」(1777)과 「유한당언행록」(1790)을 기술하여 남 긴 바 있다. 그는 이승훈 등과 모의하여 주문모 신부를 맞아들여 전도에 힘쓰다가 신유교난 때 이승훈 등과 함께 서소문 형장에서 순교하였다. 그의 「主敎要旨」는 국문 문답체로 되어 있다. 「黃嗣永帛書」에는 "當爲 敎中愚者 以東國諺文 述主敎要旨二卷"이라 하였으니 어리석고 우매한 교인들을 위하여 국문으로 창작한 것임을 알 수 있다. 정약종 수고본은 전하지 않고 목판본(1885)과 활자본만이 전한다.[40)] 상편은 "인심이 스사 로 천주 계신것을 아나니라"에서 "지옥은 천당과 맞은 짝이 되나니라"에 이르는 32항목으로 구분되어 기독교신학의 호교론적 이론을 전개하고

---

39) 구약성서, 출애굽기 20장 「십계명」.
40) 정약종, 『주교요지』, 하성래주, 성황석두루가서원 1985(해제). 본고는 기독 교박물 소장 목판본(1885 중간)을 참고하였다.

있으며, 하편은 "천주 엿새만에 천지만물을 내시니라"에서 "사람이 천주
교를 들으면 즉시 믿어 봉행할 것이니라"에 이르는 11항목으로 계시를
중심으로 한 기독교적 救贖論으로 되어 있다. 일찍 박종홍 교수는 「주교
요지」가 짜임새가 있고 그 표현이 평이한 데다 깨끗한 우리말로 요령있
게 서술되어 있는 점을 높게 평가한 바 있다.[41] 「주교요지」는 늦어도
1800년 이전의 창작이 확실하니 당시 국문의 보급과 언문일치 운동에도
이 글이 큰 역할을 하였을 것임에는 틀림없다. 「주교요지」는 기독교사상
서학의 교리서로는 효시의 작품이라 할 수 있다. 이를 마테오 리치
(Matteo Ricci)의 『天主實義』와 비교해 보면 내용과 순서상 약간의 차
이는 있으나 의미상으로는 거의 비슷함을 알 수 있다. 마테오 리치의 교
의이론을 순 한글로 쉽게 풀어 설명하는 형식을 취하였으므로 당시까지
사회적 관심의 대상에서 소외되었던 서민층, 부녀층을 계몽하고, 동시에
종교적으로 신앙심을 자극하는 데 이 「주교요지」가 크게 영향을 주었음
에 틀림없다. 하느님(천주)의 존재를 증명하고, 천주의 속설을 밝히며,
속론과 불교의 이론을 비판하고, 천주의 상벌을 논하는 등 당시 기독교도
들이 지켜야 할 일종의 윤리강령서의 성격을 지녔다고 보아도 좋을 것
같다.[42]

---

41) 朴鐘鴻, "西歐思想의 도입비판과 섭취", 『아세아연구』, 1969. 9.
42) 金玉姬, "마테오 리치의 『天主實義』와 丁若鍾의 『主教要旨』", 『曠菴 李檗
   의 西學思想』참고 『己亥日記』는 원본이 필사본인데 1905년 뮈뗄(閔德孝)
   감수의 활자본으로 간행되었고, 韓國敎會史 硏究資料 15·16집으로 영인
   간행하였다. 1984년에는 카톨릭출판사(117면)·성황석두 루가서원에서 각
   각 활자 내지 영인본으로 간행되었다.

4 현석문의 『기해일기』

현석문(1799~1846)의 기해일기는 1939년(현종 5) 기해교난 순교자들의 기록이다. 현석문은 새남터순교자의 한 사람이다. 따라서 기해일기는 순교자가 쓴 순교일기라는 점에서 종교적 문학적 가치가 더욱 높다. 내용은 1839년 박해 당시 순교한 79명의 신앙생활과 순교사실을 국문으로 기술하였다. 「上宰上書」로 이름난 丁夏祥전기의 한 부분을 옮겨보자.

> 기해 유월초일일에 포졸이 이르러 노모와 누이 한가지로 잡히니 바오로는 집에서 홍사로 결박하야 사관청으로 잡아다가 성명사자 묻고 곳간에 가도았더니 이튿날 그 원정을 종사관께 바치니라. 삼일에 포장이 잡아올려 문왈, 네 조선 풍속은 좇지 아니하고 외국도를 행하여 사람을 가르쳐 혼탁하게 함이 옳으냐. 답왈 외국 좋은 물건은 취하야 쓰고 천주성교난 외국도라고 옳은 일을 배반하오리까. 사람마다 아니치 못할 도리로소이다. 포장왈 네 외국도난 기리고 나라와 관장이 금하난 것은 그르고나하니 그말에는 죽어지만이로 소이다. 그 원정의 뜻을 자세히 묻고왈, 말은 옳으나 나라히 금하는 것을 당을 모아 가르치느냐 하고 결박하여 놓고 주뢰로 누르니 팔이 다 늘어진 후 하옥하니라… 금부로 올려 연삼일 추국에 형문 삼차하고 팔월십오일 성마테오종도 첨례 이튿날 신시에 류아오스딩과 한가지로 참수 치명하니, 연이 사십오세요, 시는 천주 강생 후 일천 팔백삼십구년이러라. 법장으로 나갈 때에 수레우희서 흔연히 웃고 낙낙하니라.[43]

여기에는 정하상의 체포 심문과정, 참수형에 처해진 경과가 여실히 기록되고 있다. 사형장에 웃으며 나아가는 표정까지 서슴없이 기술하고 있

---

43) 「정바오로」, 『기해일기』(1905), pp.42~45 옮김.

다. 기해일기에는 범주교(Imbert)·나신부(Maubant)·정신부(Chastan)를 비롯하여 丁夏祥·劉進吉·趙信喆 등의 유명인, 현석문의 매씨 현가롤로(과부)·순길의 모친(과부)·감골집·궁녀 등 다양한 계층의 순교자들이 혼재하고 있는데, 특히 아내·딸·모친·누이·고모·질녀 등의 여성가족 하층서민 가운데 더욱 순교자가 많은 것이 특색이다. 『기해일기』에서는 처음 范主敎가 순교사실을 기록하다가 자신도 미구에 순교할 것을 알고 玄錫文에게 이 일이 맡겨져 완성을 보는데, 丙寅풍파에 모두 분실되고 여러 해 땅속에 묻혀 있던 헌 책을 겨우 얻어 세상에 알려지게 되었다고 기록하고 있다. 기해일기는 이처럼 필사본으로 전승되어 오다가 1905년 활자본으로 간행되는데, 우리 전기문학의 새 장을 열어주는 소중한 작품으로 평가된다.[44]

이밖에도 문학적으로 평가할 만한 글로는 최해두의 「自責」이라는 작품이 있다. 이 글은 1801년 신유교난을 겪은 사람이 자신만 순교하지 못하고 옥중에서 잔명을 부지하여 살아남은 것을 스스로 나무라는 내용이다. 이 글에는 순교자와 생존자의 대조되는 모습을 통하여, 생존자로서 옥속에 갇혀 잔명을 부지하는 것이 얼마나 부끄러운 일인가를 말하여, 깊은 참회와 자책의 넋두리를 늘어놓고 있다.[45]

19세기 후반 기독교 탄압이 뜸해진 틈을 타 1864년에는 다량의 기독교 서적이 국문으로 인쇄되어 나오는데 그 서목을 들어보면 대략 다음과 같다.

　　성교요리문답(聖敎要理問答) 4책

---

44) 최석우, "기해일기의 몇 가지 문제점", 『司牧』43호, 천주교중앙협의회. 하성래, "殉敎日記의 傳記文學으로서의 특성", 한국교회사 논문집 1집, 1984.
45) 하성래, "한국문학에 끼친 천주교의 영향", 『국어국문학』74호.

천주성교공과(天主聖敎工課) 1책

주년첨례광익(周年瞻禮廣益) 1책

천주성교예규(天主聖敎禮規) 2책

성찰기략(省察記略) 1책

영세대의(領洗大意) 1책

회죄직지(悔罪直指) 1책

신명초행(神命初行) 2책

천당직로(天堂直路) 1책

성교절요(聖敎切要) 1책

주교요지(主敎要旨) 2책

이러한 한글본 종교서들의 간행이 기독교신앙을 민중 속으로 급속히 전파함은 물론, 국문 보급을 통하여 서민문학에 이바지한 공적은 적지 않다고 할 것이다.[46]

5 성서번역과 어문학의 발달

한문으로 된 성서가 이 땅에 소개된 것은 1816년으로 알려져 있다. 그후 화란선교사 구즐라프에 의해 성서가 소개되기도 하고(1832), 1865 년에는 토머스 목사가 황해도 해안에 상륙하여 한문성서를 가지고 복음을 전파하였다. 그러나 기독교 문학의 발달은 아무래도 성서의 번역사업에서부터 찾아야 할 것이다. 大英及外國聖書公會 보고에는 스코틀랜드 선교사 매킨타이어(J. Macintyre)와 로스(J. Ross)목사가 조선청년들과

---

46) 山口正之, 앞 책, 「庶民文學」, pp.147~154 참고.

함께 성서번역에 종사한 기록이 나온다. 로스가 만주 通化縣 고려문에서 徐相崙·李應贊 두 청년을 조선어 선생으로 삼고, 그들에게 성서의 교리를 가르치기 위해 국문으로 성서를 번역하는 사업에 착수한 해는 1873년으로 알려져 있다. 선교사와 이들 서북청년의 만남은 기독교의 대중화에 결정적 계기를 이룩하고 있다. 이들의 의욕에 찬 계획이 결실을 맺어 1882년 가을에는 만주 瀋陽 문광서원에서 「예수셩교누가복음젼셔」와 「예수셩교요안내복음젼셔」라는 쪽 복음서가 세상에 나타나게 된다.47) 로스와 매킨타이어는 계속사업으로 서상륜·이응찬·白鴻俊·李成夏·金鎭基 등의 도움으로 「예수셩교젼셔말코복음」, 「예수셩교젼셔마태복음」을 간행하고, 1887년에는 『예수셩교젼셔』라 하여 신약성서가 완전 번역 간행되기에 이른다. 그중 특히 서상륜은 로스에게서 세례를 받고 번역성서를 들고 압록강을 건너가 전도사업에 앞장서게 되는데, 그 후 언더우드(Underwood)가 李樹廷번역의 성서를 가지고 전도할 때 서상륜이 로스판 성서를 가지고 다니는 것을 보고 경악을 금치 못하였다고 한다. 당시 서상륜이 그의 고향인 황해도 장연 솔내(松川)에 세운 솔내교회는 조선인의 손으로 처음 세워진 한국 프로테스탄트교회의 요람이 되었다.48)

한편 일본의 요꼬하마(橫濱)에서는 1885년 조선인 유학생 李樹廷에 의하여 「신약마가젼복음셔언해」가 처음 간행된다. 이수정은 임오군란 후 박영효 일행을 따라 민영익, 김옥균의 개인수행원 자격으로 일본에 건너간 것이 성서번역의 계기가 되었다. 그는 동경 외국어학교의 한국어 교사

---

47) 金良善, "Ross Version과 Protestantism", 白山學報 3호, 1967.
　　金秉喆, 『韓國近代飜譯文學史』, 乙酉文化社, 1975, p.32.
48) 趙神權, "성서번역의 문학사적 의의", 『韓國文學과 기독교』, 연세대학교 출판부, 1983.

로 봉직하면서 일본인 목사 쯔다셴(津田仙)을 만나 한문성서와 기독교
교리에 접할 기회를 갖게 된다. 그는 1883년 露月町교회에서 야스가와
(安川亨)목사에게 세례를 받고 곧 한문 사복음서에 이두로 토를 달았으
며, 1885년에는 이를 바탕으로『신약마가젼복음셔언해』가 요꼬하마 미
국성서공회를 통해 간행되기에 이른다. 미국선교사 언더우드나 아펜셀러
및 스크랜톤이 1885년 인천항에 입항할 때 이 책을 들고 들어왔다는 사
실은 이수정의 번역사업을 더욱 돋보이게 한다.

> 로스역과 이수정역은 원문과 한국어에 조예가 깊은 외국인의 적절한
> 수정이 없이 한국인 학자들만이 중국어와 일본어성경에서 번역한 것일
> 수밖에 없었다. 우리들은 언제나 이들 선구적 번역에 감사하지 않을 수
> 없다. 그러나 과장된 문체며 지나친 한문투며, 사투리 표현이며 빈번한
> 오역이며 괴상한 철자며, 거친 활자 등은 초기 선교사들로 하여금 구번역
> 을 고쳐 만드느라고 시간을 낭비하느니보다 새로 번역하는 편이 더욱
> 낫겠다는 결론을 내리게 했다.[49]

앞의 인용문은 레이놀즈(W. D. Reynolds)선교사의 말인데, 번역상의
오류, 문체나 내용의 졸렬성 때문에 1887년 성서번역위원회가 발족되어,
1904년에는『신약전서』, 1911년에는『구약전서』의 완역본이 새롭게 간
행을 보아 기독교문화운동에 성서가 크게 이바지하게 된다. 특히 만주에
서의 로스 번역과 일본에서의 이수정 번역은 국외에서 그 작업이 이루어
졌다는 것 외에 조선인의 손을 빌어 우리글로 번역되었다는 점에서 더욱
큰 의미를 부여해야 할 것이다. 특히 이수정은 어학적인 재질이 빼어나
『朝鮮日本善隣互話』를 저술하고,『天主敎人朝鮮事實』이라는 한국판

---

49) 白樂濬,『韓國改新敎史』, 연세대학교 출판부, 1973, p.159.

달레의 조선천주교사를 썼다.[50] 또 1844년 일본에서 간행된『金鰲新話』에 발문을 쓰기도 하고, 朴齊炯의『朝鮮政鑑』에 서문을 쓰기도 하였다. 이수정은 민영익과 같은 보수계 인사와 친숙하였으나 일본에서의 친일활동을 구실로 1866년 귀국하자 곧 체포되어 처형되는 비극을 겪게 된다. 그는 일어, 한문은 물론 영어, 헬라어까지도 매우 조예가 깊었던 것으로 알려지고 있다. 이수정 번역성서를 손에 들고 인천항에 상륙한 언더우드・아펜셀러 선교사의 활동은 한국개신교 백주년의 기점을 이룩하고 있으니, 번역성서가 민중문화 내지 기독교 전파에 이바지한 공로는 막대한 것이라 하겠다.[51]

성서뿐 아니라 우리말로 직접 노래불렀던 찬송가도 전파과정을 통하여 적지않게 우리 문화의 발달에 이바지하였다. 김병철에 의하면 최초의 찬송가집은 감리교선교사 존스(G. H. Johns)와 로드와일러(L. C. Rothweiler) 공편의『찬미가』(1892)라고 한다. 수록된 찬송가는 27편 가사만 수록된 30장본이다. 그 후 언더우드가 펴낸『찬양가』는 모두 117편인데, 이 책은 악보를 함께 수록한 최초의 것이다. 이어 1908년에는 예수교서회가 간행한『찬송가』가 나오게 되는데, 여기에는 262편이 수록되고 있으며, 우리나라 고유의 가락으로 부를 수 있는 노래가 여러 편 삽입되었다. 해방 후 1949년의 소위『합동찬송가』에 수록된 노래가 586편에 이르는데, 수적인 면에서뿐 아니라 4.4조의 율격이 개화가사 창가의 바톤을 넘겨 받아 새로운 시가의 형태로 발달을 보여 시가문학의 발달에도 크게 이바지하고 있는 모습을 본다.[52]

---

50) 吳允台,「先驅者 李樹廷」篇,『韓國基督敎史』(4).
51) 崔泰榮・李樹廷 역, "신약마가젼복음셔언해 해제", 崇實語文 2집「부록」.
52) 金秉喆, "개화기시가상에 있어서의 초기 한국 찬송의 위치",『아세아연구』14권 2호(1971). 슈미트, "찬송가의 초창기 번역에 관한 연구", 고려대학교석사 논문, 1972.

┃ 6 ┃ 「홍길동전」·「춘향전」의 기독교적 시각

1 「홍길동전」의 시각

홍길동전은 허균(1589~1618)의 창작으로, 최초의 국문소설로 알려져
있다. 유몽인의 『어우야담』 가운데는 허균이 중국에 들어가 지도와 게
12장을 얻어 돌아왔다는 기록이 보이니 이로 보면 그가 기독교를 학문적
으로 연구하였을 뿐만 아니라 직접 신봉하고 있었음을 알 수 있다. 허균
이 동지사행으로 북경에 들어간 것이 1610년(광해 2)이며 그의 저술 『성
소부부고』에는 갑인·을묘(1613~1614)에 중국에서 4천 여권의 서적을
구입해온 기록이 보인다. 그리고 마테오 리치는 이미 1600년경에 북경에
들어가 천주당을 건립하고 천주실의를 간행하였다. 그러므로 허균이 북
경에 간 때는 기독교가 이미 성행하고 있었을 것이므로 그가 교회당을
찾아보고 선진서학에 대하여 관심을 두고 있었음은 당연한 일로 받아들
여진다. 이렇게 기독교에 지극한 관심을 표명했던 허균인 만큼 그의 창작
「홍길동전」을 기독교와 관련하여 검토해봄은 결코 헛된 일만은 아닐 것
으로 생각된다.

「홍길동전」의 특성으로는 첫째, 최초의 국문소설이라는 점, 둘째, 광해
난정 당시 계급타파를 주장한 사회적 배경이 곧 작품의 배경으로 전이되
어 있다는 점, 셋째, 율도국이라는 하나의 이상국 즉 유토피아 세계를
현실의 대안사회로 제시하고 있다는 점, 넷째, 작품의 구성을 영웅의 일
생 내지 地下國大賊除治 같은 민담구조를 통하여 작품의 주제를 형상화
하고 있다는 특징을 들 수가 있다.[53] 그중 첫째문제는 작품의 창작연대와

---

53) 鄭鈺東, 『洪吉童傳研究』, 文豪社, 1961. 졸고, "허균과 그의 文學", 『古小說
通論』, 二友出版社, 1983.

도 관련된다. 제작연대를 17세기 초반으로 추정하면, 각종 기독교 교리서들이 한글로 번역되어 읽혔다는 李景溟의 상소(1788)나,『천주실의』등 번역교리서들이 읽혀졌으리라 추정되는 洪樂安의 계(1790)등 연대와는 현격한 간격이 있으나, 여하튼 양자 공히 국문으로 된 표기라는 공통점을 찾아봄직하다.54) 둘째문제는 당시의 庶孽禁錮法과 관련하여 광해난정 당시의 시대적 부조리를 작품 속에서 "呼父呼兄을 하지 못하게 하는 홍길동"으로 대담하게 전이해 놓고 있다는 점에서 그 가치성이 높게 평가된다고 하겠다. 홍길동은 사회의 제도적 부조리에서 뛰쳐나와 불의한 재물을 탈취하여 빈민을 구제하는 활빈당의 당수가 되고, 함경감영 습격을 통해 탐관오리들을 응징하고, 불교의 부패를 고발하여 해인사를 습격하는 등 나중에는 팔도에 하나씩의 길동이 횡행하여 어느 것이 참 길동인지를 알지 못하고 잡지 못하는 혼란이 조성된다. 길동의 저항은 庶孽防限과 부조리로 가득한 당시 조선사회에 대한 도전이라 하여도 과언이 아니다. 셋째 이러한 부조리한 사회에 대응되는 하나의 대안사회 즉 이상국 건설은 곧 홍길동전의 주제사상을 보여준다. 홍길동전은 허균의 꿈을 율도라고 하는 하나의 가정적 공간에다 실현시켜 본 작품이라고 할 수 있다. 율도는 곧 이상향, 토머스 모어의『유토피아』에 대응된다.『유토피아』는 無何有鄕(Nowhere)의 의미로 인간의 이상사회가 문학 속에 표현된 것인데 거기에는 종교적 관용, 교육의 평등이 설명되는 반면 당시 영국사회에의 비판의 근저에는 열렬한 기독교신앙이 바탕을 이루고 있다. 허균의 기독교에 대한 관심과 평등사상이 빚어낸 산물이 곧 율도국이 아니었겠느냐의 생각은 홍길동전의 표층 구조를 살펴보면 더욱 절실해진다.

---

54) 하성래, "한국문학에 끼친 天主敎의 影響",『국어국문학』74호, p.120.

· 길동이 나귀를 타고 다니는 장면은 마치 예수가 나귀타고 예루살렘
으로 입성하는 장면과 같다(마 21:1~11).
· 홍길동전의 오방신장은 성서의 흰말·붉은말·검은말·청황색말
탄 자와 같고, 길동은 순교자로 대체되어 나타난다(계 6:1~11).
· 길동이 왕 되기 전 망탕산에 들어가 요괴를 퇴치하는 내용은 예수가
사탄과의 치열한 싸움을 통해 낙원을 되찾는 모습과 흡사하다.
· 길동의 생에 대한 결론적 표현인 "세상사 생각하니 풀끝의 이슬과
같도다"는 "모든 육체는 풀과 같고 그 모든 영광이 풀의 꽃과 같으
니 풀은 마르고 꽃은 떨어지되"(베전 1:24)와 같다.
· 마지막 왕과 왕비가 승천하는 대문은 성서에 자주 나오는 승천의
사건과 흡사하다.[55]

앞 인용문은 물론 홍길동전과 성서의 관계를 미리 연결지어 놓고 그
조건들을 의식적으로 맞추어간 듯한 느낌이 없지 않다. 그러나 허균의
기독교적 관심과 길동의 유토피아적 사고가 전혀 홍길동전 해석과 무관
하리라고 보는 것은 지나친 속단이라 여겨진다.

끝으로 작품의 영웅성·민담구조의 문제다. 조동일은 홍길동을 중세
적 질서에 대한 영웅으로, 홍길동전을 영웅의 일생을 재현한 전승적 영웅
소설로 보고 있다. 김열규는 홍길동전을 전기적 유형의 동명왕 전승과의
유사성을 들어 구조적 상관성을 밝히고 있다. 그리고 망탕산의 요괴를
퇴치할 때는 문득 공중으로서 무수한 신장이 내려와 길동을 구출해 주고,
백룡의 딸 등을 구출하여 보은의 아내로 삼는다. 앞서 제기된 영웅전승과
지하국 민담구조를 통하여 보면 초인적 신비사상을 담고 있어, 한번 쯤은
홍길동전을 기독교적 차원에 놓고 분석해 봄직한 가능성을 보여준다. 최
초로 기독교에 관심을 가졌고 서학을 종교로 신봉했던 허균과 그의 사상

---

55) 趙神權, "擬基督敎的 유토피아소설 『洪吉童傳』", 「유토피아의 건국」앞 책.

소설 홍길동전은 긴밀한 상관관계가 있었다고 보는 것이 훨씬 자연스러울 것으로도 생각된다.[56]

2 「춘향전」의 시각

「춘향전」은 우리 고전소설 가운데 가장 대표적인 작품이다. 언제 누구에 의하여 창작되었는지도 모르는 일종의 積層文學的 성격을 띤 작품이라 할 수 있다. 그러므로 「춘향전」의 이본만도 백여 종에 이른다고 한다.[57] 춘향전 가운데 연대가 가장 앞서는 작품은 晩華 柳振漢의 이른바 만화본춘향가(1754, 영조 30)이다. 경판본에는 배경을 '仁祖朝', 완판본에는 '肅宗朝'라 하였으며 형성연대는 최소한 인조때까지는 소급될 수 있다. 춘향설화는 漂泊文學의 성격을 가져 민중 광대들에 의해 가창되다가 1754년(영조 30년) 유진한에 의해 한시로 창작되어 기록문학화한 것으로 볼 수 있다. 만화 유진한은 유몽인의 6대손이다. 유몽인은 허균이 천주교도임을 말하였고 서학에 깊은 관심을 가지고 있었으니 유진한도 기독교와 어떤 인연을 가졌을 것으로도 볼 수 있다. 또 유진한은 당시 목천현감으로 安鼎福과도 친교가 두터웠다. 「천학문답」이 비록 반서학적인 글이긴 하지만 서학에 대한 관심은 지대했다. 그리고 신유박해 때 순교한 權日身은 그의 사위가 된다. 유진한의 친척에는 유한검·유관검 등이 포함되어 있다. 이렇게 볼 때 유진한은 기독교와 밀접한 관련을 가진 사람으로 보아야 할 것이다.

한편 정범조(1723~1801)의 『左海集』에는 오언시 「春娘詞」가 전한다. 정범조도 정씨 일가와 혈족관계며, 정약전의 딸이 정범조의 친구 채

---

56) 柳洪烈, "洪吉童傳을 지은 許筠과 그의 信仰生活", 『카톨릭靑年』, 1955. 4.
57) 金東旭, 『春香傳硏究』, 연세대학교 출판부, 1965, 「춘향전 이본고」.

제공의 며느리였음을 감안해 보면, 정범조 역시 기독교의 영향을 짙게
받은 인물이다. 또 權用佐의 딸이 지었다고 하는 「獄中花」에서도 장차
매맞아 죽을 뻔한 여인을 어떻게 자비로운 부처님이 와서 구원하였는지
참으로 기이하고 다행한 일이라 하였으니 그 "慈悲之佛"은 당시의 상황
으로 보아 하느님이라 할 수도 있다. 권용좌의 딸은 1839년 기해교난
때 정약종의 아들 정하상, 역관 柳進吉 마두 趙信喆과 더불어 순교한
여성의 대표격 인물이므로 「獄中花」는 기독교와 떼어 생각할 수 없는
작품이다.[58]

오윤태는 춘향전을 당시 종교적 박해 속에서 서학교도들이 고대하던
영광의 재림예수의 모습을 춘향과 이도령의 상징설화를 통해 형상화한
것으로 보았다. 춘향은 박해 속의 신도들이며 이도령은 그러한 박해 속에
서 갈망하는 구원자의 상징적 인물로 보고자 하였다.[59] 그는 춘향전이
하한담, 최선달 등의 판소리로 전승된 과정을 중요시하여 춘향이 죽어
이몽룡과 재회치 못한 사실과 현실적으로 핍박당하던 당시 신앙인들의
'재림의 소망'을 조심스레 연관지우고 있다. 그는 신분의 차이에도 불구
하고 결혼하여 동정을 지키며 재림 예수를 기다리다 순교한 柳恒儉과
이루갈다를 춘향전의 한 모델로 내세우고 있다. 오윤태는 또 앞서 든 「만
화본」－「춘랑사」－「옥중화」의 발달과정을 다시 「水山廣寒棲記」와도
연결짓고 있다. 8회 회장체로 된 「수산광한루기」의 작자 「半絅十疋長亘
直心」을 필자는 破字를 추적하여 趙秀三 또는 趙信喆로 본 바 있거니와
오윤태는 권용좌 딸의 「옥중화」를 순교자 유진길이 읽고 이를 다시 백화
체로 다듬어 「광한루기」라 이름하였고, 그가 제자 조신철에 보이면서 자

---

58) 李能和, 『朝鮮基督教及外交史』, 朝鮮基督教彰文社. 金鼎元斥邪疎.
59) 吳允台, "天主教와 春香傳의 관련성에 대한 史的 檢討", 『韓國基督教史』
   (2), 혜선문화사, 1979.

신이 저자가 아니다라고 한것은 은연중 권용좌의 딸이 원작자임을 지칭한 것이라 못박고 있다.60) 비록 춘향전의 설화는 상대로 소급된다 하더라도 이를 끌어와 구체적으로 형상화하기는 신유교난을 전후한 순교자들의 구상이며, 그 후 기해교난 무렵 파란이 좀 잔잔할 때 권씨와 같은 문장가가 이를 수정하고 백화에 능한 정하상·유진길 등 양반역관의 손으로 한역되어 전승되었음직하다는 것이 춘향전 작자설의 배경이기도 하다.61)

「춘향전」 완판본(1860)에는 '하느님'이 자주 등장한다. 방자의 "여보하느님이 들으시면 깜짝 놀랄 거짓말도 듣겠어"나 천자풀이 가운데 "天開子時生天"등 종래 유불도의 이미지와는 다른 '하느님'이 여러 군데 보인다. 최남선의 고본 춘향전에도 "춘향과 이도령의 백년가약을 하느님이 마련하였다.""하느님은 자연을 지으시고" "하나님께 비나이다" 등의 용어가 자주 등장하고 있어 주목되고 있다.62)

「춘향전」을 기독교와 연관시키려는 데는 상당한 무리가 뒤따른다. 그러나 「춘향전」의 형성과 기독교의 수난연대가 대체로 일치하여 「만화본」 -「춘랑사」-「옥중화」-「광한루기」 등으로 이어지는 관계양상을 연결시켜 보면 적어도 춘향설화·춘향가가 재창작 과정에서 기독교적 사건들과 연결되거나 관련지어졌을 가능성에는 수긍이 간다. 이도령과 춘향의 애정설화가 수난 당시 기독교인들에 이용되어 종교적 색옷을 갈아입고 다시 태어났을 가능성은 결코 부정할 수만은 없을 것으로 믿어진다.63)

---

60) 졸고, "水山廣寒樓記 해제", 숭실어문 4집, 1987. 오윤태, 앞 책(2), p.404.
61) 김동욱은 이 『獄中花』가 『춘향전』일 가능성을 회의적으로 보고 있다.
62) 오윤태, 앞의 책, "춘향전의 본문 중에서 찾을 수 있는 기독교적 요소".
63) 졸고, "춘향전의 새로운 視角", 『숭전대학신문』328호(1979. 10. 11).

▌7 ┃ 개화기 문학과 기독교

일반적으로 개화기라고 하면 1894년 갑오경장을 기점으로 삼는다. 따라서 개화기문학이라고 하면 통상적으로 갑오경장 이후 한일합방에 이르기까지 20여 년간의 문학을 일컫는다. 이 시기의 문학으로는 개화가사·창가·신체시·신소설·신파극 등을 들 수가 있으며, 문학사상의 주조는 자주독립의식의 고취, 민권 신장, 신교육, 자유연애사상 등을 들 수가 있을 것이다. 개화기문학의 성격은 고전문학에서 근대문학에로 이행하는 과도기적 문학형태로 볼 수 있을 것인데, 이 시기에 기독교가 성서의 번역, 찬송가의 애창 등 이른바 한글문화매체를 통하여 점차 민중 속으로 전파되면서 더욱 개화 내지 개화문명을 촉진하였다.

▌1 ┃ 최남선과 이광수의 문학

최남선(1890~1957)은 어려서부터 천자문과 더불어 국문에도 관심을 기울여 집안이 기독교를 신봉하지는 않았지마는, 신약성서를 탐독하고 현대정신을 알기 위해『天路歷程』을 읽는 한편 당시 선교사들이 번역한 많은 기독교 관계 서적들을 탐독하였다.[64] 그는 기독교를 통해 국문에 깊은 관심을 갖게 되었으며, 이러한 관심이 그로 하여금 「해에게서 소년에게」등 많은 新體詩를 창작하고 최초의 잡지『소년』을 비롯하여『청춘』『동명』의 창간을 통해 개화의 새 물결을 불러일으키며, 新文館과 朝鮮光文會를 창설하여 계몽 운동에 진력하게 하였다. 특히 그의 시는 창가나 당시 국문을 통해 교회에서 일반적으로 가창되던 찬송가의 영향이 절대

---

64) 洪一植,『六堂研究』, 日新社, 1959, p.9.

적이라 하겠다. 그의 시 가운데는 그리스도를 창세주, 역사의 주재자로 의식하고 이를 형상화한 작품들이 많으며 표현에서도 신약성서의 수사나 비유법을 즐겨 사용하고 있다.[65] 최남선은 자신의 진술 가운데서도 "어려서부터 기독교 서적을 즐겨 읽고 기독교도와 상종하면서 기독교사상에 익숙해졌으며, 자유·평등·독립 등의 말이 원래 기독교에서 나왔으므로 내 사상에서 기독교적 영향을 빼고는 이해할 수 없다"고 진술하고 있다.[66]

한편 李光洙(1892~1953)도 그의 작품 가운데서 보면 초기의 기독교 사상이 후기의 불교사상으로 점차 전이되고 있는 모습을 본다. 물론 춘원이 기독교에 접하게 된 것은 그가 기독교학교에서 성경을 배웠으며, 톨스토이 등의 저서에 심취했던 것과 도산 안창호 등의 영향이 컸음을 들 수 있다.[67] 그는 기독교가 한국에 끼친 공적을 첫째, 신문명의 서광을 가져다 준 점, 둘째, 도덕의 진흥, 셋째, 교육의 보급, 넷째, 여성의 지위 향상, 다섯째, 조혼의 폐단을 없앤 점, 여섯째, 한글의 보급, 일곱째, 사상의 자극, 여덟째, 개성의 자각 등 여덟 가지로 나열하고 있는데, 특히 한글의 보급이 성경·찬송 등의 번역과 더불어 대중 속으로 파고들고 있음을 주목하게 된다.[68] 그의 소설 「어린 벗에게」와 「無情」 또는 「사랑」 「개척자」에 나타난 자유연애의 부르짖음과 자아의 각성을 호소함은 모두가 기독교적 사랑에 기인한 것이라 하겠는데, 춘원의 이러한 사랑은 그의 작품 전반을 통해 볼 때 그것이 다만 성서적 지식이었고 철저한 신앙이

---

65) 李敏子, "開化期詩歌와 基督敎", 『開化期文學의 基督敎思想硏究』, 集文堂, 1988.
66) 洪一植, 앞 책, p.9. 沈載彦, "韓國文學史에 나타난 기독교정신", 『교육평론』 3(1969. 10).
67) 金永德, "春園의 기독교 입문과 그 思想과의 관계 연구", 이대 한국문화연구 논총 5권 1호, 1965.
68) 金泰俊, "春園의 文藝에 끼친 기독교의 영향", 『明知大學論文集』3집, 1969.

아니었음은 이것이 민족적 계몽주의 휴머니즘의 결과로 나타난 것만 보
더라도 쉽게 이해가 간다.[69] 그의 시각품 가운데서도 「기도」 「세가지
맹세」 「기쁨」 「사랑」 등 많은 작품들이 짙은 기독교적 지식을 바탕으로
창작되고 있지만 이 역시 철저한 신앙적 시라기보다는 인도주의적 사랑
을 바탕으로 하고 있고, 후기의 불교작품에 넘어가서는 불교와 기독교적
선을 하나로 보는 사상의 근간을 이루게 된다.[70]

2 안국선의 「금수회의록」

1907년 8월에는 황성신문에 「夢潮」라는 작품이 등장한다. 槃阿라는
필명으로 된 이 작품은 개화운동가 한대흥의 죽음으로 고통을 겪는 정씨
부인에게 전도부인이 누가복음서를 건네주면서 기독교에의 입문을 권유
하는 데에서 후반부가 이어진다. 누구든지 죄를 회개하고 예수를 믿으면
구원을 얻는다는 기독교의 구원론을 정씨 부인이 신봉하게 된다는 개화
와 기독교의 본격적 접촉현상이 나타난다.[71]

「금수회의록」은 '나'라는 일인칭 관찰자가 꿈속에서 인류를 논박하는
금수들의 회의장에 들어가 보고 들은 내용을 기록한 작품으로 그 우의적
풍자성이 문제되어 한때 금서조치까지 되었던 문제작이다. 이 작품에서
는 까마귀, 여우, 개구리, 벌, 게, 파리, 호랑이, 원앙 등 각종 동물들이
등단하여 인간세계의 타락상을 낱낱이 폭로 비판한다. 그런데 이러한 비
판이 기독교 사상을 기반으로 하고 있어 주목된다.

---

69) 金永德, 앞 글 결론 부분.
70) 白鐵, "春園文學과 基督教", 『기독교사상』 75호, 1964. 이민자, 앞 책 참고.
71) 宋敏鎬, 『韓國開化期小說의 史的研究』, 一志社, 1986, p.125.

대저 우리들이 저주하여 사는 이 세상은 당초부터 있던 것이 아니라 지극히 거룩하시고 지극히 전능하신 하느님께서 조화로 만드신 것이라 세계만물을 창조하신 조화주를 곧 하느님이라 하나니…[72]

사람은 똥보다 더 더러운 일을 많이 하지마는 혹 남의 눈에 보일까 남의 입에 오르내릴까 겁을 내여 은밀히 하되 무소부지하신 하나님은 몬저 아시고 계시오[73]

예수씨의 말씀을 들으니 하느님이 아직도 사람을 사랑하신다 하니 사람들이 악한 일을 많이 하였을지라도 회개하면 구원얻는 길이 있다 하였으니 이 세상에 있는 여러 형제자매는 깊이 생각하시오[74]

창세주를 '전능하신 하느님'이라 강조하고 인간행위를 낱낱이 알고 계시는 '무소부재하신 하느님'을 경외하여야 하며, 지금까지 범한 악행도 모두 '회개하면 구원을 얻는다'는 사실을 동물들의 입을 빌어 증언하고 있다. 안국선은 결국 기독교적 윤리관을 최상의 것으로 생각하고, 동물들의 입을 통하여 인류행위를 규탄한 후 그 자리에 기독교적 이상을 실현목표로 제시하고 있다. 그런데 「금수회의록」은 게일(J. S. Gale)이 번역한 『天路歷程』의 영향을 입고 있다. 게일의 『천로역정』 번역 간행이 1895년이므로 「금수회의록」이 나오기 십여 년 전이며, 주인공이 꿈속에서 여러 가지 시련을 겪고 마침내 바라던 천국으로 입성하는 내용을 형상화한 『천로역정』의 원형사상이 안국선에 의해 현실풍자를 통한 기독교적 이상세계로 승화되고 있음을 볼 수가 있다.[75]

---

72) 安國善, 『禽獸會議錄』, 황성서적업조합, 1908, p.4.
73) 安國善, 『禽獸會議錄』, 황성서적업조합, 1908, p.37.
74) 安國善, 『禽獸會議錄』, 황성서적업조합, 1908, p.48.
75) 高廷旭, "禽獸會議錄研究", 성균관대 석사논문, 1986.

3 이상협·이상춘의 작품들

이상협(1893~1957)의 작품으로는 「再逢春」, 「눈물」 외에 「몽테크리스토 백작」을 번안한 「海王星」 등이 유명하다. 특히 「재봉춘」은 백선달과 허부령의 대조적 성격을 통하여 이 참서와 허씨 부인 간의 갈등을 다룬 작품인데, 여기서는 신분제도에 따라 인간을 차별할 수 없다는 기독교적 평등사상이 주조를 이루고 있다. 신 앞에 모든 인간은 동등하게 귀중하고 존중되어야 할 존재임을 백장 출신의 딸을 아내로 맞아들인, 이 참서의 행위를 통해 나타내고 있다.[76]

「눈물」도 주인공 조필환과 서씨 부인 그리고 평양집의 갈등관계를 통하여 악인이 스스로의 잘못을 뉘우치고 화해에 이르게 하는 기독교적 화해의 정신을 바탕에 깔고 있다.

만물을 창조하신 하나님은 착한 사람과 악한 사람의 구별이 없이 같이 사랑하사 그중 이전의 악한 마음을 고치고 하나님께 참마음으로 의지하는 자에게는 행복을 주시는 것이오[77]

하느님은 선인이나 악인을 가리지 않고 모든 인간의 죄를 용서하고 사랑한다는 사상을 조필환의 장인 서협필의 종교기관 재산 헌납, 서씨 부인의 장철수에 대한 용서를 통하여 나타내고 있다.

李常春의 「朴淵瀑布」는 '원수를 사랑하라'는 기독교적 사랑의 실현을 주제로 하고 있다. 도둑의 괴수인 최성일이 이시운의 목숨을 구하고, 서

尹明求, "安國善硏究", 서울대 박사논문, 1974.

76) 한국신소설전집 10권, 『再逢春』, 을유문화사. 洪德昌, "기독교가 한국의 개화 및 학교교육에 미친 영향", 총신대논문집 4집, 1984.

77) 한국신소설전집 10권, 『눈물』, 을유문화사, p.234.

웅의 약혼녀 애경이 강도 고대장의 칼을 맞아 예수교 소속의 남성병원에
찾아가 목숨을 구하며, 애경이 사랑으로 칼 대신 전해준 성경책을 읽고
감화를 입는 사건의 갈등을 통하여 작자는 누가복음 10장에 보이는 '선한
사마리아인'의 비유적 사랑의 사상을 바탕에 깔고 있다.[78]

끝으로 기독교적 사상이 주제를 이루고 있는 작품으로 崔柄憲의 「聖山
明鏡」을 들고자 한다. 주인공 信天翁은 어느 가을 성서를 읽다가 전신이
표탕하여 문득 성산에 이르러 유교를 대표하는 眞道, 불교를 대표하는
圓覺, 도교를 대표하는 白雲을 함께 만나 유불도의 교리를 듣고 이를
모두 부정하고, 기독교적 신만이 무소부재 무소부지 무시무종한 대주재
자이며, 인간을 구원할 수 있다는 것을 역설하여 네 사람이 모두가 회개
하고 기독교도가 되었다는 줄거리로 얽고 있다. 작품의 표면에 지나친
기독교적 신앙이 강조되어 예술성을 도외시한 결함은 있으나 개화기 작
품 가운데 드물게 보는 기독교적 문학작품이라는 데서 주목의 대상이
된다.[79]

4 배위량 부인의 「고영규전」

「고영규전」이라고 이름붙인 이책은 두 편의 기독교신앙을 바탕으로
창작된 소설집으로서, 숭실대학을 창설한 배위량(裴緯良, W. M. Baird)
부인의 창작으로 되어 있으며, 1911년 경성 예수교서회에서 간행되었다.
삽화는 천로역정 초간본(번역)의 삽화와 같이 당대의 풍속화가 金俊根

---

78) 한국신소설전집 7권,『박연폭포』, 을유문화사, 1968. 누가복음 10장 30~37
   절 참고
79) 崔柄憲,『성산명경』, 조선야소교서회 1912, 신소설번안소설 4, 아세아문화
   사, "柳東植, 濯斯 崔柄憲과 그의 사상",『國學紀要』, 연세대, 1978.

(箕山)이 맡고 있다.

「고영규전」은 주인공 고영규와 길보배의 결혼담이 중심이 되어있다. 가난한 주인공 고영규가 조실 부모하고 역시 가난한 길보배와 부부가 되었으나 아들을 낳지 못하여 방탕하게 지내다가 옥살이까지 하게 되었는데, 그곳에서 전도사를 통하여 성서와 하나님을 알게 되고는 자신의 잘못을 뉘우치고 부부의 사랑을 되찾고 기독교에 귀의하게 된다는 줄거리로 되어 있다. 「부부의 모본」 역시 주인공 박명실과 양진주 두 사람의 결혼을 통한 부부애와 고부간의 갈등관계를 다룬 가정소설인데, 성서를 통한 기독교적 사랑을 매개로 가정을 화합으로 이끌어나가는 이야기가 중심이 되고 있다. 두 작품 모두가 회장체로 되어 있으며, 선교사 부인에 의하여 창작되어진 기독교사상을 주제로 한 소설이라는 점에서 주목할 만한 가치를 지닌 작품이라 하겠다.[80]

▌8▌ 결론

지금까지 「基督敎의 傳來와 韓國文學」이라는 제목으로 작품 중심으로 史的 체계를 세워 보았다. 필자의 분담 분야가 개화기에 이르기까지의 우리 문학에 끼친 기독교의 영향을 체계세워 정리하는 입장이므로 제한된 지면상 깊이있는 언급을 할 수 없었다는 점을 우선 밝혀둔다.

「기독교의 수용과 저항」에서는 먼저 허균 등을 통하여 기독교가 이 땅에 유입된 과정을 자료 중심으로 살펴보고, 기독교가 정착하는 과정에서 겪는 신해교난, 신유교난, 기해교난, 병인교난 등의 박해사건 그리고

---

80) 『고영규전』(숭실대 기독교박물관 소장).
　　Two Short Stories by MRS. W. M. Baird, 1911.

기독교도들의 순교를 통하여 점차 기독교적인 기반이 다져지고 기독교문학이 생성하게 되는 과정을 논술하였다.

「기독교에 대한 비판적 이론」에서는 기독교사상의 정착과정에서 야기된 반기독교사상의 이론을 대표적 자료를 통해 점검해 본 것이다. 실학시대의 대표적 이론인 愼後聃의 「西學辨」, 安鼎福의 「天學問答」의 검토에 이어 헌종과 고종에 의해 발표된 「斥邪綸音」, 황필수의 「斥邪說」, 김치진의 「斥邪論」, 김평묵의 「闢邪綠」을 차례로 소개 검토하여 이들 척사의 이론과 기독교 호교론과의 異同관계를 검토하였다.

「기독교의 전래작품들」에서는 기독교의 성장과정에서 남겨진 문헌들, 특히 숭실대 기독교 박물관 소장 자료들을 집중 검토하였다. 李承薰의 『蔓川集』(遺稿), 이벽 선생의 「몽유록」, 李蘗의 「聖敎要旨」, 「天主恭敬歌」, 柳閑堂 權氏의 「유한당언행실록」, 丁若銓의 「十誡命歌」, 丁若鍾의 「主敎要旨」, 玄錫文의 『己亥日記』, 최해두의 「自責」 등을 살피고, 그밖에 번역된 기독교서들을 소개하였다.

「성서번역과 어문학의 발달」에서는 로스 목사와 서북청년들의 협력으로 만주에서 간행된 『예수성교전서』, 그리고 李樹廷에 의해 일본에서 간행된 『신약 마가전복음서언해』 등이 신앙적 차원뿐 아니라 민중 교화와 우리 문학 발달에 이바지한 공로를 들고, 또 『찬송가』의 발달이 시문학에 끼친 영향을 검토하였다.

「홍길동전・춘향전의 기독교적 시각」에서는 우리 고전 산문의 대표적인 두 작품을 대상으로 작자 및 독자와 관련하여 기독교적 영향을 입었을 가능성을 조심스럽게 분석하여 보았다. 홍길동전은 최초의 신도였던 작자 허균과 그 주변인물, 그리고 작품내용과 성서와의 비교를 통하여, 춘향전 역시 만화본에서 수산광한루기에 이르기까지 작자와 신앙과의 관련성, 작품 내용의 종교적 형상화 등 다각적으로 기독교적 사상이 침윤되었을 가능성을 논증하였다.

「개화기문학과 기독교」에서는 창가·개화가사·신시 등과 찬송가, 개화기소설의 성서적 표현기법 등이 상호 영향관계에 있음을 말하고, 崔南善과 李光洙의 생애와 작품들이 기독교적 분위기와 영향관계에 있음을 논술하였다. 그리고 신소설 가운데서는 安國善의 「금수회의록」, 李相協의 「再逢春」과 「눈물」, 李常春의 「박연폭포」, 崔柄憲의 「聖山明鏡」을 예로 기독교의 영향을 언급하였으나, 이 시기에 오면 이미 기독교가 일반화하므로 구체적 언급은 다음 분담자에게 지면을 할애하기로 하고 대미를 삼는다.

(출처: 『기독교와 한국문학』, 대한기독교서회, 1993)

제8장
한국 현대소설에 나타난 기독교사상

구창환

▌1▌ 서론

文學이란 人生을 表現하는 言語藝術이므로,[1] 文作品에 나타난 思想性의 考察은 그 藝術性의 究明과 마찬가지로 중요한 일이다. 文學은 구체적인 言語 構造를 통한 形象化라는 점에서 藝術이지만 人間을 探究하고 自然과 歷史와 社會를 보는 눈(觀占)을 나타낸다는 점에서는 思想이기 때문이다.[2] 그러므로 文學作品은 作家에 의하여 創造되어지고 形象化되어진 그 思想의 깊이와 폭에 의하여서 價値評價되어지며, 한 作品 속에 具現되어진 人生의 意味와 삶의 모랄과 人間問題에 대한 解釋이나 새로운 價値의 提示는 讀者에게 情緖的 感動을 주고 精神과 靈魂의 눈

---

1) W.H. Hudson, An Introduction to the Study of Literature (Harrap) p.11.
2) cf. 拙稿 "韓國文學의 思想性 硏究"「韓國言語文學」第12輯 pp.35~37.

을 뜨게 한다.

文學作品에 나타난 思想性을 考察하는 일은 매우 어렵고 큰 作業이다. 文學에서 말하는 思想性이란 人間과 自然과 社會와 歷史를 어떻게 보느냐 하는 意味探究요 再解釋을 뜻하는 만큼, 여러가지 人間觀을 비롯하여 社會思想과 政治的 이데올로기, 民族意識이나 歷史意識, 自然과 文明을 보는 觀点, 그리고 倫理的 思想이나 宗敎意識 등이 여기에 포함된다. 그러므로 韓國文學의 思想性을 体系化하기 위해서는 이러한 여러가지 思想들이 文學作品 속에 어떻게 投影되어 있는지 個別的인 考察이 계속되어야 한다. 이런 점에서 文學과 宗敎 내지 倫理와의 接觸關係를 살피고 文學作品에 나타난 宗敎意識을 硏究하는 일은 매우 중요하다. 文學에서 그리는 人間은 본래 倫理的 存在요 宗敎意識을 지닌 存在이기 때문이다.

요즈음 韓國文學에 나타난 宗敎思想의 硏究가 적지 않게 이루어지고 있음은 매우 다행한 일이다. 韓國文學에 投影된 佛敎思想의 考察은 이미 여러 學者에 의하여 多角的으로 이루어졌고, 民俗信仰인 샤머니즘에 대한 考察이라든지 現實生活의 規範을 내세운 儒敎思想의 硏究도 활발하게 진행되고 있다. 이와 마찬가지로 우리의 近代文化 發展에 크게 이바지한 基督敎思想이 어떻게 韓國文學에 投影되었는지를 살피고 基督敎精神을 바탕으로 하는 새로운 文學이 韓國文學에 또하나의 傳統으로 發展할 수 있는지를 考察하는 것은 매우 긴요한 일이다. 더우기 傳統이란 과거의 精神文化를 단순히 繼承하는 것이 아니라 이를 새롭게 再評價하여 形成 發展시키는 것인 만큼, 基督敎思想과 精神을 바탕으로 하는 文學의 創造는 우리 文學을 深化시키고 그 領域을 擴大해 줄 것이므로, 이의 啓發은 바람직한 일이 아닐 수 없다. 뿐만 아니라 物質萬能으로 인해 社會的 不條理가 橫行하고 機械技術文明의 成長과 産業化 社會의

急變에 따라 非人間化 현상이 過增되며, 人間의 價值와 尊嚴性이 喪失되는 現代社會를 救濟할 길이 무엇이겠는가를 생각할 때, 宗敎意識의 回復은 긴요한 일이라 아니할 수 없다. 그 중에서도 基督敎는 사랑과 正義를 實現하여 바람직한 共同体 社會를 이루어 가려는 人道主義的인 宗敎로서, 物質文明의 그릇된 팽창과 道德性인 타락으로 病들어 가고 있는 現代人間과 社會를 救濟할 수 있는 可能性을 충분히 지니고 있다고 본다. 따라서 우리 文學에도 이러한 基督敎 精神이 具現되고 基督敎思想이 바탕을 이루는 새로운 文學創造가 있어야 함은 물론이다.

흔히 文學이란 時代的인 所産物로서 그 社會를 반영한다고 한다.[3] 基督敎가 人間生活의 바탕을 이루어 온 西歐의 경우와는 물론 다르겠지만, 우리나라에도 基督敎가 傳來되기 수백년을 헤아리고 오늘날 信徒敎도 全國民의 10% 이상을 차지하고 있으므로, 基督敎 文化의 成長은 기대할만한 일이다. 먼저 가톨릭은 天主敎의 이름으로 壬亂 무렵부터 산발적인 宣敎活動이 있다가 1784年에는 李蘗 李承熏 權日新 兄弟와 丁若銓 3兄弟등이 明洞 金範禹의 집에 모여 정식으로 朝鮮敎會를 창설하는데,[4] 그 뒤 100餘年에 걸친 迫害 속에서도 수 많은 殉敎者를 내면서 成長하기에 이른다. 한편 프로테스탄트(改新敎)는 1882年에 일부 聖書가 번역되어 文書宣敎가 시작되었고, 1884年에는 醫療宣敎師 Allen이, 1885年에는 長老敎의 Underwood와 監理敎의 Appenzeller 등이 들어와서 본격적인 宣敎活動을 전개함으로써[5] 아시아에서 가장 성공한 宣敎國家로 발전하기에 이르렀다. 특히 改新敎는 처음부터 敎育宣敎나 醫療宣敎등에 힘써 이 나라의 開化에 크게 이바지하였고 民族運動에 뜻을 둔 人士

---

3) 社會는 文學의 根源 중에서 가장 큰 위치에 있다. 그러나 文學은 作家의 想像力에 의한 再構成 즉 創造的 藝術이 되어야 한다.

4) 柳洪烈,「韓國天主敎會史」上 (가톨릭출판사) pp.87~89.

5) 閔康培,「韓國基督敎會史」(大韓基督敎書會) p.130, p.144.

들이 많이 敎會를 찾아 民族啓蒙에 힘쓰기도 하였다.[6] 그러나 外來宗敎
인 基督敎가 韓國社會에 土着化되고 韓國文化 속에 受容되기 위해서는
民俗信仰인 샤머니즘의 방해라든지 生活規範인 儒敎思想과의 마찰을
克服하지 않으면 안되는 어려움에 부딪친다.

그동안 韓國文學과 基督敎와의 接觸은 매우 희귀한 편이었고, 그것도
內容에 있어서 여러가지로 미약한 편이었다. 그러나 우리나라의 基督敎
文學은 점점 그 量도 많아지고 그 質도 深化되는 경향을 보이고 있어
다행이다. 예컨대 李蘗의 「聖敎要旨」, 「天主恭敎歌」 李家煥의 「警世歌」
丁若銓의 「十誡命歌」 등 이미 18世紀에 天主歌辭가 지어졌고,[7] 開化期
에는 聖經의 번역 普及과 讚頌歌의 번역을 위시하여 抗日 民族的인 開化
期歌辭를 낳고 安國善의 「禽獸會議錄」과 같은 新小說이 지어졌다. 그리
고 近代文學에 이르면 李光洙 田榮澤 沈熏 朴啓周 朴榮濬 金東里 黃順
元 등의 小說과 鄭芝溶 尹東柱 柳致環 朴木月 朴斗鎭 金顯承등의 詩에
서 基督敎와의 접촉을 보게 되고, 解放後 現代文學에 오면 많은 基督敎
文學人들이 創作活動에 專念하고 있어 그 發展에 기대를 걸고 있다.

그런데, 文學이 어떻게 宗敎思想을 受容하느냐 하는 문제에 대해서
자칫 잘못하면 편협한 생각을 가지기 쉽다는 점을 먼저 理解할 필요가
있다. 그것은 文學이라는 形式을 통하여 旣存敎理를 宣揚하고 옹호하는
것으로 알기 쉽다는 점이다. 그러나 文學과 宗敎와의 接觸關係는 그렇게
협소하게만 생각할 일이 아니다. 例컨대 基督敎文學은 基督敎精神이 具
現되는 文學을 뜻하므로, 文學이 基督敎를 受容함에 있어서는 肯定的인
方法도 있을 수 있고 批判的인 方法을 쓸 수도 있다는 것이다. 다시 말하
면 旣成宗敎를 찬양하고 옹호하는 경우도 있지만, 반대로 이를 批判하고

---

6) cf. 李萬烈 「한말 기독교와 민족운동」(평민사) pp.61~132.
7) 河聲來, "天主歌辭硏究"(上) 「韓國言語文學」8. 9輯合倂號, pp.297~312.

그 僞善的인 면을 폭로하는 경우도 있을 수 있다고 본다. 오히려 바람직한 것은 作品 속에 基督敎 精神이나 思想이 內包되어지고 숨겨지는 成肉化의 方法, 즉 間接的인 表現의 경우라 하겠다.

T.S.Eliot는 일찍이 「宗敎와 文學」에서 宗敎文學을 三分하여 첫째는 聖書文學이고 둘째는 宗敎詩, 信仰詩이며 셋째는 間接的인 宗敎文學이라고 말하면서, 바람직한 宗敎文學은 "計劃的이기 보다 무의식적으로 基督敎的인 文學"이라는 것이다.[8] 즉 基督敎를 내세우지 않으면서도 은연중에 基督敎精神이 內包되고 基督敎思想이 具現된 文學이야 말로 가장 바람직한 基督敎 文學이라는 것이다.

따라서 宗敎文學을 편협하게 생각하여 宗敎的 敎理의 宣揚 옹호라든지 信仰의 告白 또는 干證의 表現으로만 인식하는 것은 큰 잘못이다. 宗敎文學의 槪念을 확대하면, 旣成宗敎의 逆機能과 非理를 批判하는 경우도 해당되는 것이다. 그러나 가장 바람직한 宗敎文學은 間接的인 方法으로 宗敎精神을 作品 속에 溶解시켜 表現하는 含蓄的인 宗敎文學이라고 하겠다. 그러므로 宗敎文學은 먼저 文學으로서 成功해야 하지, 지나치게 宗敎意識을 前面에 내세우고 이를 說敎하는 나머지 文學이 죽는 경우가 되어서는 아니된다. 이른바 "根源의 誤診"[9]에 빠져서 宗敎文學이 아닌 宗敎文書가 되는 것을 경계해야 하는 것이다.

文學을 想像力에 의한 言語藝術로서 주장하고 있는 Cleanth Brooks는 「숨은 神」(The Hidden God)에서 道德的 窮境에 처한 人間의 모습을 그린 E. Hemingway와 原罪意識과 善惡의 갈등을 그린 W. Faulkner와 새로운 神話를 탐색한 W.B.Yeats, T.S.Eliot, R.P.Warren

---

8) T.S. Eliot, "Religion and Literature" Selected Prose(Penguin) pp.32~44.

9) R. Wellek & A. Warren, Theory of Literature (Penguin) p.73.

등의 文學을 論하면서, 이렇게 말한다.

　　오늘날 유능한 作家 중에는 확실하고 분명한 基督教人이 많다. 그러나
基督教 讀者에게 가장 의의있는 現代文學의 一部는 어떤 教會의 信徒도
아닌 作家들과 스스로를 솔직하게 不可知論者 또는 無神論者로 자처하
는 作家들에 의하여 쓰여졌다는 사실이다. 만약에 진지한 文學으로 부터
분명한 기독교의 說教를 우리가 요구한다면, 우리 時代의 가장 滋養있는
文學의 일부를 제외하는 결과가 될 것이다.10)

　이는 文學과 宗教의 關聯을 考察함에 있어서 護教論的인 文學으로
오해해서는 아니된다는 점을 깨닫게 한다.
　Randall Stewart도 「美國文學과 基督教 教理」에서 N.Hawthorne,
H.Mellvile, H.James, T.S.Eliot, E.Hemingway, R.P.Warren,
W.Faulkner등의 文學을 통하여 道德的 갈등과 苦惱라든지 惡魔的 人
間의 反抗과 挫折, 絶望과 希望의 문제, 宗教的 象徵과 儀式, 人間의
原罪와 墮落등을 파헤쳐 基督教文學의 輻을 넓히고 있다. 특히 Faulkne
r의 경우에는 一見 非道德的이고 反宗教的인 素材를 많이 作品化하고
있지만, 原罪意識이라든지 靈肉의 갈등, 苦惱와 試鍊과 犧牲을 통한 救
援, 勇氣와 같은 精神의 偉大함을 그려서 現代의 가장 심원한 基督教
作家의 하나가 되었다고 說破하였다.11)
　한편 Stanley Hopper가 편찬한 「現代文學의 精神問題」에는 文學과
宗教와의 關係를 여러가지로 깊이 있게 考察하고 있으며, Kafka나
Thomas Mann, T.S.Eliot, W.H.Auden등을 통하여 苦惱속에서 救援

---

10) C. Brooks, The Hidden God(Yale) p.4.
11) Randall Stewart, American Literature &. Christian Doctrine 刈田元司
　　譯(北星堂書店) p.182.

을 追求하고, 倫理的 維立과 疎外 속에서도 信念을 잃지 않으며, 人間價
値를 옹호하는 基督教的 휴머니즘을 指向하는 現代文學의 宗教的 特性
을 잘 밝히고 있다.[12)

　그러므로 바람직한 基督教文學은 基督教精神을 具現하고 基督教思想
을 바탕으로 하는 藝術的인 文學이어야 하되, 이는 肯定的인 方法이나
否定的인 方法 또는 批判的인 方法으로 表現할 수 있는 것이다. 그리하
여 具体的으로 基督教文學은 神과 人間과의 關係라든지 原罪意識과 苦
惱와 良心의 문제, 靈魂과 肉体의 갈움, 善惡의 싸움, 人間의 墮落과 救
援에 대한 希求, 삶의 姿勢와 모랄에 대한 제시, 이웃에 대한 사랑과 奉仕
와 和解, 正義의 실현과 人間價値의 옹호등을 主題化한다. 그밖에도 神
에 대한 찬양과 宗教的 喜悅, 信仰의 告白과 信徒의 교제등이 包含됨은
물론이다.

　따라서 基督教精神의 具現을 추구하는 基督教文學은 人間價値를 옹
호하는 휴머니즘文學이 되어야 하고, 喪失되고 疎外된 人間의 尊嚴性을
回復하는 人間化의 文學이어야 하며, 바람직한 삶의 姿勢를 제시하는
모랄의 文學이고, 社會的 不條理와 物質萬能의 병폐와 機械技術의 挑戰
에 대응하는 抵抗文學이며, 人間存在의 새로운 意味를 천착하는 內面探
究의 文學이고, 讀者들을 精神的으로 일깨워주는 啓蒙文學, 開眼의 文學
이 되어야겠다. 그렇다면 基督教文學은 存在의 文學이 아니라 當爲의
文學이며, 慰安의 文學이 아니라 救濟의 文學이고, 快樂의 文學이 아니
라 教訓의 文學이요, 消費의 文學이 아니라 創造의 文學이며, 遊閑의
文學이 아니라 苦惱의 文學이라고 하겠다.

　이제 本論에서는 開化期 이래 韓國의 近代小說에 基督教思想이 어떻

---

12) Stanley Hopper, Spiritual Problems in Contemporary Literature 金榮
　　秀 譯 (韓國基督教文學研究所).

게 受容되었는지 考察하고, 이를 反省코자 한다.

▌2▌ 한국소설과 기독교

▌1▌ 개화기소설의 기독교사상

韓國의 開化期는 1876年 開港과 더불어 시작되지만, 1884年 甲申政變과 1894年 甲午更張, 1896年 독립신문의 發刊등으로 절정에 이르고, 1910年代 初까지 계속되어졌다. 開化思想은 곧 封建主義를 打破하고 西洋의 近代文化를 받아들이려는 啓蒙思潮였기 때문에, 基督教는 韓國의 開化에 많은 영향을 준다. 우리나라에 改新教가 들어온 것은 마침 開化時代였으며 그들은 처음부터 教育宣教와 醫療宣教에 힘을 기울임으로써, 韓國의 近代化 運動에 同參하였다. 長老教의 醫療宣教師 Allen은 1884年에 入國하여 다음해엔 廣惠院(뒤에 濟衆院)을 設立함으로써 近代的 醫療施設의 嚆矢를 일으켰고, 監理教 宣教師 Appenzeller는 培材學堂(1885)을, Scranton夫人은 梨花學堂(1886)을 設立하여 이 나라의 近代教育을 出發시켰다.

그러나 여기에서 주목해야 할 일은 文書宣教가 이 나라의 開化에 큰 공을 세웠다는 사실이다. 聖書의 한글 번역과 讚頌歌의 번역 편찬이 그것인데, 이들은 韓國文學의 발전에도 많은 영향을 끼쳤다. 먼저 최초의 聖書 번역은 1882年 奉天에서 John Ross 牧師 一行에 의하여 「누가 복음」이 刊行된 것으로부터 시작된다. Ross는 Mac Intyre와 함께 助手인 李應贊 金鎭基 白鴻俊의 도움을 받아 한글본 「누가 복음」을 唐紙 56枚로 譯刊하였고, 매년 福音書들을 번역 출간하다가 1887年에는 드디어

新約 전부를 모은 「예수 셩교젼셔」를 盛京(奉天) 文光書院 活版으로 刊行함으로써 이 나라 최초의 聖書 Ross version을 남기게 되었다.13) 한편 日本에 가있던 李樹廷이 「신약마가젼 복음셔언히」를 1885年 橫濱에서 刊行하였고, 이어서 聖書飜譯者會에서 1900年에 「신약젼셔」를 發刊하여 聖書보급에 힘쓴다. 聖書飜譯史를 연구한 金秉喆 교수는 "이것(한글 聖書)에 의하여 韓國에 새로운 스타일을 가진 文体와 基督教文學이 생겼고, 思想界에 肥沃한 培養土를 뿌려 주었으며, 開化期 이후의 新文學은 精神的으로도 가장 훌륭한 言文一致라는 模範을 거기서 발견했던 것이다."14)고 말하고 있다.

이제 開化期의 小說文學과 基督教와의 關係를 살펴 보려고 한다. 먼저 基督教信仰을 가졌던 兪吉濬은 최초의 國漢文混用体인 「西遊見聞」 (1895)을 發刊하여 이 땅에 西洋의 文物을 소개하였고15) 宣教師 James Gale은 John Bunyan의 宗教小說 The Pilgrim's Progress를 번역한 「텬로력뎡」을 1895年에 刊行하여 西洋文學을 알게 했다. 그러나 근래에 活潑해진 開化期 小說에 대한 書誌的 硏究를 참고해 보면, 白岳春史의 「多情多恨」(1907)이나 「月下의 自白」(1907)이라는 雜誌小說과 「쇼경과 안즘방이 문답」(1905) 같은 新聞小說 및 安國善의 「禽獸會議錄」 (1908) 李海朝의 「自由鍾」(1910) 등의 新小說에서 基督教的인 聯關을 찾아 볼 수 있다.

우선 「多情多恨」은 1907年 「太極學報」6, 7號에 발표된 白岳春史의 小說인데 國漢文 混用体로 되어 있다. 宋敏鎬 교수의 硏究에 의하면,

---

13) Ross版 聖書는 1956年 서울 鍾路에 再建된 聖書會館 落成을 기념하여 복쇄 출판됨.

14) 金秉喆, "聖書飜譯史" 「韓國近代飜譯文學史硏究」(乙酉文化社) p.67.

15) 兪吉濬이 信仰人이었음은 1906年 査經會趣旨書에 잘 나타나있다. (cf. 閔庚培 cp. cit, p.58.)

이 小說은 三醒先生이란 淸貧하고 人道的인 警察官이 免職 下獄되어 있는 중에 「天路歷程」 등을 읽고 耶蘇敎에 심취되었으며 放免 후에는 傳道와 社會事業에 힘쓴다는 이야기로서, 基督敎精神이 잘 나타나 있다. 宋교수는 이 作品에 대하여 이렇게 論評하고 있다.

> 腐敗官僚들의 橫暴가 極에 달하고 人間의 自由가 抹殺된 光武年間에 한 志士의 抗拒가 容納되지 못하고 罪없는 罪人이 되었다. 이러한 不條理한 社會를 救濟하는 길은 하느님을 믿는 基督敎精神 밖에 없다는 것이 이 作品의 主題다. 西敎에 대한 讚揚은 이 時代의 作品에 많이 反映되고 있으나, 이 「多情多恨」처럼 직접 다룬 것은 드물다. 따라서, 이 작품은 西敎에 의한 近代化過程을 作品化한 시초라고 할 수 있다.[16]

「太極學報」13號(1907.9)에 발표한 白岳春史의 다음 作品 「月下의 自由」도 國漢文混用體의 短篇으로서, 이는 民擾를 당한 貪官汚吏가 죽음에 임하여 자기의 罪를 悔改하는 基督敎的 思考를 나타내고 있다.

그리고 大韓每日新聞에 실린 無署名 新小說 「쇼경과 안즘방이 문답」(1905.11)과 「車夫誤解」(1906.2)는 問答式 對話形式을 통하여 社會의 不條理를 批判한 政治小說로서 社會改革에 대한 主題는 강하나 藝術的인 小說로서의 기틀은 잡히지 않고 있다. 다만 皮相的인 開化를 좇는 나머지 많은 不條理를 諮行하는 當代의 風習을 不具者나 人力車군을 통하여 諷刺하고 批判하였다는 점에서 이들은 주목된다고 할 수 있다.[17]

본격적인 新小說 중에서도 李海朝의 「自由鍾」이나 安國善의 「禽獸會議錄」도 같은 유형에 든다고 하겠다. 다만 「自由鍾」(1910)은 討論小說

---

16) 宋敏鎬, 「韓國開化期小說의 史的研究」(一志社) p.138.
17) Ibid. p.181. 李在銑, 「韓末의 新聞小說」(春秋文庫) pp.86~.

로서 女性들을 통하여 開化期의 政治·社會問題를 多樣하게 批判하도록 하였고, 「禽獸會議錄」(1908)은 寓話小說로서 여러 動物들을 통하여 人間의 不條理를 諷刺批判하고 있다는 점에서 다르며, 또 앞의 몇몇 作品이 겨우 形成期의 新聞小說이었음에 비하여 이들은 본격적인 社會小說이요 政治小說이라는 점에서 특이하다. 먼저 「自由鍾」은 1910年 7月 廣學書舖에서 刊行된 討論小說인데, 開化問答書라 할 수 있는 啓蒙文學이다. 한 女人의 生日잔치에 모인 여러 女性들이 女性教育의 문제를 비롯하여 한글 사용에 대한 論議, 宗教와 教育에 대한 검토, 子女教育 문제, 身分制度의 論議와 自由獨立思想의 주장등 開化期의 社會問題를 광범하게 討論하고 있다. 따라서 스토리가 따로 없고 이른바 演說式小說로 되어 있다. 그러나 그 論調는 대체적으로 온건하고 신중을 기하고 있어 開化期의 전개 과정을 보여 준다. 그 중에서도 宗教에 관한 論議를 보면, 우선 人生에 있어서 宗教가 필요함을 말한 뒤에 우리의 대표적 宗教로서 孔子의 가르침을 지목하고 그 부패하고 僞善的이고 虛禮虛飾에 빠진 모습을 이렇게 批判한다.

　　종교라는 종자는 무슨 종자며, 교자는 무슨 교자인지 착착 접어 먼지 속에 파묻고, 싸우나니 양반이요, 다투나니 재물이라. 이것이 우리 신성하신 대종교라 하오. 한심하고 통곡할 만도 하오. 종교가 이렇듯 부패하니 국세가 어찌 강성하겠소?18)

　　開化期의 小說 중에서 基督教精神이 가장 잘 나타나 있는 作品은 安國善의 「禽獸會議錄」이다. 이는 動物을 내세워서 人間과 社會의 惡德과 不條理를 신랄하게 諷刺하고 批判한 寓話小說로서, 여러 짐승들이 모여

---

18) 李海朝, 「自由鍾(外)」(乙酉文庫) p.22.

人間을 논박하는 會議를 하는 形式을 취하고 있고, 「自由鍾」의 경우와 같이 小說的인 스토리가 없는 演說로 꾸며져 있다. 이 會議를 방청한 叙述者의 다음과 같은 反省은 이 作品의 內容을 잘 要約하고 있다.

　　슬프다! 여러 짐승의 연설을 듣고 가만히 생각하여 보니, 세상에 불쌍한 것이 사람이로다. 내가 어찌 사람으로 태어나서 이런 욕을 보는고! 사람은 만물 중에 귀하기도 제일이요 신령하기도 제일이요 재주도 제일이요 지혜도 제일이라 하여 동물 중에 제일 좋다 하더니, 오늘날로 보면 제일로 악하고 제일 흉괴하고 제일 음란하고 제일 간사하고 제일 더럽고 제일 어리석은 것은 사람이로다. 까마귀처럼 효도할 줄도 모르고, 개구리처럼 분수 지킬 줄도 모르고, 여우보담도 간사한, 호랑이 보담도 포악한, 벌과 같이 정직하지도 못하고, 파리같이 동포 사랑할 줄도 모르고, 창자 없는 일은 게보다 심하고, 부정한 행실은 원앙새가 부끄럽도다.[19]

이와같이 「禽獸會議錄」은 철저하게 人間의 惡德과 僞善과 邪惡性을 暴露 非難 叫彈하는 作品으로서, 新小說 중에서는 가장 諷刺的인 寓話小說이다. 그런데 짐승들이 모여서 人間을 규탄하는 근거가 다음 開會趣旨에도 나와있는 것처럼 基督敎精神 위에 서 있다는 점이다.

　　대저 우리들이 거주하여 사는 이 세상은 당초부터 있던 것이 아니라, 지극히 거룩하시고 지극히 전능하신 하나님께서 조화로 만드신 것이라. 세계 만물을 창조하신 조화주를 곧 하나님이라 하나니, 일만 이치의 주인 되시는 하나님께서 세계를 만드시고 또 만물을 만들어 각색 물건이 세상에 생기게 하셨으니, 이같이 만드신 목적은 그 영광을 나타내어 모든 생물로 하여금 인자한 은덕을 베풀어 영원한 행복을 받게 함이라……

---

19) 安國善, "禽獸會議錄" 「愛國精神」(乙酉文庫) p.42.

그 중에도 사람이라 하는 물건은 당초에 하나님이 만드실 때에 특별히
영혼과 도덕심을 넣어서 다른 물건과 다르게 하였은즉, 사람들은 더욱
하나님의 뜻을 순종하여 천리 정도를 지키고 착한 행실과 아름다운 일로
하나님의 영광을 나타내어야 할터인데, 지금 세상 사람들의 하는 행위를
보니 그 하는 일이 모두 악하고 부정하여 하나님의 영광을 나타내기는
고사하고 도리어 하나님의 영광을 더럽게 하며 은혜를 배반하여 제반
악증이 많도다.[20)]

즉 이 作品은 創造主 되시는 하나님의 權能을 말하고 人生의 目的이
神의 靈光을 위해서라는 基督敎 理解를 바탕으로 하였으며, 結末에서
悔改와 救援을 강조하고 있어 더욱 基督敎精神을 보여준다.

사람이 떨어져서 짐승의 아래가 되고, 짐승이 도리어 사람보다 상등이
되었으니, 어찌하면 좋을꼬? 예수씨의 말씀을 들으니 하나님이 아직도
사람을 사랑하신다 하니, 사람들이 악한 일을 많이 하였을지라도 회개하
면 구원얻는 길이 있다 하였으니, 이 세상에 있는 여러 형제자매는 깊이
깊이 생각하시오.

이상 開化期文學에 나타난 基督敎思想을 考察하였는 바, 1882年 이후
계속된 聖書飜譯이 新文化 創造의 바탕이 되었고, 1892年 이래 거듭된
讚頌歌의 편찬은 唱歌의 형성에 크게 기여하였다. 그리고 일부 開化期
詩歌에는 不義에 抗拒하고 正義를 주장하는 作品들이 있어 基督敎精神
과의 접촉을 볼 수 있고, 開化期의 小說 속에도 「多情多恨」이나 「禽獸會
議錄」과 같은 作品은 곧장 基督敎思想을 俱現시키고 있다. 그러나 이들

---

20) Ibid. pp.9~10.

은 그 數에 있어서도 적거니와 지나치게 觀念에 치우친 나머지 藝術作品으로서의 形象化에 미치지 못하고 있어, 文學作品으로서 成功했다고는 말 할 수 없다.

2 근대소설의 기독교사상

韓國의 近代文學은 대체적으로 浪漫主義라든지 自然主義, 世紀末思潮와 같은 이른바 基督教 以後의 世俗文化를 받아들여, 이를 바탕으로 創作活動을 전개했기 때문에 基督教的인 特色이 미약하다. 그런 중에서도 詩의 鄭芝溶, 尹東柱, 柳致環, 金顯承, 朴木月, 朴斗鎭 등이 있듯이 小說에 있어서는 李光洙 田榮澤 朴啓周 沈薰 朴榮濬 金東里 黃順元 등에서 基督教와의 접촉을 보게 된다.

먼저 春園 李光洙는 民族主義的인 啓蒙文學의 先驅者로서 宗教的 人生觀을 作品化한 作家로 알려져 있으며[21] 특히 그는 基督教와 佛教思想을 바탕으로 作品을 썼음을 여러 사람이 지적하고 있다. 그리고 李光洙의 基督教 接近動機를 白鐵 교수는 첫째 時代的 背景으로 기독교가 성황하는 開化期에 등장하였다는 점과 둘째 영향을 준 人物이 李昇薰 安昌浩 등 基督教 指導者였다는 점과 셋째로 그가 밋숀系인 明治學院에서 공부하였고 특히 친구 山崎俊夫의 권유로 Tolstoy 文學에 심취하고 그 영향을 크게 받았다는 점을 지적한 바 있다.[22] 대서 開化期의 基督教 理解는 순수히 宗教的인 측면 외에 社會的인 측면이 크게 작용했다고 보는데, 李萬烈 교수의 다음 말은 春園의 경우에도 참고가 된다.

---

21) 趙演鉉, 「韓國現代文學史」(成文閣) pp.174~
22) 白鐵, "春園文學과 基督教"「韓國文學의 理論」(正音社) pp.114~117.

한말 기독교도들의 입신 동기는 사회적인 측면에서만 보면 두가지로 나타난다. 사회적인 압제를 면하려는 것이 그 한 요소라면, 다른 하나는 기독교를 통한 구국 제민(救國濟民)의 방향모색이라 할 것이다. 이것은 당시의 기독교관에서 잘 나타나고 있다. 그들은 우선 자신의 권리를 지키기 위하여 압제 세력과 불합리한 사회윤리에 도전하였다. 그리하여 그들은 근대사회에서 가져야 할 반봉건의식을 형성해 갔던 것이다.[23]

李光洙의 基督敎에 대한 理解도 처음에는 宗敎的 측면보다 社會的 측면에 치우쳐 있음을 長篇 「無情」이라든지 몇개의 論說을 통하여 확인할 수 있다. 그의 處女長篇 「無情」을 보면 男女의 愛情問題와 民族의 啓蒙을 主題로 한 作品으로서 특별히 基督敎精神을 具現하였다고 볼 수는 없지만, 主人公 중에 基督敎人들이 등장하여 주목케 한다. 그러나 그들은 독실한 信者도 아니고 敎會의 가르침에 따라 살지도 않는다. 作家는 오히려 主人公 신형식을 통하여 敎會를 비판한다.

예수 믿은지는 오래나 워낙 교회에 뜻이 없으매, 교회 내의 신용조차 그리 크지 못하였다. 아무 지식도 없고, 아무 덕행도 없는 아이들이 목사나 장로의 집에 자주 다니며 알른알른 하는 덕에 집사도 되고, 사찰도 되어 교회 내에서 젠 체하는 꼴을 볼 때 마다 형식은 구역이 나게 생각하였다.[24]

뿐만 아니라 作家는 선형의 아버지 金長老가 본래 妓生蓄妾하다가 本室이 病死하자 正室로 들여 앉친 사람이고, 그가 예수를 믿은 것도 서양문명을 본받기 위해서였다고 그림으로써 非基督敎的인 면을 들어내

23) 李萬烈, 「한말기독교와 민족운동」(평민사) p.133.
24) 李光洙, "無情" 「李光洙選集」(語文閣) p.5.

고 있다. 선형이도 기독교 가정에서 태어나 聖經을 읽고 외우기도 하지만 그것들이 자기와는 아무런 관계가 없는 것이라고 생각할만큼 非基督教 的이다. 그들은 西洋을 본받는 開化人임을 보이기 위하여 예수교인 행세 를 할 뿐이다. 이에 비하여 예수교인도 아닌 日本 유학생 병욱이가 車 중에서 영채를 만나 그에게 새로운 삶을 깨닫게 하고 女權을 찾아 希望을 갖도록 하는것이나, 洛東江 범람에서 水災民 구호를 위한 자선 음악회를 여는 것등은 오히려 基督教精神의 具現인 휴머니즘에 바탕을 두고 있다.

李光洙는 「青春」9號(1917)에 실린 「耶蘇教의 朝鮮에 준 恩惠」라는 論說에서 "耶蘇教會는 實로 暗黑하던 朝鮮에 新文明의 曙光을 傳하여 준 最初의 恩人이며, 廉하여 最大한 恩人이요"라고 前提한 후 기독교의 공적을 朝鮮人에게 西洋事情을 알림, 道德의 振興, 教育의 普及, 女子地 位의 높임, 早婚弊의 矯正, 한글普及, 思想의 刺戟, 個性의 自覺 또는 個人意識의 自覺이라고 지적하였다.[25] 이는 李光洙의 基督教에 대한 理 解가 信仰과 救援이라는 宗教的 측면보다 社會的 文化的 측면에 치우쳐 있음을 알게 해준다.

一言以蔽之하면, 朝鮮은 예수教會를 通하여 歐美의 文化와 接觸한 것이다. 더구나 예수教의 聖經, 其他 宗教書類를 純朝鮮文으로 飜譯하 여 普及한 것이 朝鮮語와 文의 更生發達에 준 影響은 오직 한글의 制定 에만 버금갈 功績이다. 過去에만 그러하였을 뿐 아니라 現在에도 예수教 는 우리 朝鮮의 文化에 큰 貢獻을 하고 있다.[26]

위는 李光洙가 쓴 「朝鮮의 예수教」의 한 部分이거니와, 그는 어데까지

---

25) 「李光洙全集」10 (三中堂) pp.17~19.
26) 「李光洙全集」9 (三中堂) p.377.

나 社會的 文化的 측면에서 基督敎를 理解하려고 했기 때문에 그에게 있어서는 基督敎도 主로 民族的 啓蒙의 次元으로 보였을 것이다. 그러기에 李光洙는 「今日 朝鮮耶蘇敎會의 缺点」에서 신랄하게 敎會 또는 敎人들의 非文化的 현상을 批判하기에 이른다. 그는 朝鮮의 耶蘇敎會가 첫째 自由 平等에 어긋나는 階級的이고, 둘째 敎會至上主義에 빠져서 敎俗 區別을 심히 하고 學問을 천히 여기고 世上일을 소홀히 하며, 셋째 敎役者가 無識하고, 넷째 迷信的임을 지적하면서 敎會의 一大改革을 제창하고 "文明的 宗敎"가 되도록 촉구하였다.27) 李光洙의 이러한 當時의 基督敎 批判은 敎會의 混迷를 보이는 現在에 있어서도 상당한 說得力을 지니고 있는 것이 사실이지만, 信仰을 통한 救援, 사랑과 義에 의한 하나님 나라의 形成, 神에 대한 순종과 人間價値의 옹호등 基督敎의 本質에는 미흡하다고 하겠다.28)

이와같이 李光洙의 基督敎 理解는 편협한 점이 있었지만, 그래도 그의 여러 作品에는 基督的精神이 表現되기도 하고 基督敎的 人間像이 그려지기도 하였으니, 「再生」이나 「有情」, 「愛慾의 彼岸」, 「흙」, 「사랑」 등이 그것이다. 白鐵 교수는 "春園은 基督敎의 교리를 作品의 思想性으로서 消化하려고 한 唯一한 作家이며, 그만큼 基督敎 교리가 春園小說의 내용을 살찌게 할 大地와 같은 지반으로 되었다고 할 수 있다."29)는 說明을 한 바 있거니와, 李光洙는 「再生」과 「愛慾의 彼岸」에서 善惡의 갈등과 靈肉의 對決, 罪에서의 悔改를 主題化하였고, 「有情」과 「사랑」에서는 숭고한 精神的인 사랑을 그렸으며, 「흙」에서도 克己와 奉仕精神을 다루

---

27) Ibid. 10 pp.20~24.
28) cf. A.Harnack, 「基督敎의 本質」(三星文化文庫)에는 예수의 中心思想을
   ① 하나님의 나라와 그의 到來 ② 하나님과 人間精神의 無限한 價値 ③
   보다나은 義와 사랑의 誡命이라 지적하였음
29) 白鐵, "基督敎와 韓國의 現代小說" 「韓國現代小說研究」(民衆書館) p.87.

어 휴머니티를 追求하였다. 그러나 이들이 部分的으로 基督教와 관련되는 것은 물론이지만 作品 전체의 思想이 기독교적이라고 보기는 어렵다.

먼저 「再生」(1924)은 순영이라는 미모의 新女性이 사랑하는 이를 저버리고 道德的으로 타락한 生活을 하다가 자기의 잘못을 깨달아 뉘우치고 自殺하는 이야기를 그리고 있는데, 그녀의 性格은 善惡과 靈肉의 갈등을 심히 겪는 二重的, 兩面的인 人間性을 具現하고 있다. 즉 그녀는 밋숀學教 女學生으로서, 어떤 때는 善을 지향하나 또 어떤 때는 惡을 탐하여 스스로 罪와 타락의 길을 걷는다. 순영은 精神的인 봉구와 肉体的인 백가 사이에서 彷徨하며, 사랑을 저버리고 돈과 음탕을 찾아 허덕이다가 자기의 罪를 깨닫게 되는데, 尹弘老 교수가 "春園은 罪의 思想을 독자에게 심었다"[30]고 지적한 것은 옳은 말이다. 그리고 순영이의 性格的인 兩面性과 倫理的 방황은 그녀가 獨立鬪士인 순흥과 여동생을 팔기까지 하는 俗物인 순기를 오빠로 두고 있다는 것이라든지, 信仰에 사는 P부인이나 인순이를 한쪽에 두고 또 한편에는 世俗的인 향락에 사는 선주를 두고 있도록 한 점에서 더욱 실감있게 들어난다. 다만 순영이가 罪意識과 人間苦를 이기지 못하여 罪惡의 열매인 어린 봉사 딸을 데리고 금강산을 찾아가 투신 自殺하는 것은 非基督教的이다. 죽음으로 贖罪한다는 의미가 있겠지만, 진정한 悔改라면 거듭나는 새로운 삶이 이어졌어야 할 것이요 참다운 救援의 의미를 체험하도록 했어야 할 일이다. 이에 비하여 사랑을 잃고 돈벌이에 급급하던 봉구가 主人 殺害의 혐의를 뒤집어 쓰고서도 이를 감수하고, 黑白이 가려져서 出監된 뒤에도 모든 것을 버리고 民族을 위해 農村運動에 투신하도록 한 것은 不自然스럽다. 이는 春園의 民族主義와 啓蒙意識이 接合된 作爲的인 展開로서 「無情」의 結末과 마

---

30) 尹弘老, 「韓國近代小說研究」(一潮閣) p.81.

찬가지라 하겠다. 뿐만 아니라 봉구가 殺人者를 알면서도 묵비권을 행사하여 殺人 혐의를 뒤집어쓰고 死刑宣告를 받는것이 基督教的인 용서요 사랑이냐 할 때, 그게 아니라는 점이다. 義를 사모하는 것도 아니요 사랑을 실천하는 것도 아니고, 오히려 순영이를 잃은 자포자기의 心理라 할 수 있어, 基督教 모랄과 거리가 있다. 그리고 이 作品에는 信仰에 철저한 P夫人 이라든지 인순이등이 출현하여 기독교적 셋팅을 이루고 있지만, 그들이 지나치게 教條主義, 教理 만능에 빠져서 순영이의 목숨을 구하는 일에 아무런 힘도 되지 못하고 있음은 非人間的이다. 이와같이 이 作品은 여러가지 問題点을 지니고 있지만, 主人公들이 모두 예수教人으로서 善惡의 갈등과 靈肉의 혼돈, 罪를 짓고 悔改하는 主題를 다루고 있다는 점에서 주요한 基督教文學을 이룬다.

   李光洙는 그뒤 「愛慾의 彼岸」(1936)을 통해서 罪와 悔改의 문제를 主題化하였다. 女主人公 혜련은 病席에서 신음하면서도 아버지를 질투하고 미워하는 어머니와 長老의 신분으로 女色에 빠져 위선적인 生活을 하는 아버지와의 不和 속에서 幻滅을 느끼고, 愛慾을 초극하여 求道的인 삶을 찾아가는 淸純한 처녀다. 그녀도 때로는 異性을 그리워하고 또 그녀를 사모하는 男子들도 있지만, 그녀는 男女의 性愛를 싫어하고 오직 하나님만 믿으며 하늘나라만을 바라고 산다. 그녀는 人間의 罪에 대하여 苦惱하고 오빠의 방탕, 아버지의 딸 친구까지 범하는 性的인 타락을 救濟하기 위하여 모친의 무덤 옆에서 자살하기에 이른다. 오빠와 金長老는 혜련의 죽음을 보고서야 비로소 罪를 자복하고 悔改의 눈물을 흘린다. 혜련은 아버지의 罪를 贖罪하기 위하여 목숨을 바쳤으므로 그녀는 숭고한 代贖物인 셈이다. 평소에 예수의 사랑의 生活, 眞理의 生活을 사모하던 그녀는 참 사랑을 실천하려고 귀한 生命을 내던져 贖罪羊이 된 것이다. 혜련의 自殺이 人間生命을 귀히 여기라는 基督教의 教理에 어긋나지

않느냐고 말할 수도 있지만, 이는 「再生」에서 순영이가 自殺한 경우와는
달리 풀이해야 할 줄로 안다. 아무튼 이 作品은 罪와 救援의 문제를 主題
化한 基督教小說로서 주목할만 하다고 하겠다.

한편 李光洙는 「有情」(1933)이나 「사랑」(1938)을 통하여 自己 희생
적인 사랑을 그려서 宗教的 人生觀을 구현하려고 하였다. 그러나 「有情」
의 崔晢이나 南貞妊의 사랑은 個人的인 次元에 머물러 있고, 「사랑」의
安賓이나 石荀玉의 사랑도 플라토닉 · 라브에 치우쳐 있어, 基督教的인
人類愛나 휴머니즘에 미치지 못하고 있다. 男女가 肉体的인 性愛를 떠나
精神的으로 尊敬하고 흠모한다고 해서 이를 基督教的인 사랑이라고 할
수는 없다. 다만 崔晢과 安賓이 보이는 克己와 脫俗의 姿勢라든지 苦惱
를 이겨내는 靈的인 싸움, 超異性的인 순결한 사랑등은 宗教的 人間像을
부각시키고 있음이 사실이다. 그리고 "「有情」은 「사랑」의 母体인 동시에
原型"[31]이라고 말한 분도 있거니와, 이 두 作品이 흡사한 作品 모티브를
지니고는 있지만, 前者가 더 어둡고 은둔적인 苦行의 삶을 그렸음에 비하
여 後者는 보다 건강하고 自己희생적인 삶을 그리고 있어서 그 차이를
보이고 있다. 이와같이 李光洙는 몇편의 作品을 통하여 基督教와의 接觸
을 시도하였는데, 그것은 대개 正統的인 教理와는 거리가 있는 것이지만,
罪와 救援의 문제라든지 靈肉의 갈등과 悔改의 문제, 宗教的 人間像의
구현등을 나타내고 있어 주목하지 않을 수 없다. 그러나 李光洙文學의
宗教意識은 더 많이 道德性 문제에 치우쳐 있고, 當時 예수教人의 위선
적 生活을 비판하고 있음을 지적하지 아니할 수 없다.

李光洙 이후에도 韓國小說은 간혹 基督教와의 關聯을 맺어 왔으나,
미흡한 점이 많다. 金東仁은 단편 「明文」(1925)에서 基督教에 대한 노골

---

31) 鄭飛石, "解說" 「李光洙全集」 8 (三中堂) p.523.

적인 冷笑와 批判을 시도했고, 廉想涉은 「三代」(1932)에서 政治的 不滿 때문에 教會에 몰려든 主人公들이 한결같이 非宗教的, 위선적인 生活을 하고 있음을 묘사하고 있다. 田榮澤은 基督教的 휴머니즘을 바탕으로 창작에 임했고, 金東里는 「巫女圖」(1936) 등에서 保守的이고 他界的인 信仰을 그렸으며, 朴榮濬도 여러 作品에서 基督教的인 素材를 다루었다. 이에 비하여 朴啓周는 「殉愛譜」(1939)에서 이웃을 위하여 自己를 희생 시키는 基督教的 主題를 구현시키고 있다. 눈이 멀고 殺人犯으로 處刑될 처지에 있으면서도 상대방을 용서하고 자기 희생을 감수하는 문선이라든 지, 스스로의 타락을 뉘우치고 水災民 구호에 투신하여 남을 살리고 자기 는 죽는 철진이를 통하여 基督教的인 사랑의 實證을 보게 된다. 이 作品 에는 惡에 대하여 善으로 갚고 원수에게 사랑으로 대하는 基督教 精神이 구현되어있다. 善惡의 갈등과 良心의 苦惱, 罪에 대한 悔改와 自己희생 의 모습 등 基督教的인 主題가 잘 나타난다. 특히 自己를 저버리고 친구 와 놀아나는 원수인 철진에게 제 피를 주어 수혈하는 혜선의 마음이라든 지, 뒤에야 罪를 깨닫고 이웃을 위해서 自己를 희생하는 철진이의 心理變 化가 아주 잘 그려져 있다. 作家는 영호의 입을 빌어서 "가장 높고 가장 깨끗한 사랑에 자기를 제공하여, 남을 위해서 사랑의 제물이 되는 문선이 나 영희나 철진이나 혜선이나 황인수는 다 같이 사랑에 殉하는 殉愛의 使徒들이요, 十字架의 使者들[32]이라고 논평하면서 作品을 끝낸다. 다만 이 作品도 李光洙의 경우처럼 너무 읽기 쉽게 씌어졌기 때문에 藝術性이 뛰어나지 못한 점이 아쉽다.

끝으로 黃順元의 作品은 특별히 基督教的인 色彩를 나타내지 않으면 서도 基督教的 휴머니즘의 세계를 作品 깊숙히 具現하고 있어 우리의

---

32) 朴啓周, 「殉愛譜」(民衆書館) p.309.

주목을 끈다. 解放後 西北地方의 共産化와 土地改革의 非人間的인 과정을 그린 「카인의 後裔」는 神 없는 휴머니티의 世界를 보여준다. 그러나 主人公 박훈을 통한 人間性의 옹호와 오작녀의 헌신적인 사랑이 基督教 精神과 無關하다고는 말할 수 없다.[33] 人間이 社會의 變革이나 時代의 變化에도 불구하고 자기를 지키고 良心을 지켜간다는 것은 貴한 일이다. 黃順元은 「人間接木」에서 孤兒院을 무대로 惡의 世界와 싸우는 한 人間의 외로운 삶의 姿勢를 보여 준다. 처음에는 아무도 그의 편에 서지 않고 적대시하지만, 그가 꾸준히 사랑을 가지고 대할 때 善良한 人間性이 서서히 回復되어 감을 啓示한다. 黃順元은 近來作品인 「움직이는 城」에서 罪責으로 인한 人間의 苦惱와 救援의 문제를 깊이 있게 다루고 있다. 존경하던 牧師夫人과 不倫의 관계를 가졌던 젊은 敎役者가 贖罪하기 위하여 겪는 心理的 苦惱라든지, 疎外된 板子村에 뛰어 들어가 그들과 함께 苦痛을 나누는 모습에서 基督教精神을 실감하게 된다. 同時展開法을 써서 小說美學을 확대하기도 한 이 作品은 그 題目이 가리키듯이 不安과 焦燥와 危機感 속에서 精神的으로 彷徨하는 人間들의 모습을 묘파하고 있다. 요컨대 黃順元의 作品들은 人間的인 苦惱와 救援에 대한 希求등을 그리고 있어, 作品 속에 기독교적인 宗教意識을 含蓄하고 있다.

그 밖에 解放後의 現代小說에 이르면 많은 作家들이 基督教意識을 가지고 作品創作에 임하고 있어 基督教文學은 더 좀 풍성해진다. 林玉仁의 「越南前後」 李鍾桓의 「使徒行傳」 李範宣의 「誤發彈」 金聲翰의 「바비도」 鄭乙炳의 「城」 吳昇在의 「第一敎會」 金義貞의 「목소리」 白道基의 「靑銅의 뱀」에 이르기까지 여러가지 主題의 基督教小說이 나오고 있음은 다행한 일이다. 그러나 여기에서 지적해 둘 것은, 基督教文學은 그

---

33) 出稿, "黃順元의 生命主義文學" 「韓國言語文學」 4輯 pp.14~

素材나 背景이 基督教的이라 해서 특징지어지는 것이 아니라 基督教思想과 精神이 그 속에 구현되어 있어야 하며, 뿐만 아니라 하나의 藝術作品으로 구상화되어야 한다는 점이다.

▌3▐ 결론―기독교 문학의 전망

以上으로써 文學과 宗教思想과의 關係를 살피고 韓國現代小說에 나타난 基督教思想의 양상을 考察하였다. 韓國에 基督教가 傳來된지도 가톨릭은 200년, 改新教는 100년의 歷史를 가지고 있어 宣教면에 있어서는 크게 성공하고 있지만, 文學과의 接觸은 量的으로도 미약하고 質的으로도 미흡했었다. 특히 基督教思想을 受容한 韓國小說은 開化期에 白岳春史의「多情多恨」(1907)이라든지 安國善의「禽獸會議錄」(1908), 李海朝의「自由鍾」(1910) 등에서 그 萌芽를 볼 수 있으나 극히 미흡하고, 본격적인 作品은 李光洙의 近代小說에서 찾게 된다. 李光洙는「再生」(1924)과「愛慾의 彼岸」(1936)에서 罪와 悔改의 문제를 다루었고,「有情」(1933)과「사랑」(1938)에서는 克己的이고 自己희생적이고 精神的인 사랑을 그림으로써 宗教的 人間像을 구현하였다. 그러나 많은 論者들이 지적한 것처럼 그의 宗教意識은 基督教보다 佛教에 가깝고, 또 그의 基督教에 대한 理解는 다분히 편협하다. 金東仁은「明文」(1925)과「信仰으로」(1930)에서 基督教에 대한 冷笑와 批判을 시도했고, 廉想涉은「三代」(1932)에서 예수教人들의 道德的 타락을 리얼하게 묘파하였다. 金東里는「巫女圖」(1936)와「사반의 十字架」(1955)에서 來世的이고 他界的인 基督教의 모습을 그렸을 뿐이고, 朴啓周는「殉愛譜」(1939)를 통하여 罪와 悔改, 自己희생적인 사랑의 實踐 등 숭고한 기독교 정신을 구현함으로써 좋은 기독교 소설을 보여 주었다. 다만 春園小說의 경우처럼 읽기 쉽게 썼기 때문에 對話가 남발하고 藝術性이 미흡한 것이 흠이다. 黃順元은 「카인의 後裔」, 「人間接木」, 「움직이는 城」 등을 통하여 基督敎思想을 內包 溶解시키는 藝術的인 作品을 성공시키고 있어, 基督敎文學의 方向을 例示한다.

이제 韓國小說에 나타난 基督敎思想을 反省하면서 앞으로의 發展을 展望하기 위하여 다음 몇가지 事項을 제기코자 한다.[34]

1) 基督敎文學은 言語藝術로서의 文學이 되어야 한다. 기독교 문학이란 基督敎思想의 藝術的인 形象化인 만큼, 想像力과 言語美學을 동원하여 하나의 藝術作品이 되도록 하여야 한다.

2) 基督敎文學은 기독교 정신의 구현이요 기독교 사상의 표현이어야 한다. 단순한 기독교적 素材를 등장시키는 것으로는 부족하다. 따라서 善惡의 對決, 靈肉의 갈등, 良心의 苦惱, 信仰과 救援에 대한 追求, 罪와 悔改, 神에 대한 탐구, 사랑과 正義의 실현, 所望과 용기, 自己 희생과 이웃에 대한 奉仕, 人間性의 옹호와 回復 등 휴머니즘이 나타나야 한다.

3) 基督敎文學의 表現方法은 直接的인 경우와 間接的인 경우, 그리고 批判的인 경우로 나눌 수 있다. 前者는 旣成敎理의 옹호와 信仰의 干證이요, 다음은 念蓄的인 것으로서 基督敎思想을 溶解시켜 나타내는 경우이다. 끝의 것은 基督敎의 矛盾과 非理를 諷刺 批判하는 경우로서 모두 제 特質을 가진다. 그러나 가장 重要視할 것은 藝術作品 속에 자연스럽게 基督敎精神을 구현시키는 方法이다.

4) 基督敎文學은 宗敎意識의 生活化와 體驗的인 土着化가 先行되어야 한다. 具體的인 生活을 통하여 기독교적인 情緖가 다듬어지고 思想이

---

34) 出稿, "韓國文學의 基督敎思想研究" 「韓國言語文學」15輯, 再論.

익어가고 信念이 意志化될 때, 비로소 기독교 문학은 형성된다. 따라서 기독교 문학은 기독교적 生活体験과 文學的 訓練이 겸해져야 열매를 맺을 수 있다고 본다.

끝으로 基督教文學은 存在의 文學이 아니라 當爲의 文學, 快樂의 文學이 아니라 教訓의 文學 慰安의 文學이 아니라 救濟의 文學, 消費의 文學이 아니라 創造의 文學, 遊閑의 文學이 아니라 苦惱의 文學이 되어야 한다.

앞으로 우리나라의 基督教文學도 人間의 價値를 옹호하는 휴머니즘 文學이 되고, 産業化와 組織社會 속에서 疎外되고 喪失된 人間의 尊嚴性을 回復하는 人間化의 文學이 되며, 바람직한 生의 姿勢를 제시하는 모랄의 文學이 되고, 社會的 不條理와 物質萬能의 병폐와 機械技術의 挑戰에 대응하는 抵抗文學의 일을 담당하고, 人間存在의 새로운 意味를 천착하는 內面探究의 文學이 되며, 讀者들을 精神的으로 일깨워 주는 새로운 啓蒙文學, 開眼의 文學이 되어야 하겠다.

(출처: 『인문과학연구』 3집, 조선대학교 인문과학연구소, 1981)

제9장
기독교와 소설문학

한승옥

1 서론

기독교가 이 땅에 전파된 지 천주교가 200년, 개신교가 100년이 넘지만 전개 과정에서는 무수한 고난과 역경이 중첩되었고, 수많은 사람이 사화로 순교한 피비린내나는 과정을 겪어야 했다. 기독교는 그만큼 동양적인 유불선 삼교의 정신적 토양에 이질적 요소로 작용한 것이 사실이며, 지금까지도 기독교의 토착화 문제가 거론되는 이유도 이같은 사상적 특성 때문이라 생각된다.

기독교는 자유와 평등, 인간의 존엄성과 민주주의 사상을 기초로 하면서 이조시대에는 절대 군주의 비인격적 지배 체제를 정면으로 부정하는 역할을 하였고, 일제가 강점을 시작한 1900년 초에는 서구 개화사상의 첨병으로 이 땅의 미개함을 깨우치는 데 결정적인 역할을 담당했었다.

개화가 곧 기독교 사상의 정수로 통하게 된 것도 기독교가 서구 문명을 등에 업고 의술과 신식교육의 실질적 구제 사업으로 침투하기 시작하였기 때문일 것이다.

일제에 강점당한 것이 서구 문명의 섭취가 늦었음에 기인한 것이란 인식에 공감대가 형성된 당대의 지식인들은 서구 유학을 최고의 가치로 여겼으며 당연히 신문물을 받아들이는 자격 요건으로 기독교인이 되는 것이 일반적인 흐름이었다.

그러나 개화사상으로서의 기독교와 사상적인 면에서의 완숙, 더더구나 그것이 문학으로 육화되는 것과는 거리가 있을 수밖에 없다. 사상의 계몽은 한두 명의 선각자에 의해서도 가능하지만 그것이 민중에 뿌리내려 꽃이 피고 열매가 맺으려면 그만큼 많은 시행착오와 토착화 과정이 필요하다. 그렇다고 문학에서 기독교적이라고 하는 것이 어떤 형식적인 원칙이 있는 것은 아니다. 그것은 문화 전반적인 것이면서 동시에 개인적인 것이다. 우리 나라 현대문학에서 소설보다도 시에서 기독교 문학이 비교적 일찍 성공을 거둔 것도 그것이 개인적인 것이라는 근본적인 이유와 더 나아가서는 김병익의 지적대로 시는 절대적 감성을 표현하고 소설은 구체적 세계관을 제시하여야 한다는 차이에 기인한 결과일 것이다.[1] 또한 아무리 훌륭한 사상이나 종교적인 이념일지라도 그것을 문학화할 수 있는 기교가 밑받침되지 못하면 불가능하거나 미숙할 수 밖에 없다.[2] 개화 가사나 신소설에 기독교 수용 양상이 여러 편 보이지만 그야말로 자구적인 피상적 수용에 불과하였음도 이의 구체적인 한 예증이라 하겠다.

---

1) 金柄翼, "韓國小說과 韓國基督敎", 『현대문학과 기독교』, 金柱演 편, 文學과 知性社, 1984, p.66.
2) 최종수, 『문학과 종교의 대화』, 성광문화사, 1987, p.50.

그렇다고 현대소설의 효시인『무정』에서도 그것이 완숙한 형태로 나타났다는 것은 아니다.『무정』의 기독교 수용 양상은 신소설의 그것보다는 진전된 것이 사실이지만 많은 한계와 문제점을 지니고 있는 것 또한 부인 못할 사실이다.

이것은 어떤 이질적인 종교적 사상이 문학에 녹아져 흐르려면 작가 개인의 역량도 문제지만 그보다도 우선한 문화 전반에 사상이 자연스럽게 생활화되어 그것이 이질적인 요소로 인식되지 않고 무형화될 때만이 가능하다는 당연한 이치 때문일 것이다.

기독교 전래 200여 년이라면 결코 짧은 기간은 아니지만 우리에게는 그보다도 더한 샤마니즘이나 불교, 유교의 전통이 뿌리깊게 우리의 사상과 정서를 지배하고 있어 기독교의 이질 문화를 용해시키고 그런 와중에서 기독교가 문화적 가치로 살아남는다는 것은 지난한 일이었을 것이다.

한국 현대소설의 기독교 수용 양상과 전개 과정을 살펴 보아도 이 점은 다시 한번 구체화된다.

현대문학기에 이광수와 김동인의 선구자적 공적을 인정하면서도 기독교의 수용과 그 심도에서 오히려 부정적인 결론에 도달하게 되는 예라든지, 목사이면서도 초기에는 적극적인 기독교 사상의 표출을 오히려 자제했고 후기에는 기독교의 세속화에 신랄한 비판을 가한 전영택의 예라든지, 기독교를 샤머니즘화시켜 수용한 김동리의 경우 등이 이를 단적으로 드러내는 예라 하겠다.

그러면서도 이광수를 필두로 하여 시기별로 점검하면 식민지시대 소설들이 대체적으로 부정적 시각에서 기독교를 수용한 데 비해 최근에 들어서는 비로소 개념화된 소재주의적 수용에서 벗어나 우리의 일상 삶의 일부로 육화된 기독교적 소설이라 평할 수 있는 작품이 나온 것은 반가운 현상이 아닐 수 없다. 이것은 곧 기독교가 이제는 일반 대중에게

일반화되어 문화적인 기층역할을 하고 있음을 알 수 있게 해주는 표지라
하겠다.

▌2▐ 현대소설의 기독교 수용 양상과 전개과정

❶ 이광수

이광수는 신문학의 선봉자답게 사상적으로도 기존의 유가전통을 근본
에서부터 부정하고 나온 시대의 반역아였다. 유가전통을 부정한 근거는
서구 문명, 문화를 배경으로 한 것이었으며, 당시의 상황으로 보아서는
서구 개화문명의 대명사는 기독교였다. 당연히 그의 작품에는 기독교적
사상이 수용되어 주요한 가치 항목으로 작품에 어떤 형태로든 반영될
수밖에 없었다.

이광수의 기독교적 영향관계를 최초로 천착한 백철이 이광수의 기독
교적 영향관계를 긍정적 입장에서 살핀 것도 이광수의 초기작을 점검하
는 데 기독교의 영향을 배제할 수 없었기 때문이라 생각된다.

백철은 "한국의 현대소설에 미친 기독교의 영향",[3] "춘원문학과 기독
교",[4] "기독교와 한국 현대소설"[5] 등을 통해 기독교가 현대소설에 미친
영향을 점검하면서 그 절반 이상을 춘원에게 할애하고 있다. 물론 관점도
긍정적임이 사실이다. 이 긍정적인 관점은 전대웅의 "춘원문학의 주제"[6]

---

3) 白 鐵, "韓國現代小說에 미친 基督敎의 影響", 중대어문논집, 1959.
4) 白 鐵, "春園文學과 基督敎",『기독교사상』, 1964. 3.
5) 白 鐵, "기독교와 한국의 현대소설",『동서문화』창간호, 계명대 동서문화연
구소, 1967.
6) 田大雄, "春園文學의 主題",『기독교사상』, 1967. 6.

나 김태준의 "춘원문예에 끼친 기독교의 영향"[7]도 궤를 같이한다. 춘원에 대해 많은 논문을 발표한 김영덕도[8] "정"의 계발을 중심으로 춘원을 긍정적 측면에서 분석하였으며 이 "정"의 관점은 기독교 문학에 상당한 천착을 보인 조신권[9]에게서도 동일하게 나타난다. 이들 소론은 대부분 춘원의 사상 형성 과정에 중점을 두어 희생적 사랑이 작품에 투영된 면모를 주로 살핀 것들이다.

그러나 최근 들어서면서 이광수의 기독교 영향관계를 살핀 것은 대부분 부정적임이 드러난다. 김병익은 "한국 소설과 한국 기독교"[10]에서 『무정』에 등장하는 김 장로의 이미지를 예로 들면서 기독교 신자로서의 그것이라기보다 개화인으로서의 표상으로 보았는데, 이는 이형식을 기독교인이면서도 "기독교를 단지 개화의 겉치레로 걸치고 있다"[11]는 지적과 같은 시각이라 하겠다. 기독교 문학에 집중적인 조명을 해 온 바 있는 이인복은 부정적이면서도 조심스럽게 그 장점도 인정하였다. 이광수의 기독교 사상을 "불교적 기독교 사상"이라 정의하면서 이광수의 태도를 그가 "작가로서 입신하여 저술활동을 하는 동안 기독교는 항상 비교 종교학 또는 비교 사상론적 견지에서 수용"[12]되고 있음을 지적하였다. 이 교수는 이러한 태도가 후대인들에게 기독교를 여유를 가지고 바라보게 하였다는 점에서 유익한 것이 되었다고 덧붙인다. 춘원은 기독교와 평생을 함께 살면서도 기독교 속으로 빠져들지 않고 경외로운 대상으로 기독교를 관찰하면서 예찬하는 구도자의 자세를 잃지 않았다는 것이다.

7) 金泰俊, "春園文學에 끼친 基督敎의 影響", 明大論文集 제3집, 1970.
8) 金永德, "春園의 情과 基督敎 思想과의 관계 硏究", 한국문화연구원 논총 20집, 이화여대, 1972.
9) 趙神權, "韓國近代文學과 基督敎", 『연세춘추』, 연대출판부, 1973.
10) 金柄翼, 전게 논문, p.65.
11) 李商燮, "신문학 초창기의 기독교"(金柱演 편, 전게서), p.31.
12) 李仁福, 『韓國文學과 基督敎 思想』, 又新社, 1987, pp.27~38.

그러나 이러한 긍정적 관점은 기독교적 입장에 기준을 두고 애정을 가지고 볼 때 나온 결론이지 실제로 그의 작품을 분석해 보면 기독교를, 아니 분명히 말한다면 기독교보다도 기독교인들의 비기독교적인 형태를 야유하거나 비꼬면서 오히려 나중에는 범종교적 그의 사상을 전개해 나갔음을 알 수 있다.

기독교적인 영향을 가장 많이 받았다는 『무정』의 경우만 해도 주인공 이형식은 교인이면서도 교회와 그 교회에 속해 있는 속물 근성의 교인들을 매우 신랄한 어조로 비난한다. 이 비난은 자신의 돈 없음과 배경 없음에 대한 고아인 스스로에 대한 열등감이 역으로 표출된 것이기도 하지만, 그가 선망의 대상으로 여기는 선형의 집안, 곧 김장로에게도 같은 투의 반응을 보이는 것은 매우 반어적이다. 김장로가 돈과 가문을 이용하여 속물처럼 장로라는 직책을 벼슬의 한 자리로 생각하여 차지하고 축첩을 하고 증권과 부동산을 통해 재산을 증식하고 부자로 호강하는 것을 매우 못마땅해 하는 것은 『무정』에서 김 장로가 기독교인으로서는 대표적인 인물임을 감안할 때 시사하는 바 크다 하겠다.

이광수가 돈많은 부자에게 신경질적인 반응을 보이는 것은 좌파 기독교인이었던 톨스토이의 사상에서 영향받은 것이 사실이지만[13] 이형식에게 조금의 손해도 끼치지 않았고 오히려 고아인 형식에게 딸과 유학비용까지 대주는 후한 은인 역할을 하는 장인을 비난조로 말하는 것은 비록 그것이 약혼이 성립되기 전의 일이기는 하지만 그의 기독교인에 대한 당시의 예민한 거부반응을 읽을 수 있다. 이광수가 혐오한 것은 당대 한국의 개화지식인의 기독교 수용양태의 변질과 세속화였지 그 본질에서의 거부반응은 아니란 점이 역으로 도출된다.

---

13) 李商燮, 전게 논문, p.32.

그러면서도 주인공 이형식이 보여주는 행위양식은 기독교인의 그것이 아님이 분명하다. 과거 은인인 박 진사의 딸 영채를 대하는 태도에서는 그것이 남녀의 애정의 문제이기에 분명히 드러나지는 않는다 하더라도 그가 위기에 처할 때의 행동이나 선형과의 약혼 등에서 어떠한 기독교적인 사상 배경이나 행동 양식도 발견해 내기 힘들다. 오히려 이형식은 영채를 찾으러 평양에 갔다 와서 학생들에게 기생을 찾으러 다녔다고 하여 지탄의 대상이 되자 그는 하숙집에 들어와 '중'이 되겠다고 엉뚱한 소리를 한 것도 그의 속과 겉이 어떻게 이율배반적으로 다르고 위선적인가를 꿰뚫어 볼 수 있게 해주는 증표다. 기독교는 단지 그에게는 개화의 겉치레와 문명의 외피를 장식하는 비본질적인 것일 뿐 그의 내면에는 항상 동양적인 불교적 인생관이 은연중에 뿌리박혀 있음이 간파된다. 이 점은 그가 후기에 불교에 심취하여 기독교와는 절연하게 되는 사상적 변모 추이를 보아서도 알 수 있다. 『재생』에서 순영을 통해 기독교적인 인간상을 조형하려는 한 의도는 엿보이나 이때의 기독교도 자기 희생을 오로지 하는 것으로만 규정지었을 뿐 더 큰 신의 문제나 원죄와 구원의 문제에는 미치지 못하고 있기 때문이다. 『재생』에서 순영이 애욕과 타락한 인물과 그 세력들에 의해 처녀성이 황폐화되어[14] 결국 업보로 소경 딸을 낳고 금강산에서 소(沼)에 빠져 자살하는 것도 크게 보아서는 죄와 그에 따른 벌이라는 점에서 기독교적 모티브라 해석할 수도 있겠지만 중요한 구원의 문제가 어떤 형태로든 배제되어 있고 인과응보의 결말로 처리되어 오히려 기독교보다는 불교적인 사건 전개에 더 가깝거나 아니면 우리의 권선징악적 고소설과 맥을 같이한다고 볼 수 있다. 봉구의 경우 순영을 백윤희의 첩으로 빼앗긴 복수를 위해 돈을 벌어 미두취인점의 서기로

---

14) 쿠르트 호호프(한승홍 역), 『기독교 문학이란 무엇인가?』, 두란노서원, 1988, p.45.

취직하는 우를 범하였다가 농촌으로 돌아가 동포를 위해 희생할 각오로 끝을 맺는 것도 비록 그가 농촌으로 돌아갈 때 하느님께 기도를 바치고 돌아간다고는 하나, 이것은 어디까지나 편의적인 발상이지 봉구의 내면 세계를 지배하는 종교적 힘에 의한 결과는 아니라 생각된다. 이러한 자기 희생적 태도의 기독교적 연관성은 『흙』에서도 숭을 통해 발견할 수 있으나 이때도 숭의 살여울 회귀는 어디까지나 현실에 염증을 느끼고 정선과의 마찰에서 빚어진 결과일 뿐이지 기독교적 윤리관의 실천과는 거리가 먼 행동이라 생각된다.

정선의 갑진과 부정한 사실을 알고 예수의 용서하라는 말을 떠올리고 정선을 살여울로 받아들이나 이때에도 그것이 편의적 발상이지 그 이상 의 의미는 아니라는 사실을 부인할 수 없다. 오히려 그에게는 시혜적인 박애사상이 골수사상이고 기독교적 윤리관은 때에 따라 튀어 나오는 방 어기제일 뿐이다. 이 박애사상은 시혜적 농촌계몽이라는 민족주의적 사 랑과 연계되어 당시의 브나로드 운동과 결부되어 호응을 얻은 것이지 그것이 기독교적 발상이나 그의 실천으로 공감을 얻은 것은 아니라는 해석이다. 이 점은 『사랑』에서 순옥이가 보이는 안빈과 허영에 대한 태도 에서도 확인된다. 순옥이가 정신은 안빈에게, 육체는 극도로 혐오하는 허영에게 바치는 것에서도 이광수의 사상적 진실이 어디에 있는지를 유 추할 수 있게 해주는 좋은 자료가 된다. 시혜적 사랑이 주제가 된 이 작품은 허영과 같은 '無明'의 인물에 대한 구제의식이 짙게 깔려 있을 뿐이지 그것이 기독교적 죄의 구원으로 나타나지는 않는다. 오히려 중생 을 제도하는 부처에 가깝다면 가깝다 할 수 있다. 이광수 개인사적으로 보아서도 이 시기는 그가 불교에 귀의한 후다. 『사랑』은 불교를 정면으로 내세우지 않았지만 박애사상과 시혜적 베품의 자기 희생정신이 불교를 토대로 범종교적으로 투영된 작품이라 볼 수 있다. 이광수는 기독교를 신문학 초기에 받아들여 그것에서 기성문화를 거역할 힘을 얻고 용감하게 유교문화를 거부하였으나 끝끝내 기독교에 몰입하지 못하고 불교적 사상에 귀의하여 안심입명하는 사상적인 궤적을 그렸음이 그의 전기적 사실과 작품의 변모 과정에서 읽혀지는 것은 매우 흥미있는 일이다.

2 김동인

김동인은 철저한 반기독교적인 작품이자 기독교를 신랄하게 비판하고 야유한 「명문」을 발표하여 그가 개신교에 얼마나 혐오감을 느끼고 있는가를 여실히 보여주었지만, 그의 자전적 내력을 일별하면 그만큼 기독교와 깊은 혈연관계를 가진 작가도 드물다는 사실을 발견하게 된다.

김동인은 우리나라에서 개신교의 메카라 할 수 있는 서부지방의 심장부 평양에서 태어났고 그의 아버지 김대윤(金大潤)은 일찍이 기독교에 입교하여 평양 진석동 교회의 장로였고 그의 모친 역시 교인이었다. 김동인은 유아세례를 받은 몸이다. 그의 이복형 동원도 장로였으며, 동인이 다닌 학교도 대부분 기독교계 학교였다. 숭덕소학교나 숭실중학교 그리고 일본에 유학한 명치학원도 모두 미선계 학교였다. 그리고 그의 창조 동인인 주요한, 전영택 등은 목사의 아들이거나 나중에 목사가 된 사람들이었다.

이런 기독교적인 분위기에서 자란 동인이 기독교에 정면으로 저항한 것은 매우 아이러니칼한 일이 아닐 수 없다. 그것은 이광수의 경우와도 일맥상통하는 점이지만 개화기 선각자라는 자부심과 김동인 특유의 오만함과 굽힐 줄 모르는 자존심, 그리고 더 근본적으로는 한국 개신교의 세속화와 물신주의로 빠지는 데 대한 반작용이 아니었는가 생각된다. 동인이 보아온 기독교도들 특히 자기 집안의 기독교 신앙 태도에서 혐오감을 느끼고 본질적 기독교 신앙에 대한 열망이 역으로 작용한 결과가 아닌가 생각된다.

동인은 문학의 출발부터 반기독교적으로 순수 예술적인 탐미주의나 자연주의 계열로 작품을 창작해 나간 것도 이런 역설이 작용했을 가능성이 짙다. 「배따라기」에서 진시황을 찬양하며 현세의 유토피아를 꿈꾸는 것이라든지, 「감자」에서 복녀를 환경에 의해 타락하게 만들어 종국에는 죽음에 이르게 하는 것들은 그가 신에 저항하며 그것으로서 인간의 본성을 찾으려 한, 곧 선의 문제보다는 악과 향락의 문제에 더 집착하였음을 알 수 있다. 이인복이 김동인의 일체의 기존의 것을 거부하는 자세로 모든 것에 도전적인 태도를 취한 것을 하느님께 대한 항거로 해석한 것도[15] 이와 같은 맥락에서일 것이다. 김동인의 전체 작품 경향과 변모 과정을 기독교적 입장에서 파악하려 시도한 이인복의 관점이 설득력있게 들리는 것도 동인이 의도적으로 반항하였지만 기독교적 성장과정이 잠재적으로 뿌리깊게 그의 내면에 도사리고 있다는 점을 간과할 수 없기 때문이다.

김동인의 이와 같은 점을 작품을 통해 보다 세밀히 살펴보면 다음과 같다. 동인이 노골적으로 기독교를 비꼬고 힐난한 것은[16] 앞서 얘기한 대로 『명문』에서부터다. 『명문』에서 김동인은 전 주사(田主事)를 주인공으로 하여 어투부터가 빈정거림으로 일관하면서 전 주사의 맹신적인 율법주의에 냉소적인 힐난을 멈추지 않는다. '여편네'이던 아내가 '당신', '마누라', '그대'로 등급이 오른 것은 물론 전 주사가 번 돈을 자선사업에 희사했음에도 불구하고 바로 그 이유로 전 주사가 죽어서 지옥으로 떨어진다는 아이러니를 펼쳐보이는 것은 그가 얼마나 한국의 당시 기독교 신자들의 맹목적 신앙에 염증을 느꼈는지 알 수 있게 해준다.

---

15) 李仁福, "金東仁의 反省意識", 전게서, p.43.
16) 李商燮, 전게논문, p.35.

전 주사가 그의 아버지를 개종시키려 하다가 결국 끝내 목적을 이루지 못하고 오히려 전 주사가 믿는 예수와 그의 아버지가 의지하는 인복대감과 씨름을 붙여보라는 데까지 이르러서는 풍자는 절정에 이른다. 전 주사의 어머니가 망령이 나자 안락사를 시켜 천당에 가게 하는 장면에서 비뚤어진 기독교 신자의 오도된 신앙이 저지르는 죄악의 끔찍함을 야유하고 폭로하기도 한다.

이렇게 부정으로 일관하던 독선적인 김동인이 1930년에 「信仰으로」를 발표하는 것은 매우 시사하는 바가 크다. 이 작품에서는 주인공은 은희가 독실한 기독교 신자로 모든 것을 구하면 주신다는 계명에 충실히 살다가 어린 동생 만수가 죽어갈 때 아무리 간구하여도 끝내 침묵만 하고 동생이 죽게 되자 신앙에 회의를 느껴 기독교에서 멀어졌다가, 그 후 결혼하여 사랑하는 아들 필립이 폐렴으로 어린 나이에 죽게 되자 그것이 계기가 되어 천당에 간 아들을 위해 다시 신자가 된다는 내용인데, 여기서는 물론 김동인 특유의 야유가 아직 가시지는 않았지만, 김동인의 독설적 비판과 비꼼이 많이 순화되었다는 점에서 또 하나의 김동인의 생각의 변화과정을 읽을 수 있게 해주는 작품이라 하겠다.

이것을 김동인의 개인사적 방황과 타락으로부터의 재기의 몸부림이라 본 이인복의 소론,[17] 즉 김동인의 기독교에 다시 귀의하고 싶은 심정적 깊이를 헤아려 짐작할 수 있다는 추론도 터무니없는 생각은 아니라고 본다.

김동인은 일생을 반항아의 기질로 살아왔지만 그의 말년의 비운을 생각할 때 그가 본인의 죽음에 임박하여 깨달은 바는 결국 기독교적 구원의 참회가 아니었을까 추론해 보는 것도 그 이유가 여기에 있다 하겠다. 김

---

17) 李仁福, 전게논문, p.54.

동인은 비록 반항아로 일관하였지만 그와 기독교를 떼어놓고 생각하기는 어려운 독특한 생의 궤적을 살다간 한 비극적인 선각자였음이 또한 부인 못할 사실이라 하겠다.

③ 전영택

우리는 기독교 문학이라고 하면 제일 먼저 전영택을 떠올린다. 그것은 그의 문학이 기독교적이라는 이유보다는 그의 직업이 목사였다는 점 때문이라 생각된다. 특히 「화수분」은 전영택의 목사 신분을 염두에 두면서 부활의 의미가 내재된 기독교적 인도주의가 투영된 작품으로 평가되어 왔다. 그러나 그의 문학을 점검하면 의외에도 기독교 문학에 합당한 작품이 매우 영성하다는 현실에 접하게 된다. 비록 그는 기독교적 소재를 많이 취급하여 작품을 창작 하였지만 그 정신과 사상이 녹아져 흐른 육화된 기독교 문학은 거의 없다는 사실에 다시 한번 전영택을 새로운 눈으로 바라보게 되는 것이다. 전영택은 일생 동안 50여 편을 쓴 과작의 작가이지만 초기에 기독교적 색채가 거의 노골적으로 드러나지 않은 작품이 문학사에서 호평을 받고, 후기의 계몽성을 띤 기독교적 소재 문학이 좋은 평가를 받지 못하는 사실로 미루어 보아서도 기독교 문학의 어려움을 실감하게 된다.

그러면 왜 이런 결과가 나왔을까? 그의 자전적 편력을 일별해보면 그에 대한 해답은 저절로 나온다.

전영택은 김동인과 같은 창조 동인이었지만 그의 집안은 전통적인 기독교 가정이 아니었다. 그의 선친은 일찍이 普東學校를 세울 정도로 개화 선각자였지만 기독교적 영향이나 그에 침윤되지 않았던 인물이다. 전영택도 어려서 소년시절에는 한학으로 소양을 쌓았고, 문학적 감수성도 이

를 통해 배양한 것을 그의 자전적 기록을 통해 알 수 있다.[18] 전영택이
기독교에 접한 것은 대성학교를 입학하여 도산 안창호의 사상을 접하면
서부터다.

　그 후 아버지를 여의고 그의 작은 형이 교회에 나가기 시작하면서 전영
택도 본격적인 교인이 된다. 그가 목사가 되기로 결심한 것이 행동으로
나타나는 것은 그가 일본 유학 때 편입한 청산학원 신학부에 입학하고
나서부터이다. 그것이 1918년이니 창조 동인으로 들어갈 임새이다. 신학
부에 입학한 그 해에 창조 동인이 된 전영택은 여기서 주요한이나 김동인
등 기독교 가정에서 자란, 그러면서도 반항아적 기질로 기독교를 거부하
는 문학 청년들을 만나 새로운 세계를 접하게 되었고, 이것이 그의 문학
세계에 획기적인 계기를 마련한 것으로 추측된다. 여기서 그는 기독교보
다는 순수문학에 더 가치를 두어 문학 창작에 열을 올렸을 것이 분명하다.
그의 초기작에서 비교적 기독교적인 색채나 냄새를 맡을 수 없는 것도
이런 영향이 컸기 때문이 아닌가 생각된다. 그는 이때 문학과 기독교적
신앙 사이에서 많은 갈등을 겪는다. 전영택은 문학과 사목 사이에서 갈등
하다가 1921년에 신학부에 복교함으로 해서 일단 사목의 길을 택하기로
결심을 굳힌다. 1923년에 신학부를 졸업하고 서울 감리교 신학교 교수를
역임, 1927년에는 아현교회 목사가 됨으로 해서 본격적인 사목활동을
시작하게 된다.

　「화수분」은 늘봄이 신학부를 졸업하고 신학교 교수가 되었을 무렵의
작품이다. 그러면서도 직접적인 기독교 사상이 표백되지 않은 것을 보면
이때까지도 늘봄의 창조동인으로서의 순문학적 입장을 그대로 고수하려
는 입장이 강하게 반영된 것으로 볼 수 있다. 「화수분」에서 가난의 문제

---

18) 田榮澤, "나의 文學自敍傳", 『자유문학』, 1965. 5.

를 다룬 것은 당시의 신경향파 문학의 일반적 특성과 궤를 같이하며, 죽음의 문제가 마지막 대단원에서 제기되는 것도 20년대 전반기 문학적 경향과 일치한다. 다만 그의 죽음의 의미가 김동인의 그것처럼 비정하다거나 최서해처럼 반항적이지 않은 것이 특징이다. 어린 생명을 살려 놓음으로 해서 그 순진무구한 어린 생명에 새 희망을 건다는 점에서 부활의 의지가 표출된 것으로 보는 것이 일반적인 견해이다. 인도주의적 견지에서의 전영택만의 독특한 세계관이 표백된 것으로 해석되는 소이연도 이에 있다. 만일 전영택이 기독교적 세계관을 지니지 않고 있었다면 그는 아마도 김동인류의 자연주의적 수법을 썼거나 아니면 신경향파나 프로문학적 기질을 나타냈을 것이다. 이런 점에서 본다면 전영택의 「화수분」은 당대의 우리 문학적 분위기에서는 매우 이질적인 경향의 작품에 해당한다. 비록 직접적 기독교문학의 본색을 노출하지는 않았지만 그것이 녹아져 스며있어 그의 후기 기독교적 색채가 노골적으로 표출된 것보다 호평을 받는 것도 그의 이런 문학성 때문이라 생각된다.

전영택은 그 후 목회활동을 열심히 하며 문학인으로서보다는 목회자로서의 자기의 본분을 다한다. 여기서 문학보다 목사로서의 그를 우선적으로 평가하려는 것은 그의 외면에 나타난 현상일지 모르겠으나 그는 왕성한 작품 활동보다는 목회 활동을 하며 그에게 파생되는 제문제를 문학을 여기로 여겼던 이조시대의 문사들처럼 과작으로 뜨문뜨문 작품을 발표하였기 때문에 내려보는 단정일 뿐이다. 그의 청년시절의 문학적 열정으로 미루어 보아서는 아마도 그는 내적으로 문학과 기독교적 신앙과의 양립에 누구보다도 많은 고뇌를 바쳤으리라 짐작된다. 그러나 이것이 바람직한 형상으로 노출되지 않았음은 유감이다.

전영택의 이러한 고민은 그의 작품 경향의 변모나 작품 소재의 내용적인 점검을 통해서도 알 수 있다. 30년대에 들어와서 그의 임종까지의 대부분의 작품은 기독교적 소재가 주류를 이루게 되는 데 그 기독교적 사상이나 윤리가 너무 노골적으로 표출된다는 점이 문학적 입장에서 보면 약점이 되는 것이다.

1938년 『삼천리』에 발표한 「여자도 사람인가」에서는 가난하여 변변히 먹지도 못하면서 남의 삯빨래를 하면서도 찬송가를 부르는 독실한 신자의 모습을 크로즈업시키며, 1939년작인 「남매」에서는 주인공이 현덕이라는 동생을 육친인 자신보다도 더 열성껏 간호하는 수녀의 모습을 통해 신앙인이 어떠해야 하는가를 보여주기도 하며, 같은 해에 『문장』지에 발표한 「첫미움」에서는 자기를 사랑하다가 죽은 M을 생각하며 한 사람만을 위한 사랑이 아닌 만인을 위한 헌신적 사랑을 결심하는 모습을 형상화하기도 한다. 모두 기독교적 신앙과 사랑, 희생과 관련된 주제이거나 내용들이다. 이러한 경향은 그 이후에도 변함없이 지속된다. 다만 어떤 때에는 신앙이 세속에 물들어 타락해가거나 변질되는 것을 비판적 시각으로 형상화할 때도 있다는 점이 특기할 만하다. 1960년에 발표한 「크리스마스 전야의 풍경」은 군목으로 있다가 갓 제대한 주인공 백인수의 눈에 비친 세속적인 크리스마스의 흥청대는 향락일변도의 타락한 현실에 대한 비판으로 일관한다. 1964년작인 「생일 파티」에서도 교회 목사인 아버지가 강단에서는 이웃 사랑을 외쳤으면서도 이웃집의 초상은 외면한 채 딸의 생일잔치를 호화롭게 차려주는 모순되고 위선적인 행위를 딸인 경희를 통해 비판해 보여주는 내용이다.

전영택은 이외에도 신앙의 역정을 그린 작품을 많이 발표하였다. 「크리스마스 새벽」에서처럼 장로의 아들이며 독립운동에도 직접 참여했던 주인공 강열이 공산당 치하에서 혹독한 고초를 겪고 나서 신앙심이 돈독한 부인 홍마리아 곁으로 돌아와 신앙 안에서 화평한 가정을 이룬다는 신앙 체험의 과정을 그린 것도 있고, 「한 마리의 양」에서처럼 미모와 부를 지닌 메리라는 여주인공이 결혼에 실패하고 향락에 빠져 퇴폐에 물들다가 평신도인 요한 아저씨에게 자기의 죄를 고백하고 새사람이 되는 과정을 보여주기도 한다. 「집」에서도 주인공 황달보가, 자신의 방탕으로 아내가 추위에 기거할 집도 없이 주인집에서 쫓겨나게 되자 그것을 비관하여 자살하게 되고, 그것을 계기로 뉘우쳐 새사람이 된다는 신앙적 속죄 과정을 담고 있다. 이와 같은 전영택의 후반기 작품은 주로 기독교적 신앙체험을 작품을 통해 계몽적으로 보여주거나 사회의 비뚤어져가는 종교 행태를 비판적으로 형상화한 것이 대부분이다. 문제는 기독교적 내용이나 소재가 아니다. 더 근본적인 것은 그것의 문학적 형상화다. 너무 주제가 표면화되었을 때는 문학성이 그만큼 후퇴하거나 약화되는 것은 어쩔 수 없는 현상이다. 전영택의 실패는 이에 기인하는 것이다.

4 염상섭

기독교 문학을 거론하는 자리에 염상섭이 끼어드는 것은 그 자체가 의외일지도 모른다. 염상섭은 투철한 기독교인이 아니었고 기독교적 경향의 작품을 발표한 작가도 아니다. 염상섭을 여기서 거론하는 이유는 김병익이 지적한 것처럼, 식민지시대의 "당대의 부조리를 극복하는 이념으로 채택한 기독교의 현실적 허구와 패배를 묘사한 염상섭 특유의 사실주의적 세계관"[19]을 점검하는 것이 기독교와 한국 현대 소설의 관계를 더욱 명료하게 파악하는 데 많은 시사점을 제공한다는 점 때문이다.

염상섭은 「만세전」에서 뚜렷한 종교의식을 나타내지는 않았지만 사회적 현실로 시각을 확대하는 동시에 전통적 인습에 부정적 반응을 나타낸

---

19) 金柄翼, 전게논문, p.68.

바 있다. 염상섭은 그 후로 그의 장편소설에서 기독교인에 대해 비판적
시각을 은연중에 견지해 왔다. 그러나 1930년 들어와서 집필된『삼대』처
럼 노골적으로 기독교인을 중심 인물로 하여 당시의 사회상과 시대정신
을 해부한 예는 없었다.

염상섭은『삼대』에 와서 상훈을 개화세대로 또한 위선적인 기독교인
으로 설정함으로 해서 이광수가 1910년대에 개화의 겉치레로 받아들인
기독교가 어떻게 1930년대 그 허구성을 드러내며 타락하고 부패하는가
를 적나라하게 보여준다.

『무정』이나『재생』등에서는 지엽적인 기독교인의 양상이 간간히 제
시되었을 뿐이고 김동인의 「명문」에서는 극렬한 풍자가 주를 이루었고
기독교 문학의 진수라 일컫는 전영택도 실제로는 조심스럽게 인도주의적
견지에서 기독교적 사상을 내면화시키려 한 작가였다.

우리 소설사에서 실제로 기독교인을 소설의 정면에 배치하여 당대를
해부하고 세속화된 기독교인을 심판대에 올려 놓은 것은『삼대』부터
다.[20]

『삼대』에서는 덕기의 아버지이자 개화주의자이면서 썩어가는 세대인
상훈뿐 아니라 목사의 아들인 병화를 또 다른 이념의 축에 배치함으로
해서 한국의 기독교가 어떻게 현실에 대응해야 할지를 잘 묵시하였다.

김병익은 상훈에게만 시각을 고정시켜 "기독교가 지식층에게 정치적
으로 좌절의 얼터네이티브로" 이 땅에 침투되었다고 했으나, 실에 있어서
는 진정한 기독교도의 모습을 염상섭은 병화를 통해서 제시하려 했다고
해석된다.

상훈이 하는 행위는 겉으로는 독실한 신자이지만 이면에는 위선의 탈

---

20) 金柄翼, 상동.

을 쓰고 경애를 첩으로 만들고 매당집을 드나들면서 향락에 탐닉하고 돈을 얻기 위해 범죄도 서슴치 않는 부정적 인물이지만 그와 대칭에 서는 병화는 그의 아버지의 기독교 신앙, 이 신앙은 기복 신앙이거나 이기주의 적 배금과 세속에 물든 의식적인 계명 절대 신봉주의일 것인데 이 잘못된 신앙인의 믿음을 거부하고 본래의 기독교 신앙으로서의 몫을 다하기 위해 집을 뛰쳐 나와 마르크스보이가 된 것이다. 병화가 필순의 집에 기거하는 것은 그의 식객이 되는 모순을 범하지만 그 동기만큼은 순수하다. 필순아버지의 이념에 동조하면서 공장노동자인 필순의 지주역할을 한다는 본래의 의도를 주시한다면 병화의 역할이나 그를 통한 이념의 제시가 어떻게 염상섭의 기독교관과 통하는지를 통찰하게 만든다.

『삼대』에서 염상섭이 나타내고자 했던 기독교는 상훈을 통해 개화 겉치레로 위장했던 사이비 기독교인의 면모를 들추어내서 미래적 전망을 제시하려 한 점과 그 반대편에서 민족적 주체성을 회복하는데 기독교가 어떻게 행동해야 하고 그 실천방안은 무엇인가를 병화를 통해 나타내려 한 것이라 해석된다. 사회가 부조리한 상태에 있을 때, 특히 식민지화해 있을 때 기독교인이 자신의 안일만을 위해서 위선적 기복신앙이나 이기주의로 타락하는 것이 얼마나 허위인가를 깨우치고 또한 사회로 눈을 돌렸을 때는 그것이 용이하게 사회주의 사상과 연계될 수 있다는 교훈을 이미 1930년대 초에 우리에게 제시한 탁월한 시각을 보여 준다는 점에서 앞으로 우리 사회가 더 나아가서는 그를 육화하여 보여주어야 하는 우리 소설 문학의 진로까지도 제시한 점에서 상찬할 만한 일이라 아니할 수 없다.

5 심훈

심훈이 크리스챤이었다는 기록은 아무 곳에도 없다. 다만 그의 둘째 형 明燮이 목사가 되었다는 사실과 심훈이 중국 땅에 망명하였을 당시 적을 두었던 대학이 杭州의 元江大學이었던 점을 감안하여 그가 기독교에 문외한은 아니었음을 추론할 수 있을 뿐이다.

그러면서도 심훈은 소설의 주인공을 기독교인으로 설정하고 또 그 인물을 긍정적으로 부조해 나갔다는 점이 특기할 만한 사실이다.

지금까지 이광수, 김동인, 염상섭이 대부분 부정적인 시각의 기독교관을 작품에 투영시켰고, 그 인물들도 적극적인 신앙인이 아니었던 점을 감안한다면, 1935년 작인 『상록수』는 기독교 소설을 논의하는 자리에서 빠질 수 없는 작품이라 하겠다.

『상록수』에서 여주인공 영신을 크리스챤으로 설정하여 청석골로 내려가 교회를 중심으로 농촌 계몽사업을 펼치게 하는 것은 그것이 브나로드 운동의 일환으로 제작된 소설이기는 하지만 근원을 기독교의 희생정신에 두고 있다는 점에서 의미있는 일이라 할 수 있다. 지식인의 귀농을 다룬 이광수의 『흙』이나 민촌의 『고향』에서 어떠한 적극적인 기독교적 인간상을 발견할 수 없었던 점을 염두에 둘 때, 『상록수』에서 실제적인 주인공인 영신을 기독교인으로, 그것도 작품의 결미 부분에서 안타깝게 희생된다는 점에서 시사하는 바 많다 하겠다.

영신의 상대역인 동혁은 비록 기독교인은 아니지만 상당히 긍정적인 자세로 영신의 사업을 지켜보고 후원해 주는 것을 보아서는 그가 지니고 있는 기독교관이 결코 부정적이지만은 아니지 않는가 하는 추론을 가능케 한다.

동혁은 영신이 지적한 대로 마르크스주의자에 더 가깝다고 볼 수 있다.

그가 한곡리로 내려가 활동한 것은 결코 신앙인으로서의 그것이 아니다. 동혁이 주도한 것은 사회개혁, 그 중에서도 경제적 모순 구조를 개조하려는 사업이었다.[21] 이것은 영신이 청석골에서 편 사업 내용과는 근본적으로 차이가 난다. 영신이 청석골에서 펼친 계몽사업은 주로 문명, 문화적인 것들이었다. 정신적 계발에 주력한 것이 사실이다. 동혁과 영신의 성질을 달리한 계몽사업의 성격만 보아도 이들이 어떻게 근본적으로 다른 출발을 보이고 있는가를 깨닫게 해준다. 그것은 기독교 신앙을 가진 영신과, 기독교에 호의적이지만 현실의 기독교인들이 보여주는 물질주의와 세속화에 부정적 반응을 나타내며 마르크스주의적 견지에서 세계를 개혁하려는 동혁의 근원적인 차이에도 불구하고 두 젊은이가 하나로 묶일 수 있었던 것은 민족에 대한 사랑과 희생, 곧 민족주의적 이념의 공통분모가 시대적 표증으로 묶여질 수 있었기 때문이라 해석된다.

기실 『상록수』에 나오는 영신의 봉사행위는 초인적인 그것이었다. 자기의 몸을 돌보지 않고 쓰러져 가면서도 청석골 부인들과 아이들을 위해 자신을 바칠 수 있었던 것도 결국은 기독교적 신앙이 뒷받침되어 있지 않았다면 불가능한 일이었을 것이다. 이인복은 심훈의 『상록수』를 주의 깊게 분석하면서 심훈의 기독교에 대한 방외적[22] 비판의식을 추출하였는데 이것은 동혁을 중심으로 파악한 작가의 세계관일 때는 설득력이 있으나 영신의 경우에는 관점을 달리해야 할 점이라 생각된다. 이인복은 기도하는 내용을 들어 기복신앙적이고, 피상적인 기독교인 상을 제시하였다고 아쉬움을 표했으나 이것은 일견 타당성은 있으나 영신의 전체 행위 양식이나 그의 변모나 최후의 희생 등으로 보아서는 일부에 지나지

---

21) 李注衡, "1930年代 韓國長篇小說研究", 서울大大學院 博士論文, 1983, p.97.
22) 李仁福, "沈熏의 傍外的 批判意識", 전게서, p.95.

않으며, 오히려 『상록수』에서는 긍정적 크리스챤으로서의 당대 사회의 바람직한 교인상을 부조하였다는 데 더 큰 의의를 두어야 할 것이다.

6 김동리

김동리는 토속적인 작품경향을 지닌 작가로서 샤머니즘에 뿌리깊이 연계되어 있음은 주지의 사실이다. 그러나 그의 성장 배경을 살펴보면 그는 의외로 기독교적인 분위기에서 성장하였다.

김동리는 어려서부터 어머니와 함께 교회를 다녔고 미션계 학교인 계성학교와 경신고보를 나왔기 때문에 누구보다도 기독교적 사상에 일찍 접할 수 있었고 그것이 계기가 되어 기독교적인 인간상을 작품에 투영시킬 수 있었다고 생각된다.

실에 있어서 그의 야심작이라고 스스로 일컫는 『사반의 십자가』를 읽어보면 그의 성서에 대한 해박한 지식을 쉽게 감득할 수 있고, 그런 배경이 있기에 그와 같은 작품을 착상하여 완결지을 수 있었지 않았나 생각한다.

김동리의 작품이 기독교 소설을 점검할 때 반드시 거론되는 것은 『사반의 십자가』 때문이기도 하지만 우리에게 보다 널리 알려지기로는 「무녀도」로 표상되는 기독교와 샤머니즘의 대립과 갈등이 문제되고서부터라는 말이 더 적절한 지적일 것이다.

「무녀도」에서 결과적으로는 모화나 욱이가 둘다 죽지만 그 땅에 교회가 들어섬으로 해서 기독교세의 확산이 암시되지만 내면에 흐르는 것은 그렇게 간단하게 기독교의 승리로 규정지을 수 없는 본질적인 그 무엇이 도사리고 있음도 또한 간과할 수 없다.

그것은 한마디로 기독교의 샤머니즘화라 결론내릴 수 있다. 김병익은

"異蹟 모티프"나 "근친상간성의 모티프"를 들어 이를 논증하였고,[23] 이 인복은 神靈主義란 말로 이를 대신한 바 있다.[24] 기독교의 샤머니즘화란 규정은 『사반의 십자가』에 오면 대부분의 평자가 일치된 견해를 보여준 다. 그러니까 김동리는 기독교를 논의의 대상으로 삼았으면서도 그것을 샤머니즘으로 수용하여 기독교를 이질적인 것으로 변질시켰다는 의미이 다. 이것은 우리나라의 현재의 기독교가 기복신앙화하면서 본래의 기독 교 정신과는 어긋나며 토착화해 나가는 점과 너무나도 유사하다.

「무녀도」에서 무당인 모화에 대립되는 세력으로 대두된 기독교 세력 인 욱이가 믿는 예수도 부흥회 때 기적을 일으키고 병을 고쳐 주는 것에 서 그 발판을 얻으려 한 점이나 『사반의 십자가』에서 예수를 천상의 구원 을 상징하는 반신불수의 메시야로 만들고 점성가 하닷에게서 오히려 구 원을 기대하는 사반의 지상의 구원에 집착하는 모습에서 우리는 김동리 의 기독교관이 어떤 것인지, 또한 그가 표방한 제3휴머니즘의 실상이 무 엇인지를 간파할 수 있게 해준다.

김동리가 추구한 것은 이적을 중심으로 교세가 확장되는 기복신앙으 로서의 기독교이다. 또한 하닷의 점성술의 영검함을 바탕으로 한 샤머니 즘적 세계관의 정립이 그가 추구한 소설 세계인 것이다. 따라서 김동리는 기독교적 소재를 소설에 끌어들였으나 그것을 왜곡시켜 샤머니즘화하는 데 주력한 작가라는 결론에 도달하게 된다.

7 황순원

황순원은 일체의 문단정치를 배제하고 오로지 창작에만 몰두한 결벽

---

23) 金柄翼, 전게논문, p.73.
24) 李仁福, "金東里의 神靈主義", 전게서, p.97.

주의의 초상을 간직한 작가이다.

　김동리와는 정반대의 행위 양식을 보여준 작가이기에 우리는 즐겨 두 작가를 비교하곤 한다. 작품 경향에서도 둘은 대조적이다. 김동리는 문단의 일선에서 정치적인 역량을 발휘하며 실무적인 문학외적인 문단 활동을 많이 한 작가인 반면, 황순원은 철저하게 자기를 드러내지 않은 채 창작에만 몰두한 작가다. 소설 이외에는 어떤 부수적인 기록도 남기지 않고 있다. 하기에 그의 신상에 관한 자료는 다른 작가에 비해 거의 전무한 형편이다. 자기의 성장 체험을 기록한 자료도 거의 없다. 그는 오직 작품을 통해서만 자신을 드러내고 있을 뿐이다. 이 원칙은 최근까지도 변함없다. 이즈음 수상집 성격의 개인적 심정의 기록물을 내놓긴 했지만 이것도 소설의 연장인 이념의 편린을 기록하는 데 지면을 할애하였을 뿐이다. 그를 알기 위해서는 작품을 통해 그의 모든 것을 유추해낼 수밖에 없다.

　황순원의 작품을 읽어보면 제일 먼저 느끼게 되는 것은 그의 사상적 변이 과정이 결코 만만치 않다는 점이다. 특히 종교적 가치관의 탐색이 강하다는 점이다. 황순원은 샤머니즘과 기독교의 사상적 근원을 매우 예민하게 살핀 작가이기도 하다. 김동리도 기독교와 샤머니즘의 힐항을 「무녀도」와 『사반의 십자가』에서 문제삼아 결국은 기독교의 샤머니즘화로 규정될 수 있음을 앞에서 살펴보았는데, 황순원도 샤머니즘에 대한 고뇌가 이에 못지 않음을 그의 장편소설을 통독하면 쉽게 감득할 수 있다. 그러면서도 결론은 김동리와는 정반대의 측면에서 도출된다. 황순원은 샤머니즘을 극히 혐오하며 기독교적 행위 양식의 전범을 제시하는데 그의 문학적 상상력을 바친다는 점이 특징이다. 여타의 작품에서도 그것은 은연중에 나타나지만 특히 표면적 주제로 이 점이 부각되는 대표적인 작품은 『움직이는 성』이다.

『움직이는 성』에서 샤머니즘적 인간상인 민구와 합리주의적 성격이지만 근원적으로는 유랑민 근성을 지닌 준태와 실천적 크리스챤의 면모를 보여주는 성호를 각각 대비적으로 등장시켜, 어떻게 기독교적 인간상이 진실치에 가장 근접할 수 있는지를 설득력있게 보여주고 있다.

황순원이『움직이는 성』에서 보여준 세계관은 그러나 하루 아침에 이루어진 결론은 아니라 보여진다. 그가『일월』에서 본돌영감을 통해 제시한 샤머니즘적 탐색이 밑받침되지 않았다면 이런 결론은 헛된 것이거나 아니면 아무런 감동도 불러일으킬 수 없는 허구로 전락되었을지도 모른다. 샤머니즘뿐만이 아니다. 그에게는 근원적으로 죄의식에 대한 강한 잠재의식이 도사리고 있다.[25] 그의 장편을 전체적으로 관통하는 흐름은 죄의식과 구원의 문제다. 이 죄의식은 결코 샤머니즘적 성격은 아니다. 그가 샤머니즘을 천착한 것은 근원적인 죄의식을 철저히 해부하기 위한 수단이며 더 나아가서는 이 죄의식으로부터 자유스러워지려는 지난한 몸부림의 일 방편에 지나지 않는다. 그가 추구한 것은 죄로부터의 구원이다. 이것은 바로 기독교 문학의 본질이다. 우리는 지금까지 기독교 문학을 살펴 보면서도 그 부정적 투영의 실상을 확인하였거나, 그의 계몽적 노출에서 발견하는 문학적 결손을 확인하였었다. 이러한 미흡함을 비로소 황순원이 극복해 주는 것이다. 황순원은 의도적인 주제의 표출에서 벗어나 사상 자체가 문학에 녹아져 흘러 육화된 전형적인 기독교 문학 작품을 우리에게 보여준다.

죄의식의 문제는『카인의 후예』에서부터 본격적인 문제 의식으로 나타난다. 카인의 성서적 인용부터가 그의 사상적 침윤의 근원을 짐작하게도 하는데, 인간은 원죄적으로 살인을 할 수밖에 없는가라는 괴로운 질문

---

25) 拙稿, "黃順元長篇小說研究 - 罪意識을 中心으로 - ", 崇實語文 제2집, 1985. 2.

에 스스로 해답을 얻기 위해 고뇌하는 모습을 보여 준다. 해방 전후사의
혼란기에 한 지식인이 체험했던 고뇌와 종교적 극복의 문제를 그는 내면
화시켜 소설로 형상화하였음을 알 수 있다. 그러니까 종교적 문제도 결국
현실의 삶과 항상 함께 한다는 인식일 텐데, 그는 『인간접목』과 『나무들
비탈에 서다』에서도 6.25의 동족상잔의 비극을 죄의식과 종교적 구원의
문제로 심화시키고 있다. 『나무들 비탈에 서다』에서의 유리와 같이 순수
한 젊은이들이 어떻게 자신의 죄도 없이 파멸해 가는가를 그려 보여주는
가 하면 『인간접목』에서는 자신의 죄의식을 속죄하기 위하여 어떻게 살
아야 하는가를 설득력있게 제시한다. 『나무들 비탈에 서다』에서 동호가
자살하는 것은 자신의 순수가 더럽혀졌다는 점에 대한 죄책감 때문이며,
현태가 전쟁이 끝나고도 그렇게 방황하는 것은 전쟁중에 죄 없는 여인을
살인했다는 죄책감 때문이었다. 이들이 저지른 죄는 실상 그들의 탓이
아니다. 그렇기 때문에 더 문제가 되는지도 모른다. 이들이 지은 죄를
속죄하고 구원받는 것은 무엇일까?

황순원이 『일월』에서 본돌영감을 샤만의 상징으로 끌어들인 것도 이
와 무관하지 않다. 본돌영감은 기룡의 살인을 대속하는 역할을 한다. 그
러나 기룡을 통해서 볼 때 이것이 불가능함을 깨닫게 된다. 결국 더 고독
해지고 더 죄악의 심연에서 괴로와 할 수밖에 없음을 보여줄 뿐이다. 『움
직이는 성』에서 성호를 통해 보여주는 성직자의 모습은 성호가 이미 씻
을 수 없는 죄를 지었음으로 해서 더욱 구원의 약속은 박진감을 얻게
되는 것이다. 준태의 유랑민 근성이 감자씨에의 집념을 통해 극복될 수도
있다는 가능성으로 잠재되면서 지연의 사랑이 창조주의 그것이라는 암시
는 성호의 의연한 종교적 자세에서 실천적으로 확인되는 것이다.[26]

---

26) 金柄翼, 전게논문, p.82.

황순원이 보여준 세계는 그가 비록 표면적으로 크리스챤이 아닐지라도 내면적으로는 누구보다도 한국 기독교의 나갈 바를 진실로 고민하고 있으며, 그에 합당하게 살려고 노력하고 있는 개인임을 간파할 수 있게 해준다. 아마도 우리 현대 소설사에서 본격적인 기독교 작가를 꼽으라면 황순원이 제일 앞에 와야 할 것이란 단정은 틀림없는 사실로 인정되지 않을까 생각된다.

▌3▐ 결론

지금까지 현대소설에 투영된 기독교를 점검하면서 과연 우리에게는 진정한 기독교 문학이 어떤 형태로 창작되었을까를 살펴보았다.

신문학의 선구적 공로자인 이광수에게서 발견되는 특징은 기독교적 기본 윤리관이 『무정』에서는 부정적으로 투영되었다가 그 후로는 범종교적으로 박애적인 사랑이나 희생으로 확산됨을 알 수 있었다.

이광수를 정면으로 부정한 김동인은 소년기적 체험이나 가정환경이 기독교적 분위기였음에도 불구하고 기독교에 극히 부정적인 모습을 보여주었음은 확인할 수 있었는데, 그 모든 문학 현상이 그가 기독교적 잠재체험이 역으로 나타난 결과가 아닌가 하는 결론에까지 도달하였다.

기독교 작가라면 가장 먼저 떠오르는 늘봄 전영택은 목사의 신분으로서 그가 꾸준히 작품활동을 하였고 『창조』시대 이후 후반기로 오면서는 그의 작품이 너무 기독교적 소재를 통한 계몽성 때문에 문학성이 약화되었음을 알 수 있었다.

염상섭은 비록 기독교인은 아닐지라도 『삼대』를 통해 기독교적 인간상을 정면에서 다룬 작가로 그 의의가 돋보였다. 『삼대』에서 타락한 위선적 기독교인 상으로 상훈이 제시되었으며 또한 그 반대편에 기독교에 반항한 마르크스보이 병화가 설정되어 실천적 기독교인의 모습이 형상화되고 있었다.

심훈은 『상록수』에서 한편으로는 영신을 통해 희생적 크리스챤의 모습을, 한편으로는 동혁을 통해 마르크스주의에 가까운 행동적 개혁주의자를 보여주면서 이들 두 이념형의 인간상이 어떻게 공존할 수 있는가를 모색하고 있었다.

김동리에게 와서는 기독교 문학은 또 다른 분기점을 만나게 됨을 점검할 수 있었다. 김동리는 철저하게 기독교를 동양적인 샤머니즘의 전통으로 토착화시키려고 하고 있었다. 이것은 현금의 우리 교계의 실질적인 현상적 모습이기에 많은 반성점을 동시에 제공하기도 하였다.

우리 문학사에서 참다운 기독교 문학의 전형을 보여준 작가는 황순원이란 결론에 도달하였다. 그는 죄의식을 바탕으로 모든 장편 소설을 전개해 나갔으며, 또한 이에 머물지 않고 구원의 문제를 실질적인 행동하는 양심을 통해 구체적으로 모색하고 있었다. 그 대표적인 작품이 『움직이는 성』이었다. 여기서는 샤머니즘에 대한 깊이있는 천착은 물론 한국인의 근원적인 근성까지도 문제 삼으면서 기독교적인 색체를 생경하게 노출시키지 않음으로 하여 기독교 문학의 나갈 바도 함께 제시한 전범으로 평가된다.

(출처: 『기독교와 한국문학』, 대한기독교서회, 1993)

제10장
한국 기독교 소설의
전개와 변이 양상

차봉준

▌1▐ 문학과 종교의 상관성

　문학의 발생 기원이 종교적 祭儀와 밀접한 관련이 있다는 점을 굳이 강조하지 않더라도 예술과 종교의 상호 관계성은 부인할 수 없는 사실로 역사의 면면에 나타나 있다. 멜빈 레이더(Melvin Rader)와 버트람 제섭(Bertram Jessup)은 "여러 세기에 걸쳐서 예술과 종교는 밀접히 얽히어 있어서, 전자를 이해하기 위해서는 후자를 이해하는 것이 필요하게 된다. 인간의 현재 못지 않게 인간의 과거를 이해하기 위해서 우리는 이 더 넓은 예술적·종교적 상징주의의 영역에 우리의 정신을 개방해야만 한다. 그들이 비록 서로 다르다 할지라도, 예술과 종교는 인간의 가치에 심오하게 관계한다는 점에서 유사하다"[1]라고 예술과 종교의 긴밀함을

---

1) Melvin Rader · Bertram Jessup, 김광명 역, 『예술과 인간가치』, 이론과

강조하고 있다. 이들은 예술과 종교 양자의 공통 주제를 인간의 탄생으로부터 죽음에 이르기까지 겪게 되는 상실감 혹은 박탈감으로부터의 극복에 대한 관심으로 보고 있다. 즉 실존주의적 표현을 빌리자면 세상으로부터의 '소외'²⁾를 인식하고 그것을 극복함에 예술과 종교는 공통된 주제의식을 지니고 있다는 것을 의미한다. 이렇듯 예술과 종교의 관계성에 주목할 때에 예술의 하위 범주인 문학과 종교의 관계성, 더 깊이 들어가서 문학과 기독교의 관계성에 대한 관심과 주목은 너무나 당연한 귀결임에 틀림없다.

서양의 예술사에서 기독교적 세계관이 짙게 드리운 작품은 그 수를 일일이 헤아릴 수 없을 정도이다. 문학은 물론이고 음악, 미술, 건축, 조각 등 각각의 예술 장르에서 인간과 신의 관계에 주목하여 그것을 하나의 예술로서 형상화한 빼어난 작품들을 손쉽게 발견할 수 있다. 그들은 천지의 창조로부터 인간의 타락과 범죄, 신에 대한 예배와 찬양, 혹은 신의 존재에 대한 실존적인 항변에 이르기까지 다양한 소재와 주제를 기독교적 상상력과 연결지어 형상화해 내고 있다. 그러나 동양의 예술사, 특히 한국의 문학사에 이르면 기독교적 세계관이라는 용어 자체가 아직은 친숙하지 않은 것이 사실이다. 그것은 이 사유체계가 우리의 본래적인 것이

실천, 1994, p.282.

2) 여기서 '소외'란 이 세상에서의 안락함에 반대하는 감정으로, "그것은 뿌리가 없는 느낌이며 격리된 상태, 인간적인 따뜻함과 정감이 있는 접촉이 없는 상태, 세상 전부가 비인간화되고 인간의 자아는 영혼이 없는 자동기계 같은 상태"를 의미한다. 이와 같은 소외가 최대로 악화된 형태는 심오한 죄의식과 절망감이다. 이에 대해 "사르트르(Sartre)는 그것을 '불합리'로, 키에르케고르(Kierkegaard)는 '죽음에 이르는 병'으로, 니이체(Nietzsche)는 지극히 싫어했지만 도망할 수 없었던 '허무주의'로, 사무엘 베케트(Samuel Beckett)의 소설과 연극 속에서는 인물들의 육체적, 도덕적, 지적 붕괴로서 묘사"하였고 "종교적 언어로는 원죄 또는 인간의 타락, 신과의 분리, 영혼의 어두운 밤" 등으로 표현하고 있다. 위의 책, pp.249~250.

아님에서 기인하는 것이며, 이 사유체계를 받아들인 연원이 그리 오래되지 못한 것에 따름이다.

그럼에도 불구하고 至難했던 한국의 근대사에서 기독교가 차지했던 비중이 가볍지만은 않았다는 점은 부인할 수 없는 사실이다. 비록 예술적 형상화의 양적·질적 수준에서 서구에 비해 현격한 차이를 나타냄은 어쩔 수 없는 것이라 하더라도 한국 근대사의 형성 과정에서 기독교가 미친 영향력을 따진다면 그것은 결코 가볍게 짚고 넘어갈 성질이 아니다. 따라서 자생적인 세계관이 아니었음에도 불구하고 짧은 시간 안에 뿌리내리고 하나의 세계관으로 굳건히 자리매김에 성공한 기독교의 유입 과정을 간략히 고찰하는 것에서부터 본 연구의 논의를 출발하고자 한다. 그리고 지금까지의 기독교 문학 연구가 지나온 발자취를 되짚어보고, 아울러 기독교 소설사의 전개 양상을 시기적으로 분류하고자 한다.

▌2▌ 기독교의 유입, 그리고 현대 소설과의 교섭

한국에 본격적인 의미의 기독교가 소개된 시점은 18세기부터라고 보는 것이 타당하다. 물론 新羅가 唐을 통하여 景敎를 접촉했으리라는 가능성[3]을 통해 기독교와의 만남을 더 멀리까지 끌어올릴 수도 있겠지만 기

---

3) 로마 제국에서 이단자로 낙인찍힌 신학자 네스토리우스(Nestorius)의 파문 후 그를 중심으로 결성된 신학교가 동방 선교에 대한 포부를 키우고, 635년 드디어 중국에 전파되었는데 이를 景敎라 불렀다. 이때 唐의 太宗은 경교에 대해 상당한 관심을 보였던 것으로 전해지고 있는데, 이런 분위기로 볼 때 당시 唐과 밀접한 외교적 관계를 맺고 있었던 新羅도 이 종교에 대한 관심을 가졌을 것이라는 가능성을 조심스럽게 제기하는 것이다. 민경배, 『한국기독교회사』, 연세대학교 출판부, 1996, pp.25~29 참조.

독교적 세계관의 형성이라는 측면에서는 별반 의미를 찾을 수 없다. 또한 임진왜란 당시 고니시 유키나가(小西行長)의 요청에 따라 從軍 司祭로 입국한 그레고리오 세스페데스(Gregorio de Cespedes)라는 포르투갈인 신부가 1594년 12월 28일 경남 곰내(熊川)로 들어와 약 반년 동안 전도활동을 한 기록[4]이 남아 있기도 하지만 그 역시 단순한 사건으로만 그쳤을 뿐 기독교적 세계관의 형성에는 별다른 영향을 주지 못한 것으로 평가된다. 따라서 초기 기독교의 전래는 昭顯世子로부터 그 연원을 살펴보는 것이 일반적이다.

소현세자는 병자호란의 패배로 중국에서 8년여 간의 억류 생활을 하다가 귀국했다. 그런데 처음 심양에 볼모로 잡혀있던 소현세자 일행은 청이 명의 서울인 北京을 빼앗은 후 遷都함에 따라 북경으로 이주하게 되었고, 그곳에서 독일인 예수회 신부 아담 샬(Adam Schall)과 친교를 맺게 된 후 자연스럽게 기독교에 대한 관심을 보이게 되었다. 이후 소현세자가 還國하게 되었을 때 아담 샬이 天主像과 아울러 天文學, 算學, 기타 여러 가지 과학 기재는 물론 『聖敎正道』와 같은 천주교 관련 서적을 세자에게

---

4) 일본은 마르틴 루터의 종교 개혁으로 수세에 몰린 로마 카톨릭 교회가 해외로의 교세 확장을 위해 자구책으로 결성한 예수회(The Society of Jesus) 소속 선교사 프란시스 사비에르(Francis Xavier, 1506~1552)에 의해 처음으로 기독교를 접하게 되었다. 그 후 일본이 임진왜란을 일으켰을 때 출병한 다수의 병사들이 기독교인이었다는 기록은 일본에서의 기독교 전파가 상당히 많이 진척되어 있었음을 증명하는 것이다. 이러한 기독교인 병사들을 위해 전장에 파병된 선교사 세스페데스가 이후 코메즈(Pierre Comez) 교구장에게 보낸 두 통의 편지가 지금도 포르투갈의 아쥬타 古書 박물관에 보관되어 있는데, 이 내용을 통해 임진왜란 당시 선교사가 조선 땅에 발걸음을 들여 놓은 사실을 확인할 수 있다. 그러나 직접적으로 조선인과 접촉한 사실은 발견되지 않고 있으며, 단지 일본으로 끌려온 조선인 노예들에게 조선어로 번역된 각종 교리서들을 가르쳐서 복음의 길로 인도한 기록은 전해지고 있다. 위의 책, pp.34~43 참조. 소재영, 「기독교의 전래와 한국문학」, 『기독교와 한국문학』, 대한기독교서회, 1993, p.13 참조.

선물하였다는 기록을 통해볼 때 초기 기독교의 전래는 소현세자로부터 그 연원을 살펴봄이 타당할 것으로 여겨진다. 그러나 불행히도 소현세자는 환국한 지 불과 석 달이 지나지 않아서 세상을 뜨게 되었고 기독교적 세계관의 본격적인 전파는 그 기회를 다음으로 넘겨야했다.

소현세자 이후 조선의 기독교 전래에 큰 영향을 미치게 된 것은 마테오 리치(Matteo Ricci)의 『天主實義』에 대한 소개를 통해서다. 마테오 리치는 "서구의 정신문화로는 중화사상을 극복하는 것이 쉽지 않다고 보고 민족의 사상과 생활에서 유리될 수 없는 이른바 중국의 예속에 허용된 동양적 기독교 교의서가 필요하다"[5]는 취지에서 『天主實義』를 저술했다. 이 책은 李睟光의 『芝峰類說』에서 처음으로 소개되었고, 이후 李瀷의 『星湖僿說』에서 재차 언급[6]되고 있다. 이후로도 安鼎福, 愼後聃, 李獻慶, 李頤命, 朴趾源, 洪良浩 등과 같은 당대의 뛰어난 학자들에 의해 천주교가 소개되고 있는데 이들은 종교적 신앙의 차원에서라기보다는 西學에 대한 지적 탐구의 대상으로 바라보고 있다는 점에서 기독교적 세계관의 형성에 대한 공통된 한계를 지니고 있다.

한편 천주교를 학문적 탐구의 대상에서 접근하였던 당대의 분위기 속에서도 許筠, 洪有漢의 경우는 이를 신앙적인 차원으로 받아들인 모습[7]

---

5) 소재영, 위의 글, p.15.
6) 이수광은 『지봉유설』에서 천주께서 천지를 지으시고 안양의 도(安養之道)로 모든 만물을 주재한다고 밝힌 후, 다음으로는 사람의 영혼이 불멸한다는 점에서 禽獸와 크게 다름, 불교의 輪廻六道가 잘못되었음에 대한 변론, 천당과 지옥에 대한 것과 人性이 본래적으로 선하다는 점, 하나님의 공경하는 것이 천주의 뜻이라는 점 등을 설명하면서 마테오 리치의 『天主實義』를 소개하고 있다. 그런데 이익은 『星湖僿說』의 跋文에서 마테오 리치의 天主가 儒家의 上帝와 같지만 경건이나 신앙의 차원에서는 佛氏의 釋迦와 같다고 해석하고 있으며, 이수광과는 달리 예수(耶蘇)에 대한 내용을 상세히 소개하고 있다는 점에서 차이를 보인다. 민경배, 앞의 책, pp.49~53 참조. 소재영, 위의 글, pp.15~16 참조.

을 보여주고 있는데, 이는 李承熏 이후 본격적인 신앙화의 단초를 보여주는 사고의 전환으로 평가된다. 따라서 학문적인 연구 대상으로서의 천주교가 신앙화의 길로 접어들게 되는 단계에서 李承熏과 李蘗의 활동상은 눈여겨보아야 한다. 특히 이승훈은 그동안 중국에서 유입된 빈약한 천주교 서적에 대한 논의만으로 전개되고 있는 상황에서 벗어나기 위해 1783년 동지사 일행을 따라 직접 북경으로 향했다. 그리고 그는 그곳의 예수회 선교사들과 학문을 토론하고 기독교의 교리를 학습한 후에 마침내 스스로 신앙을 고백하고 한국인 최초의 세례교인이 되어 돌아왔다. 또한 이익의 증손자인 이벽의 경우도 이승훈과 더불어 주로 중인층을 상대로 전교에 힘썼는데 權日身, 權哲身, 丁若鏞, 丁若銓, 丁若鍾 등이 이벽에 의해 천주교에 입교하게 되었다. 이들은 1785년부터 서울 진고개에 위치한 金範禹의 집을 성당으로 삼고 이벽이 신부의 소임을 대행하며 예배를 드리고 교리를 강습했다. 그러나 몰락한 남인 계통의 실학자들과 중인 계급에 속하는 자들을 중심으로 자생적으로 그 세력을 키워가던 천주교

---

7) 허균은 1610년 중국에 다녀오면서 「偈」 12章(여기서 '偈'란 당시 천주교의 주기도문에 해당하는 것임)을 얻어온 후 당대의 유학자들과 논쟁을 벌였다고 전해지는데 이런 모습에서 그가 신앙의 차원에서 기독교를 받아들였음을 유추해볼 수 있다. 허균의 信者說을 뒷받침하는 논거들은 첫째, 이수광의 『지봉유설』에서 "허균이 총명하고 문장에 능하였으며 그의 글 때문에 문도가 된 자들이 하늘의 학설을 외쳤는데, 실은 서쪽 땅의 학이었다"라고 전하는 것, 둘째 안정복의 『順菴集』에 "고금을 통하여 하늘의 학을 말하는 사람이 있는데, 그런 중에도 옛적에는 추연이 있었고 우리나라에는 허균이 있었다"라고 기록하고 있는 점에서 허균의 신앙적 면모를 추리해 볼 수 있을 것이다. 또한 이익의 제자였던 홍유한은 기독교와 관련된 여러 서적들을 수집 탐독하면서 그 가르침대로 살려는 실천적 면모를 보여준 것으로 기록되어 있는데, "그는 그리스도교의 축일이 7일마다 있다는 것을 알고, 매달 7일마다 모든 생업을 쉬고 안식하였으며, 묵상 속에서 보냈고, 또 모든 욕망은 邪惡이라 여겨 白山 기슭에 숨어 살면서 도를 닦는 생활을 계속하였다"고 전해지고 있다. 민경배, 위의 책, pp.53~55 참조. 소재영, 위의 글, pp.16~18 참조.

운동은 그 세력이 점차 커져감에 따라 당대의 기득권 계층으로부터 박해를 불러일으키게 되었고 한국 天主敎史에 길이 남을 辛亥敎難(1791), 辛酉敎難(1801), 己亥敎難(1839), 丙寅敎難(1866), 辛未敎難(1871)과 같은 순교의 역사를 남기게 되었다.

한편 개신교는 가톨릭의 전승과는 또 다른 방향과 방법으로 한국 사회에 진입하기 시작했다. 대원군의 쇄국정책이 막을 내리게 되고 조선이 서구 열강들에 의해 차례로 문호를 개방함에 따라 개신교의 유입은 자연스럽게 이루어질 수밖에 없었다. 물론 재야 유림을 중심으로 한 斥邪論者들의 반발이 강했던 것은 당연한 사실이다. 예를 들면 1880년 청의 參贊官이었던 黃遵憲이 일본 修信使 金弘集에게 전해 준 『朝鮮策略』에서 조선의 한미수호가 또 다른 척사론을 야기할 것을 우려하여 예수교와 천주교를 근원은 같지만 朱子學과 陸象山의 派가 다른 것처럼 그 파가 전혀 다름을 주장하며, 또한 예수교는 正敎分離의 원칙에 서 있다는 점을 들어 척사론자들의 반발을 완화시키기 위해 노력한 흔적이 보인다. 그러나 황준헌의 발상과 조정의 개화 지향 정책은 곧바로 수많은 저항에 직면하게 되었다.[8]

이후 개신교는 각국의 수호조약 체결 과정에서 국왕의 允許를 받고 공식적으로 국내에 유입되었다. 1876년 한일수호조약의 체결 과정에서 조선은 조약문의 마무리 과정에서 여섯 개의 항목을 추가해 줄 것을 요구했고, 그 가운데 다섯 번째 항목이 아편과 기독교의 禁輸에 관한 조목이

---

8) 황준헌의 주장에 대해 衛正斥邪派의 저항은 즉각적이었다. 1880년 兵曹正郞 劉元植은 新舊敎를 朱陸의 차이로 비교한 것에 격분하여 '心寒骨竦'이라 상소했고, 1881년 영남의 유생인 李晩孫 등은 '萬人疏'를 올려 성현을 모욕함을 반박했다. 또한 黃載顯, 洪時中 등은 예수교를 아편이라 비난하고 洪在鶴은 金弘集을 거칠게 몰아세우고 심지어는 高宗에 대한 망발로 陵遲處斬을 당하기도 했다. 민경배, 위의 책, pp.121~122 참조.

었다. 그러나 1883년 通商章程의 체결 과정에서 아편 문제만 명문화되고 기독교 문제는 조약문에서 빠지게 되었다. 이러한 현상은 1882년 한미 수호조약에서도 나타났다. 역시 조선은 예수교의 禁教를 명문화하려 했으나 우여곡절 끝에 명문화되지 못했다. 이러한 현상은 이후 영국, 독일, 프랑스 등과의 조약 체결 과정에서도 지속적으로 나타나면서 기독교는 한국 사회에 유입되기 시작했다.

  조선의 개항과 맞물려 도입된 개신교는 이미 그 이전부터 간헐적으로 전개된 노력의 결과였다. 1832년 네덜란드 선교회 소속의 칼 구츨라프 (K. F. A. Gutzlaff)가 東印度會社 소속의 선박으로 황해도 연안으로 들어와 짧은 기간 동안 한문성서를 배포하고 서양 문물과 지식을 전수하고 돌아갔다.[9] 1865년에는 스코틀랜드 출신의 로버트 토마스(R. J. Thomas) 선교사가 서해안 지역에 도착하여 두 달 반을 머물면서 성경책을 나누어주고 돌아갔다. 이듬해 제너럴 셔먼호(General Sherman)에 승선해 다시 조선에 들어왔던 토마스는 평양의 대동강에서 마지막 숨을 거두었다.[10] 병인양요의 참상이 벌어진 이후에도 스코틀랜드 성공회 출신의 알렉산더 윌리엄슨(A. Williamson) 같은 이는 직접 조선에 들어오지는 않았지만 1867년 만주에 드나들던 조선인들에게 전도 문서를 배포하고 조선에 관한 여러 자료들을 수집하여 문헌으로 남기기도 했다.[11]

  이후 1884년 미국 북장로교 소속의 선교사 알렌(H. N. Allen)이 서울

---

9) 위의 책, pp.133~136 참조.
10) 위의 책, pp.136~139 참조.
11) 윌리엄슨은 1870년 「北中國, 滿洲, 東蒙古 旅行記 및 韓國事情」(Journeys in North China, Manchuria, and East Mongolia, with some account of Corea, London, 1870)에 자신이 수집한 한국과 관련된 다양한 정보와 문화를 담고 있다. 위의 책, pp.140~142 참조. 조신권, 『한국문학과 기독교』, 연세대학교 출판부, 1983, p.47 참조.

에 들어와 의사와 외교관의 신분으로 활동을 시작했다. 그는 처음에 선교
사의 신분을 외부에 밝히지 않았으나 우정국 사건이 발생하면서 당대
조정의 중추 세력이었던 閔泳翊의 상처를 치유해 준 일을 계기로 총애를
받게 되고 1885년 廣惠院이라는 병원까지 세우게 되면서 선교의 토대를
마련하게 되었다. 이를 계기로 장로교의 언더우드(H. G. Underwood),
감리교 소속의 아펜젤러(H. G. Appenzeller)와 스크랜튼(W. B. Scranton)
등 다수의 선교사들이 속속 국내에 들어와 선교의 영역을 넓히게 되었다.
이들은 선교의 방편으로 의료활동, 교육활동, 고아원 설립과 같은 사회사
업활동, 성서번역을 통한 한글의 보급, 근대문학 형성의 토대 제공 등
다양한 방면에서 한국 사회의 근대화에 공헌을 하면서 그 세력을 넓혀가
게 되었음은 주지의 사실이다.[12]

　　이상의 논의를 살펴볼 때 비록 본래적이지도 않았고 그 연원이 깊지
않음에도 불구하고 기독교가 한국 사회의 근대화에 다양한 영향을 끼쳤
다는 사실은 분명해진다. 애초에 西學이라는 학문의 형태로 수용되기 시
작한 천주교를 통해 이 땅에 기독교적 세계관이 소개된 이후로 불과 2백
여 년이라는 짧은 기간에 기독교는 그 세력을 상당히 확장시켰고, 어떤
측면에서는 최근의 사상적 주류를 형성하고 있는 것으로 보아도 무리가
없을 듯하다.

　　이런 맥락에서 기독교의 전래가 한국 문학사의 전개에 있어서도 의미

---

12) 개신교는 한국 개화기의 시대적 요구에 부응하여 의료, 교육 등의 다양한
　　방면에서 대중 속으로 파고 들 수 있었다. 이 시기에 많은 병원들이 세워지고
　　또한 근대화의 초석을 이룰 수 있는 학교가 전국 각지에 세워지게 되었다.
　　또한 성서의 보급을 위하여 한글로 번역하는 과정에서 한글의 보급화와 문맹
　　퇴치, 문체의 혁신 등이 나타났고 찬송가의 보급 등으로 근대 문학의 형성을
　　앞당길 수 있게 되었다. 이에 대한 자세한 내용은 다음의 연구들에서 다루어
　　져 있다. 김병학, 『한국 개화기 문학과 기독교』, 역락, 2004, pp.23~33 참조.
　　소재영, 앞의 글, pp.25~54 참조. 조신권, 위의 책, pp.47~76 참조.

있는 역할을 담당했다는 점을 인정한다면 한국 문학과 기독교의 상관관
계에 대한 연구 또한 나름의 의미를 지니게 될 것이다. 따라서 본 연구는
이처럼 비약적으로 발전을 거듭한 기독교가 한국 문학에 끼친 영향, 그
가운데서도 현대소설과의 영향 관계를 살펴보는 것에 초점을 맞추고자
한다. 그 이유의 하나는 한국의 현대 소설사가 한 세기 이상 전개되고
있는 이 즈음에 기독교 문학론의 재정립을 위한 단초가 세워져야 할 것이
라는 소박한 기대도 한 부분을 차지하고 있다. 때문에 한국의 현대소설이
과연 진정한 의미에서 기독교적 세계관을 구현한 작품을 보유하고 있는
가라는 질문은 지금 이 시점에서 다시 한 번 되짚어볼 의미 있는 물음이
라 여겨진다.

초기 개신교의 전래가 한국의 문학사에 끼친 영향에 대하여 김병익은
"19세기 후엽에 선도되기 시작한 개신교는 그것이 동반한 서구문화에
대한 한국인의 폭넓은 선망과 영향 아래 한국의 신문학과 근대문학 초창
기에 주목할 기여"[13]를 했다고 긍정적인 평가를 내리고 있다. 그런데
이미 한 세기를 넘어가는 영향 관계 속에서도 진정한 의미의 기독교 문학
론 정립은 아직 미흡한 것이 사실이며, 아울러 기독교적 세계관의 수준
높은 형상화를 이룬 작품도 그 수가 미미한 점을 부인할 수 없다. 특히
기독교 문학의 성과적 측면에서 소설의 그것이 詩에 비해 미숙한 발전을
거쳐 왔다는 평가에 이르면 기독교 문학론의 정립에서 소설이 차지하는

---

13) 김병익은 그 주장의 근거를 성서의 한글 번역과 찬송가의 편찬에서 찾고
있다. 즉 그때까지 서민 혹은 여성의 전유물로만 천대받아 오던 諺文이 바야
흐로 문화어, 문학어로 발전할 가능성은 초창기의 성서 번역자들이 번역 작
업에서 한글을 채택함으로 확산되었고, 이후 한글이 신소설과 근대소설의
언어로 자연스럽게 채택됨으로써 기독교는 한국의 현대소설과 중요한 인연
을 맺게 된 것으로 보고 있다. 김병익, 「한국 소설과 한국 기독교」, 『상황과
상상력』, 문학과 지성사, 1979, p.31.

위상은 더욱 그 입지가 좁아지고 마는데, 그 이유는 양자의 구조적 특성
으로 설명할 수 있다.

> 흔히 말해지는 대로 시는 절대적인 감성을 표현하고 소설은 구체적인
> 세계관을 제시한다. 환언하면 시가 기독교적인 정서를 드러내야 한다면
> 소설은 기독교적인 세계관을 보여 주어야 한다. 한국시가 기독교적인 문
> 학을 상당수 창조한 반면 한국 소설이 그렇지 못했다면 그것은 기독교를
> 감성 혹은 정서로 받아들였지만 세계관과 가치관으로 재구성하는 데에
> 는 미흡했다는 것을 시사할지도 모른다.[14]

김병익은 '절대적인 감성'을 표현하는 시에 비해서 '구체적인 세계관',
즉 '기독교적 세계관'을 표현해야 하는 소설이라는 장르의 구조적 특성
때문에 소설이 기독교 문학의 성과적인 면에서 다소 뒤처지고 있다고
분석하고 있다. 이러한 평가에 대해서 필자는 물론 대전제로는 충분히
공감을 표하면서도 한편으로는 재평가가 이루어질 때가 되었음을 지적하
고자 한다. 한국의 현대시는 鄭芝溶, 尹東柱, 朴斗鎭, 金顯承 등의 뛰어난
시인들의 작품들 속에서 기독교적 정신이 매우 세련되게 형상화되었고,
작가의 기독교적 세계관이 깊이 있게 내재화되어 있음으로 초기부터 기
독교 문학으로서의 위상을 굳건히 하고 있음에 동의한다. 반면 초기의
현대 소설에서는 시에서와 같이 기독교적 정신이 심도 있게 다루어진
작품으로 내세울 만한 것이 없음도 피할 수 없는 현실이다. 이는 곧 인용
문에서도 주지되었듯이 한국의 현대소설이 기독교의 정신을 그만의 세계
관이나 가치관으로 재구성함에 실패한 데서 기인한다. 그러나 지금에도
이러한 평가가 유의미한 것인가에 대해서는 조심스럽게나마 반대의 의사

---

14) 위의 글, p.33.

를 표하고 싶다. 이제 한국의 현대 소설에서도 그 세계관 혹은 가치관의 형상에 있어서 충분히 내세울만한 작품들을 다수 손꼽을 수 있으며, 기독교적 세계관에 대한 깊이 있는 사색을 보여주는 작가들을 다수 보유하게 되었기 때문이다. 예를 들어 李光洙를 필두로 金東仁, 田榮澤, 廉想涉, 沈熏 등의 작품에서 소박하지만 기독교적 세계관의 일단을 엿볼 수 있었다면, 이후 金東理, 黃順元으로, 그리고 李文烈, 朴常隆, 白道基, 趙星基, 이승우, 정찬 등으로 이어지는 작가들의 작품 속에서 보다 심화된 기독교문학의 특성을 발견할 수 있기 때문이다.

▌3▐ 기독교 문학 연구사의 자취와 소설사의 전개 양상

▐1▐ 기독교 문학 연구의 발자취와 또 다른 지향

지금까지 한국문학과 기독교에 대한 연구는 몇몇 비평가와 학자들을 중심으로 지속적으로 이루어지고 있다. 그러나 문학연구 방법론으로서의 여타의 분야에 비하자면 그 양과 질 모두에 있어서 집중적인 조명을 받지는 못한 분야이다. 더구나 기독교 문학론의 관점에서 현대소설을 조명한 연구는 많은 부분에서 부족한 면모를 보인다. 기존에 이루어진 기독교 문학에 대한 연구 성과를 일별해보면 문학사의 관점에서 기독교문학 일반론에 대해 진행된 연구들, 그리고 작가·작품론적 관점에서 개별 작가와 작품의 성격을 규명하는 연구로 나누어 살펴볼 수 있다.

먼저 현대 문학사의 거대 담론 가운데 한 부분으로서 기독교 문학의 일반론에 대한 연구 성과는 다음의 두 항목으로 세분화되어 있다. 첫 번

째는 초창기 기독교의 전래 과정에서 우리 문학이 기독교적 세계관을
수용함으로써 기독교 문학이 형성되어가는 과정을 연구한 것[15], 그리고
두 번째는 기독교 문학의 개념 정립을 위해 다양한 관점에서의 접근이
이루어진 연구 성과들[16]로 나누어 볼 수 있다. 전자의 경우는 주로 교회

---

15) 백 철, 「신문학에 끼친 기독교의 영향」, 『중앙대논문집』, 1963.
　　김송현, 「개화기 문학에 끼친 기독교의 영향」, 『기독교사상』 96호, 1966.3.
　　김영덕, 「한국 근대적 문학배경과 기독교」, 『이화여대 80주년 기념논문집』,
　　　　1966.
　　명계웅, 「기독교 문학의 형성과정」, 『기독교사상』 146호, 1970.7.
　　＿＿＿, 「한국기독교문학의 모색」, 『현대문학』 185호, 1970.
　　이상섭, 「신문학 초창기와 기독교」, 『한국문학』, 1976.
　　황헌식, 「기독교의 영향과 문학적 수용」, 『기독교사상』 218, 1976.8.
　　조신권, 「한국 신문학에 미친 기독교의 영향」, 『현상과 인식』 1권3호, 1977.
　　김영수, 『기독교와 문학』, 한국기독교문학연구소, 1978.
　　김병익, 「한국소설과 한국기독교」, 『상황과 상상력』, 문학과 지성사, 1979.
　　홍일식, 「개화기문학의 사상적 연구」, 고려대학교 박사학위논문, 1980.
　　서광선, 『종교와 문학』, 이화여자대학교 출판부, 1981.
　　김경수, 「한국 개화기문학과 기독교」, 『기독교사상』 289호, 1982.7.
　　이인복, 『한국문학과 기독교사상』, 우신사, 1987.
　　이민자, 「개화기 문학과 기독교사상 연구」, 중앙대학교 박사학위논문, 1988.
　　최규창, 「한국 기독교문학의 형성과 구체화」, 『기독교사상』 350호, 1988.2.
　　황양수, 「한국기독교문학의 형성연구」, 중앙대학교 박사학위논문, 1988.
　　정한모, 「기독교 전교시대와 한국문학」, 『기독교와 문학』, 종로서적, 1992.
　　소재영, 「기독교의 전래와 한국문학」, 『기독교와 한국문학』, 대한기독교서
　　　　회, 1993.
　　최종수, 『문학과 종교의 대화』, 성광문화사, 1997.
16) 전영택, 「기독교문학론」, 『기독교사상』 창간호, 1957.8.
　　임영빈, 「한국기독교문학이란」, 『기독교사상』 21호, 1959.5.
　　명계웅, 「한국기독교문학의 모색」, 『현대문학』 16권6호, 1970.
　　조남기, 「기독교문학론」, 『기독교사상』 243호, 1978.9.
　　조신권, 「기독교문학의 본질・구조・기능」, 『현대사조』, 1978.6-8.
　　황헌식, 「한국기독교문학의 모색」, 『기독교사상』, 1982.1.
　　김희보, 「기독교 문학은 무엇인가」, 『현대문학과 기독교』, 문학과지성사,
　　　　1984.

사적인 측면에 입각하여 초기 기독교가 한국 사회에 끼친 다양한 영향들 가운데서 특히 문학적 영향에 주목하여 전개되고 있다. 정한모는 「기독교 傳敎시대와 한국문학」에서 천주교와 기독교의 전교과정을 비교적 상세하게 다루고 있는데, 천주교의 경우 "17세기 초 진보적 사대부층의 지적 탐구의 대상으로 출발한 천주교에 대한 관심은 18세기 말에는 봉건질서에 민감하게 저항하기 시작한 소장 실학파와 중인계층의 결합으로 본격적인 신앙운동으로 전환되었으며 19세기를 점철한 교난을 통해 신분질서의 밑바닥으로 광범위하고 치열하게 전파됨으로써, 봉건질서와 첨예하게 갈등하여 이 땅의 근대적 의식을 열어 놓은 선구적 역할을 담당"17)했다고 분석하고, 아울러 "기독교는 봉건사회의 결정적 해체기인 개화기에 수용되어 당대 국민들의 팽배한 욕구에 순응하여 교육사업을 통해 선교를 진행시킴으로써, 천주교가 수행한 반봉건 운동을 문화적 방면에서 추구"18)했다고 평가하고 있다. 이 글은 교회사적인 입장에서 천주교와 기독교의 전교 과정이 우리 사회의 근대화에 끼친 영향을 정밀하게 분석하고 있다는 점에서 의의를 찾을 수 있지만, 그것이 한국문학에 끼친 영향을 논증함에 있어서 六堂의 시 한편만을 대상으로 삼았다는 데서 한계를 지니고 있다.

소재영은 「기독교의 전래와 한국문학」에서 기독교 문학의 형성 과정에 대한 좀더 精緻한 분석을 보여주고 있다. 그는 기독교가 수용되는 과정의 검토와 아울러 기독교의 수난 과정, 기독교에 대한 당대의 비판적 견해와 옹호자들의 입장 등을 다양한 문헌자료를 토대로 소개하고 있으며, 아울러 성서의 번역 및 찬송가의 편찬이 우리 어문학의 발달에 공헌

_____, 「기독교 문학 서설」, 『기독교와 문학』, 종로서적, 1992.
　　　　이상설, 『한국 기독교 소설사』, 양문각, 1999.
17) 정한모, 앞의 글, p.128.
18) 위의 글, p.130.

한 점에 대해서도 나름의 의미를 부여하고 있다. 또한 고전소설 「홍길동전」과 「춘향전」을 기독교적 관점에서 분석하는 시도를 하고 있는데, 전자의 경우는 작가 허균이 기독교를 학문적으로 연구하였을 뿐만 아니라 직접 신봉하기까지 했다는 전기적 측면에 미루어볼 때 그 가능성이 있다는 전제하에서 작품의 몇몇 요소를 성서와의 관계에서 해석하고 있다. 그리고 후자의 경우는 「춘향전」의 형성과 기독교의 수난연대가 대체로 일치한다는 전제 아래 "「만화본」-「춘랑사」-「옥중화」-「광한루기」 등으로 이어지는 관계양상을 연결시켜 보면 적어도 춘향설화·춘향가가 재창작 과정에서 기독교적 사건들과 연결되거나 관련지어졌을 가능성"[19]이 있다는 결론을 내리고 있다. 또한 최남선, 이광수, 안국선, 이상협, 이상춘, 최병헌, 배위량 부인 등의 작품들을 소개하면서 개화기 문학의 기독교 수용에 대한 단편적인 이해도 곁들이고 있다. 이 글은 지금까지 발굴된 기독교 관련 자료를 바탕으로 초기 기독교의 유입 과정을 객관적으로 검토하고 있다는 점에서 큰 의의를 지닌다. 하지만 고전소설에 대한 기독교적 접근이 가설적 추론에 머물렀다는 필자 스스로의 한계 인식은 앞으로의 과제로 남을 수밖에 없다.

　한편 기독교 문학 일반론에 대한 연구의 두 번째 경향인 기독교 문학의 개념 정립에 대한 연구는 필자들의 관점에 따른 다양한 해석이 나타나고 있다. 이를테면 전영택은 「기독교 문학론」에서 넓은 의미에서의 기독교 문학을 "그 時代 그 社會의 민중이 그 생활에 있어서 古代 유태인이나 또 近代 西歐 諸國 같이 宗敎의 영향을 많이 받고 교회 信仰의 지배를 많이 받기 때문에 宗敎生活을 빼놓으면 그 생활을 이해할 수 없는 경우에는 웬만한 文學도 宗敎性을 多分히 띠고 있고 一般文學과 宗敎文學을

___

19) 소재영, 앞의 글, p.48.

구별하기가 곤란"[20]한 古代 히브리 문학(舊約聖書와 그 밖의 外典들)이나 近代 불란서 문학과 같은 유형으로 규정하고 있다. 또한 "그 創作活動에 있어서 신앙이 뿌리 깊이 움직이고 있으며 全幅的으로 그 지배를 받고 있는 것이 참宗敎文學"[21]이라는 좁은 의미의 개념 규정을 적용할 경우는 단테, 밀톤, 파스칼로부터 近代에 와서는 키에르케고르, 도스토예프스키, 그리고 현대 작가로는 체스터톤, 부르제, 클로델, 모리악 등의 작품이 이에 해당한다고 설명하고 있다.

황헌식은 「한국 기독교 문학의 모색」에서 기독교 문학도 문학이어야지 신학이나 교리문답이어서는 안 된다는 전제 아래서 "기독교 문학 작품은 기독교 교리의 전부를 수용하려고 애쓸 필요가 없다. 문학에서의 삶이 구체적이고 상황적이기 때문에 우리에게 확실한 감동으로 부딪쳐오며, 그러한 감동이 종교의 핵심적 진리에 비약적으로 접근하게 한다"[22]라고 기독교 문학의 방향을 제시하고 있는데 바로 여기에 기독교 문학의 개념이 내포되어 있다. 아울러 그는 기독교 문학이라는 용어에 대한 가능한 해석을 '기독교인의 문학', '기독교의 문학', '기독교를 위한 문학', '문학 속의 기독교', '기독교적인 문학' 등의 다섯 가지로 분류하여 설명[23]하

---

20) 전영택, 앞의 글, pp.67~68.
21) 위의 글, p.68.
22) 황헌식, 앞의 글, pp.107~107.
23) 우선 '기독교인의 문학'이라는 해석은 크리스천 작가가 쓴 기독교적 내용의 작품을 의미하는 것이다. 그런데 이 경우 작가가 크리스천이라는 이유 때문에 작품에 대한 지나친 기독교적 해석을 가하는 오류와 함께 반대로 기독교적 요소를 지녔음에도 불구하고 크리스천 작가가 아니라는 이유로 작품이 간과되는 문제를 안고 있다. 다음으로 '기독교의 문학'이라는 것은 엄밀한 의미에서 성서문학을 의미할 수밖에 없는 것으로서 창조성을 문학의 기본 정신으로 볼 때 지극히 제한된 의미를 갖는 한계에 봉착한다. '기독교를 위한 문학'이라는 정의는 문학이 어떤 것에 봉사한다는 의미에서 문학성이 크게 손상당하는 문제를 안고 있는데, 이는 T·S 엘리엇이 말한 '2류시'로 전락할

고 있는데, 그 중에서 마지막의 '기독교적인 문학'이라는 관점의 해석은 필자가 생각하는 기독교 문학의 개념과 상당한 일치를 보여준다. 여기서 '기독교적'[24]이라는 의미는 그 작가가 누구냐, 즉 작가가 기독교인이냐 아니냐를 관계하는 것이 아니라 작품이 기독교적 요소를 지녔는가에 대한 맥락에서 '기독교'보다는 '문학'에 비중을 둔 개념 규정이다. 말하자면 "기독교인 정신이 훌륭하게 나타나 있는 문학을 지칭"[25]하는 것인데, 이 경우 "작가는 '무관심성' 속에 있고 오히려 작품이 말하는 그런 것이 기독교 문학으로서 바람직"[26]하다는 관점이다.

 김병익은 T.S.엘리엇의 「종교와 문학」[27]에서의 논의를 인용하면서 엘리엇이 언급한 제3의 카테고리인 "종교의 大意를 전파하는 데 성심껏 노력코자 원하는 사람들의 작품"[28]으로 종교 문학의 범주를 규정하고자 했다. 그리고 여기에 "계획적이거나 도전적이라기보다 차라리 무의식적으로 기독교적인 문학"[29]이야말로 진정한 의미의 종교 문학임을 주장했

 위험성을 내포하고 있는 개념이다. '문학 속의 기독교'라는 해석은 어떤 장르적 성격을 제시하는 것이 아니라 문학 일반과 장르적 外延을 같이한다는 점에서 기독교 문학의 특수한 정의로 삼을 수는 있다. 끝으로 '기독교적인 문학'은 처음의 '기독교인의 문학'과는 달리 작가가 누구냐와는 상관없이 작품의 기독교적 요소에 따라 개념을 규정하는 해석인데 논자는 이러한 해석의 틀이 오늘날의 기독교 문학에 대한 정의에 적용되는 것이 바람직하다고 여겨진다. 위의 글, pp.105~106 참조.

24) 쿠르트 호호프(Curt Hohoff)는 문학에서의 '기독교적'이라는 의미를 "문학에서 기독교적이라고 하는 것은 소재적(stofflicher)이거나 주제적(motivischer)인 상태이지, 어떤 형식적인 원칙이 있는 것이 아니다"라고 정의하고 있다. 쿠르트 호호프, 한숭홍 역, 『기독교 문학이란 무엇인가?』, 두란노, 1992, p.13.

25) 황헌식, 앞의 글, p.106.

26) 위의 글, p.106.

27) 최종수 역, 『문예비평론』, 박영사, 1974, pp.98~103.

28) 김병익, 앞의 글, p.30.

29) 김병익은 T. S. 엘리어트의 종교 문학을 세 가지 카테고리로 분류했다. 첫째

다. 아마도 계획적이거나 도전적인 문학은 바로 종교 문학의 질적인 면을 급격히 저하시킬 수 있는 護教主義로 빠질 위험성을 내포하고 있음을 경계하고 있기 때문일 것이다. 논자도 종교 문학의 범주를 규정함에 있어서 김병익의 관점에 동의한다. 그 아무리 종교문학이라는 독특한 울타리에 들어와 있다 하더라도 문학은 분명 작가의 상상력의 산물임을 망각해서는 안 되기 때문이다. 만약 작가의 신앙적 감동이 문학적 형상화 과정을 거치지 않은 채, 신의 敎理와 福音을 전파함에 매몰된다면 그것은 차라리 문학이 아니라 신앙 간증으로 보는 것이 마땅하다. 다시 말하거니와 진정한 의미의 종교 문학은 작가의 신앙적 체험 혹은 감동이 문학적 형상화라는 과정을 반드시 통과하고, 그것이 보다 수준 높은 질적 상승을 획득했다고 평가될 수 있는 작가의 상상력이 돋보여야 한다는 점을 간과하지 말아야 한다.

여기서 다만 한 가지 더 짚고 넘어가야 할 문제가 발생한다. 필자가 작금의 현대소설에서 기독교적 세계관이 심도 있게 다루어진 많은 작품이 있다는 사실과, 그러한 깊이 있는 사색을 보여주는 作家群이 넓어졌음을 주장함에 있어서 기존의 기독교 문학의 범주에 대한 이해가 달라져야 한다는 것이다. 즉 기독교 문학의 범주를 확정함에 있어서 또 하나 유의

는 광의의 입장에서 문자로 기록된 기독교 文獻으로서 문학적 의미에서 평가되는 欽定譯 聖書를 지칭한다. 다음으로는 '시의 모든 주제를 종교적 정신으로 다루는 것이 아니라 제한된 부분만을 취급하는' 작품으로서의 信仰詩를 의미한다. 그러나 엘리어트는 첫 번째 범주가 문학 자체와는 관련이 없는 비문학적 작품이라는 점에서, 두 번째 범주는 '인간의 중요한 정열이라고 생각되는 것을 도외시하고 그것으로 인하여 그 정열에 대한 자기의 無知를 폭로하는' 일종의 二流詩라는 점에서 각각 진정한 종교 문학으로 볼 수 없음을 지적한다. 따라서 엘리어트는 제3의 카테고리로 '종교의 大意를 전파하는 데 성심껏 노력코자 원하는 사람들의 문학 작품'을 진정한 의미의 종교 문학으로 규정하고 있다. 위의 글, p.30 참조.

해야 할 점은 기독교 문학이 되기 위한 조건과 그 성격의 문제이다. 이역시 위에서 언급한 바와 같이 '계획적이거나 도전적이라기보다 차라리 무의식적으로 기독교적인 문학'이 전제되어야 함은 주지의 사실이다. 그런데 '종교의 대의를 전파하는데 성심껏 노력코자 원하는 사람들의 작품'이라는 限定에 대해서는 곰곰이 되새겨 보아야 할 것이다. 엘리엇의 이 견해는 김희보의 논의에서도 그대로 유지되고 있는데, 즉 "'기독교 문예'의 작가는 우선 크리스천이어야 한다"[30]라고 전제하면서 기독교 문학의 성격을 논의한다. 그런데 종교적 대의를 전파함에 성심껏 노력하고자 원하는 크리스천의 작품으로만 기독교 문학의 범주를 국한하는 것이 온당한 것인지에 대해서는 異見이 있을 수 있다. 우선 크리스천이 아님에도 불구하고 기독교 문학을 창작할 수 있는 가능성은 열려있음을 부인할 수 없을 것이다. 이 점에 대해서는 김희보 스스로도 그의 글에서 "'기독교 문예'는 어디까지나 '문예'이지 신학이 아니다. 보편적으로 알려진 대로 문예는 인간을 묘사하는 예술"[31]이라고 천명하고 있다. 심지어는 크리스천이 아님에도 신학자일 수 있다. 그런데 신학도 아닌 예술로서의 문학을 창작함에 있어서 굳이 크리스천 작가의 작품이라야만 기독교 문학일 수 있다는 한정은 지나친 억측이자 좁은 범주화로 여겨질 수밖에 없다.

아울러 기독교 문학의 성격을 규정함에 있어서 '종교적 대의를 전파함에 성심껏 노력'하는 작품이라는 것에 대해서도 새로운 시각의 이해가 필요하다. 앞에서도 지적했듯이 진정한 의미의 기독교 문학은 호교적인 성격에서 벗어남이 옳다. 때로는 기독교가 가지고 있는 문제점, 혹은 그 사상적 모순까지도 적나라하게 파헤치고 비판을 가함으로써 진리에 한결

---

30) 김희보, 「기독교 문학 서설」, 김우규 편저, 『기독교와 문학』, 종로서적, 1992, pp.8～10.
31) 위의 글, p.9.

음 더 나아감이 진정한 의미의 기독교 문학이 지향할 바이다. 그리고 이러한 열린 시각으로 작품의 범주를 넓혀나가는 것이 장차 기독교 문학이 당당히 문학의 한 범주로서 그 자리매김을 보다 굳건히 할 수 있는 방편이 될 것이다.

따라서 기독교 문학에 대한 개념은 지금까지의 논의를 토대로 다음과 같이 정의할 수 있다. 우선 작가가 기독교인이냐 아니냐를 관계하는 것이 아니라 작품이 기독교적 요소를 지녔는가에 대한 맥락에서 '기독교'보다는 '문학'에 비중을 두어야 한다. 그래야만 크리스천 작가의 작품만을 제한적으로 바라보는 협소한 관점, 즉 '기독교인의 문학'이라는 한계성을 극복할 수 있기 때문이다. 다음으로는 계획적이거나 도전적이라기보다 차라리 무의식적으로 기독교적인 문학에서 기독교 문학의 본질을 찾아야 한다. 그렇지 않다면 자칫 기독교 문학은 '기독교를 위한 문학'으로 전락할 위험성을 내포하고 있기 때문이다. 이 경우 기독교 문학은 문학에 비중을 둔 것이 아니라 逆으로 기독교에 봉사하는 종속적 관계로 빠져들어 경계의 대상인 호교주의에 빠져들 수 있다.

지금까지는 기독교 문학에 대한 일반론적인 연구 성과에 기독교 문학의 개념과 범주에 대한 연구 결과들을 종합적으로 검토하면서 필자 나름의 기독교 문학에 대한 새로운 개념을 정리해 보았다. 한편 기독교 문학론의 전개 과정에서 또 하나의 연구 경향은 일반론적인 접근을 벗어나서 구체적 작품을 대상으로 기독교 문학의 지평을 열어간 연구 성과들이다. 즉 개화기와 신문학 초창기의 작품들에 대한 기독교 문학적 논의[32], 현대

---

32) 김송현, 「개화기 문학에 끼친 기독교의 영향」, 『기독교사상』96호, 1966.
　　백　철, 「신문학에 끼친 기독교의 영향」, 『중앙대논문집』, 1963.
　　이상섭, 「신문학 초창기와 기독교」, 『한국문학』, 1976.
　　황헌식, 「기독교의 영향과 문학적 수용」, 『기독교사상』, 1976.8.
　　홍일식, 「개화기문학의 사상적 연구」, 고려대학교 박사학위논문, 1980.

소설을 기독교적 관점에서 논의한 글33), 그리고 개별 작가·작품론에 해당하는 글34) 등으로 분류 가능하다.

　개화기와 신문학 초창기의 소설에 대한 기독교적 관점의 연구는 대체적으로 百岳春史의 「多情多恨」을 시작으로 「月下의 告白」, 이승교의 「쟁도불공설」, 般阿의 「夢兆」, 崔炳憲의 「聖山明鏡」, 이해조의 「고목화」, 安國善의 「禽獸會議錄」, 金弼秀의 「警世鐘」, 李相協의 「再逢春」과 「눈물」, 李常春의 「박연폭포」, 작자미상의 「부벽루」 등을 대상으로 전개되고 있다. 이들 소설은 영혼 구원, 박애정신, 회개정신, 가정 구원, 평등사상, 현실비판과 풍자 등의 주제의식으로 개화기의 기독교적 세계관을 형상화하고 있다는 것이 공통적인 결론들이다.

　또한 현대소설을 기독교적 관점에서 논의한 다수의 글들과 개별 작가 및 작품들에 대한 분석적인 논저들은 향후 기독교문학 연구의 중심을 이루는 의미 있는 성과들이다. 여기에 대상이 되고 있는 일련의 작품들은

　　김경수, 「한국 개화기문학과 기독교」, 『기독교사상』289, 1982.
　　이인복, 『한국문학과 기독교사상』, 우신사, 1987.
　　이민자, 「개화기 문학과 기독교사상 연구」, 중앙대학교 박사학위논문, 1988.
　　정한모, 「기독교 전교시대와 한국문학」, 『기독교와 문학』, 종로서적, 1992.
　　김병학, 『한국 개화기 문학과 기독교』, 역락, 2004.
33) 백　철, 『현대소설에 끼친 기독교의 영향』, 『중앙대논문집』4집, 1959.
　　김병익, 「한국소설과 한국기독교」, 『상황과 상상력』, 문학과 지성사, 1979.
　　이동하, 「한국현대소설과 구원의 문제」, 『현대문학』, 1983.5
　　신익호, 『기독교와 한국현대소설』, 한남대 출판부, 1990.
　　강요열, 「한국 현대 기독교소설 연구」, 고려대학교 박사학위논문, 1991.
　　한승옥, 「기독교와 소설문학」, 『기독교와 한국문학』, 대한기독교서회, 1993.
　　김봉군, 「한국소설의 기독교 의식 연구」, 단국대학교 박사학위논문, 1995.
　　임영천, 『한국현대문학과 기독교』, 태학사, 1995.
　　이보영, 「기독교 문학의 가능성」, 『한국소설의 가능성』, 청예원, 1998.
34) 이 분야에 해당하는 현대소설의 작가들은 주로 이광수, 김동인, 전영택, 김동리, 황순원, 백도기 등에 집중되어 있다.

이광수의 『무정』을 시작으로 김동인의 「이 잔을」과 『명문』, 전영택의
「화수분」, 염상섭의 『삼대』, 심훈의 『상록수』, 김동리의 「무녀도」, 「마리
아의 懷胎」, 「목공 요셉」, 「부활」, 『사반의 십자가』, 백도기의 『청동의
뱀』, 『가롯유다에 대한 證言』, 『등잔』, 「본시오 빌라도의 手記」, 이청준
의 『낮은 데로 임하소서』, 황순원의 『움직이는 城』, 이문열의 『사람의
아들』, 조성기의 「라하트 하헤렘」, 『야훼의 밤』, 이승우의 『에릭직톤의
초상』 등을 꼽을 수 있다. 그런데 기독교 문학을 작가론적·작품론적 측
면에서 고찰한 다수의 연구들은 일부 작가의 특정 작품에 편중되어 있는
양상을 드러내고 있으며, 또한 그 연구의 경향이 대상 텍스트에 대한 정
밀한 분석을 전제로 하기보다는 너무 포괄적으로만 이루어져 왔다는 문
제점을 안고 있다. 즉 텍스트에 대한 정치한 분석을 바탕으로 작가의 사
유 체계를 보다 세밀하게 접근한 시도가 별로 눈에 뜨지 않는다는 연구사
적 한계가 노출되고 있다. 이는 앞으로 연구자들의 역량이 더욱 모아져야
할 과제로 남아 있다.

② 한국 기독교 소설사의 전개

한국의 기독교는 至難한 박해와 우여곡절의 사회 변혁 속에서도 그
명맥을 유지하여 현대 한국 종교의 대표로 자리매김하기에 이르렀고, 아
울러 기독교 사상이 한국의 사회·문화 현상에 파급하는 영향이란 실로
그 깊이를 헤아리기 어려울 정도임에 틀림이 없다. 이와 같은 기독교 사
상의 영향력은 한국 현대소설의 형성과 전개 과정에도 뚜렷한 현상으로
나타나고 있다. 따라서 한국 현대소설에서 기독교적 세계관을 형상화한
작품들의 전개 양상을 간략하게나마 정리해 봄으로써 기독교 소설의 형
성 및 변천 과정에 대한 이해를 돕고자 한다.

한국의 기독교 소설은 크게 세 시기로 구분할 수 있다. 첫 번째 단계는 개화기로부터 근대 신문학 형성기 이전까지의 작품들로서 주로 개화의식과 기독교 정신에 바탕을 둔 계몽 의식을 표방하고 있는 작품들로 분류할 수 있을 것이다. 두 번째 단계는 신문학 형성기로부터 해방 전후에 해당하는 작품들로서 식민지 시대를 배경으로 기독교 정신에 바탕을 둔 독립의식의 표방과 한국 기독교의 문제의식에 대한 비판적 인식이 드러나는 작품들이 여기에 해당한다. 마지막 세 번째 단계는 6.25이후로부터 오늘에 이르는 다수의 작품들로 전쟁이 가져다 준 부조리한 현실 속에서 인간 존재에 대한 실존적 천착과 아울러 한국 현대사의 격동 속에서 진정한 기독교의 지향에 대한 진지한 성찰, 그리고 성서 모티프를 영지주의적 관점에서 해석하여 주류 기독교의 세계관에 대한 정면 도전이라는 新神學的 解釋 등 사유의 다변화가 이루어지고 있는 작품들이 이 시기에 해당한다.

먼저 첫 번째 시기로는 百岳春史의 「多情多恨」(1906)을 시작으로 「月下의 告白」(1907), 이승교의 「쟁도불공설」(1907), 般阿의 「夢兆」(1907), 崔炳憲의 「聖山明鏡」(1907), 이해조의 「고목화」(1907), 安國善의 「禽獸會議錄」(1908), 金弼秀의 「警世鐘」(1908), 李相協의 「再逢春」(1912)과 「눈물」(1913), 李常春의 「박연폭포」(1913), 작자미상의 「부벽루」(1913) 등을 꼽을 수 있다.[35]

---

35) 본격적인 기독교 소설이 성립되기 이전 단계에 천주교 신도들에 의해 간행된 몇몇 수상록과 전기문학 등을 확인할 수 있다. 辛酉迫害(1801)를 겪은 어느 교인에 의해 쓰여진 것으로 추측되는 「ᄌ책」은 인간의 내면적 세계를 깊이 성찰하면서 아울러 결사적 신앙고백과 참회의 눈물을 담고 있다는 점에서 평가를 받고 있다. 또한 己亥敎難(1839) 때 순교한 79인의 전기를 간략히 기술한 玄錫文의 「己亥日記」는 殉敎史記에 가깝지만 그러면서도 단순한 史記나 日記라기보다는 순교자들의 신앙생활과 순교 사실을 정확히 기록한 傳記文學으로서의 의미를 지닌다. 이 외에도 「최도마 良業신부 이력셔」, 「宋

필명 百岳春史의 「多情多恨」은 『太極學報』6・7호(1906.1~2)에 실린 소설로서 전체가 7장으로 분절된 寫實小說[36)에 해당한다. 주인공 삼성선생은 신문학을 익힌 지식인으로 경무국장의 자리까지 오르는 고위직 관리이다. 그러나 독립협회 주관의 만민공동회를 탄압하라는 상부의 지시를 어김으로 지방으로 좌천당하고 그곳에서도 민간인을 옹호하고 신당을 철폐하여 미신을 타파하는 등의 활동을 하다가 면직 당한다. 이후 상경하여 소학교를 신축하려다 옥고를 치르게 되는데 이 과정에서 『천로역정』 등의 기독교 관련 서적을 읽으면서 기독교에 귀의하게 된다. 이후 3년 만에 무죄로 석방되어 세상에 나와서도 사회사업과 자선사업, 전도사업에 종사하는 주인공의 모습을 통해서 기독교 정신으로 당대의 부패한 관료를 구원하려는 시대정신과 가난하고 불우한 이웃을 기독교적 박애주의로 구원하려는 실천적 모습을 통하여 부조리한 사회상을 구제하는 방편으로서의 기독교에 대한 옹호를 형상화하고 있다.

같은 지면에 발표된 이 작가의 또 다른 작품인 「月下의 告白」(1907)도 죄의 고백을 통해 구원에 이르고자 하는 기독교 정신이 형상화되어 있다. 한 노인이 자신의 살아 온 인생을 독백하는 형식으로 전개되는 이 소설은 당시 부패한 관리들의 부정과 학정을 비판하고 눈앞의 이익에만 급급한 속물적 관료들의 정신을 일깨우려는 비판의식과 함께 회개를 통해 구원에 이르고자하는 기독교적 구원관이 드러나 있다.

아가다 回顧錄」, 「명산일긔」, 「丙寅殉敎者傳」, 「奉敎自述」, 「金안당ᄉ긔」 등의 전기류가 전해지고 있다. 이들 작품들을 통하여 기독교 소설이 본격적으로 형성되기 이전의 일면을 엿볼 수 있을 것이다. 조신권, 앞의 책, pp.45~46참조.

36) 寫實小說이라는 명칭은 작가 스스로가 붙인 것으로 서술의 사실성을 뜻하는 것이 아닌 내용상 실화를 바탕으로 하였다는 의미이다. 소설의 마지막에 '아멘'이라는 말이 붙어 있는 것으로 볼 때 개신교의 간증과 비슷한 느낌을 주는 것에서 내용의 사실성을 더욱 수긍하게 한다. 이상설, 앞의 책, p.28.

『야뢰』에 발표된 이승교의 「쟁도불공설」(1907)은 유교와 기독교가 서로 우월성을 논박하는 내용으로 전개되다가 결국 기독교의 우월성을 인정하는 것으로 결말이 나는 소설이다. 별호가 구세자인 기독교인인 한 부인과 유교적 세계관에 충실한 정부인 사이의 논쟁을 통하여 유교의 구시대적 허구성을 비판하고 남녀의 평등 문제와 여성 교육의 필요성, 그리고 기독교 정신에 입각한 유교적 허례허식의 비판과 미신 타파 등의 기독교적 세계관이 강조되어 있다.

기독교를 여타 종교와의 비교론적 측면에서 다루고 있는 또 하나의 주목할 작품은 崔炳憲의 「聖山明鏡」(1909)을 꼽을 수 있다.[37] 『신학월보』에 연재된 이 소설은 재래 종교와의 비교를 통해 하나님의 절대성과 유일성을 강조함으로써 궁극적으로 기독교에 대한 옹호를 드러내고 있다. 즉 주인공 信千翁이 儒·佛·仙 三敎를 두루 체험한 후 마침내 기독교에 귀의하여 대중들에게 三敎의 불합리성을 지적하고, 아울러 예수를 믿게 하는 내용으로 전개하면서 기독교적 구원의 논리를 명확히 이해시키고자 하였다. 특히 이 소설은 작가가 목사라는 신분적 특성에 의해 기독교의 삼위 일체론, 하나님의 존재 등에 관한 교리적 측면이 나타나고 있다. 또한 기독교와 타종교를 비교 종교학적 측면에서 논쟁적으로 전개함으로써 기독교의 우수성을 드러내었다.

『황성신문』에 발표된 般阿의 「夢兆」(1907)는 개화기 근대화의 과정

---

37) 최병헌(1858~1927)은 1892년 존스 목사에게 세례를 받고 아펜젤러 목사의 신약성서 번역에 적극 협력하고 우리나라 최초의 도서관인 대동서시를 세우는 등 초기 기독교사에서 중요한 자리를 차지하는 인물이다. 1894년 『조선그리스도회보』, 『신학월보』의 주필로 있다가 1902년 목사가 되어 정동교회 2대 담임목사로서 12년간을 시무하였고 감리교 신학교에서 교수로 활동하였다. 「성산명경」은 원래 「성산유람기」라는 제목으로 『신학월보』에 연재되었다가 이후 단행본으로 간행될 때 작품명을 개칭했다. 위의 책, p.47.

에서 지식인 선각자가 맛볼 수밖에 없었던 좌절과 극복을 기독교의 구원을 통해 성취한다는 의미를 지닌 작품이다. 이 소설은 개화운동을 하다가 옥중에서 희생당한 한대홍의 부인 정씨를 주인공으로 하여 개화운동에 좌절한 인물이 기독교를 통하여 위안을 얻고 있는 내용으로 전개되고 있는데, "죄로 타락된 인간 세상에서 죄 사함을 받아 구원을 받을 수 있는 길은 오직 하나님을 믿는 길밖에 없다는 기독교적 구원관과 전도자를 통한 기독교의 전파라는 기독교의 전도관"38)의 표출, 그리고 "종결부에서 8회에 걸쳐 성서의 해설과 문답이 장황하게 전개된 것을 보면, 기독교정신에 의해 마음의 구원을 얻었다는 일종의 종교소설의 유형이라 할 만 한 작품"39)이라는 점에서 개화기 기독교 소설의 전형으로 평가할 수 있다.

또한 이해조가 필명 東儂으로 『제국신문』에 발표한 「고목화」(1907)도 당시 국내에 소개되어 급속히 확산되던 기독교에 대한 긍정적 시각을 드러내고 있는 작품이다. 이 소설은 의사이면서 기독교 신자인 조박사가 희생적 헌신으로 권진사를 감화시키고 자신을 죽이려한 원수마저도 기독교의 사랑으로 용서함으로써 결국 그들을 회개하게 만드는 서사 구조를 보여주고 있다. 따라서 기독교의 사랑을 통해 민족의 화합을 모색한다는 당대의 문제의식을 잘 드러내고 있는 작품으로 평가할 수 있다.

皇城書籍業組合에서 출간된 安國善의 「禽獸會議錄」(1908)은 널리 알려진 개화기 신소설로서 우화적이면서 풍자적 수법에 의해 당대 사회의 부조리함을 신랄하게 비판하고 있다. 그는 개인 윤리의식의 타락과 그로 인한 가정의 파탄, 과도기적 사회 혼란기의 관리의 부패, 사회 기강의 해이 등을 동물들의 입을 빌어 우화적으로 비판하는데 그 이면에는

---

38) 위의 책, p.36.
39) 송민호, 『한국 개화기소설의 사적 연구』, 일지사, 1980, p.121.

기독교적 윤리관이 가치 판단의 기준으로 작용하고 있음을 발견할 수
있다. 예를 들자면 소설의 도입부에 소개된 '개회취지'에 나타난 "대져
우리들이 거주하야 사는 이 세상은 당초부터 있던 것이 아니라 지극히
거룩하시고 지극히 전능하신 하나님께서 조화로 만드신 것이라 세계 문
물을 창조하신 조화주를 곧 하나님이라 하나니 일만 이치의 주인되시는
하나님께서 세계를 만드시고 또 만믈을 만드러 각색 물건이 세상에 생기
게 하셨으니 이같이 만드신 목적은 그 영광을 나타내어 모든 생물로 하여
금 인자한 은덕을 베프러 영원한 행복을 받게 하려 함이라"[40]는 표현은
지극히 기독교적 신앙에 기초한 작가의 신앙고백으로 볼 수 있다. 또한
소설의 내용에 나타나는 사회비판 의식도 주로 기독교적 인간관과 세계
관에 바탕을 두고 있다는 점에서 이 소설의 기독교 소설적 가치에 공감할
수 있다.

한편 같은 해 발표된 金弼秀의 「警世鐘」(1908)도 동물들의 입을 빌어
우화적으로 기독교인들의 제반 문제점을 비판적으로 지적하고 교인들의
충실한 신앙심을 촉구하고 있다는 점에서 「禽獸會議錄」과 더불어 주목
할 만한 작품이다. 작가는 양적으로 팽창하던 기독교의 형세에 견주어
신자 개개인의 신앙적 수준이 아직까지는 미숙하다는 점을 비판하면서
기독교인들의 내적 반성을 요구하고 있다. 특히 성서의 내용을 그대로
인용하거나 비유한데서 기독교 소설의 표면적 특성을 발견할 수 있는데,
성서의 「시편」이나 「예레미아서」에 기초하여 신을 상실한 사회에 대한
회개와 화해의 촉구가 나타나는 장면 등에서 기독교 소설로서의 면모를
확인할 수 있다.

동양서원에서 발간된 李相協의 「再逢春」(1912)은 班常意識의 타파와

---

40) 안국선, 「금수회의록」, 황성서적업조합, 1908, pp.4~5.

인간평등 사상의 고취를 기독교 정신을 바탕으로 형상화하고 있다는 점에서 주목할 만하다. 몰락한 양반층을 대변하는 허부령이 비록 신분은 높으나 마음과 행위가 지극히 비루한 인물임에 비해, 소위 백장이라든가 천장으로 멸시받는 신분의 백성달이라는 대비적 인물 설정을 통하여 기독교적 인간평등 사상에 기초한 주제의식을 형상화하고 있다. 아울러 『매일신보』(1913.7.16~1914.1.20)에 연재된 「눈물」에서는 화해와 용서를 통한 기독교적 구원관을 드러내고 있다. 갖은 악행을 일삼던 평양집이 구세군 마야대좌의 구원을 받고 회개하면서 새로운 인물로 거듭나는 것에서 누구든지 자기의 죄를 고백하고 회개하면 구원에 이를 수 있다는 기독교적 구원관이 드러난다. 또한 연고도 모르는 남의 자식을 데려다 인내와 사랑으로 교육하다가 결국 친부모가 나타났을 때는 뼈를 깎는 듯한 고통을 참으면서도 친부모에게 돌려주는 남씨 부인의 행동에서 기독교적 박애의 실천적 면모를 확인할 수 있다.

끝으로 유일서관에서 발행된 李常春의 「박연폭포」(1913)는 도적 떼의 괴수였던 최성일이 회심하여 동경에서 기독교 신학을 공부한다든가, 도적에게 해를 입었던 인물이 '원수를 사랑하라'는 기독교 정신에 따라 용서를 베풂으로써 그들을 회개시킨다는 부분에서 기독교 사상을 실천적으로 형상화한 특징을 발견할 수 있다. 그리고 보급서관에서 발간된 작자 미상의 「부벽루」(1914)에서는 주색에 빠진 남편에 의해 색주가에 팔린 부인이 목사의 도움으로 기독교에 귀의하고 탕자였던 남편도 회개에 이른다는 점 등에서 기독교적 소명 의식을 반영하고 있는 작품으로 볼 수 있다.

지금까지 간략히 살펴본 개화기 기독교 소설들은 근대화 초창기 개화 의식의 충실한 반영과 함께 서구 기독교의 유입에 따른 기독교적 가치관을 소개하고 그 실천적 의지를 형상화하고 있다는 점에서 가치를 찾을 수 있으나, 한편으로 주제의식을 드러내는 면에서는 여전히 미숙함을 드러내고 있다는 점에서 한계를 찾을 수 있다.

한국 문학사에서 기독교 소설사의 두 번째 시기는 이광수의 『무정』(1917)을 기점으로 한국의 소설문학이 현대적 소설로 진입한 이후부터 식민지 시대를 배경으로 발표된 시기의 작품들을 대상으로 살펴볼 수 있다. 즉 이광수의 『무정』(1917), 『재생』(1924-1925), 『흙』(1932-1933), 『애욕의 피안』(1936), 『사랑』(1938), 김동인의 「이 잔을」(1923), 『명문』(1925), 「信仰으로」(1930)와 신채호의 「용과 용의 대격전」(1928), 조명희의 「R군에게」(1926), 최서해의 「보석반지」(1925), 주요섭의 「인력거꾼」(1925)과 「천당」(1926), 전영택의 「天痴? 天才?」(1919), 「흰닭」(1924), 「화수분」(1925) 등의 작품들, 염상섭의 『삼대』(1931)와 김동리의 「무녀도」(1936), 심훈의 『상록수』(1935), 박계주의 『순애보』(1939) 등에서 이 시기 기독교적 소설의 일단을 확인할 수 있다.

한국 문학사에서 1920년대는 3.1운동의 실패에 따른 좌절과 퇴폐적 경향의 세기말적 현상이 어우러져 감상적 낭만주의, 빈곤과 이데올로기의 갈등 등이 문학의 주류를 형성하던 시기였다. 특히 민족주의 진영과의 대치와 세력 다툼이라는 환경에서 사회주의 진영의 주된 비판의 대상에 오른 기독교에 대한 인식은 이 시기 기독교 소설의 형성에도 나름의 영향을 끼칠 수밖에 없었다. 즉 이전 시기의 기독교 소설이 개화기 근대의식의 전파라는 기독교의 순기능적 측면에 초점이 맞추어진 것이었다면, 20년대 이후 식민지 시대의 기독교 소설은 기독교의 반사회적 기능에 대한 비판이라는 새로운 인식이 덧붙여진 점을 그 특징으로 삼을 수 있다.[41]

---

41) 이 시기 기독교에 대한 비판적 인식을 드러낸 대표적 지식인으로 이광수를 빼놓을 수 없다. 그는 1917년 11월 『청춘』에 게재한 「금일 조선 야소교회의 결점」에서 한국 교회의 계급주의적 성격, 교회지상주의적 사고, 교역자의

이와 같은 20년대 전후의 경향을 대표적으로 보여주는 소설이 이광수의 『무정』(1917)일 것이다. 春園은 민족주의적 계몽문학의 선구자로서 종교적 인생관을 작품화함에 큰 성과를 남겼는데,[42] 특히 기독교와 불교 사상과 관련된 작품이 다수를 이루고 있다는 것은 주지의 사실이다. 그 중에서도 작가는 초기와 중기의 전반부에 걸친 시기에 기독교적 세계관과 관련된 다수의 작품을 발표하고 있는데 이는 작가가 처한 시대적 상황 및 개인적 경험에서 필연적으로 나타난 현상으로 여겨진다.[43]

『무정』은 "작가도 기독교인이고 거기에 강조되어 있는 윤리가 기독교적이고 주제는 영적 사랑과 동포애"[44]라는 田大雄의 평가처럼 여러 가지 면에서 기독교 소설로서의 요소를 내포하고 있다. 이에 대해 白鐵은 "기독교 교리를 작품의 사상성으로 소화하려고 한 유일한 작가"[45]라고 평가하여 『무정』의 기독교적 사상성을 논증하고 있다. 또한 춘원 스스로가 밝힌 창작 동기에서도 "내가 『무정』을 쓸 때 의도로 한 것은 그 시대의

무식, 그리고 미신적 경향 등의 4가지 측면에서 기독교에 대한 비판적 인식을 피력하고 있다. 孤舟, 「今日 朝鮮耶蘇教會의 缺點」, 『청춘』, 1917.11, pp.76~82.

42) 조연현, 『한국현대문학사』, 성문각, 1964, pp.174~175.

43) 이상설은 『한국 기독교 소설사』에서 이광수가 불교사상보다도 기독교에 더욱 근접하게 된 동기를 다음과 같이 분석하고 있다. 첫째, 그의 성장기인 개화기는 신시대의 심볼로 기독교가 큰 비중을 차지하고 있었다는 점, 둘째는 그의 청소년기에 큰 영향을 끼친 인물인 남강 이승훈과 도산 안창호 등이 모두 기독교계의 중요 인물이었던 점, 셋째는 그가 공부한 명치학원이 기독교계가 설립한 학교이었기에 필연적으로 기독교와 친숙해질 수밖에 없었으며 이 학교에 입학한 이후 성경을 처음으로 배웠다는 점, 그리고 마지막 네 번째는 그가 기독교를 긍정적으로 받아들인 이면에는 톨스토이에 대한 신봉이 결정적 계기가 되었다는 점 등을 이유로 제시하고 있다. 이상설, 앞의 책, pp.67~68.

44) 전대웅, 「춘원문학의 주제」, 『기독교사상』110, 대한기독교서회, 1967, p.37.

45) 백철, 「기독교와 한국의 현대소설」, 『동서문화』, 계명대학교 동서문화연구소, 1967, p.9.

조선의 신청년의 이상과 고민을, 그리고 아울러 조선 청년의 진로에 한 암시를 주자는 것이었다. 이를테면 일종의 민족주의, 자유주의의 이데올 로기를 가지고 쓴 것이다. 그 자유주의란 속에는 청교도적 박애사상도 들어갔다고 믿는다"[46]라고 밝히고 있는데, 이는 춘원의 기독교 사상이 민족주의와 휴머니즘을 향한 박애정신의 표상이라는 특징을 보여준다.

이광수와 더불어 이 시기의 대표적 작가인 김동인도 기독교와 밀접한 영향을 주고받을 수밖에 없는 환경에서 태어나고 성장함으로써 기독교적 사상을 저변에 깔고 있는 다수의 작품을 발표하였다.[47] 그런데 그의 소설 들은 인간적 고뇌에 대한 표출과 기독교의 부정적 측면에 대한 비판을 다루고 있다는 점에서 주목할 만하다. 그의 소설 「이 잔을」(1923)은 최후 의 만찬, 베드로의 예수에 대한 부인, 겟세마네 동산에서의 예수의 기도 등 성서 모티프를 그대로 차용하고 있다는 점에서 작가의 기독교적 인식 을 가장 직접적으로 발견할 수 있는 작품이다. 그런데 최후의 만찬 도중 제사장에게 쫓겨 도망가는 모습과 죽음에서 벗어나려는 예수의 두려움과

---

46) 이광수, 「나의 교단고행삼십년: 병상록」, p.133. 이상설, 앞의 책, p.70재인용.
47) 김동인은 한국 개신교의 성지라 할 수 있는 서북지방의 중심부인 평양에서 태어났고 가계적으로도 평양 진석동 교회 장로인 부친 金大潤과 역시 기독 교인인 모친 아래에서 자랐다. 부모의 신앙에 의해 유아세례도 받았으며 이 복형 동원도 이후 장로가 되는 전형적인 기독교 가정에서 성장했다. 아울러 그가 다닌 학교도 대부분 숭덕소학교, 숭실중학교, 명치학원 등 기독교 계열 이었다. 또한 『창조』의 동인이었던 주요한, 전영택 등이 목사의 아들이거나 이후 목사가 되었다는 점에서 교유 관계 역시 기독교와 상당한 관계를 유지 하고 있었다. 그럼에도 불구하고 김동인의 소설이 기독교에 대한 신랄한 비 판 의식을 담고 있다는 사실은 매우 특이하다고 볼 수 있다. 이점에 대해 韓承玉은 "개화기 선각자라는 자부심과 김동인 특유의 오만함과 굽힐 줄 모르는 자존심, 그리고 더 근본적으로는 한국 개신교의 세속화와 물신주의로 빠지는 데 대한 반작용"으로 그 원인을 분석하고 있다. 한승옥, 「기독교와 소설문학」, 소재영 외, 『기독교와 한국문학』, 대한기독교서회, 1993, pp.114~ 115.

공포에서 인간의 나약한 모습과 인간적 갈등이 생생하게 묘사되고 있다. 아울러 겟세마네 동산에서 기도하는 예수의 모습에서도 지나온 삶을 회상하며 왜 자신이 죽어야만 하는가에 대한 회의에 빠져 있는 예수를 통하여 신적인 속성보다는 인간적 모습의 예수에 초점을 맞추고 있는데 이러한 발상은 작가의 기독교에 대한 인식의 범상치 않은 면모를 드러내는 단서가 된다.

또한 기독교에 대한 회의와 비판적 작가 인식을 가장 두드러지게 나타내고 있는 작품으로 『개벽』에 발표된 「명문」(1925)을 들 수 있다. 金東仁은 「명문」에서 田主事의 맹목적 율법주의에 신랄한 냉소적 태도를 시종일관 유지하고 있다. 즉 전주사가 기독교인이 된 사실부터가 신앙의 내면화에 따른 것이 아닌 우연적 결과일 뿐이며, 따라서 그의 신앙적 행위들도 기독교의 본질에서 벗어난 피상적이고 자의적 행태로 그려지고 있는데 이러한 형상화는 그 시대 기독교의 모순에 대한 작가의 비판적 인식이 적나라하게 반영된 결과로 해석된다.

한편 「信仰으로」(1930)는 독실한 기독교 신자였던 주인공이 동생의 죽음으로 신앙에 대한 회의를 품고 기독교를 떠났다가 결혼 후 아들의 죽음으로 다시 기독교의 세계로 귀의한다는 서사 구조를 보여주고 있다. 이러한 서사의 전개는 김동인의 기독교에 대한 비판적 인식이 작가의 말년으로 가면서 조금씩 희석된 방증으로 해석할 수 있다.

기독교에 대한 비판적 시각의 소설은 신채호의 「용과 용의 대격전」(1928)에서도 나타난다. 부정한 권위의 총화인 上帝에 빌붙어 세도를 부리는 미리라는 용과 분노한 민중의 앞에 서서 활약하는 드레곤이라는 용을 대비시켜 후자의 승리로 서사를 끝내는 일종의 우화소설이다. 그런데 이 소설에서는 상제의 아들인 耶蘇基督을 매우 부정적으로 묘사하고 그의 부활에 대해서도 교활한 속임수로 몰아가고 있다. 뿐만 아니라 십자군 전쟁이나 30년 전쟁을 예로 들어 기독교를 '사람 잡는 술법을 가르쳐 주'는 종교로, 또한 예수의 산상수훈의 가르침이 억압받는 민중의 저항정신을 약화시켜 한낱 지배자의 이익을 지켜주는 종교라고 비판[48]하는 점에서 작가의 반기독교 정서를 감지할 수 있다.

　목사의 신분으로 기독교적 세계관에 바탕을 둔 다수의 소설을 창작한 田榮澤도 이 시기의 빼놓을 수 없는 작가중 한 사람이다.[49] 그의 초기 소설들은 표면적으로 기독교적 용어나 표현을 드러내지는 않지만 기독교적 박애사상을 내면화하고 부활의 의미를 내재화하고 있다는 점에서 오히려 기독교적 제재를 직접적으로 표면화한 후기의 작품들보다도 더 높은 평가를 받고 있다.[50] 「天痴? 天才?」(1919)는 천치 같은 속성을 지녔으면서도 발명의 천재적 소질을 가진 칠성이가 자신의 재능을 인정해

---

48) 이동하, 「한국 현대소설에 나타난 기독교 비판」, 『한국소설과 기독교』, 국학자료원, 2003, pp.256~257.

49) 전영택은 같은 『창조』 동인이었던 김동인의 전기적 측면과 비교할 때 출생과 성장기는 그다지 기독교적 환경이 아니었다. 그러나 대성학교에 입학하여 도산 안창호의 사상을 접하면서부터 기독교를 접하게 되었고 부친을 여인 후 작은 형이 교회에 다니기 시작하면서부터 본격적인 신앙인이 되었다. 그는 일본 유학 때 편입한 청산학원 신학부에 입학하면서 목사가 되기로 결심하였으나 이후 문학과 기독교 신앙 사이에서 많은 갈등을 겪는다. 1921년 신학교에 복교하면서 사목의 길을 다시 선택하게 되었고 1923년 신학교를 졸업한 이후 감리교 신학교 교수를 역임, 1927년에는 서울 아현교회 목사로 사목활동을 시작한다. 그는 1924년 창간된 『조선문단』을 터전으로 인도주의적이면서도 기독교적 박애사상을 바탕으로 하여 동물 혹은 미천한 인물들에 대한 따뜻한 애정을 작품화했다. 이상설, 앞의 책, pp.87~88. 한승옥, 앞의 글, pp.117~118.

50) 이 경우에 해당하는 전영택의 후기작에는 「남매」(1939)와 해방 이후에 창작된 「크리스마스 새벽」(1948), 「집」(1957), 「한 마리 양」(1959), 「크리스마스 전야의 풍경」(1960), 「생일 파티」(1964) 등이 있다. 이 작품들은 초기의 작품에 비해 기독교적 제재를 취하고 있는 양상이 구체적으로 드러남으로써 작가의 기독교 사상의 면모를 보다 표면적으로 나타내고 있다.

주지 않는 동네를 떠나 자유의 세상을 찾아 가다가 결국에 얼어 죽고 만다는 내용을 통해 죽음이 매개하는 의미부여를 기독교적 세계관에서 접근하고 있는 것으로 해석할 수 있다. 또한 그의 대표작으로 볼 수 있는 「화수분」(1925)에서는 화수분 부부의 비극적 죽음 속에서도 생명을 잃지 않은 어린아이를 통해 기독교적 인도주의와 구원의 양상을 발견할 수 있다.

염상섭의 대표작 『삼대』(1931)에서도 당대 기독교적 세계관의 일면을 발견할 수 있다. 외견상 염상섭은 기독교 신앙에 투철한 신앙인도 아니었고 기독교적 세계관을 표방하는 작품을 발표하지도 않았다. 그러나 "당대의 부조리를 극복하는 이념으로 채택된 기독교의 현실적 허구와 패배"[51]를 염상섭 특유의 사실주의적 세계관으로 묘사했다는 金炳翼의 지적처럼 『삼대』는 기독교에 대한 비판적 작가 인식을 너무나 잘 드러내고 있는 작품이다. 이를테면 조덕기의 부친, 김병화의 부친, 홍경애의 부친 등을 통해 당대 기독교의 세 가지 전형을 매우 사실적으로 그려내고 있는데, 즉 덕기의 부친은 장로의 신분임에도 주색과 도박 등을 일삼는 '사이비 기독교'의 전형으로, 목사 신분인 병화의 부친은 형식적이고 기복적 신앙의 테두리를 벗어나지 못하고 있는 '보수적 기독교'의 전형으로, 그리고 홍경애의 부친은 식민지적 상황에서 민족을 위해 실천적으로 헌신하는 '진보적 기독교'의 전형으로 그리고 있다.[52] 염상섭은 이들 세 유형의 인물에 대한 사실적 묘사를 통해서 당대 기독교의 부정적 실상에 대한 비판, 그리고 기독교가 나아가야 할 방향의 제시를 동시에 던져주고 있다.

이 밖에도 영신이라는 기독교적 주인공을 통해 교회를 중심으로 농촌

---

51) 김병익, 「한국소설과 한국기독교」, 김주연 편, 『현대 문학과 기독교』, 문학과 지성사, 1984, p.68.
52) 이상설, 앞의 책, p.164.

계몽운동을 펼치는 沈熏의『상록수』(1935), 이용도라는 實名의 목사에
게서 받은 신비주의적 사랑의 실천을 형상화한 박계주『순애보』(1939)
등도 이 시기의 기독교적 소설의 지평을 넓혀 준 작품들이며, 기독교와
샤머니즘의 대결 구도 속에서 당대 기독교가 한국의 민중에게 어떻게
인식되고 전파되었는가를 여실히 느낄 수 있게 해주는 金東里의「무녀도」
(1936)도 이 시기의 대표적 기독교 소설로 규정할 수 있다.

　지금까지 살펴 본 식민지 시기의 기독교 소설에서 빠져 있는 하나의
부류가 더 있다. 그것은 다름 아닌 사회주의의 영향을 짙게 받은 경향소
설에서의 기독교적 세계관이다. 3.1운동의 실패 이후 기독교는 사회적으
로 냉혹한 비판을 당하기 시작하는데[53] 이에 대한 극복과 새로운 방향의
모색 과정에서 사회주의를 수용하게 된다. 1인칭 주인공 '나'가 R군에게
띄운 편지 형식의 소설로서 기독교에 대한 입교와 배교의 과정을 비교적
체험에 근거하여 형상화한 조명희의「R군에게」(1926), 최목사라는 위선
적이고 탐욕적이고 독선적 인물을 통하여 종교인의 이중성과 탐욕성을
비판한 최서해의「보석반지」(1925)를 대표적인 작품으로 제시할 수 있
겠다. 또한 주요섭[54]의「인력거꾼」(1925)과「천당」(1926)도 노동자와

---

53) 이 시기의 기독교에 대한 일반 사회의 비판은 대체적으로 다음의 세 가지
　　원인에 기인하고 있다. 첫째는 일제의 기독교 분열정책에 편승한 외국선교사
　　의 친일화 및 타협화의 경향과 잦은 비행과 추문들, 둘째는 초월적 신비주의
　　부흥운동이라는 새로운 신앙양태, 셋째는 당대 기독교 공동체의 지도자들이
　　대체로 순수 종교화에 열중하여 민족공동체의 정치적, 사회적 문제를 외면하
　　는 경향 등이 기독교에 대한 비판적 기류를 형성함에 중요한 원인으로 작용
　　하고 있었다. 위의 책, pp.98~100.
54) 주요섭은 사회주의 계열의 기독교적 작가들 가운데서도 기독교와 매우 밀접
　　한 관계성을 지니고 있다. 평양 태생인 그는 출생 당시 부친이 신학교를 졸업
　　한 목사였고 자신도 마포(Moffett) 선교사와의 인연으로 평양 신학교를 졸
　　업하는 등 기독교와 매우 밀접한 삶을 살아왔다. 특히 평양의 숭덕소학교,
　　숭실중학교를 졸업하고 그의 부친이 동경 한인교회 목사로 부임함에 따라

농민 등 무산계급의 참상에 대한 사실적 묘사와 살인이나 방화 등의 폭력
적인 항거를 통한 부르주아 대 프롤레타리아의 대립을 형상화하고 있다
는 점에서 사회주의적 영향의 기독교적 세계관을 드러낸 의미 있는 작품
으로 평가할 수 있다.

한국 기독교 소설의 전개에 있어서 마지막 세 번째 시기는 6.25 직후의
혼돈으로부터 격동의 현대사를 같이 한 작품들이다. 이 시기의 기독교
소설들은 당대의 부조리한 현실 속에서 실존적 자아의 주체적 인식이
신과의 치열한 대결을 지속하고 있는 작품, 기형적이고 진리를 벗어난
한국의 현대사에서 기독교가 지향해야 할 바람직한 정신적 지향을 갈망
하는 작품, 그리고 기존 신앙의 틀을 과감히 벗어나서 영지주의적 사유를
드러내고 있는 작품들이 해당한다. 예를 들면 김동리의 「마리아의 회태」
(1955), 『사반의 십자가』(원작본:1955~1957/개작본:1982), 「목공요셉」
(1957), 「부활」(1962), 임옥인의 『월남전후』(1956), 『朴여인 이야기』,
『들에 핀 백합화를 보라』, 박영준의 『종각』(1965), 이종환의 『에덴의 後
園』과 「사도전서」, 정을병의 『城』(1975), 김원일의 「행복한 소멸」(1977),
백도기의 『청동의 뱀』(1974), 『가롯유다에 대한 증언』(1977), 『등잔』
(1977), 「본시오 빌라도의 手記」(1986), 이청준의 「행복원의 예수」(1967)
와 『낮은 데로 임하소서』(1981), 황순원의 『움직이는 城』(1973), 이문열
의 『사람의 아들』(1979), 조성기의 「만화경」(1971), 「라하트 하헤렙」
(1985), 『야훼의 밤』(1986), 이승우의 『에릭직톤의 초상』(1989)과 『태초
에 유혹이 있었다』(1998), 정찬의 『빌라도의 예수』(2004), 그리고 김
성일의 『땅끝에서 오다』(1983)를 비롯한 다수의 작품들이 여기에 해당
한다.

동경으로 건너가서는 아오야마 학원에 편입하여 이광수, 김동인 등과 교유하
면서 문학과 기독교에 대한 영향을 주고받았다. 위의 책, p.128.

　일제로부터 해방을 맞이하자마자 이어지는 좌·우 대립과 전쟁의 혼란상은 문학사적으로도 공백기를 가져왔지만, 다행히도 전쟁이 끝난 후 되살아 난 문학 창작의 열기는 전쟁 체험에서 비롯한 생의 문제와 인간 실존의 깊이 있는 성찰로 이어졌다. 이러한 경향은 삶과 죽음의 문제에 대한 종교적 성찰과 맞물리면서 기독교적 세계관의 소설 등장에도 영향을 주게 되었다. 그리고 이 시기 기독교 소설의 또 하나의 특징은 이전 시기에 비해 작가들의 기독교에 대한 인식의 깊이가 상당히 깊어지고 있다는 점이다. 개화기로부터 일제치하의 근대문학 형성기에 이르는 시기의 기독교 인식이 단순한 계몽·개화의지의 표출에 머물고 말았다든가, 아니면 식민지적 상황에서의 기독교에 대한 정치·사회적 비판 인식의 표상에 그쳤다는 내용적 빈약함이 이 시기에 오면 상당한 질적 성숙으로 변모되고 있다는 사실이다. 즉 기독교에 대한 단편적인 이해, 혹은 성서 모티프를 단순히 차용하는 수준에서 벗어나 기독교적 세계관을 바탕으로 한 인간 이해, 그리고 성서 모티프에 대한 심도 깊은 철학적·신학적 성찰의 흔적이 작품 곳곳에서 나타나고 있다. 따라서 기독교 문학의 성과를 논함에서 소설의 그것이 시에 비해 미숙한 발전을 이루었다는 김병익의 평가는 이 시기의 기독교 소설에 이르러서는 再考해 볼 여지가 있다.

▌ 4 ▌ 현대 기독교 소설과 영지주의적 사유의 만남

　"신화들은 그 신화가 만들어진 시대, 그 시대의 정신과 세계관을 반영하지만, 그러나 결코 한 시대에 갇히는 법이 없다. 모든 시대들에 드리우는 큰 그늘, 그것이 내가 생각하는 신화이다"[55]라고 작가 이승우는 창세기를 모티프로 작품을 창작한 동기를 밝히고 있다. 대다수의 작가와 독자들은 알게 모르게 신화로부터 무수한 상상력을 제공받고 있으며, 그 신화적 상상력을 통하여 현대적 삶의 가치를 곱씹어 보게 된다. 즉 결코 한 시대에 갇히지 않고 모든 시대에 드리우는 신화의 그늘 아래서 인류는 당대의 정신과 세계관을 재창조하게 되는 것이다. 바로 이런 맥락에서 작가들은 성서의 모티프에 관심을 기울이게 된다. 인간의 기원에 대한 창세 신화로부터 무수히 이어져 내려온 인류의 기원과 발생에 대한 신화적 상상력, 그리고 복음서에 나타난 예수의 일생을 중심으로 엮어진 신비적 사고 등은 그 시대의 정신과 세계관을 충실히 반영하고 있다. 그러나 그것들은 단순히 그 시대적 범주에 머무르지 않고 작가들의 상상력을 충동함으로써 다양한 변이를 거쳐 새로운 모습으로 독자들에게 다가오게 된다.

그런데 이와 같이 신화가 갖는 범세계적 보편성을 인정한다 할지라도 기독교적 세계관은 동양, 그 중에서도 한국적 토대에서는 낯설고 특수한 사고 체계임에 분명하다. 그럼에도 불구하고 한국의 근대화와 더불어 유입된 기독교적 세계관은 전혀 이질적인 토양 위에서도 그 싹을 틔우고 이 즈음에는 나름의 의미 있는 결실을 맺어가고 있음을 우리는 다수의 작품들을 통해서 확인할 수 있다. 그 가운데서도 최근으로 올수록 작품의 경향이 다소 과감한 상상력의 전개를 서슴지 않고 있다는 점에 눈길이 간다. 즉 성서의 소재를 本意대로 수용하고 해석하기 보다는 여타의 다양한 전승까지 폭넓게 수용함과 더불어 거기에 다소 파격적인 해석까지 곁들이고 있다는 점이 그것이다. 이를테면 靈知主義的 思惟에 대한 이해

---

55) 이승우, 「작가의 말」, 『태초에 유혹이 있었다』, 문이당, 1998, p.6.

가 바탕이 되어야 할 작품이 지속적으로 출현하고 있다는 점이 최근의
경향이다. 때문에 이 장에서는 영지주의에 대한 특성을 간략히 살펴보고,
그것이 문학적으로 수용될 가능성에 대해 살펴보고자 한다.

기독교의 역사를 살펴보면 정통 기독교의 세계관과 동떨어진, 심지어
는 심각하게 왜곡된 관점의 세계관이 존재함을 발견할 수 있다. 그 대표
적 사례가 靈知主義的 관점의 세계관이다. 기독교의 역사에서 영지주의
의 전통은 그 연원이 꽤나 오래되었다. 아마도 예수의 死後 그 제자들과
사도들에 의해 지금의 주류(mainstream)[56] 기독교의 경전으로 추인된
正經들이 창작·보급될 당시에도 다수의 영지주의적 복음서와 문헌들이
존재했었던 것으로 짐작할 수 있다. 예를 들면 1945년 12월 이집트 남부
의 한 농부에 의해 발견되어 세상에 알려지면서 많은 논란을 불러일으킨
나그함마디 문서(Nag Hammadi Library)[57]들은 지금으로부터 약 천

---

56) 영지주의적 세계관을 지향하는 기독교는 오늘날 일반적 의미의 기독교와는
다른 것을 지향하고 있음은 분명한 사실이다. 그렇기 때문에 영지주의를 異
端으로 규정하고 배척해왔음을 감안해서 일반적 의미의 기독교를 정통 기독
교로 부르는 것이 보편적이다. 그러나 본고에서는 正統과 異端의 변별적
자질로 규정하는 방식보다는 主流 대 非主流로 변별하고자 한다. 본고는
영지주의적 세계관의 신학적 본질에 대한 가치 판단을 목적으로 삼고 있지
않기 때문이다. 단지 기독교의 역사에서 중심적 흐름에 속한 것인지 아닌지
정도의 기준에서 두 세계관을 구별 짓고자 한다.

57) 나그함마디 문서의 발견으로 인하여 영지주의의 연구는 새로운 국면을 맞이하게
되었다. 이 문서들이 발견된 정확한 위치는 추측으로만 남아 있으나 일부 학자들
은 이 문서들을 담은 항아리가 나그함마디 계곡이 내려다보이는 산 속의 수많은
동굴 가운데 하나에서 발견되었을 것으로 추정한다. 그 이유는 기독교 수도원
운동의 창시자인 콥트 교회의 수도사 파코미우스(Pachomius)가 거대한
수도원 공동체를 설립한 곳이 바로 이 지역이기 때문이다. 영지주의적 인식
을 담고 있는 열세 권의 파피루스 사본은 아마도 이 수도원 소속의 수도사
들이 읽던 문서들이었을 것인데 4세기경 이단에 대한 박해가 휩쓸 당시
불안을 느낀 수도사들이 자신들이 소유하고 있던 이단적 서적들을 은밀히
보관하기로 한 까닭에 여기에 묻히게 된 것으로 추정하고 있다. 물론

5백여 년 전에 제작된 것으로 적어도 사용된 양피지와 콥트어 글자체로 미루어볼 때 서기 350~400년경에 기록된 것으로 추정되고 있다.[58] 따라서 이 문서들이 그보다 훨씬 오래된 그리스어 원본을 콥트어로 옮긴 번역본임을 감안한다면 개중에는 서기 120~150년경 이전에 제작된 문서들도 있는 것으로 밝혀지고 있다. 또한 그 당시 영지주의주들을 반박함에 앞장을 섰던 리용의 주교 이레네우스(Irenaeus, 115~200)가 180년경

발굴된 나그함마디 문서들에는 「조스트리아노스(Zostrianos)」와 플라톤의 「국가(Republic)」 일부, 헤르메스주의적 입교식을 담은 「여덟 번째 세계가 아홉 번째 세계를 드러내다」 등의 영지주의적 사유를 벗어난 텍스트도 있지만 나머지들은 모두 영지주의와 관련된 내용을 담고 있다. 이들 자료들은 대개 여섯 가지 범주로 분류되고 있다. 첫째는 창조와 구원에 관한 신화로서 세계의 창조, 아담과 이브, 구원의 로고스인 예수의 하강에 관한 이야기들이다. 두 번째는 영혼의 본질과 영적 구원, 그리고 세상과 영혼의 관계와 같은 다양한 영지주의적 주제에 대한 설명과 해설들이다. 세 번째는 예배와 입교식에 관한 문서들이며, 네 번째는 여성성을 지닌 존재인 소피아에 관한 문서, 다섯 번째는 사도들에 관한 문서, 마지막 여섯 번째는 예수의 말씀과 그의 삶에서 벌어진 사건들에 관한 문서들로 구성되어 있다. Stephan A. Hoeller, 이재길 역, 『이것이 영지주의다』, 샨티, pp.249~252.

58) 나그함마디 문서가 발견되기 이전에는 영지주의와 관련된 문헌을 직접적으로 발견하기가 쉽지 않았다. 다만 주류 기독교가 이들을 비난하기 위하여 만든 단편적인 자료들을 통해서만 간간이 알려진 정도였다. 나그함마디 문서들이 발굴되기 이전의 최초의 영지주의 문헌은 1769년 스코틀랜드 관광객인 제임스 부루스가 남부 이집트 테베 근처를 여행하다가 콥트어 필사본을 구입하면서 드러나게 되었다. 이 필사본은 1892년에 와서야 출간이 되었는데 거기에는 예수와 제자들(제자의 무리에 여성도 포함되어 있음)의 대화를 그대로 옮겨 놓았다고 주장한다. 이후 1773년에도 한 수집가에 의해 런던의 서점에서 예수와 제자들이 '갖가지 비밀'에 관해 나눈 대화가 기록되었다는 콥트어 사본이 발견되었고, 1896년 독일의 이집트학자가 카이로에서 발견한 필사본에는 막달라 마리아복음과 요한외경 등의 내용이 나타나 있다. 그러나 영지주의에 대한 본격적인 이해는 나그함마디 문서와 사해 문서들이 발견되면서일 것이다. Elaine Pagels, 하연희 역, 『숨겨진 복음서 영지주의』, 루비박스, p.23 참조.

『이단 반박론』(*Against Heresies*)이라는 다섯 권의 저서에서 "이교도들은 실제로 존재하는 것보다 더 많은 복음서들을 가지고 있다며 으스대고 있다"59)라고 경계하면서 "오늘날 이단을 전수하는 자들의 관점을 제시하고……그들의 주장이 얼마나 어리석고 진실과 어긋나는지를 보이고자 한다……이 책을 읽은 자들은……지인들이 그러한 광기와 그리스도에 대한 불경의 나락에 빠지지 않도록 경고하라"60)고 경계하고 있다. 이레네우스 주교의 심각한 경고를 보자면 이미 당대에 영지주의자들의 주장과 그 문헌들의 보급이 보편화되어 있었음을 짐작할 수 있다.

이러한 영지주의 문서들이 주류 기독교의 입장에서 심각한 경계심을 지닐 수밖에 없었던 이유는 그 내용들이 함유하고 있는 도발적 사유 때문이다. 이를테면 「빌립복음서」에서는 마리아의 처녀 수태라든가 예수의 육신 부활 등의 주류 기독교의 일반적 믿음을 무지에서 비롯한 오해의 소산으로 몰아간다. 또한 「진리복음서」에서는 인류의 기원과 관련한 창세기의 내용을 뱀의 시각에서 풀어나감으로써 뱀을 신성한 지혜의 본원으로 묘사하고 있다. 이 외에도 대다수의 영지주의적 문헌들은 주류 기독교의 세계관을 뛰어넘는 매우 기발하면서도 이단적인 사유 체계를 주장함으로써 초기 기독교적 세계관의 형성기에 논란의 한 축을 차지하고 있었다. 그러나 영지주의자들은 이단으로 박해를 받기 시작하면서 3~4세기 이후 거의 자취를 감추게 되었으나 오늘날에도 그들의 가르침과 의식의 일면은 서양 문화사의 면면에 유전되고 있음을 부인할 수 없다.61)

---

59) 위의 책, p.12.
60) 위의 책, p.16.
61) 오랫동안 영지주의에 대한 연구를 지속해 오고 있는 연구자인 스티븐 횔러(Stephan A. Hoeller)는 영지주의에 대한 연구가 그동안 미흡했던 이유를 다음과 같이 밝히고 있다. 첫째는 영지주의가 오직 역사적 연구로만 접근할 수 있는 소멸된 종교 전통이라는 오해, 둘째는 영지주의가 우주적 염세주

또한 한국 현대소설의 기독교적 상상력을 논의함에 있어서도 작가의 영지주의적 상상력이 형상화된 다수의 작품들이 문학적 성과를 이루어내고 있다는 점에서도 그 가치를 가볍게 넘길 수 없는 것이다.

영지주의자(gnostic), 혹은 영지주의(gnosticism)라는 용어는 그리스어 그노시스(gnosis;靈知)에서 유래되었는데 일반적으로 '지식'(knowledge)으로 번역된다. 대체적으로 이 당시의 다수파는 궁극적 실재에 대해서는 아는 바가 전혀 없다고 주장하는 反영지주의자(agonostic)였음에 비해 이들은 지식을 통해서 구원을 추구할 수 있다고 보았다.[62] 그런데 영지주의자들이 추구하는 지식은 경험적 지식을 의미한다는 점에 유념해야 한다. 그리스어에서는 논리적 지식과 경험적 지식을 엄밀히 구분하여 사용하고 있다. 따라서 경험을 통해 직접적으로 얻게 된 지식이 그노시스이며, 이러한 그노시스를 추구하는 사람을 영지주의자로 보는 것이다. 영지주의자들은 직관적 경험을 통하여 자신을 알아가는 지식의 추구, 즉 자기지식(self-knowledge)을 강조하는데 이는 결국 인간의 본성과 운명에 대한 앎으로 확장될 수 있으며, 궁극적으로는 신적 실재에 대한 지식에까지 도달할 수 있다고 보았다.[63]

에 너무 깊이 빠져 있으므로 진보의 시대적 분위기에 맞지 않다는 점, 셋째는 영지주의가 이성이나 경험과는 무관하게 사변적 공상에 지나지 않는다는 이유 때문에 진지하게 다루어지지 못했다고 분석한다. 그러나 실제로 영지주의는 그 지지자들은 물론이고 볼테르, 윌리엄 블레이크, W. B. 예이츠, 헤르만 헤세, 그리고 C. G. 융과 같은 뛰어난 사람들까지도 매료시켰고, 철학에서도 실존주의에 많은 영향을 끼치는 등 오늘날 다양한 분야의 많은 사람들이 영지주의자임을 자처하고 있다고 영지주의의 부활을 예견하고 있다. Stephan A. Hoeller, 이재길 역, 앞의 책, pp.5~18.

62) 'a-'는 '비(非)' 혹은 '무(無)'를 뜻하는 접두어로서 agonostic은 반영지주의자 또는 불가지론자의 의미를 지닌다.

63) 영지주의의 경험적 지식에 대한 좀더 자세한 이해는 다음의 자료를 참고하기 바란다. Stephan A. Hoeller, 이재길 역, 앞의 책, pp.18~19. Elaine Pagels,

신이라든가 창조, 그 비슷한 문제들에 관한 연구는 그만두도록 하라. 네 자신을 출발점으로 삼아 신을 찾으라. 네 안에서 모든 것을 신의 것으로 만들고 "나의 신, 나의 마음, 나의 생각, 나의 영혼, 나의 몸"이라 말하는 자가 누구인지 깨달으라. 슬픔, 기쁨, 사랑, 증오의 원천이 무엇인지 깨달으라……이러한 문제들을 주의 깊게 살피고 나면 너는 바로 네 안에서 그를 발견하게 될 것이다.[64]

인용문은 영지주의자의 한 사람인 모노이무스의 견해이다. 그의 말처럼 영지주의의 출발점은 자기 자신에 대한 앎에서부터 시작한다. 궁극적 실재에 도달하기 위해서는 무엇보다도 자신의 모든 것에 대해 깨달음으로써 가능한 것이다. 이처럼 영지주의의 자기 지식(self-knowledge)에 대한 근원은 인간 마음(mind)의 심층과 깊은 관련을 맺을 수밖에 없다. 따라서 스티븐 횔러(Stephan A. Hoeller)는 영지주의를 原型心理學과 종교 신비주의가 함께 어우러진 심리의 경험에서 기인하는 것으로 파악한다.[65]

이제 영지주의 세계관의 특징적 관점 두 가지를 살펴보기로 하자. 이것은 주류 기독교의 세계관과 너무나 현격한 차이를 나타내는 것들임을 쉽게 파악할 수 있을 것이다. 첫 번째는 하느님과 우주의 창조에 대한 독특한 해석이다. 주류 기독교에서는 인간을 불완전한 존재로 규정한다. 따라서 최초의 인간인 아담과 하와가 하느님의 질서(법)를 어김으로써 인류의 타락과 전피조물의 타락을 가져왔다고 주장한다. 그러나 영지주의자들은 이 세계가 불완전한 방법으로 창조되었기 때문에 결함을 지닐 수밖에 없었다는 근원적 의문을 제기한다. 다시 말해서 주류 기독교를

하연희 역, 앞의 책, p.17.
64) Elaine Pagels, 하연희 역, 위의 책, p.18.
65) Stephan A. Hoeller, 이재길 역, 앞의 책, p.19.

신봉하는 무리들이 하느님을 절대적인 조물주이자 우주의 관리자, 법의 집행자로 신뢰함에 반해서 영지주의자들은 하느님과 우주에 대한 새로운 시각을 견지하고 있는 것이다.

영지주의자들의 하느님은 창조된 세계 너머에 있는, 어떤 점에서는 창조된 세계와 완전히 동떨어져 있는 궁극의 실재이다. 카발리스트 (Kabbalist;유대 신비주의자)들과 전 세계 대부분의 秘敎 신봉자들처럼, 영지주의자들도 창조라는 관념 대신 신성한 존재로부터의 방출(emanation) 이라는 개념을 사용했다. 초월적 하느님은 창조에 참여하지 않는다. 신적 본질이 방출되어 나아감에 따라 드러나지 않던 것이 드러나고, 그 과정이 더 진행되면서 훨씬 더 구체적인 창조가 이루어진다. 근본 하느님은 시종 제일원인으로 남아 있으며, 그 대신 다른 존재들이 창조의 부차적인 혹은 이차적인 원인이 된다.[66]

영지주의자들의 하느님은 창조된 세계와는 동떨어진 궁극의 실재이다. 그는 창조된 세상 너머에 존재하며 이 불완전한 세계의 창조에 직접적으로 관여하지 않았다는 것이 영지주의자들의 관점이다. 다만 이 세계의 구체적인 창조는 근본 하느님의 신적 본질이 방출됨에 따라 나타난 다른 존재에 의한 결과물일 뿐이다. 달리 표현하자면 "최고의 신은 물질적 측면이나 특성을 갖지 않는, 절대적으로 영적인 존재"[67]로서 이 신에 의해

---

66) 위의 책, p.36.
67) 다양한 그노시스 종파의 세계관에 의하면 이 세계를 창조한 신은 유일한 신이 아니며 가장 강력하거나 전지전능한 신도 아니다. 오히려 훨씬 열등하고 무지한 신일 뿐이다. 최고의 신은 이 세상으로부터 완전히 분리되어 있다. 그리고 이 신은 '에온'(aeon)이라는 다수의 후예들을 만들어 냈다. 그리고 태초에는 하느님과 에온들이 사는 영역만이 존재했지만, 우주에 한 차례의 재앙이 일어났고 이 때 에온들 가운데 하나가 신의 영역에서 추락하여 다른

만들어진 '에온'(aeon)들의 일부에 의해 세계는 창조된 것이다. 따라서 이러한 신화를 따르면 인간이 살아가는 세계를 창조한 신, 즉 구약의 창조신은 이류의 열등한 신에 불과한 존재이며, 때문에 우리 모두가 숭배해야 할 대상이 아닌 허상이라는 것이 영지주의 세계관의 한 특징이다.

영지주의 세계관의 두 번째 특징적 관점은 인간과 구원에 대한 이해이다. 주류 기독교적 세계관은 인간을 창조주의 위대한 결과물로 인식한다. 그러나 영지주의는 인간이 본질적으로 물질세계의 결과물이 아니라는 독특한 관점을 나타내고 있다.

그들은 인간의 몸이 지상에서 생겨나고 인간의 영은 아득히 먼 곳, 진정한 근본 하느님(Godhead)이 머물고 있는 충만(Fullness)의 세계에서 온다고 믿었기 때문이다. 인간은 썩어 없어지고 말 육체적·심리적 요소들과 함께 신적 본질의 파편인 영적 요소－때로 신의 불꽃이라 불리는－로 이루어져 있다. 이런 이원론적 본성－인간뿐만 아니라 세계의－을 인정하기 때문에 영지주의는 이원론적이라는 평가를 받아왔다.[68]

인간은 육체적 요소와 함께 영적인 요소의 이원론적 체계로 이루어져 있다는 것이 영지주의의 관점이다. 여기서 신의 본질적 요소, 즉 '신의 불꽃'[69]으로 비유되는 영적 요소는 누구에게나 주어지는 것은 아니다.

신들을 창조하게 되었는데 이렇게 만들어진 신들이 바로 우리가 살아가는 물질세계를 창조해 낸 하등의 신이라는 것이 영지주의자들의 독특한 우주관이다. 이들의 논리를 따르면 결국 이 세계의 타락은 불완전한 인간에 의함이 아니라 애초에 이 세계가 불완전한 방법에 의해 창조되었기 때문이라는 논증이 성립된다. 바트 D. 에이먼, 「정통 그리스도교에 대한 도전:유다복음이 제시하는 또 다른 관점」, 로돌프 카세르·마빈 마이어·그레고르 부르스트, 김환영 역, 『예수와 유다의 밀약 유다복음』, 네셔널 지오그라픽, 2006, pp.72~74.

68) Stephan A. Hoeller, 이재길 역, 앞의 책, p.38.

오히려 대다수의 인간은 자신의 속에 깃들어 있는 이 불꽃을 인식하지 못하고 살아감으로써 무지의 상태에 머물러 있지만 영지주의자만은 이 불꽃 덕분에 무지의 함정에서 빠져나올 수 있다는 것이다.

그렇다면 암흑과 같은 영적 무지의 상태에 머물러 있던 인간의 영을 본래의 의식 상태로 회복시켜 신성한 존재에게로 이끌기 위해서 신의 사람들 혹은 빛의 사자들이 등장할 수밖에 없는데, 영지주의 문헌에서 자주 언급되는 구원자로는 세트(Seth;아담의 셋째 아들), 예수, 예언자 마니(Mani) 등을 꼽을 수 있다. 이 외에도 구약 성서의 일부 예언자들을 비롯한 여타의 종교 창시자들이 언급되기도 하지만 대부분의 영지주의자들은 단연 예수를 최고의 구원자로 여기고 있다. 그렇지만 이 문헌들에 등장하는 예수는 신약성서의 예수처럼 죄와 회개에 대해 말하지 않는다는 점을 주목해야 할 것이다. 즉 우리 인간을 죄에서 구원하기 위해 왔다가보다는 영적 그노시스에 접근할 수 있도록 도와주는 길잡이로서만 기능할 뿐이다. 그리고 대상이 깨달음에 도달하고 나면 더 이상 영적 스승으로 기능하는 것이 아니라 그와 동등한 위치로 내려서는 존재라는 점에서 주류 기독교에서의 예수像과는 그 모습을 달리한다.[70] 따라서 영지주의에서 개인의 구원은 전적으로 대속적·집단적인 것이 아닌 개인적 차원에서 이해되어야 한다.

---

69) 불꽃(étincelle)은 불티 또는 반짝이는 불씨로도 번역할 수 있다. 이 개념은 유대인들의 구원의 신비론에서도 중요한 역할을 한다. 스티븐 휠러는 신의 불꽃을 "우리는 머리 위의 어두운 창공을 마치 구멍 뚫린 베일처럼, 그래서 그 작은 구멍들을 통해 궁극적 실재의 빛이 우리의 시력(vision)을 꿰뚫고 들어오는 것처럼 생각할 수 있다. 구멍들―우주의 틈―을 통해 초월적인 광휘가 우리 의식으로 들어오는 것이다. 이 빛이, 오랫동안 갈망해 왔으나 아직 깨닫지 못한 가능성들로 우리를 깨워 이끄는 그노시스의 빛이다"라고 비유적으로 풀어 설명하고 있다. 위의 책, p.31.

70) Elaine Pagels, 하연희 역, 앞의 책, p.19.

주류 기독교가 주장하는 대속 신앙(예수가 인류의 죄를 대신해 죽었다
는 교리)의 메시지는 영지주의자에게 아무 의미도 갖지 못한다. 세계는
완전하게 창조되지 않았고, 현재 상태는 타락의 결과가 아니며, 인류는
누구에게나 전해진다고 하는 원죄의 영향 아래 있지도 않다. 따라서 분노
한 아버지를 진정시키고 인류를 구원하기 위해 희생당해야 할 하느님의
아들도 필요 없다.[71]

영지주의적 관점에서도 인간이 죄인이라는 점을 인정한다는 점에서는
주류 기독교와 태도를 같이하고 있다. 그런데 그리스어에서 '죄'를 의미
하는 단어인 하마르티아(hamartia)가 '과녁(표적)을 벗어나다(빗나가
다)'는 어원을 지니고 있음을 주목하면 영지주의자의 죄에 대한 인식이
주류 기독교와 차이를 나타낸다는 사실에 이르게 된다. 즉 영지주의는
이 세계를 완전한 창조물로 인정하지 않기 때문에, 따라서 현재의 상태란
결코 타락의 결과가 아니며 인류에게는 원죄라는 것이 존재하지 않는다
고 인식한다. 그렇다면 현재의 인간이 죄인이라는 것은 단지 과녁을 벗어
난 무지의 상태에 머물러 있다는 것을 의미하는 것일 뿐이며, 이러한 무
지를 벗어나 참되고 신성한 존재에 도달하는 순간 인간은 죄의 굴레로부
터 벗어나서 구원에 이를 수 있다는 것이다. 따라서 영지주의에서의 구원
은 대속자의 희생을 필요로 하는 것이 아니라 전적으로 개인의 깨달음에
의한 것이다. 여기서 빛의 사자의 역할은 무지로 인한 과녁의 벗어난 상
태에서 영적인 깨달음을 도와주는 길잡이일 뿐이며, 인간에게 필요한 것
은 그노시스에 이르는 영적 노력과 성실성이다.

지금까지 살펴본 것처럼 영지주의의 세계관은 하느님과 우주의 생성
에 대한 관점에서부터 인간과 구원에 관한 인식에 이르기까지 주류 기독

---

71) Stephan A. Hoeller, 이재길 역, 앞의 책, p.40.

교의 세계관과는 상이한 관점을 보여주고 있다는 사실을 확인할 수 있었다. 영지주의는 단연코 하느님에 대한 유일신적 숭배를 거부하고 있으며 나아가 우주의 창조를 절대적 유일자의 행위로 인정하지 않는다. 또한 그들은 인간의 죄와 구원에 대한 주류 기독교의 태도마저도 인정하지 않으며 오직 무지의 상태에서 벗어난 그노시스에 도달함으로써 영적 안정에 이르게 된다는 관점을 옹호한다. 이와 같은 영지주의적 세계관은 초기 기독교의 박해로부터 자유로울 수 없었고 역사의 오랜 전개 과정에서 큰 주목을 받지 못한 채 근근이 명맥을 이어오고 있었다. 그러나 오늘날에 이르러 영지주의는 서서히 그 모습을 드러내면서 점차 그 토대를 넓혀가고 있는데 그 하나의 양상이 예술적 형상화를 통한 대중 속으로의 파급이다. 그 중에서도 문학적 상상력이 이러한 영지주의적 세계관을 형상화하는데 보다 적극적이라는 사실을 최근의 소설들에서 확인할 수 있을 것이다. 이를테면 김동리의 「마리아의 회태」, 「목공 요셉」, 「부활」 등과 같은 단편들과 『사반의 십자가』, 그리고 박상륭의 「아겔다마」와 「역증가」, 이문열의 『사람의 아들』, 백도기의 「본시오 빌라도의 수기」 등이 좋은 사례가 될 것이다.

(출처 : 『기독교 전승의 소설적 형상화와 작가 의식』, 인터북스, 2009)

▌편자약력 ▌

한 승 옥
고려대학교 국어국문학과 및 동대학원 졸업(문학박사)
Brigham Young University 교환교수
동아대학교 조교수 역임, 한국현대소설학회 회장, 숭실대학교 인문대학장
現) 숭실대학교 인문대학 국어국문학과 교수
　　　한국기독교문학연구소장

저서
『이광수 연구』(선일문화사, 1984)
『한국 현대장편소설 연구』(민음사, 1990)
『한국 전통비평론 탐구』(숭실대 출판부, 1995)
『한국 현대소설과 사상』(집문당, 1995)
『기문학론』(태학사, 1996)
『현대소설의 이해』(집문당, 1998)
『이광수 문학사전』(고려대학교 출판부, 2002)
『근 현대 작가 작품론』(제이앤씨, 2006)
『이광수 장편소설 연구』(박문사, 2009)

차 봉 준
숭실대학교 철학과 및 동대학원 국어국문학과 졸업(문학박사)
창조문학 신인문학상 수상(평론부문)
現) 숭실대학교 인문대학 국어국문학과 강사, 부천대학 교양학과 강사
　　　숭실대학교 한국문예연구소 연구원, 제주대학교 교육과학연구소 특별연구원

저서 및 논문
『기독교 전승의 소설적 형상화와 작가의식』(인터북스, 2009)
「최인훈 패러디 소설 연구」(2001)
「조세희 소설의 생태학적 상상력 연구」(2008)
「소설의 심미성과 생태학적 상상력」(2008)
「한국 현대소설에 형상화된 신의 섭리와 공의」(2009)
「이승우 소설의 대언적 행위에 대한 세 가지 탐색」(2010) 등 다수.

▌저자약력▐

김 희 보
前) 월간 '기독교사상' 주간. 서울장신대학교 명예학장

김 봉 군
現) 가톨릭대학교 국어국문학과 명예교수

홍 문 표
現) 오산대학 총장. 명지대학교 국어국문학과 명예교수

구 인 환
現) 서울대학교 국어교육학과 명예교수

김 영 덕
前) 이화여자대학교 국어국문학과 교수

소 재 영
現) 숭실대학교 국어국문학과 명예교수

구 창 환
現) 조선대학교 국어국문학과 명예교수

한 승 옥
現) 숭실대학교 국어국문학과 교수

차 봉 준
現) 숭실대학교 국어국문학과 강사

한국기독교문학연구소 학술총서 ①

한국 기독교문학 연구총서 1

초판인쇄 2010년 6월 30일
초판발행 2010년 7월 9일

편　　자 한승옥 · 차봉준
저　　자 김희보 · 김봉군 · 홍문표 · 구인환 · 김영덕
　　　　　 소재영 · 구창환 · 한승옥 · 차봉준
발 행 처 도서출판 박문사
책임편집 김진화
등록번호 제2009-11호

우편주소 ㉾132-702 서울시 도봉구 창동 624-1 현대홈시티 102-1206
대표전화 (02) 992 / 3253
전　　송 (02) 991 / 1285
홈페이지 http://www.jncbms.co.kr
전자우편 bakmunsa@hanmail.net

ⓒ 한승옥 · 차봉준 외 2010 All rights reserved. Printed in KOREA

ISBN 978-89-94024-35-6　 94810　　　**정가** 22,000원